肠子

H-A-U-N-T-E-D

Chuck Palahniuk
〔美国〕恰克·帕拉尼克 /著

景翔 /译

北京联合出版公司
Beijing United Publishing Co.,Ltd.

目　录

代序：鸣金收兵，且战且退

克里斯托夫·普里厄斯特（Christopher Priest）

在《搏击俱乐部》和《孤岛日记》两本书的风潮之后，任何一位读者都不太可能是“不小心”地从书店里拿起恰克·帕拉尼克的书。但是，这种“不小心”依然应该被事先给予警示。最近的这本小说，显然不是为心脏脆弱的读者写的。

这本书由二十三个小故事组成，每个故事前面都有一首诗阐明这个故事的主旨。这些故事由一些叙述性的文字串联起来。尽管整本书看上去结构比较零散（像是由二十几篇不同的故事组合而成），但实际上这些故事前后有着密切的关系。的确，其中有些篇章可以当成独立的作品来阅读，但就整本书来看，其根本仍是一个完整的、极具原创性的作品。

此书的行文走笔，本身就很特别。故事都以各自主角的讲述呈现在我们面前，却仍然有一种外人的窥视感。作者下笔谨慎，迂回婉转，读者在读到最后之前经常不会明白作者为何用如此多的文字铺陈。他的叙述性文字，总是充满了独特的帕拉尼克风格：文字平实，波澜不惊，却在最后时让你恍然大悟。叙述者并不是故事情节中的角色，整个故事由其参与者共同完成，却始终有一双我们看不见的手在那里，弄得好像这些故事与其参与者无关。但，这并不是什么吸引人的噱头。这本书的风格，都隐含在从头至尾的故事之中。因其观看者的身份，叙述者反而成为一个附庸——读者也是。

在一个无名的城市，黎明前的街上，一辆巴士渐次接上它的乘客。

没有人用真实的名字，却都有一个代号：美国小姐、凶悍同志、八卦侦探、否定督察、杀手大厨等。每个名字都是怪诞的，他们的共同点只在于都读到了这则“作家研习营”的广告：“抛弃你们的生活三个月。”

在上车之后，似乎只有三个人知道正在发生的事情：一个老态龙钟、坐在轮椅里的早衰症患者，体态丰腴的克拉克太太和司机圣无肠。事实证明，他们知道的并不比其他人更多，尽管他们已经被分配了各自的任务。巴士把所有人放在一栋空置的建筑旁，这栋建筑其实是一个废弃的剧院。剧院的门都关着，黑暗且让人不悦，“作家研习营”开始了。

逐渐地，黑暗袭来、寒冷袭来，食物短缺、净水短缺，甚至马桶都出现了各种问题。人们开始互相伤害，也开始毁坏这座建筑——然后，他们开始讲述自己的故事。有些故事看起来很虚假，像是人们的杜撰，有些故事却像是真实的人生。他们都处于不同类别的恐惧中。

帕拉尼克并不是一个喜欢将自己的写作意图阐述得很明确的作者，这种写作方式需要一种巨大的力量——他总是很善于激起读者的兴趣。作者在他设置的场景中暗暗摸索，几乎与书中的角色同时发现正在发生着什么。你不自觉地开始依赖他们获取信息，也不自觉地比他们更深陷于他们罪恶的行当。尽管作者貌似从未隐瞒什么信息，但悬念始终存在。

任何一个去过写作学校学习写作的人都会遭遇这样的情形：创作的时候，他们发现一切都是可以辨认的，都是在他的生活范围内发生的。这是一种老套的角色塑造模式，旨在通过精细的描写来展示人物性格。因为在他们的作品研讨班里，所有的学生，甚至包括老师，都习惯于利用自己的经验来塑造角色：连环杀人狂，愤世嫉俗者，演员或者天才与白痴。

一旦读者开始感受到讽刺或者其他熟悉的氛围，帕拉尼克就会将这种感觉破坏掉。在他引用的爱伦·坡的《红死病的面具》里的警句那里，其实我们可以找到一些线索：邪恶的灵魂被囚禁在城堡里享受宴会，而瘟疫正在门外蔓延。另一条线索则来自日内瓦湖畔的狄奥塔蒂山庄，那是拜伦、约翰·波里杜利和雪莱这些人想要写一些恐怖故事的时候就会去的地方。

现代的读者或许会立刻想到阿加莎·克里斯蒂的作品。她的作品中，被枯燥生活缠身的角色一个个地现身，然后他们会被邀请去一个小岛或者乡间小屋，再然后恐怖的事情便会渐次发生。类似的回忆甚至会让我们想到旧时的恐怖电影：拉尔夫·理查德森在一个神秘的摄影棚中,穿着像是修道士的衣服,听着墙壁中被诅咒的灵魂的忏悔。《肠子》这本书给我们的感觉大概就是这两种感觉的结合。

甚至，快到结束的时候，我们不禁怀疑，帕拉尼克是在做一个电视真人秀吗？并行的故事线看起来是故意的。制造恐怖的制片人明显正躲在幕后,而剩下的参与者则等待最后的结果。很多之前的“选手”都不见了，他们或者回归现实被花边小报追踪，或是因为不合时宜而被彻底遗弃。墙壁上满是涂鸦，房间里杂乱不堪，连蛴螬都被当作食物吃掉了。幸存者争吵着如何分割他们幻想中的奖金。假想战胜了他们的理智，他们不想离开这个研习营，也不愿意去想外界的真相究竟如何。如果我们把这当成一种复杂的反讽的话，在帕拉尼克之前的作家，很少有试图这样做的明显企图。

在这本书中，忏悔才是作者的最终主旨：阐释，自我评断，请求原谅。“不解释，不原谅”这种传统的说法貌似从来不是他们考虑的。当他们做出各种荒唐的举动（砍掉自己的脚趾和手指，吃人肉，甚至更糟糕）时，他们会通过故事说明这些行为的来源，详尽地叙述各种细节，想让大家知道。当你从《噩梦之匣》的心悸中终于冷静下来的时候，那些邪恶阴冷的感触会存放在你的心里，永远不会忘记。读者似乎是将自己浸泡在恐惧里，难以呼吸。

在所有的故事里面，《肠子》所表达的忏悔含义最为深刻。在读到这篇文章之前，我从来没有过类似的感受。帕拉尼克曾经在公众面前阅读此文，据说很多人被送进了急诊室。在某些词汇或者场景出现的时候，许多听众晕倒。当我们的感官因为垃圾电视和垃圾电影而逐渐变得麻木的时候，当恐怖袭击接二连三地成为报纸头条的时候，我认为自己面对恐怖的能力加强了很多。但读完《肠子》，我知道自己错了。尽管它并没有让我昏倒，但之后的午餐我的确是没心情再吃。那是一本出色的书里出色的一篇，也是今年最具原创性的文学作品。

（本文发表于英国《卫报》，谢仲伟 译）

有太多的美，太多的荒唐，太多的“怪异”，
还有一些恐怖，但一点儿也不会激起反感。

——埃德加·爱伦·坡，《红死病的面具》

Chapter 1.

巴士开到凶悍同志说好在那里等车的街口时，她就站在那里，穿着一件军中剩余物资的厚夹克——深橄榄绿的——配上很宽大的迷彩裤，裤脚卷了起来，露出步兵的靴子。身子两边各放了一口箱子。头上那顶黑色扁帽戴得很低，看不出到底是谁。

“照规定是……”圣无肠对着挂在方向盘上方的麦克风说。

凶悍同志说：“没问题。”她弯下腰去解开了一口箱子上挂的标签。凶悍同志把那标签塞进橄榄绿色夹克口袋里，然后提起第二口箱子上了巴士，留下一只箱子在路边，孤零零的，像个被抛弃的孤儿。凶悍同志坐了下来，说道：“好了。”

她说：“开车吧。”

那天早上，我们都留了字条。在天亮之前，提着我们的箱子，踮着脚，偷偷地溜出家门走下黑暗的楼梯，再走过黑暗的街道，只有垃圾车陪着我们。我们都没有看到太阳出来。

诽谤伯爵坐在凶悍同志的旁边，正在一个袖珍记事本上写着东西，眼光在她和自己的笔之间来回扫瞄。

凶悍同志歪过身去看，一面说道：“我的眼睛是绿的，不是棕色的。我的头发天生就是这种赤褐色。”她看着他写下了“绿色”，然后说：“我屁股上刺了一朵小小的红玫瑰。”她两眼盯着由他衬衫口袋露出来的银色卡式录音机，还有那带网眼的小麦克风。她说：“不要写染头发，女人只会修或是改她们头发的颜色。”

坐在他们附近的是魏提尔先生，在那个地方，他那长有老年斑而颤抖的两手能抓紧他那把折好的轮椅的铬钢架子。他旁边坐着克拉克太太，她的胸部大得几乎像是搁在她腿上。

凶悍同志斜眼看着他们，贴靠着诽谤伯爵灰色法兰绒的袖子。她说："我猜想纯粹是装饰。没有营养价值……"

就是这一天，我们没有看到我们最后一次的日出。

在下一个黑暗的街口，保安会修女站在那里等着，她举起她那只厚大的黑色手表说："我们说好四点三十五分的。"她用另外一只手敲着手表说，"现在是四点三十九……"

保安会修女带的是一个人造皮革的提包，上面有背带，前面有块盖片，会啪的一声关起来保护放在里面的《圣经》，一个手工制的皮包，护着神的话语。

我们在城里各处等着巴士。在街角或是公车站的长椅上，等着圣无肠把车开来。魏提尔先生和克拉克太太、诽谤伯爵、凶悍同志还有保安会修女坐在靠前面的地方。

圣无肠拉动扳手打开车门，站在路边的是喷嚏小姐。她那件毛衣的袖子因为塞在里面的肮脏面纸而鼓了起来。她提起箱子，箱子里响得像是有玉米花在微波炉里爆开。她踩着阶梯上车来，每走一步，箱子里都响得像远方有机关枪在开火。喷嚏小姐看着我们说："我的药，"她用力地摇了一下箱子，"整整三个月的用量……"

这就是规定只能带那么多行李的原因。这样我们才都能各得其所。

唯一的规定是每人一件行李，不过魏提尔先生并没有说多大或是哪一种。

游民夫人上车的时候，戴着一枚像爆米花大小的钻戒，手里抓了条牵狗的皮带，皮带拖着的是一个装了小轮子的皮箱。

游民夫人挥着手，让戒指闪闪发亮，然后说："这是我先夫火化之后，做成的一颗三克拉的钻石……"

听了这话，凶悍同志俯身在诽谤伯爵正在写着的小笔记本上说：

“拉皮是一个词。”

又走了几条街，经过几个红绿灯，拐了几个弯之后，等着上车的是杀手大厨，他带了一个翻模制作的铝箱子，里面放着他所有白色的弹性内裤和T恤，还有袜子，全都折得四四方方，紧得像折纸一样。再加上一整套大厨使用的刀具。它的底下，铝箱里装得满满的是一扎扎的钞票，全是百元大钞。加在一起重得让他得用两手提上车来。

再过了一条街，在一道桥下，绕过一座公园的另外一头，巴士停靠在并没有人在等着的路边。那个叫“失落环节”的男人从路边的树丛里走了出来，怀里抱了一个团在一起的黑色垃圾袋，袋子破了，露出格子的绒布衬衫。

凶悍同志望着失落环节，却向隔壁的诽谤伯爵说道：“他的胡子看起来好像是海明威会开枪打的东西……”

那个还在梦中的世界，大概会认为我们疯了。那些还在床上的人，会再睡一个钟头，然后洗脸，洗腋下和两腿之间，然后去做他们每天做的工作，过他们每天过的同样的生活。

那些人发现我们丢了，会大喊大叫，可是如果我们是登上一艘船漂洋过海去开始一个新生活——移民、垦荒的话，他们也是会大喊大叫的。

这天早上，我们都是航天员，探险家。在他们还在睡觉的时候就醒来了。

那些人会大喊大叫，但接下来就会回去侍候客人，粉刷房子，给计算机写程序。

在下一站，圣无肠打开了车门，一只猫跳上阶梯，沿着巴士两边座位之间的走道一路跑过去。跟在猫后面上来的是否定督察，口里说着：“他的名字叫柯拉。”那只猫的名字叫柯拉·雷诺兹。“不是我取的名字。”否定督察说，她身上穿的苏格兰呢的上装和裙子上沾满了猫毛。一边的衣领在她胸口鼓突出来。

“是挂在肩膀上的枪袋。”凶悍同志靠过去对着诽谤伯爵衬衫口袋里的录音机说。

所有的这一切——在黑暗中低语，留下字条，保守秘密——就是我们的冒险行动。

如果你计划困在一个荒岛上过三个月，你会带些什么？

先说好你所有的食物和饮水都会准备好，或者你以为是如此。

先说好你只能带一口箱子，因为人太多，而载你们去荒岛的巴士只有那么大。

你会在行李箱里装些什么呢？

圣无肠带了好多盒猪肉干和干的奶酪泡芙，他的手指和下巴上都因为沾了这些东西的盐粉而变成橘红色。一只骨瘦如柴的手把着方向盘，另一只手则把一个个盒子斜举着，将里面的东西往他那张瘦脸上倒。

保安会修女带了一购物袋的衣服，最上面放了个背包。

克拉克太太上半身俯在她自己那对巨大的乳房上，把丰满胸部像个孩子似的抱在怀里，问保安会修女是不是带了个人头来。

保安会修女把背包打开得让大家能看到一个黑色保龄球上的三个洞，说：“我的嗜好……”

凶悍同志盯着诽谤伯爵把东西写进记事本里，然后看了看保安会修女梳得紧紧的黑发，没有一绺由发夹里松脱出来。

“那个，”凶悍同志说，“就是修过的头发。”

我们的下一站，八卦侦探站在那里，把一架摄影机贴在一边眼睛前，拍摄开过来停在路边的巴士。他带来一叠名片分发给大家，证明他是个私家侦探。他那架摄影机像个假面具似的遮没了半边脸，他拍摄我们，一路由走道走到后面的一个空位去，摄影机上的聚光灯照花了所有人的眼睛。

又走了一条街之后，媒人爬上了车，一路留下沾在他牛仔靴上的马粪。手里拿着一顶草编的牛仔帽，一个帆布袋挂在他一边肩膀上，他坐了下来，拉开旁边的窗子，把一口棕色的烟草汁吐在拉丝钢制的巴士车身上。

这就是我们随身带着过三个月遁世生活的东西。八卦侦探，他的摄影机。保安会修女，她的保龄球。游民夫人，她的钻戒。这就是我们写小说需要的东西。喷嚏小姐，她的药和面纸。圣无肠，他的零嘴。诽谤伯爵，他的记事本和卡式录音机。

杀手大厨，他的刀具。

在巴士里的暗淡光线下，我们都偷偷地看着魏提尔先生，这个研习营的主办人，我们的老师。你能看得见在那梳向一边的几根灰发下带着老年斑而闪亮的圆形头顶。扣子扣好的衬衫领子挺立着，是一道上了浆的白色篱笆，围着他细瘦、有老年斑的脖子。

“你们偷偷离开的那些人，”魏提尔先生会说，“他们不想你们学聪明。他们希望知道你们会是什么样的人。”

魏提尔先生会告诉你，你不可能成为他们知道的人和你自己希望能成为的那样一个伟大而荣耀的人，不可能同时做到。

魏提尔先生说，那些真正爱我们的人会求我们去，去实现我们的梦想，锻炼我们的技巧。而等我们回去的时候会爱我们。

过三个月。

这一小段生活是我们每个人要赌上的。

是我们要冒的险。

这一段时间，我们要赌上我们的才能来创出一些杰作。一篇短篇小说，或是一首诗，或是一个电影剧本，或是一段回忆录，使我们的生活有意义。一件杰作，让我们有钱得不必再做丈夫或父母或公司的奴隶，让我们能得到自由。

我们所有的人，乘车在黑暗中经过空旷的街道。喷嚏小姐由她毛衣袖子里摸出一张湿湿的面纸来擤了下鼻子。她吸了吸气说：“这样偷偷地溜出来，我真怕给抓到。”她把面纸塞回袖口里，又说道，“我觉得就像是……安妮·弗兰克[①]。”

凶悍同志把行李上的标签由口袋里翻找出来，那是她丢弃的那件行李唯一残存的东西，她那被抛弃的生活。她把标签在手里转来转去，用两眼盯着。凶悍同志说：“以我看来……安妮·弗兰克的日子过得挺好的。”

嘴里满是玉米片，由后视镜里望着我们所有人的圣无肠，一面嚼着盐和脂肪，一面说：“怎么说？”

否定督察拍着她的猫。克拉克太太拍着她的胸部。魏提尔先生拍着他的铬钢轮椅。

在前面一个街角的街灯下，另外一个未来作家的黑色身影在等着。

“至少安妮·弗兰克，”凶悍同志说，“从来不必带着她的书到处跑……”

圣无肠踩下了气压式的刹车，扭动方向盘把车停靠过去。

---

① 安妮·弗兰克（Anne Frank），受纳粹迫害的犹太少女，有记录她与家人在阿姆斯特丹藏匿避难过程的日记传世，即《安妮日记》。

地标

一首关于圣无肠的诗

“这就是我为了来这里而丢下的工作，”这位圣人说，“还有
　我放弃的生活。”
他以前开的是观光巴士。

圣无肠在舞台上，两臂交在胸前——好瘦。
他的两手都能摸到自己背部的正中间。
圣无肠站在那里，只有一层皮
　画在他的骨架子上。
锁骨由胸口突出，大得如同把手。
肋骨在白色 T 恤下清晰可见，而皮带——
　不是他的屁股—— 让蓝色牛仔裤不掉下来。

在台上，没有聚光灯，只有一段影片：
房屋与人行道，路牌和停放的车辆
　的各种颜色，
横过他脸上的是壅塞车阵形成的面具。
小货车和大卡车。

他说：“那份工作，开观光巴士……”
全是日本人、德国人、韩国人，全以英文
　为第二语言，一手抓着
　习语辞典，点头微笑，
听他对麦克风讲的话
而他让巴士转弯，沿街

　　而下，经过的房子里
　　住着明星，发生过凶案，有些公寓里
　　摇滚歌星死于吸毒过量。
每天走同样的路，谈同样的凶案，
明星，意外。那些
　　签和约的地方。总统
　　睡过的地方。

最后有一天圣无肠停在一道栅栏前，
里面是栋大房子，只是绕了下路，
去看他父母的四门别克车在不在，他们
　　是否还住在那里，
前院有个男人走着，推着
　　一架剪草机。
圣无肠对着麦克风、对他那些
　　享受冷气的乘客说：
　　“你们现在看到的是圣梅尔。”
他的父亲眯起眼来看贴了膜的
　　巴士车窗，
　　“羞辱与愤怒的大圣人。”圣无肠说。
从那以后，每天的行程都包括了
　　“圣梅尔与圣贝蒂神殿”。
圣贝蒂是公开羞辱的圣人。

停在他姐姐所住的公寓大楼前，圣无肠指着
　　高高的楼上。上面是圣温迪神殿。
“临床堕胎的圣人。”
停在他自己公寓门口，
他告诉巴士上的游客：“这里是圣无肠神殿。”

这位圣人自己拱起的肩膀，橡皮圈似的嘴唇，
过大的衬衫，

在后照镜里映照得更显小。
“打手枪的圣人。”
而巴士上每个人都点着头，扭过
　脖子去，想要看到
　什么神圣的东西。

肠子

圣无肠的故事

吸气。

尽量能吸多少就吸进多少空气。这个故事应该差不多和你能闭住气的时间一样长，然后再长出一点点。所以尽快听吧。

我的一个朋友，在十三岁的时候听到有所谓的“插后庭”。在那个年纪，这个朋友有那么点儿色情狂。他总在找比人家更好的发泄方法。他去买了根胡萝卜和一瓶凡士林。用来做一次小小的私人研究。然后他想到这样在超市收银台前会是个什么样的局面：那一根胡萝卜和一瓶凡士林孤零零地在传送带上滚到收银员的面前。所有排队付钱的客人都看在眼里。每个人都知道他今晚的大计划。

所以，我那位朋友，他买了牛奶、鸡蛋、糖和一根胡萝卜，全是做胡萝卜蛋糕的材料。外加一瓶凡士林。

好像他要回家去把一个胡萝卜蛋糕塞进他的屁眼里。

到家之后，他把胡萝卜削成一根短棍。涂满了油脂，慢慢地坐了上去。然后——什么也没有。没有高潮，除了很痛之外，什么也没有。

然后他妈叫着说吃晚饭了。她说下楼来，马上。

他想办法把那根胡萝卜拔了出来，把那根又滑又脏的东西包在他床底下的脏衣服里。

吃过晚饭之后，他再去找那根胡萝卜，发现那玩意儿不见了。在他吃晚饭的时候，他妈把他所有的脏衣服拿下去洗。她不可能没发现那根用她厨房里的削皮刀仔细修整过的胡萝卜，上面闪亮着润滑油，而且还有股臭味。

我这个朋友在乌云罩顶之下等了好几个月，等着他父母来骂他。可是他们始终没有动静。一点儿也没有。即使现在他已经长大成人了，那根看不见的胡萝卜还悬在半空中，度过每次圣诞大餐、每次生日派对、每次和他的孩子们（也就是他父母的孙儿孙女）一起在复活节找彩蛋的时候，那根鬼魂似的胡萝卜还悬在他们所有人的头上。

那种事可怕得无以名状。

法国人有句话："楼梯上的灵光。"法文是：Esprit d' Escalier。那意思是说，你找到答案的那一刻为时已晚。比方说，你参加一个派对，有人侮辱了你，你得回嘴。结果，在压力之下，大家都盯着你，你只能支吾以对。可是一等你离开了那里……

你一开始下楼梯，就像变魔术一样——你想到该说的最好不过的话，最能把对方驳倒的话。

这就是所谓楼梯上的灵光。

问题是，即使法国人也没有什么话来形容你在压力下真正做出的傻事，那些你真正想到或是做出来的愚蠢而不顾一切的事情。

有些事情实在低级得无以名之，低级得甚至说都不能说。

回顾起来，儿童心理专家和学校的辅导老师现在都说，最后一次青少年自杀高峰是孩子们在手淫时让自己窒息而死。父母发现他们的时候，孩子的脖子上缠着毛巾，而毛巾系在他们卧室衣柜里的横杆上，孩子死了，干了的精液到处都是。当然做父母的会清理干净，替他们的孩子穿上裤子。让情况看起来……好一点儿，像一般让人难过的青少年自杀情形，至少有这种意思。

我另外一个朋友，也是我同学，他哥哥在海军服役，说外国人打手枪和我们不一样。这做哥哥的驻扎在某个有骆驼的国家里，那里的市场上卖一种看起来很像是花哨的拆信刀之类的东西。每根这种花哨的工具都只是一根很细而擦得雪亮的铜棒或银棒，大概和你的手掌一样长，其中一端有个大头，或是金属的大球，或是像剑柄似的弯曲把手。这位在海军的哥哥说那些外国男人把老二弄硬了之后，就把这种细金属棒插进老二里面去，一直插到底。然后带着这根棒子在里面来打手枪。

就是这个到过世界各地的大哥寄回来法国的俗话，俄国的俗话，还有大有帮助的打手枪秘诀。

在那之后，那个做弟弟的，有天没来上学。那天晚上，他打电话问我能不能帮他拿下面几个星期的作业。因为他进了医院。

他得和一些肠胃开刀的老头子住在同一个病房里，他说他们得共看一台电视，只靠一张布帘子来保有隐私。他的父母不去看他。他在电话里说他父母现在真该杀了他那个在海军里的哥哥。

那小子在电话里告诉我说——前一天——他嗑了药，有点晕，在他家中的睡房里，躺在床上。他点了支蜡烛，翻看一些旧的色情杂志，准备打手枪。这是在他看过他那当海军的哥哥来信之后的事。看到中东人怎么打手枪的有用资讯，这小子到处找可以这样用的东西。圆珠笔太粗了。铅笔不但太粗大而且太粗糙。可是，流在蜡烛旁边的那一小条既细又光滑的蜡大概正合适。那小子用手指尖把那一长条蜡由蜡烛上剔了下来。他用两个手掌搓得更平滑些，又长又滑又细。

他又晕又想干，就把那根东西插进硬挺的老二里，越插越深。他还留了一截蜡在外面，开始打起手枪来。

即使到了现在，他还说那些外国人还真聪明。他们完全重新发明了打手枪。他平躺在床上，那小子越来越爽，爽到都忘了注意那一条蜡，就在再来一下就要射了的时候，他发现留在外面的那一截蜡不见了。

那条细细的蜡，全部滑进去了。整个滑到了里面，深到他甚至于在尿道里摸不到那一坨隆起。

他妈在楼下叫他吃晚饭。她说下楼来，马上。用蜡的小子和用胡萝卜的小子不是同一个人，可是我们的生活情形差不多都一样。

吃过晚饭之后，那小子的肚子痛了起来。是那条蜡，所以他想也许蜡会在他肚子里融化了，可以让他尿出来。现在他的背痛。肾脏痛。他连站都站不直。

那小子在他的病床上打电话，你还听得见背景有铃声叮当，有人在尖叫，还有电视上游戏节目的声音。

X 光照出了真相，有一条又长又细的东西弯成两截，在他的膀胱里。这个又长又细的 V 字形吸附了他小便里的所有矿物质，越来越大，也越来越粗糙，外面包裹着钙的结晶，到处跳动，伤了他膀胱内层的柔软组织，堵住了他的小便不能排出，他的肾脏受到尿液的倒灌回流。唯一能从他老二里流出来的一点点，也因为有血而成为红色。

那小子，他的父母，他的全家人，他们看着那张黑白的 X 光片，医生和护士就站在旁边，那个由蜡形成的大 V 字白得亮眼，每个人都看得到，他只好说了实话。这种外国的打手枪法，他哥哥在海军写信告诉他的事。

现在，他在电话里哭了起来。

他们用他上大学的基金付了膀胱开刀的医药费。这么一个愚蠢的错误，现在他再也当不成律师了。

把东西插到你自己身体里面，把自己卡在什么东西里面。不管是蜡烛在你的老二里，还是你的脑袋在索套里，我们都知道麻烦大了。

让我惹上麻烦的事，我称之为“潜水寻珠”。也就是说在水底打手枪，坐在我父母的游泳池里，在比较深的那一头的池底。我深吸一口气，踢着水潜到池底，脱掉泳裤。在那里坐上二、三、四分钟。

就因为打手枪，我有了非常大的肺活量。只要家里没有别人在，我就会一整个下午都在干这件事。等最后打出来的时候，我的精液，会成为一大坨一大坨的乳白色悬浮水中。

之后,再潜下水去,把精液全捞起来。一把把捞起之后擦在毛巾上。所以这才叫“潜水寻珠”。即使池水中有氯,我还是会替我姐姐担心,还有,全能的耶稣,还有我妈。

当时我在这个世界上最害怕的一件事就是:我那十几岁、还是处女的姐姐,一直以为她只是越长越胖,结果却生下一个有两颗脑袋的智障婴儿。两个头长得都像我。我,既是父亲又是舅舅。

最后,你碰上的却不是你担心的事。

“潜水寻珠”最棒的部分是游泳池过滤和循环马达的进水口。最棒的部分就是光着身子坐在那上面。

就像法国人说的:有谁不喜欢别人吸他的屁眼?

不过问题是,前一分钟你还只是一个想自己爽一下的小子,下一分钟你就再也当不成律师了。

前一分钟,我正坐在游泳池底,天在波动,由我头上八英尺深的水里看出去,是一片浅蓝。除了我耳朵里听见自己的心跳之外,整个世界寂静无声。我那条黄色条纹的泳裤套在脖子上,以防万一,怕万一有个朋友、邻居,或是任何一个人突然出现来问我为什么没去练足球。入水口稳定地吮吸舔舐着我,而我把白白瘦瘦的屁股压下去享受这种感觉。

前一分钟,我吸足了气,把老二握在手里。我父母去上班,我姐姐去学芭蕾舞。几个钟头里都不会有人回家来。

我的手让我到了高潮的边缘,然后我停下来。我游上去换一大口气,再潜下来坐在池底。

我这样反复地做了一次又一次。

我不需要空气。我耳朵里听到心跳声,我一直留在水底,最后眼前都冒出了金星。我两腿伸得笔直,两边的膝弯都在水泥池底擦伤了。我的脚趾发青,脚趾和手指都因为泡在水里太久而皱了起来。

然后我让自己达到高潮。白色精液开始喷射出来。那些珍珠。

就在这时候，我需要点空气了。可是就在我想踢水往上游时，却做不到。我没法让脚伸到我身子下面。我的屁股被卡住了。

急救单位的人会告诉你说每年大约有一百五十人这样卡住，被循环马达给吸住了。你的长头发或是你的屁股卡住的话，你就会淹死。每年都不知有多少人送命。大部分在佛罗里达州。

大家只是不谈这件事。就连法国人也不是每件事都会说的。

我一腿跪起，把一只脚塞进身体下面，半站起身时，感到屁股那边被什么东西拉扯住了。我把另一只脚也伸到身子下，踩着池底往上游。我离开了池底，不再碰到水泥地，可是也吸不到空气。

我用力踩着水，两臂划动，大约到离水面一半的地方，但是没法再高。在我头里的心跳越来越响，也越来越快。

明亮的光点不停地在我眼前闪来闪去，我转头往后看去……可是那完全说不通。那条粗索，像某一种蛇，青白色的，还看得见上面有血管，由出水口上来，咬紧了我的屁股。有些血管在往外渗血，红红的血在水底看起来是黑的，由那条蛇苍白的皮肤上的小小裂缝漂了出去，消失在水中，而在那条蛇薄薄的青白色皮肤里面，还看得见一坨坨消化了一半的食物。

这是唯一可以说得通的事。有什么可怕的海怪，一条海蟒，从来没在光天化日下见到过的东西，一直躲在游泳池出水口的黑暗深处，等着咬我。

因此……我用力地踢着，踢着又滑又有弹性而且打着结的皮和上面的血管，好像有更长一截从下水口拉了出来。现在大约和我的腿一样长了，可是还是紧咬着我的屁眼。我又用力一踢，离我能换气的地方又进了一寸。我仍然感到那条蛇咬住我屁股往下拉，但离逃生又近了一寸。

你能看到纠结在蛇肚子里的有玉米和花生。你还看得见一个长形的亮橘色的球，就像是我爹逼我吃的那种大型的维生素丸，让我增加体重，让我能赢得足球奖学金。其中添加了铁和 ω-3 脂肪酸。

就是看到那颗维生素丸才救了我的命。

那不是一条蛇。那是我的大肠。我的肠子给拉出了我的身体。这是医生所谓的“脱垂”。是我的肠子被吸进了下水口。

急救人员会告诉你说，游泳池的马达每分钟能抽八十加仑的水，力道大约在四百磅左右。而最大的问题是，我们的内脏是连在一起的。你的屁股只是你嘴巴的另外一头。如果我随他去的话，马达继续作用——把我的内脏扯脱——最后会到我的舌头。想想看要承受四百磅的力道，就知道那会怎么把你里面掏空了。

我可以告诉你们的是，你的肠子不会觉得有多痛。不像你皮肤对疼痛的那种感觉。你所消化的那些东西，医生称之为“排泄物”。再上面一点儿是食糜，一堆浆状的东西，混着玉米、花生和圆圆的绿色豌豆。

漂浮在我四周的就是由血、玉米、粪便、精液和花生混在一起的汤。即使我的肠子给拖出了我的屁股，而我仅留住剩下的部分，即使在这样的情况下，我第一件想要做的事却是想办法把我的泳裤穿回去。

老天不容我父母看到我的老二。

我一手握拳堵在屁眼上，另一只手把我的黄色条纹泳裤由脖子上拿了下来。但是，要把泳裤穿上还是件不可能的任务。

你如果想知道摸摸你的肠子是什么感觉，那就去买一盒那种小羊肠做的保险套吧，拿一个出来，拉长了，在里面灌上花生酱，外面涂上凡士林，放在水里面。再想办法扯断。想办法拉成两段。那实在是太坚韧又太有弹性了。滑不溜的无法抓住。

小羊肠的保险套，就是普通的旧肠子嘛。

现在，你们就能明白我要对付的是什么了。

你只要一放手，肠子就没了。

你要是游到水面上去换气，肠子就没了。

你要不往上游，就会淹死。

就看你是选马上死掉还是一分钟后死掉。

等我父母下班回来会发现的是一个巨大赤裸的胎儿，蜷成一团，漂浮在他们后院游泳池里浑浊的水中，由一根满布血管而扭曲的肠子系在池底。和那个在打手枪时把自己吊死的孩子不一样。这个是他们十三年前从医院带回家来的宝贝，是他们希望能得到足球奖学金、将来得 MBA 学位的孩子，会在他们年老时照顾他们，是他们所有的希望和梦想。漂在那里，光着身子，死了。四周是由浪费掉的精液所形成的乳白色大珍珠。

如果不是这样，就是我父母会发现我裹着一条血淋淋的毛巾，倒在游泳池和厨房那部电话之间的半路上，一段断了的肠子还由我那条黄色条纹泳裤的裤腿里拖了出来。

那是法国人都不会谈的事。

在海军服役的那个哥哥，教给我们另外一句话，一句俄罗斯的俗话。就像我们说“谁要这个，就像要头上有个洞”，俄罗斯人则说“谁要这个，就像要屁眼里长牙”。

你们也听过那些故事，说落入陷阱的野兽会咬断自己的腿，哎，随便哪只土狼都会告诉你咬几口可比死掉强多了。

妈的……就算你是个俄罗斯人，说不定哪天你也会想要有那些牙齿呢。

否则，你得做的就是——你得扭过身子去，用一只手勾在膝盖后面，把那条腿抬到你脸上。然后想办法往你的屁股咬下去。在喘不过气来的时候，只要能再吸一口气，你是什么都会咬的。

这种是你在和女孩子第一次约会的时候不会告诉她的事。要是你想要她吻你道晚安的话，就不会说的。

要是我告诉你们那是什么味道的话，你们就永永远远不会再吃乌贼了。

实在很难说我父母觉得哪件事比较恶心：是我怎么惹上麻烦呢，还是我怎么救了自己一命。去过医院之后，我妈说："你当时根本不知道自己在干什么，宝贝。你当时太震惊了。"而她学会了怎么做水煮蛋。

所有的人都觉得恶心或替我难过……

我需要这些，就像屁眼里要长牙。

现在，大家老是说我看起来太瘦了。大家一起吃晚饭的时候，因为我不吃他们烧的炖肉而气得说不出话。炖肉让我吃不消，还有烤火腿，它们会在我肠胃里待上几个钟点还不能消化的，出来还是原样。家里烧的利马豆或是大块的金枪鱼，我上完大号站起来的时候，会发现还是原状在马桶里。

在动过大肠切除手术之后，肉类的消化功能就没那么好了。大部分的人都有五英尺左右的大肠。我还算运气好，能留下六英寸。所以我终于没能拿到足球奖学金，也始终没能念到 MBA。我的两个朋友，那个蜡小子和胡萝卜小子，他们长大之后，身子也壮了，可是我始终没比我十三岁时候的体重多长一磅。

另外一个大问题是，我父母花了一大笔钱去整修游泳池。最后我爹只告诉那个来弄游泳池的家伙说是一只狗，家里养的狗掉下去淹死了，尸体给吸进了下水口里。即使那家伙打开过滤箱，掏出一条滑滑的管子，一段湿淋淋的肠子，里面还有一颗很大的橘色维生素丸，到了那时候，我爹只说："那只狗真他妈的疯了。"

就连我在楼上睡房的窗口都能听见我家老头说："那只狗啊，一秒钟没看住都不行……"

然后我姐的月经没来。

即使在他们把游泳池的水全换了，即使他们卖了房子，而我们搬到另外一州去住，我姐也堕了胎之后，我父母始终没再提这件事。

从来不说。

那是我们家的那根看不见的胡萝卜。

现在你们可以好好地，深吸一口气了。

因为我还没吸气。

Chapter 2.

在下一个街灯下面站着的是无神教士，身边有一个正方形的箱子。那时候还是凌晨时分，所有的颜色不是黑色就是灰色。那口黑色的箱子上却像爬满疤痕似的有着纵横交错的银色拉链，像一块有小袋子和开口、夹层和隔间的黑色瑞士奶酪。无神教士的那张脸——只是眼睛和鼻子四周的生红肉，如同以线和疤痕缝合在一起的牛排，耳朵扭曲而肿胀——眉毛都剃掉了。然后用黑笔画了两道像吃了一惊的弧线，高高地挑着几乎贴近发线。

凶悍同志望着他登上巴士的阶梯，用手指打开了她夹克上的一颗扣子。她扣上扣子，将身子俯向诽谤伯爵口袋里的卡式录音机。

凶悍同志贴近“录音”的红色小灯说，无神教士穿着一件白色衬衫，一件女用的罩衫，扣子钉在左边。

在朦胧的街灯下，他那些人造钻石的扣子闪闪发光。

经过下一段路，又转了一个弯，冻疮男爵夫人站在街灯的那圈灯光之外，站在阴影里等着。

首先是她的手由打开的巴士车门伸了进来，一只很普通的手，夹着烟的手指上黄黄的，没有戴结婚戒指。那只手把一个塑料的化妆箱放在阶梯的最上一级。然后出现了一个膝盖，一条大腿，丰满的胸部，一段用腰带束在雨衣里的腰肢。然后所有的人都把眼光转了开去。

我们看着手表，或是望向窗外停放着的车辆和报纸贩卖箱、消防栓。

冻疮男爵夫人带来了好多好多管护唇膏，她说，用来涂在她嘴唇的边上，因为那些地方在寒冷的气候里会干裂流血。她的嘴巴，就像她面孔底部一道涂了粉红色口红的开口。

凶悍同志靠向诽谤伯爵，轻轻地对着录音机说：“哦，我的天啦……”

在冻疮男爵夫人找位子坐下的时候，只有八卦侦探安全地躲在摄影机镜头后面看着她。

下一站，等着的是美国小姐，带着她的健身轮，一个粉红色的塑料轮子，大小像个餐盘，两根黑色的橡皮把手由轮子的中心向两侧伸了出来。用的时候两手分别抓住两边的把手，跪在地上，身子向前俯，把重心放在轮子上，然后腹部用力，前后滚动轮子。美国小姐带来的是那个轮子，几件粉红色的紧身衣，蜜色的染发剂，还有一支验孕棒。

美国小姐由巴士中间的走道往后走——朝带着轮椅的魏提尔先生微笑，没有向失落环节微笑——每走一步，都把一只脚踏在另外一只脚的正前方，让她的臀部看来比较窄，永远让前面那条腿挡住后面那条腿。

凶悍同志说那是“时装模特儿的台步”。她靠在诽谤伯爵的记事本上说：“那种颜色的金发，就是女人所谓的改色。”

美国小姐在浴室的镜子上用口红留言，涂在上面让她男朋友能在他们共住的汽车旅馆房间里看到，在他上晨间电视节目之前看到：“我不胖。”

我们都留下了某种留言。

否定督察一边摸着她的猫，告诉我们说她写了一份备忘录给她所有手下，告诉他们：“找你们自己的企划案去搞吧。”她昨晚把那份备忘录留在每个人的办公桌上，让她的工作人员在今天早上看到。

就连喷嚏小姐也留了一句话，尽管没有人会看懂。她用红色喷漆在一张公车站的长椅子上写道：“等你们找到疗法后找我。”

媒人把他的字条对折起来，立在厨房的桌子上，这样他太太就不会看不见了。字条上写着：“从我那次着凉到现在已经十四周了，而你始终还没吻过我。”他还写道：“今年夏天，由你去挤牛奶。”

灵视女伯爵留了张字条告诉她的假释审查官，说他要联络她的话可以打“1–800–滚你妈的蛋”这个号码。

灵视女伯爵由阴影中走了出来，戴着头巾，裹了一条蕾丝披肩，飘飘然地顺着走道走过去，她在凶悍同志身边停了一下，“既然你很好奇，”女伯爵说，把垂落的手抬起来，一个塑料手镯松松地挂在手腕上，“这是个全球定位的感应器，是我先前由牢里放出来的条件……”

一步、两步、三步，经过了仍然张口结舌的那位同志和那位伯爵，灵视女伯爵头也不回地说：“没错。”

她用一只手的指甲轻触头巾，说道：“没错，我的确看得到你心里在想什么……”

转过下一个街角，经过了下一个购物中心和加盟的连锁汽车旅馆，驶过又一个快餐店，自然嬷嬷正以极其完美的坐莲姿势坐在路边，画了暗红色藤蔓的两手分搁在两膝上，一条项链上挂了些铜梵钟，在她脖子上轻响。

自然嬷嬷带来一硬纸箱的衣服，裹住一瓶瓶很稠的油，还有蜡烛。纸箱闻起来有松针的味道。有篝火味的松脂。有散发着沙拉酱味的紫苏和香菜。有着一股进口商品集市味的檀香。身上那件印度纱丽滚边上飘着长长的穗子。

凶悍同志翻起了白眼，用那顶软软的黑呢贝雷帽扇着风，说道：“广藿香……”

我们的作家研习营，我们所在的荒岛应该是很温暖而有空调的，或不如说我们都相信会是这样的。我们会有各自的房间，可以保有隐私的空间，所以我们用不到很多的衣物，至少是这样告诉我们的。

没有理由让我们会有其他想法。

有人会发现这辆借来的巴士，但不会发现我们，在我们丢下这个世界的三个月里不会找到我们。这三个月的时间，我们都会用来写作和朗诵我们的作品。让我们所写的故事完美无瑕。

绕过了另外一条街，又经过一条隧道之后，等在最后一站，最后一个上车的是野蛮公爵。他的手指因为拿粉蜡笔和炭笔而满是印子，双手也沾着绢印的墨水，衣服因为一摊摊或一坨坨的干颜料而变硬。所有的这些颜色还只是黑色和灰色，野蛮公爵坐着，坐在一个装满了油彩、画笔、水彩和亚克力颜料的沉重工具箱上等着。

他站了起来，让我们等着他先把一头金发捋向脑后，再将一条红色大手帕扭成一线，把头发绑了个马尾。站在巴士车门口，顺着走道望向我们所有的人，被八卦侦探摄影机的聚光灯照着，他说："也是该来了……"

不，我们都不是白痴。如果我们真的会完全与世隔绝的话，我们绝不会同意的。我们里面没有一个人对这个愚蠢、低劣、差劲、平凡的世界厌烦到肯签下我们自己的死亡契约的地步。我们不是这样的人。

像这样的生活状况，当然，我们都认为能很快得到紧急医疗照顾，以防万一有人从楼梯上掉下来，或是某人的盲肠突然炸开。

所以我们必须决定的是：在我们的箱子里该装些什么。

这个研习营，想当然应该会供应冷、热自来水，肥皂，卫生纸，卫生棉，牙膏。

野蛮公爵给他的房东留了一张字条，写着：操你妈的租约。

更重要的是我们没有带的东西。野蛮公爵没有带烟，嘴里用力咬着一块块的尼古丁口香糖。圣无肠没有带色情书刊。灵视女伯爵和媒人没有带他们的结婚戒指。

就像魏提尔先生说的："在外面世界里会妨碍你的东西，到了这里面也会妨碍你。"

这场灾难里其他的部分都不是我们的错。我们绝对不会无缘无故带把电锯来，或是带把大铁锤，或是一管炸药，或是一把枪。不会的，在这个荒岛上，我们绝对、绝对安全。

在日出之前，在这个甜美的新的一天里，我们绝对预见不到会出什么事情。

他们让我们相信这一点。也许太安全了。

就因为这样，我们没有带任何可以救我们命的东西。

又转过了一条街，走了另外一段高速公路，下了立交桥，我们一直开到魏提尔先生说：“在这里转弯。”他紧抓住轮椅的架子，伸出一根干瘪的手指。他的皮肤皱缩，指甲发黄。

凶悍同志伸长了鼻子向空中嗅闻着说：“在接下来的十二个星期里，我都得生活在这种广藿香的臭味里吗？”

喷嚏小姐用手握拳挡在嘴前咳嗽。

圣无肠把巴士转进一条又窄又黑的巷弄里，两边的建筑物贴近得让媒人吐出去的棕色烟草汁都反弹了回来，溅在他工装裤的胸口。两边的墙近得擦掉了失落环节搁在车窗口多毛手肘的皮。

最后巴士停了下来，车门打开，让我们看到另外一扇门——这第二道门是在水泥墙上的一扇钢铁的门。巷子窄得让你没法朝两头看。克拉克太太由她的座位上滑了出来，走下阶梯，打开了铁门上的挂锁。

然后她就不见了，进去了，巴士的车门打开，通向一个什么也没有的空洞。一片漆黑。那个开口窄得刚够让人挤进去。你可以闻到从里面传出来刺鼻的老鼠尿骚味。混在这股味道里的，还有像打开了一本被蠹鱼[①]吃掉一半而潮湿的旧书气味。混杂在灰尘的气味中。

从黑暗中传来克拉克太太的声音：“赶快进来。”

圣无肠要先把巴士停在警方找得到的地方之后再和我们会合。

丢弃证据。丢在好几条街外，也许是好几里外。在那里，他们会找到车子，却无法追踪到这扇通往水泥墙和黑暗里的铁门。我们的新家，我们的荒岛。

我们所有的人都挤在巴士和那片漆黑之间的那一刻，在仍处于外

---

① 蠹鱼，无翅昆虫，身上布满鳞片，似鱼，尾分二歧。因吃书，又名书虫。

界的最后一刻，八卦侦探对我们说："笑一个。"

那是魏提尔先生所谓的摄影机后面的摄影机后面的摄影机。

在我们全新秘密生活的第一刻，聚光灯照着我们，又亮又快地留下一片比黑色更黑的黑暗。那一刹那让我们彼此抓住对方的衣服或手肘，想站直身子，眨着花了的眼睛，但充满信任，由克拉克太太的声音引领我们穿过那道铁门。

摄像的时刻：真相的真相。

"气味是很重要的。"自然嬷嬷说。她拖着硬纸箱，铜铃响着，紧抓着黑暗，说道："别笑，可是在芳香疗法里，就警告过你绝对不可以在点了月桂果香的地方再点檀香蜡烛……"

秘密工作

一首关于自然嬷嬷的诗

“我当初想当修女，”自然嬷嬷说，“因为我需要躲起来。”
她没想到有药检。

自然嬷嬷在舞台上，两臂爬满红指甲花染的彩绘，由她的指尖
　直到她扎染的彩虹色棉布罩衫的肩带。
脖子上，一条挂了铜梵钟的项链使皮肤
　发青。她的皮肤因搽了广藿香油而闪亮。

“谁知道呢？”自然嬷嬷说，“而且不单是验尿。”
她说：“还查了头发和指甲的采样。”
她说：“还加上身家背景调查。”
道德条款，身家背景调查，信用调查，衣着规定。

舞台上，赤着脚，没有聚光灯，
没有微笑或皱眉，一段夜空的影片横过她的脸庞。
星星和月亮的银河系。
嘴唇涂着红色甜菜汁。眼皮上抹着黄色藏红花粉。
一张粉红星云的面具移动。上面是有环和火山口的行星。

自然嬷嬷说：“他们要太多的推荐信。”
加上测谎。四张有照片的身份证明。
“四张。”自然嬷嬷说着，竖起一只手上彩绘的手指。她的
　铜丝和肮脏银丝的手镯，叮当
　如风铃响在手腕上。
她说：“谁也没有四张附照片的证件……”

要当修女，她说，你得参加笔试，
这比大学入学考试和法学院入学考试加在一起
　都还难得多。而且全是有典故的问题，比方说：
　“有多少天使能在一根针尖上跳舞？”
所有这些，自然嬷嬷说，只是要知道
　“你是不是在一气之下嫁给耶稣”。

她的长发由脸上撩开，编成辫子拖在背后，自然嬷嬷说：
　“我当然没被录取。不光是因为药检——我什么
　都不及格。”
不单是当修女的事，她一生中大部分……
她耸了下肩，那对在扎染肩带下的
　有雀斑的肩膀，说：“所以我就是现在这个样子。”

星座变化，缓缓爬过她的脸，
自然嬷嬷说：
　“我仍然需要藏身的地方。”

足部按摩

自然嬷嬷的故事

别笑，可是在芳香疗法里，他们警告你说绝对不可以在点了柠檬加肉桂的蜡烛之后，又同时点上一支苜蓿蜡烛和一支香柏加肉豆蔻的蜡烛。他们就是不跟你讲原因何在……

在风水方面，他们也从来不说个中道理，可是只要把床放错了位置，就可以聚到足够的气来杀掉一个人。你可以单凭针灸把月份很大的胎儿打掉。你也可以用水晶或是香气来让人得皮肤癌。

别笑，可是真的是有些不足为外人道的方法，可以让你把一些新世纪的东西变成杀人工具。

在按摩学校的最后一个星期里，他们教你绝对不要按到脚后跟的横向反射区。绝不要碰左脚背。尤其不能碰左边最外侧的地方。可是他们不告诉你原因何在。这就是这一行里做明的和做暗的师傅之间的差别所在。

你到学校里去学足疗法，这是一门利用按摩人的脚来治疗或刺激身体某一部分的学问。基本的观念是人的身体分成十个不同的能量点。比方说，你的大脚趾，直接连接到你的脑袋。要治疗头皮屑，就按摩你大脚趾甲后面的那一点。要治好喉咙痛，就按摩大脚趾的中间关节。这些都不是任何一种健康保险里有的保健方法。干这种工作就像是个医生，却没有那么高的收入。那种要你按摩每根脚趾之间来治疗脑癌的人，大部分都没多少钱，别笑，可是就算你在足部按摩方面有很多年的经验，你还是会发现自己很穷，还在替那些赚不到大钱的人做足部按摩。

别笑，可是有一天你看到以前和你一起学按摩的那个女孩子。那个女孩子，年纪和你一样大。你们两个以前一样戴过珠子项链。你们两个把干的鼠尾草叶编在一起，烧起来涤净你们的能量气场。你们两个穿着扎染的衣服，打着赤脚，而且年轻得在替那些到学校附属的免费实习诊所来的肮脏游民按摩他们的脚部时，觉得自己很高贵。

那是不知多少年前的事了。

你呢，你还是一样的穷。头顶上的头发开始掉了。因为吃得不好或是地心引力的关系，别人在你没有皱眉的时候也觉得你长着一张苦瓜脸。

那个和你一起去学习按摩的女孩子呢，你看到她从市中心一家豪华大饭店出来，门房替她拉着门，她像一阵风似的出来，身上的毛皮大衣飞舞，穿着足疗师从来不会把自己的脚绑在里面的那种高跟鞋。

就在门房去替她拦计程车的时候，你走近了，叫了一声："兰娣？"

那女人转过身来，果然是她。真正的钻石在她脖子上闪亮。她的长发又亮又浓，像一层层红色和棕色的波浪。她四周的空气中有玫瑰和紫丁香的柔和香味。她的毛皮大衣，双手戴着的皮手套，皮子光滑而白，比你脸上的皮肤还好。那个女人转过身来，把她的太阳镜抬起来架在头发上。她看着你，说："我们认识吗？"

你们以前是同学，在你们年轻的时候——比现在年轻得多的时候。

门房替她拉开计程车的车门。

那个女人说，她当然记得。她看了下有钻石在午后阳光中发出刺眼亮光的手表，说她得在二十分钟内赶到市区的另外一头去。她问，你能一起去吗？

你们两个进了计程车的后座，那个女人拿了一张二十美元的钞票给门房。他触帽行礼，说见到她总是如此愉快。

那个女人把要去的地址告诉司机，是一个在上城区的地方，车子上了路。

别笑，可是那个女人——兰娣，你的老朋友——她把一只穿着皮毛大衣的手臂从皮包的把手里抽了出来，把皮包打开，里面装满了现钞。一层层五十和一百美元的大钞。她把戴着手套的手伸进去找出了一部手机。

她对你说："用不了一分钟。"

坐在她身边，你的印第安印染的棉布长裙，像拖鞋似的凉鞋，还有带铜铃铛的项链看起来一点儿也不时髦而有异域风情了。你眼睛四周的黑色眼影和手背上褪色的彩绘，都让你看起来像是从来没洗过澡。和她的钻石耳环比起来，你最喜欢的那串银耳环简直就像廉价商店里买来的圣诞树吊饰。

她对着手机说："我在路上了，我可以接三点钟的那档，不过只能半个钟头。"她说了再见，就挂断了电话。

她用柔软光滑的手套摸了一下你的头发，说你看起来很好。她问你最近在做什么。

哦，还在做老本行啦，你告诉她——足部按摩。你现在有一批老客户了。

兰娣咬着下唇，望着你，然后说："那——你还在足疗这一行喽？"

你说，是呀。你不知道什么时候才能退休，不过得赚钱过日子。

她一直看着你，车子都走了整整一条街远，她一句话也没说。然后她问你说接下来的这个钟头里有没有空。她问你想不想赚点钱，不用付税的，和她一起给下一个客人做一次四手的足部按摩。你只要做一只脚。

你对她说，你从来没和另外一个人一起做过足疗。

"一小时，"她说，"我们赚两千美元。"

你问：合法的吗？

兰娣说："一人两千。"

你问道：只做足部按摩？

“还有一件事，”她说，“别叫我兰娣。”她说，“等我们到了那里，我的名字叫安吉丽卡。”

别笑，这可是真的，是足疗业里黑的一面。这方面我们当然都知道一些。我们知道按摩大脚趾的下方，就能让那个人便秘。绕过脚背按摩脚踝，就能让那个人泻肚子。按摩脚后跟的内面，能使男人不举，或令人偏头疼。但搞这些都不能让你赚钱，所以何必去费事呢？

计程车开到一堆石雕前，那是某个中东石油国家的大使馆。一个穿了制服的警卫拉开车门，兰娣下了车，你也下了车。到了接待大厅里，另外一名警卫用金属探测器搜你的身，要找手枪、刀子，等等。另外一个警卫则在一张有光滑白石桌面的桌子边打电话。还有一个警卫检查兰娣的皮包，把里面的钞票推到一边，结果只找到了她的手机。

电梯的门开了，另外一名警卫挥手让你们两个进去。“只要照我的样子做，”兰娣说，“这是你最容易赚的一次。”

别笑，在学校里，你听过谣言。说是一个很好的足疗师很可能被诱骗到黑的一边去。按摩脚底某几个会带来快乐的点，就能给人那些只能秘而不宣的效果，也就是那些一面偷笑的人所说的“足部工作”。

电梯门打开，前面是一条长走廊，只通到一道双开门。两边的墙都是光滑的白石。地板也是石头的。那道双开门上装着雾面玻璃，里面的房间中有一个男人坐在一张白色办公桌后。他和兰娣互相吻颊为礼。

坐在办公桌后面的那个男人，他看着你，可是只跟兰娣说话。他叫她安吉丽卡。在他后面是另外一道双开门，里面是一间卧室。那个男人挥手让你们两个进门去，可是他留在外面，锁上了门。把你们锁在里面。

在卧室里，有个男人面朝下地躺在一张铺有白绸子床单的大圆床上。他穿着绸子的睡衣，是闪亮的蓝色绸子，两只光脚伸到床沿外。安吉丽卡脱掉了一只手套。她又把另外一只手套脱下，然后你们两个跪在厚厚的地毯上，一人握着一只脚。

看不到那个人的脸，你只看到他梳得油亮的黑发，两只大耳朵里也长着黑毛。那个脑袋的其他部分全埋在白绸子的枕头里。

别笑，可是那些谣言都是真的。按摩安吉丽卡所按的地方，在脚跟底部生殖器的反射区按摩之下，她让那男人呻吟起来，脸还埋在枕头里。你两手还没累，那个男人就吼了起来，全身大汗淋漓，蓝色的绸子贴在他的背上和腿上。等他安静下来之后，你都搞不清楚他是不是还在呼吸，安吉丽卡轻声地说，是该走的时候了。

坐在办公桌后面的男人给了你们每人两千美元，现钞。

到了外面街上，一名警卫替安吉丽卡拦了部计程车。

进入计程车后座时，安吉丽卡交给你一张名片，上面是一家整体医疗诊所的电话号码。在那个号码底下，有一行手写的字："请找蓝尼。"

她手上的柔软皮手套，她香水的玫瑰香味，还有她的声音，全在说："打电话给我。"

踏入"足部工作"这一行的人有各式各样的理由。像是可以让你的家人过更好的生活，可以给你妈和你爹一些舒适的日子和安全感，也许还可以买部车子、一栋在佛罗里达海边的房子。

把那栋房子的钥匙交给你父母的那天，是你这辈子最快乐的一天。那天他们哭着，承认自己怎么也没想到他们的宝贝孩子单靠揉捏别人的臭脚也能过日子。这是个你要用下半辈子换来的一天。

别笑，可是那并不犯法。你不过是做了次单纯的足部按摩。没有发生性行为，只是你的客人到了高潮，累得有一两天连路都很难走。不管是男人还是女人，都是一样。你在他们脚上按对了地方，他们就会像痉挛一样达到高潮。强烈到会失禁而让你闻得到气味；强烈到大部分客人只能望着你，口水由一边嘴角淌了下来，用颤颤巍巍的手指指点你去拿放在梳妆台或茶几上的那一叠百元大钞。

蓝尼从诊所打电话来，你就登上包机去伦敦。诊所打电话来，你就飞去香港。所谓诊所就是蓝尼一个人，是个说话有俄国口音的男人，住在公园汉普顿大饭店一套房间里，你得把收入的五成分给他。在电话上，蓝尼用很重的口音告诉你该赶哪班飞机，还有下一位客人在哪个旅馆房间或私人小岛上等你。

别笑，可是不好的地方是你根本没有时间去逛街购物。钱越积越多。你的制服是一件毛皮大衣。要适合于这个新世界，你得买好的黄金和白金首饰。得留一头非常完美而光亮的头发。坐在丽思·卡尔顿大饭店的大厅里，你也许会看到几个以前学足疗的同学，现在穿着阿玛尼的西装、香奈儿的小礼服。以前吃素骑自行车来往的，现在却看到他们进出大轿车。你看到他们独自在大饭店的餐厅小桌子上吃饭。在私人的机场附设酒吧里喝鸡尾酒，等着下一班包机。

以前是满怀梦想的理想主义者，现在给引诱成为职业的足部工作者。

那些留着嬉皮长发的自然派女子和留着山羊胡的滑板小混混，你现在听到他们用电话指示他们的股票经纪人买进卖出。把钱藏在海外的账户里，瑞士银行的保险箱里。为没切割的钻石和南非金币讨价还价。

以前叫鳟鱼、小马、蜥蜴和生蚝的男生，现在都叫德克；以前叫金凤花的女生，现在叫多米尼克。

从事足部工作的人这样泛滥，使得价格降低。很快地，客户不再是软件界的亿万富翁和产油国家的王公贵族，你现在混在大饭店的酒吧里，穿着去年的普拉达服装，二十块钱就可以按上一次。你溜到桌子底下，给坐在餐厅后方包厢里来开年会的人按摩足部。你由一个假的生日蛋糕里跳出来，给一整个足球队的人按摩，参加单身派对，只为了能继续付你父母养老的那栋房子的贷款。

不要多久，你就得用那套绸子里的法国修指甲工具去修治不好的灰趾甲。

你做所有的这些事，为的只是你向蓝尼还有他那群俄国黑手党借了钱，得还利息。借钱买的股票垮了，全是蓝尼推荐你买的股票。或者是买了蓝尼说你要入这一行就一定要有的首饰和鞋子。

你在公园汉普顿大酒店的酒吧里，想说动一些喝醉酒的生意人跟你去男厕所花十块钱来做足部工作。就在这时候，你看到了她，安吉丽卡，走过大厅，往电梯走去。她的头发闪亮，她的毛皮大衣拖在她高跟鞋后面的地毯上。安吉丽卡看起来仍然光艳照人。你们的眼光对上了，她举起一只戴了手套的手，招你过去。

电梯来了的时候，她说她要到蓝尼的顶楼套房去。诊所。

她看着你磨损了的高跟鞋，你的指甲断裂了，她说："来看看下一波成长的生意是什么……"

电梯停在五十楼，整个顶楼套房都租给了蓝尼，两个穿了细条纹西装、全身肌肉的壮汉守在门口。该给蓝尼抽的成，也就是你每项收入的一半，就是交给这两个打手一样的人。其中一个保镖对着别在他衣领上的小麦克风报上你们的名字，门锁在一阵很响的嗡嗡声中打了开来。

里面只有你和安吉丽卡和蓝尼。

别笑，可是，你做足部工作，过的生活孤单又寂寞——蓝尼的生活看来更差得多。关在顶楼的套房里，整天穿着一件白色毛巾布的浴袍，数着钞票，打着电话。唯一的家具就是一把办公椅，椅子上满是渍印，脏得要命。一张床垫扔在玻璃帷幕墙边，向外可以看到整个城市。电脑屏幕上，股票价格不停地在跑着。

蓝尼朝你们走了过来，浴袍敞开着，里面穿了条皱巴巴的条纹四角内裤，脚上的白袜子都变黄了。蓝尼朝安吉丽卡的脸伸出两手来，说道："我的天使，我的最爱。"他把她的脸捧在两手之间，说道，"你好吗？"

穿着高跟鞋的安吉丽卡大概比他高了一个头。她微微一笑，说："蓝尼……"

而蓝尼掴了她一耳光，很用力，一巴掌甩在她脸上，他说："你骗了我，你可真行。"他举起一只手，五指张开，准备再掴她一耳光，"你在接外面的生意，对不对？"

安吉丽卡把一只戴了手套的手捂在脸上，遮住被蓝尼打出来的红印子，说道："宝贝，不要……"

蓝尼把手放了下来。他转身背对着她。蓝尼走过去望着窗外，整个城市展开在他的床垫旁边。

"宝贝，"安吉丽卡说，"让我给你看点儿新花样。"

她走过去站在他身边，由后面把她戴了手套的两手搭在他肩膀上，安吉丽卡说："来，妈咪让你看看她还是一样那么爱她的小宝贝……"

她拉着蓝尼去坐在床垫上，让他躺了下去。她把那双发黄的袜子从他的两只脚上脱了下来。

"来吧，宝贝。"她说。她脱下手套，说道："你知道我最会足部……"

安吉丽卡做了一件你从来没看过的事。她跪了下来，张开嘴巴，嘴唇张得又阔又薄，伸出舌头来舔蓝尼的脚底。安吉丽卡用嘴把蓝尼的脚后跟整个含住，蓝尼开始发出呻吟。

别笑，可是就是有些事情比你所能想象到的坏事更坏。有个从来没得过高血压的媒体大亨死在四季大饭店的房间里，死因是脑溢血。一个摇滚歌星，向来身强体壮，却在玛莫堡大饭店里做过一次足部按摩后死于肾衰竭。

我们会接触到各国总统和苏丹的脚，大公司总裁和电影明星，国王和王后。我们知道怎么样让拿了钱的暗杀行动看起来像是自然死亡。

这些都是安吉丽卡在乘坐电梯下楼的时候告诉你的。是在蓝尼呻吟抽搐之后的事。当时安吉丽卡含着舔着他的脚，最后蓝尼在床垫上坐直了身子，两手按住胸口，张大了嘴看着还在吮吸他脚后跟的安吉丽卡。在他的心跳停止之后，安吉丽卡把床单拉起来，一直盖到他的下巴。她把他脚上的口红印子擦掉，再把自己嘴上的口红搽好。她拔掉了电话插头，告诉保镖说蓝尼要好好睡个午觉。

在下楼的电梯里，安吉丽卡告诉你说这是她最后一次做足部工作，这种足部杀人能赚一百万，现钞。一个对手公司雇她来干掉蓝尼，现在她要金盆洗手了。

在楼下的大堂酒吧里，你们两个喝了杯鸡尾酒，好冲掉她嘴里蓝尼的脚的味道。算是最后一次道别的酒。然后安吉丽卡说，看着酒吧里那些穿西装的男人，那些穿毛皮大衣的女人，他们全是按摩杀手，她说。灵疗杀手，灌肠疗杀手。

安吉丽卡说，在物理治疗的时候，只要把一块水晶石英放在某人的心脏部位，然后把一块紫水晶放在他的肝脏部位，一块黄水晶放在他额头上，就能使他昏迷致死。只要溜进一个房间去，将某个人卧室里的家具移动一下，风水专家就能让那个人的肾脏产生病变。

“艾灸术，”她说，是一种在人身上针灸部位点香的疗法，“能杀人。指压按摩也一样。”

她把杯里剩下的鸡尾酒一饮而尽，从脖子上解下来那条珍珠项链。

所有那些疗法和药物号称百分之百的天然，所以百分之百的安全。安吉丽卡大笑起来。她说，氰化物是天然的。砷也是。

她把那串珍珠项链给你，说道：“从现在开始，我又回到‘兰娣’的身份了。”

这就是你希望安吉丽卡留在你记忆中的模样，而不是第二天在报纸上看到的那样子，从河里捞起来，身上还穿着湿淋淋的毛皮大衣。她的耳环和钻表都被拿走了，好装成抢劫的模样。她不是因为足部按摩致死的，而是死于相当传统的方式，在她梳得很完美的法国髻后脑上有一个空尖弹孔。这是对所有想跳槽的德克和多米尼克的警告。

诊所打电话来，不是蓝尼，而是另外一个俄国口音的人，说要派你去客户那边，可是你不信任他们。那两个保镖看到你和兰娣在一起，到顶楼的套房去。他们想必准备好另外一个空尖弹孔要放在你的后脑上。

你父母从佛罗里达打电话来说，有一辆黑色城市汽车一直跟踪他们，还有人打电话去问他们知不知道怎么找得到你。到这时候，你已经是从一家廉价小旅馆逃到另外一家廉价小旅馆，在后街小巷里给人足部按摩来赚点儿现金过活。

你告诉你的父母：要小心。你告诉他们不要让不认得的人按摩。你用公用电话打给他们，跟他们讲绝对不要碰芳香疗法，灵疗。别笑，可是你得四处旅行好一阵子，说不定下半辈子。

你没法解释。到这时候，你的零钱也用完了，所以你跟你父母道了再见。

Chapter 3.

我们的第一个星期，吃的是用涂了鹅肝酱的嫩牛肉做馅的威灵顿牛肉馅饼，而美国小姐跪在每一个门把手前面，想用她从野蛮公爵那里借来的一把调色刀把锁撬开。

我们吃花斑鲈鱼，而喷嚏小姐吃由她箱子里那些撞得乒乓响的瓶瓶罐罐中倒出来的药丸和胶囊。一面用拳头挡在嘴前咳嗽，还拿毛衣袖子来擦鼻涕。

我们吃意式烤奶油火鸡面，而游民夫人玩着手上的钻戒。她转着白金戒指，对似乎是捧在她手心的那颗大钻石说话。“派克尔，”她说，“这一点儿也不像我想象中那样。环境这样不……理想，我怎么写得出好东西来呢？”

当然，八卦侦探在录她。诽谤伯爵则拿着他的卡式录音机录下每一个字。

这里有人咳嗽，那里有人咳嗽；这边有人诉苦，那边有人咒骂。到处都在抱怨。喷嚏小姐说空气里全是有毒的霉菌。

这里有人动来动去，那里有人咳嗽。没有一个人工作。什么也没写出来。

骨瘦如柴的圣无肠，永远仰着脸，嘴巴像小鸟似的张着，把装在银色聚酯薄膜袋里的辣酱、苹果派或是牧羊人派往里倒。他的喉结随着每次吞咽而上下抖动，舌头舔着通过他牙齿之间的温热食物。

媒人嚼着烟草，把汁吐在满是渍印的地毯上，说这栋阴湿的房子，这些阴暗潮湿的房间完全不像他想象中的作家研习营：大家以手写稿，眼下是大片绿色草地；作家们吃的是盒饭，每个人住在他们个人的小木屋里，种着杏桃的果园里开满了白花，下午在栗子树下午睡，打槌球。

美国小姐在给她毕生杰作的电影剧本写大纲之前，就说她办不到了。她的胸部酸痛得让她无法写作，她的两臂太累。她一闻到今天要吃的小牛肉，就忍不住要把昨天吃下去的蟹肉饼给吐了出来。

她的月经几乎晚了一个星期。

“这叫恶劣建筑症候群。”喷嚏小姐对她说。她自己擦红了的鼻子已经因为老向一边擦而歪向一边了。

游民夫人用手指摸过栏杆和雕花的椅背，让我们看有多少灰。“看，”她对手上的大钻石说，“派克尔？派克尔，这实在不像话。”

在我们被关起来的第一个星期里，喷嚏小姐一直在咳嗽，呼吸声音慢而低沉，像是管风琴的声音。

美国小姐摇着锁上的门。在意大利文艺复兴的休息厅里把绿色天鹅绒的窗帘拉开，发现窗子都用砖块砌死了。她用粉红健身轮的把手将哥特式吸烟室的彩色玻璃窗打破，发现后面竟是一堵水泥墙，用电线连着电灯泡来造出假的日光。

在法国路易十五大厅里，椅子和沙发上全是印有矢车菊花样的蓝丝绒椅套，四壁全是灰泥的涡形花纹，都漆成了金色，美国小姐穿着她粉红色的运动服站在那里，要求把钥匙拿出来。她的头发像由金色发卷组成的海浪，堆在她脑后，她要钥匙，好让她出去，只去个一两天。

“你是个小说家吗？”魏提尔先生说。即使把两手搁在轮椅的铬钢扶手上，手指仍在打着看不见的电报。他两只青筋毕露又满是皱纹、瘦骨嶙峋的手始终不停地在抖动。

“电影编剧。”美国小姐说。两手在粉红色运动服的腰际捏成拳头。

看着她高挑窈窕的身材，“对啊，”魏提尔先生说，“那就写一个以疲倦当主题的电影剧本吧。”

不要，美国小姐需要去看妇产科医生。她需要验血。她需要产前的维生素。“我要见一个人。”她说。她的男朋友。

魏提尔先生说："这正是摩西把以色列人带进沙漠去的原因所在……"因为这些人好几代以来都是奴隶。他们已经学会安于无助。

要由奴隶族群中创出一个主人族群，魏提尔先生说，要教会一群受控制的人如何创造他们自己的生活，摩西就非当混蛋不可。

坐在一把蓝丝绒椅子边上的美国小姐不住地点头。一头金发上下跳动。她明白。她明白。然后她说："钥匙呢？"

而魏提尔先生告诉她："没有。"

他把一包银色聚酯薄膜包装的白酒鸡块放在膝盖上，四周的蓝色地毯上有一块块黏黏黑黑的霉印。每一块潮湿的印记，都像是个张牙舞爪的黑影，一个长了霉菌的鬼魂。魏提尔先生舀起一匙白酒鸡块，说道："除非你能忽视周遭环境，做你承诺过要做的事，否则你就会永远受到这个世界的控制。"

"那你叫这个是什么？"美国小姐说着，用两手搅动着满是灰尘的空气。

魏提尔先生说了后来说过百万次的话："我只是要你守住承诺。"还有，"在这里阻挠你的正是阻挠你一辈子的那些东西。"

空气里永远充满着太多的某些东西。你的身体太酸痛或疲倦，你爸爸酗酒太多，你老婆太冷淡，你总有借口不去过你的生活。

"可是万一出了什么事怎么办？万一我们的食物吃完了呢？"美国小姐说，"那到时候你就得把门打开了，对不对？"

"可是现在不是呀，"魏提尔先生说，他嘴里满是嚼了一半的鸡块和白花菜，"我们的食物并没有吃完。"

不错，是没有吃完。还没有吃完。

在里面的第一个星期，我们吃了蔬菜咖喱饭，我们吃了蒲烧鲑鱼。全是冷冻干燥的。

食物里，有封在用手撕不开的真空包装袋中的青豆。每个银色的袋子上都用黑字印着"防虫"的字样。我们有防虫的青豆和鸡肉派，还有整根的金黄甜玉米棒。每个袋子里，都有东西摇得响，像碎了的树枝、石头和沙子。每一个袋子都膨大成一个银色的枕头，里面灌了氮气，以确保里面没有活物。不管是肉酱意大利千层面，还是奶酪小包子。

不管是不是能防虫，我们那位失落环节都能用他那双毛茸茸的手一把撕开。

在烹调之前，大部分的人都用剪刀或是刀子把袋子割开。你伸手到里面去摸索找出一个装了氧化铁的小茶包——加进去是为了吸收掉所有残余的氧气。你把茶包取出来之后，就把袋子丢进那么多杯的开水里。我们有一台微波炉,我们有塑料的叉子和汤匙。纸盘子,还有自来水。

你把一本讲吸血鬼的小说看上十页，就可以开饭了。上桌的不是牛排和热水，那个银色枕头里装满了家常肉卷，或是加了蘑菇和酸奶油的俄式炒牛肉丝。

我们坐在大厅里铺着蓝色地毯的楼梯上，看来就如一道水波流动的蓝色瀑布。每一级阶梯都宽到我们可以一起坐在上面，彼此的手肘还不会碰到。这就是万一发生核战争时，总统和国会议员在地底深处吃的那种俄式炒牛肉丝。是同一个厂商制造的。

其他的银色袋子上标注着巧克力魔鬼蛋糕和火烧香蕉冰激凌、土豆泥、通心粉和奶酪、冷冻干燥的炸薯条。

所有这些，不错的食物。

每一袋都有个有效期，远在我们都不在人世之后。长命到大部分现在还是小婴儿的人都死了之后。

能活一百年的草莓小蛋糕。

我们吃了冷冻干燥的羊肉，配上冷冻干燥的薄荷酱，而游民夫人打心底里发现她真的确实爱她死去的丈夫。她爱他，她用两手捂着脸哭。她的肩膀在她的貂皮大衣里耸了起来，因为哭泣而抖动。她把那颗大钻石捧在手心里，她需要出去把她那三克拉的钻石埋葬在他们的家族墓园里。

我们吃了丹佛蛋卷，而野蛮公爵把他的尼古丁口香糖咬得噼啪作响，说这真不是戒烟的时候。而圣无肠左手失去了知觉，这是在没有图片刺激下想达到高潮的反复动作所造成的伤害。

否定督察的猫，那只叫柯拉·雷诺兹的猫，吃了剩下来的斑点海鲈鱼肉，而灵视女伯爵和无神教士很担心我们的安全。我们走进了一个陷阱，他们担心有人会找到我们而……他们告诉魏提尔先生说他们必须不停移动、躲藏、逃跑以保安全。

无神教士抱着一张芭芭拉·史翠珊的唱片，他裂开如血肠的嘴唇嚅动着读歌词，他对着诽谤伯爵的卡式录音机说："我原以为我们这里会有立体音响的。"

在八卦侦探摄影机的观景窗里，杀手大厨把一大匙汤汁淋漓的绿色菠菜蛋奶酥送进他那张胖脸的嘴里，一面说道："我是个专业大厨，我不是美食评论家。可是我不能喝上三个月的速溶咖啡……"

当然，每个人都说他们还会写东西，写他们的诗和小说。他们会完成他们的杰作。只不过不是在这里。不是现在。要等以后，到外面去之后。

我们在这里的第一个星期，大家一事无成。除了抱怨。

"这不是借口，"美国小姐说着，两手捧住她平坦的腹部，"这是个人的生命。"

喷嚏小姐用拳头挡在嘴前咳嗽。她吸着鼻子，两眼鼓突，泪水后面隐现血丝，她说："我在这里有生命危险。"一手伸进口袋去再拿一颗药。

当然，魏提尔先生摇头说不行。

魏提尔先生坐在那把蓝丝绒的椅子上，大厅四周全是金色和丝绒，魏提尔先生用汤匙从一个真空包装袋里舀着牡蛎巧达浓汤，一面说道："告诉我一个关于这孩子爸爸的故事，"他对美国小姐说，"给我写一段你怎么和他认识的场景。"

八卦侦探的摄影机镜头拉近，给美国小姐的脸拍了个特写的反应镜头。

产品改良

一首关于美国小姐的诗

“我一直在找，”美国小姐说，“看有什么是我不喜欢的。”
每次她照镜子的时候。

美国小姐在舞台上，她的金发卷成油条卷，吹成大波浪，很蓬松，
让她的脸看来尽量地小。
一只穿了高跟鞋的脚稍稍放在另一只脚前，
让两腿相重。
使她的臀部看来更窄。
侧立着，她将肩膀扭过来面对着观众。
所有这些屏气吸气都使她的腰部看来窈窕。

舞台上，没有聚光灯，只有一段影片：
她的脸被健身录像带画面遮没。
她的容貌，眼睛和嘴唇，穿着亮粉红色紧身衣和护腿。
她那美国小姐的皮肤和一群女人一起跳跃舞动，
每个女人都望着镜中的自己。
影片：幻影的影像反映的影子。

她说：“我每朝镜中望一眼，就是一次秘密的市场调查。”
她是她自己的试看观众。
以一到十的评分来评她的外表。
每天，以录像带来看新升级的五点。
了解新的市场趋势。

她的衣服，紧如泳装，紧如紧身衣，

她穿着裤袜在固定在原处的女士踏步机上运动，
一小时消耗一千卡热量。
“在才艺方面，”她说，“我要表演如何不吞食。”
满肚子的蜜桃冰淇淋。
一大袋子的小巧克力棒，六个撒满糖霜的甜甜圈，两个双层奶酪堡。
平常吃的那些。
有时候，则是精液。

她的脸在做有氧运动时游走、闪动着，她
　当下的野心是消除买家的抗拒心理。
而长期目标是成为某人的长期投资。
成为长期的消费商品。

演员休息室

美国小姐的故事

不管是炸弹爆炸，还是有枪手在大礼堂里抓人质，这些事都不是冲着你个人来的。电视网的主控荧幕上出现特别警讯的时候，任何一个下属的电视台都要把送进来的全国性消息交给主播。

要是你正好在看电视，首先地方台的制作人和导播会先弄个子母画面，也就是大部分人所知道的分割荧幕。然后当地的主播报告说：“有关邮轮沉没的最新消息，请看乔·布鲁来自纽约的报道。”这就是他们所谓的“切进”或“切回”。

电视网发的新闻占了时段，地方主播只有束手坐在一边等电视网那边通知什么时候特别报道会结束。

没有一个公关人员会想到把这些事向他们找来的新人解释清楚，不管那个新人是在推销投资理财录影带、书籍，还是新研发的胡萝卜削皮刀。

所以，坐在《醒来吧，加泰隆卡！》节目后台的演员休息室里，那个把头发用油全往后梳的年轻男人，就把一些生活上的事实向这个金发女郎说清楚。

他对她说，她是个超级而太过头的金发女郎。这种闪亮的金发会让现场指导发疯，因为没办法打光打到不反光的地步。有些现场指导说那是“爆掉”。一头金发像着了火一样。

“不管怎么样，”那油头小子对金发女郎说，“要是你带了小抄，也不要看，否则摄影机就会只照你的头顶。”

他说，现场指导最恨来宾带小抄。他们讨厌那些不肯把资料收起来的来宾。他们会告诉你："就当你的产品，别推销。"

讽刺的是，也就是这同一个现场指导，会叫你"健身轮"，因为那正是写在流程表上你那一格里的文字。那个油头小子那格是"投资理财录影带"，那个老头子则是"去渍刷"。

金发女郎和油头小子，他们坐在演员休息室里的旧皮沙发上，几杯老咖啡丢弃在他们面前的桌子上，上面靠角落的墙上高高挂着两台监视器，几乎顶着天花板。

在一台监视器上，可以看见全国性的主播正在谈论邮轮失事的新闻，然后插入录影画面，船底朝天，四周浮着一堆堆橘黄色的救生衣。那金发女郎说，在第二台监视器上的状况更加凄惨。

在另一个角落，你看到的是 A 段的笨蛋，那个梳着分头的家伙，清早五点就从他汽车旅馆六号房起床赶到这里，来大力宣传他所发明的特殊去渍刷。可怜的呆瓜。他上了妆，上了台，送进人工盆景多得像雨林的"客厅"里。他坐在炙热的灯光下，而现场主播开始他们开场的"闲话"。

"客厅"的场景和"厨房"以及"主景"都不一样，因为假的植物和垫子比较多。

这个笨蛋以为他弄到一个足足十分钟的时段。因为这家电视台是照钟点来的，在开始十分钟之后才会进广告。大部分的电视台在八分或九分钟的时候就进广告了。这样的话，我们可以让观众不会转台，在整个十五分钟的时段里拿下高收视率。

"真惨，"油头小子对我们的金发女郎说，一边像个好天主教徒似的在胸前迅速画了个十字，"可是宁愿是他，也不要是我们当中的哪一个。"

才刚开始放去渍刷的演示录像带，A 段的节目就因为倒霉的沉船而中断了。

坐在演员休息室里，一张破旧皮沙发上，在一个两位数的 ADI 里，那油头小子说他大约有七分钟的时间把这整个世界教给我们的美国小姐。

所谓的 ADI，指的是“直接影响地区”。比方说，波士顿，就是美国第三号 ADI，因为那里的媒体可以到达第三大消费市场。纽约是第一号 ADI，洛杉矶排名第二。达拉斯，第七。

他们现在所坐的地方，在 ADI 名单上排名可低了，《林肯镇清晨秀》或是《图沙镇新的一天》。有些媒体在消费市场统计上的数字是零。

另外一个很好的忠告是：不要穿白色的衣服，绝对不要穿任何黑白花纹的衣服，因为那在摄影机的画面中会“花掉”。还有，永远要瘦一点儿。

“单是保持现在的体重，”我们的金发女郎对油头小子说，“就已经够辛苦了。”

油头小子说那个现场直播，也就是加泰隆卡的现场主播，这里的电视主持人，是个不折不扣的传声筒。所有他们透过无线耳机传到她耳朵里的话，就直接从她搽着口红的嘴里说出来。导播会说：“……天哪，我们搞得太长了。切进认养流浪狗的公益广告，然后就上商业广告了……”而她就会把这些直播出来。

一个不折不扣的传声筒。

我们的金发女郎仔细听着，她没有大笑，甚至没有微笑。

那个油头小子跟她说起他自己所见过的其他主播，有一次现场直播，背后是起着熊熊大火的一座仓库，现场记者一边整着头发，直望着摄影机的镜头，在现场直播时说：“你能不能再把问题重复一遍？刚才我的耳朵掉了……”

那位记者该说的是“无线耳机”啦，油头小子说，他指着出现在监视器上的主播，说为什么主播的发型总是歪向一边，头发向一边梳下来盖住耳朵？这是因为她有个小小的无线电耳机塞在耳朵里，来收听导播的指示，以防节目太长，或者他们必须切进核反应堆出事的新闻。

这位金发女郎，她正在巡回宣传一种你按着推动就可以减肥的健身轮。她穿了件粉红色紧身运动衣和紫色的紧身裤。

不错，她是很瘦，又有一头金发，那个油头小子对她说，可是脸上凹凸的地方越多，在镜头上看起来越好看。

“所以我才一直带着我使用前的照片。”她说。她坐在椅子上，弯下身去，她的身子一直向前俯到双峰都贴在了膝盖上，她伸手到放在地上的健身包里找着。接着她又说：“这是唯一能证明我不是天生窈窕金发女郎的东西。”她从包包里取出一张纸一样的东西来，用两根手指捏着边。那是一张照片，而那个金发女郎对油头小子说：“一般人要是没见到这个，很可能认为我生下来就是这个样子。他们绝不会知道我下了多少功夫。”

他告诉她说：上了电视，只要还有那么一丁点儿婴儿肥，你看起来就什么也不是了。一张假面具，一轮满月，一个大圆圈，上面没有什么可以让人记得的五官。

“甩掉所有那些赘肉，可是我做过唯一真正英雄般的事，”她说，“要是我再长回来的话，那就像我根本没活过。”

你知道，油头小子说，电视把一个三维的东西——就是你啦——变成一个二维的东西。所以你在镜头上看起来会比较胖，又扁又肥。

我们的金发女郎用两根手指捏着那张照片，看着她自己以前的样子，说道：“我不想只是一个普通的窈窕女郎。”

关于她的头发太“亮”的问题，油头小子告诉她：“这就是为什么你在毛片里看不到天然红发的原因。打光没法打好，和真人搭不上。”

这家伙想要做的是：在摄影机后面的摄影机后面的摄影机，让你看到最后最终的真相。

我们都希望自己是站在最后的那个人，能说什么是好或坏的那个人。决定对与错。

对我们这位头发颜色太金亮，会让摄影机镜头“爆掉”的女孩子，油头小子说明了这些地方电视台制作的节目都分成六个段落，中间放广告。称之为A段、B段、C段，等等，依此类推。那些像《早安法戈镇》和《朝阳升起西杜纳》等等的，都是濒临绝种的东西。和就只买下一些全国性的谈话节目来填档比起来，制作费太高了。

像这样的巡回宣传，是新一代的杂耍演员。从一个镇到另一个镇，一家旅馆到另一家旅馆，在当地的电视台和电台上一次节目，推销你新的改良式发卷或是去渍刷或是健身轮。

你有七分钟的时间来介绍产品。那是说如果你没给挤在F段——也就是最后一个段落，那一段有半数的ADI大概都会被挤掉，因为前面的段落太长了。

有些来宾实在太好玩、太有魅力了，主持人会把他拖过广告时间。给他“双段”时间，要不就是电视网切进了沉船的报道。

所以A段才那么抢手。节目开始，主持人做个“开场”，你就上了。

不对，很快地，油头小子兜在一起的这些难得学到的窍门就会对所有人都失效了。

也许这正是他肯免费教她的原因所在。真的，他说，他真他妈的该写本书。这就是所谓的美国梦：把你的生活化成可以卖的东西。

那个金发女郎仍然看着那张照片中很胖的自己，说道：“真是可怕，可是这张肥婆的照片对我来说比什么都值钱。这张照片以前会让我看着就觉得难过，可是现在是唯一能让我开心的东西。”

她把手伸了出去。“我鱼油吃得多到你都能闻得到味道了。”她把那张照片朝油头小子抖着说，“闻闻我的手。”

她的手闻起来像一只手，像皮肤、肥皂，她透亮的指甲打磨得很光滑。

他闻着她的手，把那张照片拿了过去。平平印在相纸上，只有高度和宽度，她就像一头母牛，穿着短短的上衣和低腰的牛仔裤。她以前的头发很普通，是一般的棕色。

要是你注意看油头小子的穿着，浅粉红的衬衫，打着一条知更鸟的蛋般浅蓝色的领带，外罩深蓝色的运动装，真是太完美了。粉红色使他面色红润，蓝色衬出他的眼睛。你还来不及张嘴，他就说，你一定要站得出去。站得出去，打扮得整整齐齐上镜头。要是你穿了一件皱了的衬衫，打一条有污渍的领带，那你就会是他们时间不够的时候拿掉的来宾。

任何一家电视台都要你干干净净，打扮得整整齐齐，充满了魅力，适合上镜头。要有张漂亮面孔，因为去渍刷或是健身轮不会说话。就是要展示开心而活力十足的样子。

在监视器上，那老家伙的脖子上皮肤松垮着，层层叠叠地挤在一起，塞在上了浆而扣得很紧的蓝色领子里。即使如此，在他就坐在那里吞口水的时候，一些多余的皮肤还是从他领口上方挤了出来，就像是在那个女孩以前的照片里那圈从牛仔裤腰挤出来的肥肉一样。

那张照片看起来和那个女孩一点儿也不像，主要是因为照片里的她脸上带着微笑。

油头小子看着休息室的监视器，指出摄影机从来不会推过去照观众席，从来不让我们看到全景。那意思就是说，现场只有一些牙口不好的老太太。负责找现场观众的人，想必花了一番功夫。把这些老太太在清早七点拉到这里来，坐满观众席，而电视台会安排“老人才艺大会”。这样他们才能找得到人来给地方性的节目捧场鼓掌。万圣节前后，来的全是年轻人，电视台就会推出鬼屋探险基金大募集。圣诞节前后，观众都是希望他们的慈善义卖会能受到注意的老人。假的欢呼鼓掌换免费的广告。

在播放播出内容的监视器上，全国性的主播把时间交还给当地的主播，而当地主播先进了一段预录的明日节目预告，然后是小片头：一张很美的雨景，一阵喇叭声，接着就是广告了。

船沉了，死了几百人，影片要在十一点播出。

油头小子把他的投资理财录影带推销词在脑袋里重新撰写，将上帝的旨意加了进去，还有你无法预测的意外灾难。所以对依赖你的那些人来说，一项很好而健全的投资就显得益发重要了。他，化身为他的产品，藏起了原稿。

他，是摄影机后面的摄影机。

邮轮下沉的时间很长，看来我们金发女郎发亮的金发上不了镜头了。

他们由广告接回来，再插入一段交通快报，不露面的记者报道一段公路摄像头所拍的现场画面，在那之前，制作人就会陪着那个卖去渍刷的回到演员休息室来。而现场指导呢，她会把无线电麦克风交给投资理财录影带。她会告诉健身轮说："谢谢你过来一趟，可是真的抱歉。我们超额了，时间拖得太长……"

然后她会请保安护送我们的金发女郎到外面的大街上去。

这样他们才能算好时间让由电视网提供的节目——肥皂剧和名人谈话秀——准时在十点播出。

在监视器上的那个老家伙穿戴着跟油头小子一模一样的衬衫和领带。同样的蓝眼珠。他的想法很正确，只是来的时间不对。

"让我帮你个忙。"油头小子对金发女郎说。她手里仍然拿着她那张以前的肥妞照，他说："你愿意接受好的建议吗？"

当然啦，她说，什么都行。然后，她注意倾听，一面端起一杯冷了的咖啡，纸杯边缘上有一抹口红印，颜色和她嘴上搽的粉红色唇膏一模一样。

这个头发太亮的金发女郎，现在是在那油头小子自己的个人ADI里了。

他对她说，尤其是不要让任何这样一个白天谈话节目里的帅哥把你骗上床。他说的不是现场主播，你要注意的是宣传推销商品的家伙，就是你会见到在各城市间推销他们的神奇抹布和致富计划的人。你会在全国各地的ADI里，和他们在同一间演员休息室中。你和他们一样孤单地困在路上。每天晚上只有一间汽车旅馆的房间可去。

根据他个人的经验，这种演员休息室的罗曼史是不会有结果的。

“你还记得那个卖永不脱线裤袜的女孩子吗？”他问她。

金发女郎点头说记得。

“她是我妈。”油头小子说。她跟他爸爸认识是两个人都在巡回宣传的时候，像这样再三地在演员休息室里遇见。事实上，他始终没和她结婚，一发现有了问题就把她给甩了。她因为怀孕而失去了宣传裤袜的合约。而油头小子在成长期间，一直在看像《起床了，波德尔镇》和《坦巴镇起床号》之类的节目，想搞清楚那些面带微笑、说话速度很快的男人里，哪个才是他老爸。

“所以我入了这一行。”他对我们的金发女郎说。

所以，公事公办是他的第一条守则。

金发女郎说：“你妈真的，真的好漂亮……”

他妈……他说，那些从不脱线的裤袜想必用了石棉，她在几个月前得了癌症。

“她死的时候，”他说，“真他妈的丑。”

演员休息室的门随时会打开，现场指导会走进来，说她很抱歉，可是他们也许得再减掉一位来宾。现场指导会看着那女孩子的闪亮金发，现场指导会看着油头小子的深蓝色上装。

F段的在电视网插进沉船新闻的时候就走了。然后是E段——她的名牌上写的是“色彩顾问”——在那段新闻看起来会拖得很长的时候也走了。然后是要在D段谈童书的离开现场。

叫人难过的现实情况是：就算你的金发颜色对了，也能假装很好玩而活力十足，有好的卖相，就算这样，也可能有个带了把大刀的恐怖分子干掉你那七分钟的时段。不错，他们是可以让你录下来，在第二天的节目里播出，可是他们多半不会这么做。他们这一个星期的节目内容全排好了，明天播你的录影，就得减掉另外一个人……

在他们独处的最后一分钟，只有他们两人在演员休息室里，那油头小子问说，他能不能再帮我们的金发女郎一个大忙。

“你要把你的时段让给我？”她说。然后她微微一笑，就像照片里一样。而她的牙齿没那么可怕。

“不是，”他说，“可是在别人很迷人的时候……别人跟你说笑话的时候……”油头小子说，然后把她那张难看的以前的照片撕成两半。再把那两半叠在一起，撕成四片，再撕成八片。然后一阵乱撕，碎片，小小的碎片。纸屑。他说：“如果你想在电视上成功的话，至少得装个笑脸。”

至少假装喜欢别人。

在那间演员休息室里，金发女郎搽了粉红色唇膏的嘴张了开来，越张越大，整个大张着。她张开嘴又闭上，开合了两三回，像鱼在喘气。她说：“你这混……”

就在这时候，现场指导陪着那个老家伙走了进来。

现场指导说：“好了，我想我们最后一段上投资理财录影带……”

老家伙看了看油头小子，那样子就好像在看一个订了五十万件货品的大百货公司买家，他说：“托马斯……”

金发女郎呆坐在那里，端着她那杯冷了的黑咖啡。

现场指导正在把无线电麦克风从那个人背后的皮带上解下来。她转手交给油头小子。

而他对着那老家伙说：“早安，爸爸。”

老家伙抓起油头小子的手来握着，说道：“你妈好吗？”

那个卖永不脱线裤袜的女孩子。被你甩了的女孩子。

我们的金发小姐站了起来。她站起身，准备放弃了，回家去，败了。

油头小子接过无线电麦克风，看了下开关，确定没有发热，说道：

“她死了。”

她死了，下葬了，而他绝对不会说葬在哪里。或者，就算他说了，也会骗他说是在另外一个城市。

然后，哗啦一声。

他的头发和脸上，又冷又湿。

他全身淋满了咖啡，冷咖啡。他的衬衫和领带，毁了。他一头油亮的头发全给淋得披到了脸上。

我们的金发女郎伸手拿过了无线电麦克风，她说：“谢谢你的建议。我想这下子接下来就轮到我了……”

比头发太金亮更惨得多，比毁了他漂亮衣服和头发更糟得多的是，我们这位窈窕女郎他妈的真爱上了他。

Chapter 4.

在蓝色丝绒的大厅里，有什么从第一层阳台的阴影里由楼梯上一路响下来。一级又一级地，声音越来越响，最后像滚雷一般，黑黑的一团，从阴暗的二楼滚落。那是一个保龄球由楼梯正中央一路砰砰砰地响着滚落。在大厅的蓝色地毯上漆黑而无声地滚过去。保安会修女的保龄球滚过正在舔着爪子的柯拉·雷诺兹，然后滚过坐在轮椅上喝速溶咖啡的魏提尔先生，再经过游民夫人和她那钻石亡夫。然后那个球重重地撞开了那道双开门，消失在演艺厅里。

“派克尔，”游民夫人对她的钻石说，“有什么和我们一起关在这里。”她放低了声音，几乎像是耳语一般，向钻石问道，“是你吗？”

那一方应该只有在发生火灾时才打破的玻璃，美国小姐已经打破了。每一个有漆着红色金属框的小橱窗，旁边用链子悬挂着一只小铁锤，她都打破了玻璃，拉开里面的开关。美国小姐先在大厅里做这件事。再去了漆着红漆、有好多佛像、有如中国旅馆风味的散步场。然后是地下室里有龇牙咧嘴战士画像，如玛雅神庙般的前厅；然后是二楼包厢后面的天方夜谭式楼座和挤在屋顶下的投影室。

结果什么事也没发生。没有大作的警铃声，没有人来砍开锁上的消防逃生门来救她、救我们。

什么事也没有，始终什么事也没有。

魏提尔先生坐在大厅里一张蓝丝绒沙发上，头上是一盏水晶吊灯的玻璃叶片，吊灯大得像一朵闪亮的灰云，笼罩着他。

媒人已经把水晶吊灯称作是“树”。那一排吊灯低低地悬挂在每一个长长的沙龙、楼座或休息室的中间。他说那是玻璃的果园，由包着丝绒的铁链长出来，而植根在天花板上。

我们每个人都在同样的这些大房间里看到我们自己日常生活的现实面。

诽谤伯爵在他的记事本上写着。八卦侦探在摄像。灵视女伯爵围着她的头巾。圣无肠在吃东西。

否定督察甩动整只手臂把一只假老鼠扔出去，落在到演艺厅门口的半路上。她用另外一只手揉着她甩动手臂的肩膀，而那只叫柯拉·雷诺兹的猫把老鼠衔了回来，猫的爪子在地毯上抓起一道飞舞的灰尘。

克拉克太太注意地看着他们，一手横在胸前支撑着她的那对乳房，一手反转回去搔着后颈，说道："在狄奥塔蒂山庄里，他们养了五只猫。"

圣无肠用一根塑料汤匙从聚酯薄膜包装袋里舀着橘子黄油薄饼卷吃。

游民夫人用一把锉刀在修指甲，一面看着一匙匙滴着粉红色汁液的东西从包装袋送进他嘴里。她说："那不可能有任何好处。"

再没有什么别的事发生。什么事也没有。

然后美国小姐走来站在我们中间，说道："这是犯法的！"魏提尔先生的行为是绑架。他违反他人意志将人留置，这可是重罪。

"你越早完成你所承诺的事，"魏提尔先生说，"这三个月就会越快过去。"

否定督察把假老鼠甩了出去说："狄奥塔蒂山庄是什么东西？"

"那是在科莫湖边的一栋房子。"游民夫人对她的大钻石说。

"是日内瓦湖。"克拉克太太说。

回顾起来，魏提尔先生的立场一直是认为我们总是对的。

"那不是对错的问题。"魏提尔先生会说。

事实上，根本没有什么是错的，至少在我们的心里。我们自己的现实。

你绝对不会去做错的事。

你绝对不会说错话。

在你自己心里，你永远是对的。你的每一个行动——不管你做什么，说什么，或你以什么姿态出现——只要你一动，就自动地正确了。

魏提尔先生的手抖着举起杯子，他说："就算是你对自己说：'今天，我要用错的方式去喝咖啡……倒在一只脏靴子里喝。'就算是这样也还是对的。因为是你决定用靴子来喝咖啡。"

因为你不会做错事。你永远是对的。

就算你说："我真是个白痴，我错得好厉害……"你是对的。说你错，这件事就说对了。就算你是个白痴，你也还是对的。

"不论你的构想有多蠢。"魏提尔先生会说，"你也一定是对的，因为那是你的构想。"

"日内瓦湖？"游民夫人闭着眼睛说。她按着两边的太阳穴，用一只手的拇指和食指按摩，她说："狄奥塔蒂山庄就是拜伦爵士强暴了玛丽·雪莱的地方……"

克拉克太太说："不是的。"

我们能考虑到的每一件事，我们都一定是对的。

在这个变幻流动的世界里，每个人都是对的，而且你一旦加以实践，任何想法也都是对的，魏提尔先生会说，唯一确定的就是你的承诺。

"三个月，你答应过的。"魏提尔先生在他咖啡的热气后面说。

就在这时候，有事发生了，不过不是什么大事。

再看一眼之下，你觉得自己的屁眼收紧。你的手伸上来捂住了自己的嘴巴。

美国小姐的手里拿着一把刀。另外一只手抓住魏提尔先生领带打结的地方，把他的脸朝上拉向她自己的脸。魏提尔先生的咖啡掉了下去，滚烫地洒满一地。他两手垂落，颤抖着，在两侧满布灰尘的空气中划动。

圣无肠装着橘子黄油薄饼卷的银袋子掉落，撒在矢车菊蓝的地毯上，全是黏答答的红色樱桃和浓缩的鲜奶油。

那只猫跑过去尝尝。

美国小姐的眼睛几乎碰到了魏提尔先生的眼睛，她说：“要是我杀了你，我也是对的喽？”

那把刀，是杀手大厨用铝箱带来的那一组刀里面的一把。

魏提尔回望着她的两眼，他们贴近得在眨眼时双方的睫毛都碰在一起。“可是你还是会给困在这里。”他说。他那几根稀疏的灰发松垂在脑后。声音被领带勒得几乎发不出来。

美国小姐把刀挥向克拉克太太，说道：“那她呢？她有钥匙吗？”

克拉克太太摇了摇头，没有。她的两眼睁得老大，但她那如洋娃娃般嘟起的嘴，仍然维持着硅胶美容后的形状。

没有，那把钥匙藏在这栋房子的某个地方。藏在一个只有魏提尔先生才会找到的地方。

不过，就算她杀了他，她也还是对的。

要是她放火烧这栋房子，希望消防队会看到浓烟，在我们全窒息而死之前来救她——她也还是对的。

要是她把刀尖刺进魏提尔先生长了白内障的乳白色眼球，将它挑出来，丢在地上，让那只猫追来追去——她还是对的。

“面对这种情形，”魏提尔先生说，他的领带被她紧紧地抓在手里，他的脸成了暗红色，声音很小，“我们还是开始做我们答应过的事情吧。”

三个月。写你的杰作。结束。

美国小姐放了手，铬钢的轮椅在他跌坐回来的时候发出响声。地毯的灰尘飞满空中，因为他跌坐得太用力，使得轮椅的两个前轮抬离了地毯。魏提尔先生的两只手都伸到领子那里，要把领带拉松。他俯下身去捡掉在地上的咖啡杯。梳在一边的灰发，直直地垂落下来，像穗子似的挂在有老年斑的光头四周。

柯拉·雷诺兹一直在吃着圣无肠椅子边满是灰尘的地毯上的樱桃

和奶油。

美国小姐说："这事还没完……"她抖动着把刀，刀朝大厅里所有的人比画。手臂很快地一挥，肌肉一紧一抖，那把刀现在插进了房间那宫廷椅的椅背。刀刃嗡嗡响着埋进了蓝色丝绒里，刀柄兀自抖个不停。

八卦侦探在他的摄影机后面说："冲印这一段。"

柯拉·雷诺兹的粉红舌头还在不停地舔着黏糊糊的地毯。

诽谤伯爵在他的记事本上写了一些东西。

"哎，克拉克太太，"游民夫人说，"狄奥塔蒂山庄怎么了？"

"他们在那里有五只猫。"魏提尔先生说。

"五只猫和八只大狗，"克拉克太太说，"三只猴子，一只老鹰，一只乌鸦，还有一只猎鹰。"

那是1816年的一次夏日家庭派对，一群年轻人因为下雨而大部分的时间都困在屋子里。他们之中有些人结了婚，有些人没有。男人和女人。他们彼此读鬼故事给别人听，但是他们所有的书都很差。之后，他们全都同意各写一篇故事，任何一种的恐怖故事，来娱乐大家。

"就像是阿尔冈昆圆桌会议①？"游民夫人问她自己手背上的钻石。

只是一群朋友坐在一起，想彼此吓倒对方。

"那他们都写了些什么？"喷嚏小姐问道。

那些中产阶级、无所事事的人只是想打发时间。一群被困在他们湿热避暑别墅里的人。

"没什么，"魏提尔先生说，"只有《弗兰肯斯坦》的传奇故事……"

克拉克太太说："还有《德拉库拉》……"

---

① 阿尔冈昆圆桌会议（Algonquin Round Table），是由纽约一群作家与评论家在1919年组成的小团体，每天在阿尔冈昆大饭店共进午餐，在餐桌上说笑话，耍聪明，搞文字游戏，因此激发多人的创作力。该团体学校维持近十年之久。

保安会修女从二楼楼梯走下来，穿过大厅，在桌子底下和椅子背后找着。

“在那里面。”魏提尔先生说着，抬起一根抖动的手指，指着演艺厅的双开门。

游民夫人侧过头去，望向美国小姐和那个保龄球消失其中的那两扇通往演艺厅的门。“先夫和我在觉得烦闷无聊这件事上来说，可算得上是专家了。”游民夫人说，然后她让我们等着她走了三、四、五步，到大厅那头去把刀子拔了出来。

她拿着那把刀，看着刀刃，还用手指试了下有多锋利，说道：“我可以告诉你们，那些有钱而无聊的人是怎么打发时间的……”

智库

一首关于游民夫人的诗

“只要三个医生，”游民夫人说，“就能让你消失。”
后半辈子就不见了。

游民夫人在舞台上，两腿因用热蜡去毛而十分光滑。她的
　睫毛，染得又粗又黑。
她的牙齿白亮如她的珠链。她的皮肤，按摩过。
她的钻戒闪亮，亮得像灯塔。
她的亚麻套装，先画好纸样，再裁剪缝合，
最后全世界没有第二个人能穿。
她的一切，如一座静止的纪念碑
而一大群训练有素的专家列队追随，来赚大钱。

舞台上，没有聚光灯，只有一段影片：
一群女人拉着皮草的影像。如丝绸般覆在她脸上。
影片上，黄金白金首饰的甲胄，
以红宝石的血红和青玉的金黄来警告你。
游民夫人说：“有个天才老爸，一点儿也不好玩。”
或是有个天才老妈、丈夫、老婆也一样，随便你问谁，任何一个有钱人。
可是，她说，还是只要三个医生……
多亏有智库疗养院。

“真是聪明的人，”她说，“他们真是最快乐的人……全心奉献。”
如果爱迪生还活着。居里夫人，爱因斯坦，
他们的丈夫、妻子、儿女都得签各种必要的文件。
立刻。

"来保护他们的进账。"游民夫人说。
各种从专利和发明源源而来的权利金。

护肤和修脚、慈善舞会和歌剧院包厢诸般影像，滑过
　游民夫人光滑的脸庞，
她说："包括我的父亲。为他自己好。"

"他行事乖张起来。"她说，"跟一个年轻女人交往。戴着假发套。"
不和家人分享收入，忽略他的工作。
结果——用了三个医生——现在他是：
和其他所有的天才发明家，关在上锁的房间里。
没有电话。
过他的后半辈子。
在她私人小岛……马术表演……房地拍卖，等等的影像之中，
游民夫人说："橡树果实不会掉得太远。"
她说："我们都……算是天才。"
"只不过，"她说，"有些表现在别处。"

混迹下流

游民夫人的故事

在你不看电视和报纸之后，早晨是最糟的部分：那第一杯咖啡。一点儿也不错，在醒来的第一个钟点里，你想要知道这个世界上其他地方的事。可是她的新规则是：不听收音机，不看电视，不看报纸。一切中止。

给她一本《时尚》杂志，凯斯太太都还会感到窒息。

报纸送来了，她直接丢进回收箱，甚至连上面的橡皮圈也没拿掉。你根本不知道头条新闻是：

“杀手继续追杀游民”或“女游民遭到残杀”

大部分早上吃早饭的时候，凯斯太太看的是邮购目录。你只要用电话订购一个神奇挂鞋架，那你下半辈子每个星期都会收到一大沓目录。各种给你家里、花园里用的东西。省时间、省空间的各种小东西。工具和新发明。

原先厨房台子上放电视的地方，她放了一个玻璃槽，养了那种会随你室内装饰变色的蜥蜴。一个像水族箱的玻璃槽，打开暖灯开关之后，不会告诉你说又有一个街头酒鬼遭到枪杀，尸体丢进河里，是针对城市里游民展开的恐怖杀戮中第十五名受害者，那些尸体都受到刀伤、枪伤、被打火机油点燃焚烧，街上的游民大感恐慌，尽管有新的肺痨流行，到了晚上都争着涌进可以藏身的地方。出城的货车挤得满满的。社会激进派宣称市政当局是在捕杀乞丐。你只要瞄一眼报摊，或是坐进一辆收音机开得很响的计程车，就会知道这些。

你弄来个玻璃箱子，放在原先摆电视的地方，而里面有一只蜥蜴——那东西蠢到每次女佣移动了一块石头，都以为自己给移到好几里外去了。

这叫作“茧居”，就是你的家成了你的整个世界。

凯斯夫妇——派克尔和艾芙琳——他们以前可不是这样的。以前只要有一只海豚死在捕金枪鱼的网里，他们就会冲出去，开支票捐款，然后去开派对。他们会为给地雷炸伤的人办大宴会，给头部重伤、纤维瘤和贪食症患者办晚宴舞会，给肠躁动症候群的患者办鸡尾酒会和无声拍卖会。

每天晚上都有各种主题：

“普世和平”或者是“未来的希望”。

想想你下半辈子每天晚上都去参加高中毕业舞会。每天晚上，又是一个以南美切花和无数闪亮白色小灯装饰的舞台。冰雕和香槟泉，还有一个穿着白色小礼服的乐队演奏着科尔·波特的曲子。每座舞台上的贵宾不是阿拉伯皇室贵族，就是网络的青年才俊。有太多的人靠大胆投资而迅速致富，这些人只有在他们的喷气式飞机需要加油维护时，才会停留在地面上。这些人毫无想象力，只会打开《城乡杂志》，然后说：

我要这个。

在每次为受虐儿童举行的慈善餐会上，每个人都用两条腿走路，用一张嘴吃蛋奶冻，他们的嘴唇全都经过同样的丰唇手术。看的是同款的卡地亚表，同样的时间，外面围着同样的钻石，同样的哈利·温斯顿牌项链戴在因为练哈他瑜伽而塑造得修长纤细的脖子上。

每个人都进出于只有颜色不一样的同款凌志汽车。

没有人觉得有什么了不起，每天晚上都是一个全然的社交僵局。

凯斯太太最好的朋友伊丽莎白·艾瑟布雷吉·傅顿·魏普士，小名“墨黑”，常说任何事物都只有一个“最好的”。有天晚上，墨黑说：“到每个人都能端出最好的东西的时候，说老实话，看起来真的就有点儿——一般了。”

以前那个老社会已经不见了。现在到处都见到的，多的是新近崛起的媒体新贵，以前那些铁路和航运大亨却越来越少。

墨黑总是说现在最新的身份地位就是不再现身。

那是在一次为枪械暴力受害者所举行的鸡尾酒会之后，凯斯夫妇走到外面街上。派克尔和艾芙琳从美术馆的台阶上走下来，路边像平常一样有长长的队伍，全是穿着毛皮大衣的人在等泊车的小弟把他们的车开来。那正好在人行道上，一条公车候车长椅附近。坐在椅子上的是一个酒鬼和一个女游民，大家都尽量不去看那两个人。

也尽量屏住呼吸。

那两个人，都不年轻了，穿着像垃圾堆里捡来的衣服。每条缝线的地方都看得到一些绽开的线头，污秽的衣服都变硬了。那个女游民趿拉着一双没有系鞋带的球鞋，在一顶蓬乱的假发下看得到她打结而凌乱的头发，而那顶塑胶的假发又粗又灰，就像擦洗金属制品用的钢棉。

那个酒鬼头上戴了顶编织的棕色毛线帽，拉得很低。他正在对那个女游民动手动脚，一只手伸进她那条人造纤维料的长裤前面，另一只手伸进她的运动衫下。而那个女游民则扭动着身子，发出呻吟，舌头在张开的嘴里打转。

那个女游民的运动衫撩了起来，露出的腹部看来既平坦又紧绷，皮肤给摩擦成粉红色。

那个酒鬼宽大的运动裤前面因为勃起而支起了帐篷，最前端还因为渗透的湿印而形成一块黑黑的痕迹。

好像只有派克尔和艾芙琳在看着那两个彼此爱抚的人。泊车小弟们在这里和街那头的停车场之间来回跑着。那一大堆暴发户的新贵则注意地看着急速走动的秒针在他们的钻表上绕了一圈又一圈。

酒鬼把女游民的脸拉得贴在他隆起的裤子上，而她的嘴唇在那越来越大的黑印子处转来转去。

那个女游民的嘴唇，艾芙琳对派克尔说，她认得那两片嘴唇。

你听到一点儿声音，那种响亮的铃声让每个等车的人都把手伸进毛皮大衣口袋里去掏他们的手机。

“哦，我的天啊。”凯斯太太说。她告诉派克尔，那个让酒鬼毛手毛脚的女游民，那个女人很可能就是墨黑。伊丽莎白·艾瑟布雷吉·傅顿·魏普士。

尖利的铃声又响了，那个女游民把手伸了下去，撩起一边的裤腿，没有缝裤边的灰色人造纤维料子下面露出半截厚厚缠着肮脏弹性绷带的腿。她的嘴唇还压在酒鬼的胯下，一面用手指从弹性绷带之间掏出个黑黑的东西来。

响亮的铃声又响了起来。

艾芙琳最后听到的消息是，墨黑在办一本杂志。可能是《时尚》杂志吧。她每年有半年的时间在巴黎，决定下一季的裙边，她会坐在米兰的时装展会场里，录下对时装的评论，在有线电视网上播放。她站在红地毯上，报道谁穿了什么去参加奥斯卡颁奖典礼。

在公车站候车长椅上的女游民，把那黑黑的东西凑在灰色塑胶假发旁边，用手指拨弄了一下，说：“喂？”她的嘴离开了酒鬼胯下湿湿的隆起部分，说，“你有没有记下？新的粉红色就是酸橙色。”

那个女游民的声音，凯斯太太告诉她的丈夫说，她认得那个声音。

她说：“墨黑。”

女游民把小小的手机塞回缠在她腿上的弹性绷带之间。

“那个浑身臭味的酒鬼，”派克尔说，“他是环球航空的总裁。”

就在这时候，那个女游民抬起头来说：“玛菲[1]？派克尔？”那酒鬼的手还在她那条松紧长裤里乱摸，她拍拍身边的长椅说道，“真没

---

① 艾芙琳的小名。

想到。”

酒鬼把手指缩了回来，在街灯下湿湿亮亮的，他说：“派克尔！来打个招呼吧。”

当然，派克尔向来是对的。

墨黑说，新富就是贫穷，新的名声就是无名。

“新的社会高层，”墨黑说，“就是社会低层。”

乘喷气式飞机来往的阔佬就是最早的无家游民，墨黑说。我们也许有十几栋房子——各在不同的城市里——可是我们还是只靠一个箱子生活。

这话很有道理，哪怕只因为派克尔和艾芙琳从来没过过苦日子。整个社交季，他们一直在参加赛马、画展的开幕式和拍卖会，彼此聊着所有的老派社交名流都在戒毒所，或是在做整容手术。

墨黑说：“不管你用的是超市的购物推车或是私人喷气式飞机，其实都是一样。始终都在来来去去，不想给绑死。”

此外，她说，你只要有钱，就能坐在歌剧院的指导委员会里。你捐一大笔钱，就能在博物馆基金董事会里得到一席。

你签张支票，就让你成了名人。

你在一部热门电影里给刺死了，就成了名人。

换句话说：就绑死了。

墨黑说：“新的名人就是无名小卒。”

那个环球航空的酒鬼有一瓶酒，包在一个棕色的纸袋里。那瓶酒，他说，是由等量的洁口液、咳嗽糖浆，还有“老香味”牌古龙水调制而成的，喝了一口之后，他们四个人就大步走过暗处，走过公园，那些你晚上从来不敢去的地方。

谈到喝酒，你一定喜欢的地方就是每一口都是无法挽回的决定。你直冲向前，掌控着这场游戏。这就和嗑药、吃镇静剂和止痛药一样，每一次都是踏向某条路口决定性的第一步。

墨黑说："新的隐私就是公开。"她说，就算是你住进最奢华的旅馆——就是那种让你穿着白色浴袍，在白大理石浴室里的净身盆边还插着兰花的地方——就算那样，也大有可能装着针孔摄影机在看着你。她说唯一能做爱的地方就是在外面：人行道上，地铁站里，一般人只在以为不能看的地方才会想看。

何况，她说，整个喝香槟吃鱼子酱的生活方式早就没劲了。搭上喷气式飞机从这里到罗马才六个小时，让逃避变得太容易了。世界感觉好小而无趣。环游世界只不过是让你更快地对更多地方感到无聊。在巴厘岛吃顿无聊的早餐，在巴黎吃顿乏味的午餐，在纽约吃顿烦人的晚餐，然后在洛杉矶跟人口交中途睡着或醉倒。

太多高峰的体验，太过密集，"就像是盖蒂美术馆[①]。"墨黑说。

"打上肥皂，冲洗干净，然后再从头来过。"那个环球航空的酒鬼说。

在这个所有的人都是中上阶层的无聊新世界里，墨黑说再没有什么比到街上窥探几小时更能让你过瘾的了。不洗澡，让你身上发臭之后，单只冲个热水澡，就抵得上千里迢迢跑到索诺马[②]去做一趟排毒泥浆浴。

"不妨把它想作是，"墨黑说，"两道主菜当中上的那道清口用的冰果露。"

打开一扇悲惨世界的小窗，可以有助于你享受真正的生活。

"加入我们吧。"墨黑说，她嘴边还糊着绿色咳嗽糖浆的印子，好几缕塑胶假发粘在上面。她说："下周五晚上。"

---

① 盖蒂美术馆（Getty Museum），美国石油巨子保罗·盖蒂展示他私人收藏的希腊与罗马古董、十八世纪法国装饰艺术，以及自十四世纪至二十世纪西欧名画的私人美术馆，原在他自己的宅中，二十世纪七十年代中期耗资1200万美元兴建新馆。

② 索诺马（Sonoma），在美国西岸加利福尼亚州，是一酒乡，也以矿泉疗养闻名。

看来差劲，她说，正是最新的“好样”。

她说所有该来的人都会在。那一帮老派名流，社会名流录里最棒的那些。晚上十点，在大桥西边的斜坡下集合。

他们不能去，艾芙琳说。派克尔和她星期三晚上已经答应去参加终结拉丁美洲饥饿舞会，星期四是济助原住民聚会，星期五是为离家青少年性工作者举行的静默式拍卖会[1]。这些活动，还有他们送出的那些光鲜亮丽的奖座，让人盼着美国人最怕公开演说的那天。

“你直接去市中心区的喜来登，”墨黑说，“开个房间就行了。”

艾芙琳想必是做了个哈巴狗似的鬼脸，因为墨黑接着对她说：“别紧张。”

她说：“我们当然不住在那里，不会去住喜来登。那只是个换衣服的地方。”

星期五夜里十点以后的任何时间都可以，她说，在桥西的斜坡下。

对派克尔和艾芙琳夫妇来说，第一个问题总是该穿什么。男人嘛，看来很容易，只要把他的小礼服和裤子反过来穿就行了。左右两脚的鞋子穿反。你看——看起来就既跛脚又疯狂。

“疯狂，”墨黑会说，“就是新的理性。”

星期三，在反饥饿舞会之后，派克尔和艾芙琳从大饭店的舞厅走出来，听到有人在街上大唱“耶鲁大学校歌”。在街上，法兰西丝·“法兰丝”·邓洛普·柯尔盖特·尼尔生正和修斯特·“鞋子”·弗雷瑟以及韦弗·“骨头”·蒲尔曼一起喝着大罐的酒，三个人都坐在那里，把肮脏的裤脚卷了起来，赤脚泡在喷水池里。法兰丝把胸罩穿在衬衫外面。

墨黑说，穿得烂，就是新的盛装打扮。

艾芙琳在家里试了十几个垃圾袋，有绿的也有黑的塑料袋，全都大得够装下院子里的杂物。可是那些全让她看起来很胖。为了要好看，

---

① 静默式拍卖会，以书写方式竞价的拍卖会。

她最后决定穿一个用来装厨余的窄窄的白色垃圾袋。那看起来还挺高雅的，甚至合身得有如黛安·冯·芙丝汀宝[1]所设计的裹身装。用一条外皮都融了的老电线绑住，露出一些鲜橘色的安全涂料，还有松脱的铜丝和插头垂落在一边。

这一季，墨黑说所有的人都把假发前后倒过来戴，穿两只不是一双的鞋子。她还说，拿一条肮脏的毯子，在中间挖一个洞，当披风穿在身上，就可以到街上去开心一晚了。

为了安全起见，他们那天晚上住进了市中心区的喜来登饭店，艾芙琳带了三个装满了军用剩余物资的大皮箱，发黄而尺寸撑大了的胸罩，满是毛球的毛衣。她拿了一瓶泥浆面膜来把他们自己涂污。他们从旅馆的防火梯偷偷走下十四层楼，出了一扇通往后面巷弄的门，就脱了身。他们是无名小卒，没人认得，没有要做任何事的责任。

没人看他们，向他们讨钱，或是想卖什么东西给他们。

他们走向大桥，就如隐身人一般。因为贫穷而很安全。

派克尔走路一拐一拐的，因为左右脚的鞋子穿反了。艾芙琳呆张着嘴，然后吐了口痰。不错，就是那个从小就学会在公共场所连痒都不许抓的女孩子，公然在马路上吐痰。派克尔一个踉跄，撞在她身上，她抓紧了他的左臂。他将她一把抱过来，两人亲吻，像只剩了两张湿湿的嘴，而四周的城市就此消失了。

上街的第一晚，墨黑带了一个表面开裂的黑色漆皮皮包过来，皮包里发出恶臭，味道就像是大热天退潮后的岸边那种味道。“这是新的反阶级象征。”她说。皮包里面是一种由大餐厅来的外带纸盒。盒子里是一坨拳头大的橘色东西。“放了四天了，”墨黑说，“四下甩一甩，比贴身保镖还能让人离你远远的。”

以臭味维持隐私，这是维护个人空间的新方法。以味道来吓阻别人。

---

[1] 黛安·冯·芙丝汀宝（Diane von Furstenberg），犹太人，生于比利时的美籍时装设计师，以设计裹身装而著名。

不管味道有多难闻，她说，你都会习惯的。墨黑说："卡尔文·克莱恩的'恒久'香水味道，你不就习惯了吗？"

她们两个，墨黑和艾芙琳，在街上走着，稍稍离开了那一群。在前面，几个穿着迷你裙的人从一部礼车里下来，一些消瘦的人戴着耳机，用电线从嘴边接到耳朵，每个人都在和远方的某人交谈。她们两个走过的时候，墨黑步履踉跄，把装着烂鱼的皮包甩过去，贴靠在那些皮衣和毛皮大衣的袖子上。不管对方是穿深色西装的保镖，还是穿着定做黑色西装的助理。

那一群人挤在一起，退让开去，所有的人都发出呻吟，用修整过指甲的手捂着鼻子和嘴巴。

墨黑不停地往前走着，她说："我就爱干这种事。"

面对那群新富，墨黑说现在是该更改规则的时候了。她说："穷人是新贵族。"

前面有一群身价百万的科技新贵和阿拉伯石油大亨，全都在一家画廊外面抽烟，墨黑说："我们过去问他们讨点儿小钱……"

这是他们的假日，不再是身为纺织企业总裁和烟草大亨女继承人的派克尔和艾芙琳夫妇，他们隐退社会安全网络中的周末假日。

环球航空的酒鬼名叫韦伯斯特·班勒，绰号"童子军"。他，墨黑和艾芙琳，先和"瘦子"及法兰丝会合，然后派克尔和波特加了进来，再来的就是"鞋子"和"骨头"。他们全都喝得烂醉，玩猜谜游戏，其间派克尔大声叫道："现在在这座桥下的人里，有谁身价不是至少四千万的？"

当然，你只听到头上车辆开过的声音。

后来，他们在某处工业区推着购物车。墨黑和艾芙琳推着一辆，派克尔和"童子军"跟在她们后面走着。墨黑说："你知道，我以前认为比失恋更糟的，就是在情场上得到胜利……"她说，"我以前好爱'童子军'，从念书的时候就开始了，可是你知道有些什么事……

让我们失望。”

墨黑和艾芙琳，手上戴着那种连指的手套，好方便整理旧罐头，墨黑说：“我以前认为有个圆满结局的秘密，就是在最恰当的时候把大幕落下来。快乐的时刻一过，一切又不对劲了。”

那些想挤进上流社会的人，觉得一切都很辛苦——他们怕用错叉子，洗手碗传过来的时候会紧张——当游民要担心的事更多。食物中毒、冻疮、露出镶补的金牙泄露你的身份，或是让人闻到你身上有香奈儿五号香水的气味。

有一百万种细枝末节会让你露馅。

他们成了墨黑所谓的“通勤游民”。

她说：“现在呢？现在我爱‘童子军’，爱他爱得就好像我没嫁给他一样。”像这样在街上，感觉上就好像他们是什么荒野中开始全新生活的拓荒者。可是要担心的不是大熊或野狼，而是——墨黑耸了下肩膀说——毒贩和开车经过乱枪杀人的凶手。

“可是这还是我生活中最好的部分，”她说，“不过我知道不可能永远这样……”

她的新社交日程表越排越满，全是这种“隐于市”的事。星期二要做什么事都不可能，因为她要和丁琪还有齐妲一起去捡破布。之后，派克尔和“童子军”要碰面去整理铝罐，之后，所有的人都要去一家免费义诊的诊所，让一个有黑眼睛和吸血鬼家乡口音的年轻医生看他们的脚。

派克尔说铝罐是街上的南非银元。

墨黑站在车子由高速公路转出来的那个斜坡顶上说：“要往大处想。假装你是在拍一部要上电视网播映的电影。”

墨黑用一支黑色的签字笔在一块咖啡色的硬纸板上写着：单亲妈妈，子女十人，患有乳腺癌。

“只要这么做——对吗？——”她说，“人就会给你钱……”

艾菲写的是：跛脚伤兵，饥饿，想回家。

墨黑说："太棒了。你选中了《冷山》[①]。"

这是他们小小的城市露营活动。

隐身在大庭广众之中，隐身在众目睽睽之下。

再没有人比游民更容易遭到忽视了。不论你是大明星简·芳达，或是罗伯特·雷德福，只要你在大白天推着辆购物车在大街上走，身上穿着三层又脏又烂的衣服，嘴里喃喃地骂个不休——没有一个人会注意你。

他们下半辈子都可以这样过。"童子军"和墨黑，他们计划登记排队等着买一户低收入廉价公寓。他们想坐在候诊室，让很帅的年轻医科学生免费替他们看牙。他们去申请免费的美沙酮，再慢慢升级到吸食海洛因。接受成人职业训练，煎汉堡，学开车和洗衣服，然后慢慢成为中下阶层。

到了夜里，派克尔和艾芙琳相拥在一起，不是在桥下，就是在冒热气的温暖的井盖上面的纸板之上，他的手伸进她的衣服里，在陌生人走过的时候让她达到高潮，他们以前从来没有像现在这样彼此深爱对方。

但墨黑说得对，这种事不可能永远这样。结局来得好快，一直到第二天上了报他们才搞清楚到底发生了什么。

他们当时睡在一间仓库门口，觉得比在班夫[②]或香港更舒适。到这时候，他们的毯子闻起来都是一个味道。他们的衣服——他们的身体——觉得就像一个家。单是派克尔的双臂环抱着他的妻子，就像是在公园大道上的一栋豪宅，或是在希腊克里特岛上的一栋别墅。

那天晚上，一辆黑色的汽车开上路边，刹车响起，一只车轮轧上

---

① 《冷山》(*Cold Mountain*)，查尔斯·弗雷泽描写士兵返乡的畅销小说，由著名导演安东尼·明格拉拍成电影。

② 班夫（Banff），加拿大旅游胜地。

了人行道。车头灯的两圈明亮的强光柱，直照着凯斯夫妇，惊醒了他们。后车门打开，从后座传来一阵尖叫。一个女子头先脚后，两臂和两手挥舞着从车里跌到人行道上。她的一头黑色长发掩盖了她的脸，她全身赤裸，手脚并用地爬离那部车子。

埋在他们破布和旧毯子的家里的派克尔和艾芙琳，看到那赤身露体的女孩子向他们爬来。

在她后面，一只黑色男鞋由打开的车门里跨了出来。接着是一条穿着黑色长裤的腿。一个戴了双黑色皮手套的男人从汽车的后座爬了出来，而那个女孩子站起身来，尖叫。尖叫着，求求你。尖叫着救命。近到你都能看得见她一只耳朵上穿了一个、两个、三个金环。另外一只耳朵已经不见了。

看起来像一长绺黑发的，其实是血在她颈子的一侧流了下来。原来有只耳朵的地方，只看到一些凹凸不平的残肉。

那个女孩子退向只在毯子下露出眼睛的凯斯夫妇。

那个男人一把抓住她头发的时候，那个女孩子抓着他们的毯子。等那个男人把又踢又哭的她抓进车里时，那个女孩子扯掉了毯子，露出他们半睡半醒地在那辆车亮眼的车灯里眨着眼睛的样子。

那个男人想必看到了他们，开车的不管是谁，想必也看到了。

那女孩子尖叫道："求求你。车牌……"然后她就给拖回车里。车门砰然关上，轮胎发出尖厉的声音，只留下了那个女孩子的血和黑色橡胶的擦痕。沟里有一个快餐店的纸杯，不知是挣扎中掉下来还是打翻了的，伴着一只苍白的撕烂的耳朵，上面还穿着两个闪亮的金环。

早餐的时候，在他们喜来登大饭店套房里吃送来的蘑菇杏粒蛋、英式松饼、温热的咖啡和冷培根时，他们看到了报上的新闻。地方新闻报道，一名巴西石油大亨的女儿遭到绑架。她的照片正是前天夜里那个留着黑色长发的裸体女孩，只不过照片中的她面带微笑，手里拿着一个顶上有个金色小网球选手的奖杯。

根据报上的说法，警方连一个证人也没有。

当然，凯斯夫妇可以送个信去，可是他们实际上并没有看到任何一个人的脸。他们也没有看到车牌号码。他们看到的只是那个女孩子，还有血。派克尔和艾芙琳，一点儿实际的忙都帮不上。去警局的话，只会让他们自己丢脸。你已经可以想象到报上的大标题：

“社会名流夫妇，混充游民取乐”或是“千万富翁装穷”

他们也绝对不能扯出墨黑和“童子军”“瘦子”“鞋子”和“骨头”。

让派克尔和艾芙琳成为大众眼里的笑柄，也救不回那个可怜的女孩。他们所受的苦也不会减轻她所受的苦。

第二个星期的报纸上，报道了遭绑架大亨之女的死讯。

然而，墨黑仍然一点儿也不担心。可怜而肮脏的人在街上什么也不用担心。被杀害的那个女孩子很年轻，看起来干干净净的，既漂亮又有钱。“没什么可以损失的，”墨黑说，“就是新的财富。”

派克尔说：“打上肥皂，冲掉，再从头来。”

不行。墨黑不打算抛开她的快乐，再回到有名有钱的日子。而这些日子以来，派克尔和她一起出去的次数越来越多。是为了保护她，他说。

在这样一个晚上，艾芙琳正参加一个对抗结肠癌的慈善晚宴舞会时，她的手机响了，打电话来的是墨黑，后面还有个男人在大喊大叫，是派克尔的声音。在电话里，墨黑大口地喘着气，说：“玛菲，求求你，玛菲，求求你，我们迷了路，有人在追我们。我们去找过警察，可是……”然后电话就断了。

就好像她跑进了隧道，到了高架桥底下。

第二天报上的头条标题是：

“出版家与纺织业总裁双双遭刺杀毙命”

现在，几乎每天早上，都有不想看到的新头条标题：

“女游民惨遭乱刀砍杀”或是“凶手继续攻击游民”

每天晚上，那辆黑色的车子都在某个地方寻找凯斯太太，那件罪案的唯一人证。有人在街上砍杀所有看起来可能是她的人。任何一个穿着破烂衣服、睡在一堆毯子下面的人。

就是在这之后，艾芙琳突然戒掉了毒瘾。她停止订阅报纸、丢了电视机，取而代之的是买了个大玻璃箱子，里面养了只蜥蜴，会随着装潢不同而变色。

现在，凯斯太太正好和无家可归的游民相反。她有太多的房子，房子成了她的负担，她埋身在家里，看她的购物目录，看着那些精美地印在铜版纸上的花园装饰照片，戴着她深爱的亡夫火化后制成的钻戒。

当然，她仍然想念她的朋友们、她的丈夫。可是那就像墨黑可能会说的：不在就是新的存在。

而她仍然会买那些慈善活动的入场券，参与拍卖会和看舞蹈表演，重要的是要知道她的所作所为有助于改善这个世界。接下来，她要去和濒临灭绝的灰鲸共泳。

睡在某个受戕害而变小的雨林的天篷下。

拍摄逐渐消失的蜥蜴，研究生态。

重要的是要清醒。她仍然希望能有所不同。

Chapter 5.

克拉克太太告诉我们，那年夏天在狄奥塔蒂山庄里，一共只有五个人。

诗人，拜伦爵士。

雪莱，以及他的情人，玛丽·戈德温。

玛丽的异父妹妹克莱尔·克拉尔蒙特，当时怀了拜伦的孩子。

还有拜伦的医生，约翰·波里杜利。

我们在二楼楼座吸烟室里围着电动壁炉坐好，静静地听着。那间哥特风味的吸烟室。我们每个人都蜷缩在一张黄色皮制翼状靠背扶手椅，或是十字绣垫子的沙发，或是我们从什么地方拖过来有织锦套的情人座上，弯曲的椅腿在满是灰尘和虫蛀的地毯上留下杂乱的痕迹。

我们几乎全都在场，只少了游民夫人，她早早上床睡觉去了，还有美国小姐，还在到处撬锁。

那个电动壁炉只是一圈在一层粘在一起的红色与黄色厚草下旋转的光。亮而不热。我们所有悬吊着的水晶树都已经熄灭了，只剩红色和黄色的光舞过我们的脸上，各种形状红色和黄色的光滑过木头镶板和拼接在一起的石板地。

就是那五个人，克拉克太太说，被大雨困在屋子里，烦闷无聊。雪莱和他那群同伴，他们轮流念一本名为《幻觉效应》(*Fantasmagoria*)的德国鬼故事集给其他人听。

"拜伦爵士，"克拉克太太说，"受不了那本书。"

拜伦说在那个房间里的人比他们念的那本书的作者要有才华得多。他说他们每个人都能写出更精彩的恐怖故事，而他们应该每一个人写一篇出来。

那大约是在布莱姆·斯托克创作《德拉库拉》的一个世纪之前。在那年夏天，先有了约翰·波里杜利医生的作品《吸血鬼》，以及吸血魔鬼的现代概念。

在那样一个雨夜，在雷电交加的日内瓦湖畔，十八岁的玛丽·戈德温做了一个梦，后来就成为科学怪人弗兰肯斯坦的传奇。这两个怪物都是后来无数书本和电影的基础。

就连这场家庭聚会也成为传奇。在日内瓦湖沿岸，度假旅馆都在他们临湖的窗子里装上望远镜，让他们的客人能看到那栋大家传说那里有乱伦杂交大会的别墅。中产阶级的游客们，在夏日旅行中感到无聊，把他们最大的恐惧放在拜伦爵士的屋檐下。就是那一小撮年轻人，想要摆脱他们文化上的百万规矩，而别人却用望远镜来偷窥他们，以为会看到一些怪物。

在这里，我们就等于是狄奥塔蒂山庄的现代版。

一些对彼此大声说故事的人。

一些人想找到未来会引起回响的概念。会在书本、电影、戏剧、歌曲、电视节目、T 恤、金钱上引起回响。

就是这些面孔——大约是以前那群人的三倍，一群暴民——我们以前曾见过面，在那家咖啡店后面。我们：这些最后出现在这里的面孔。即使是在那个时候，灵视女伯爵就戴着她那注册商标似的头巾。野蛮公爵就梳着他的金发马尾。失落环节则是他那长如悬胆的鼻子和那一把狂野不羁的黑胡子。

今天大家对狄奥塔蒂山庄所说的闲话，将来也会有人这样说那家咖啡店。一些从来没有看过那张广告的人会发誓说他们都在那里。他们很聪明，没有同意加入这个研习营，否则，他们可能也一命呜呼了。或是成了巨富。多年之后，那家咖啡店，里面有几个放着免费报刊的架子，还有块告示牌，钉满了名片，提供灌肠服务和宠物身心健康咨询，那家小店想必得大得像个体育馆，才能容得下那么多自称当天晚上在那里的人。

那一夜的事会成为一则传奇。

我们的神话。

那一大堆人，诗人和家庭主妇，还有我们，端着用纸杯盛装的咖啡，站在那里听克拉克太太说话。她那极其庞大的胸部和以硅胶整形的嘬嘴，让一些人发出傻笑。有人问她是不是有电话让外界的人可以和研习营里的人联络，克拉克太太说，有的。她说："是1–800–滚你妈的蛋。"

就在这时候，有些人走掉了。

意思是说，没有。和外界没有联络。没有电视或收音机或电话或因特网。只有你和你用一件行李带去的东西。

也就是说，走掉了更多的人。

走掉的那些人，第一回合的生还者。这些聪明人会说他们自己的故事。是摄影机后面的摄影机后面的摄影机，魏提尔先生会这么称呼。他们会有他们的终极真相——但只有那天晚上的情形。

这些可怜的白痴没什么眼光。

我们全都看到了那张广告，只是看到的方式不一样。看到的地方也不一样，上面写着：

作家研习营

抛开你的生活三个月

就此消失。抛下所有妨碍你完成杰作的一切。你的工作，家人和家，所有的责任和旁骛——先搁置三个月。和想法相近的人生活在一个让你完全沉浸在写作中的环境里。合格者可获提供免费食宿，将你生命中的一小段时间赌在可以创造一个全新未来的机会上，成为职业诗人、小说家、编剧家。机不可失，过你梦想中的生活。名额极其有限。

这个广告印在一张索引卡上。一张处方笺。框在一条虚线后面，好像是一张你会撕下来的打折券。最底下是一个电话号码，那是克拉克太太的电话号码，钉在图书馆大厅的软木告示板上，贴在超市后面的厕所旁边，在自助洗衣店里。那张印在索引卡上的广告，前一个星期还到处可见，后一个星期就全不见了。

所有的卡片全都消失了踪影。

看到的人，如果打那个电话，就会听到一段克拉克太太的录音，说明那家咖啡店，还有我们应该去会面的日期和时间。

现在围坐在红黄两色的假火光中，我们心里已经可以想见未来的情形：看到我们告诉别人，我们怎么决定做这场小小的冒险，结果一个疯子把我们在一家旧戏院里关了三个月。我们已经把情况弄得更恶劣，加以夸大。我们会说这个地方冷得刺骨，没有自来水。连吃的东西都要配给。

这些全不是真的，可是会让故事更动人。不错，我们会包装真相，加以放大，加以夸饰，以求效果。

我们会创出我们自己的人兽乱伦杂交大会，让这个世界上的人闲话八卦。

我们每个人分到的后台化妆室，谈起来的时候，会让里面有毒蜘蛛、饥饿的大老鼠，到处沾着的也不只是否定督察那只猫的毛而已。

有鬼。我们在那家老旧的剧院里放进一只鬼，来丰富故事内容，让改编的电影里有用得到特效的地方。哦，我们自己在这里闹鬼，把这里装满了失落的鬼魂。

我们会把我们的生活化为可怕的冒险。一个真实生活的恐怖故事，有一个圆满的结局，像一场我们撑着活了下来而可以谈论的试练。

除了游民夫人和她手上的亡夫，美国小姐肚子里一点点长大、如滚雪球般越来越大的胎儿，还有喷嚏小姐的过敏症之外，我们其他的人还要有更多、更多的痛楚和痛苦，以后在全国性的电视谈话节目中再挖出来讲，也就是美国小姐所说的那些电视节目。就算我们始终没有激发起什么好点子，始终没能写出我们可称为杰作的小说，困在一起的这三个月也足够写一本回忆录，拍成一部电影，将来可以不必做一份固定工作，只要当名人就行了。

一个可以卖得出去的故事。

现在，围坐在玻璃火炉四周，我们计算着需要记得以便在全国性电视节目上引起轰动的细节。让我们可以“在现场”指导，让那部电影“具真实感”。那个故事说到我们如何遭到绑架，囚为人质，而喷嚏小姐病得越来越重，美国小姐肚子里的孩子则越来越大。

虽然没有人说出口，可是喷嚏小姐的死会成为再完美不过的第三幕的高潮。我们最黑暗的一刻。

而最完美的结局会是租约过期之后，房东闯了进来，及时救出了体力衰弱的美国小姐、精神失常的游民夫人。我们之中少数几个人踉行到阳光下，几乎睁不开眼睛，泣不成声。其余的人则由担架抬了出来，送上救护车，一路鸣着警笛到医院去。电影再往前跳接到我们全体环立在床边，看着美国小姐生产。再跳接到我们参加喷嚏小姐的葬礼。可怜的喷嚏小姐的鬼魂，为了让剧情更动人而牺牲。

我们要用八卦侦探的摄影机来拍附加的实况录像，诽谤伯爵的卡式录音带来当旁白。

最后，美国小姐要把她的新生婴儿命名为喷嚏小姐，或是她的本名。象征一个循环的完成，生命继续，获得重生。可怜的、衰弱的喷嚏小姐。

在这个电影——书籍——T恤的故事中，我们所有的人都爱喷嚏小姐……她那深藏的勇气……她那阳光般的幽默。

唉。

不错，除非我们之中有哪个能咳出个新版的科学怪人或是德拉库拉，我们自己的故事一定得弄得更戏剧化才能卖得出去。在整个事件结束之前，我们需要一切能把情况弄得更加糟糕很多的事物。

去他的什么原创性，写什么假设状况的小说一点儿用也没有。那得花上好大的力气，才能赚到一点点蝇头小利。

尤其是版税要分成十七份。就算你删减掉注定要送命的喷嚏小姐，也还要分成十六份。

我们所有的人都默不作声，但在心里命令她：咳嗽。

赶快一命呜呼了吧。

不错，其他的人都在那次咖啡店的集会里中途离席的时候，我们才是聪明的一群。不错，这件事当初看起来像是一场最后会引来大麻烦的疯狂冒险，可是，嗨——这件事现在看起来可是一场会带来大财富的疯狂冒险呢。

我们所有的人都默默地坐在这里，但是命令喷嚏小姐：咳嗽。

我们所有的人都满心希望她能帮忙让我们成名。

这就是无神教士为什么拉断了所有消防警报器线路的原因。我们刚进门的第一个钟点里就下了手。至少，他是这样告诉媒人的。无神教士是在军中学会线路的，而失落环节则帮他拿着手电筒。为了保险起见，他们还检查了所有的电话线路。唯一找到还有用的一条线，失落环节用他多毛而肌肉结实的手一把从墙里给拉了出来。

这也是灵视女伯爵为什么把小塑料叉子的尖齿插进每个门锁里再掰断的原因。这样谁也没法用钥匙开得了锁。以防万一她的假释官会循着她的电子手铐找到她的踪迹。不错，我们里面没有一个人希望被救出去——现在还不要。

我们所有的人都在下赌注。这些场景是不会出现在电影里的。这些将来全都要看起来像是魏提尔先生干的。那个邪恶的虐待狂，老魏提尔先生。

我们已经组织起来对抗克拉克太太和魏提尔先生那对搭档。

美国小姐和喷嚏小姐已经成为故事情节的重点。我们的牺牲品。命运已经注定。

在红色和黄色的电动火光中，在有雕花木镶板的哥特式吸烟室内，克拉克太太沉进她那张皮制翼状靠背扶手椅的厚垫子里，她的下巴越来越低，几乎陷进她的乳沟，她问保安会修女有没有找到她的保龄球。

保安会修女摇了摇头，没找到。她轻敲着她手表的表面，说道："再过四十五…… 四十四分钟，天就黑了。"

喷嚏小姐咳了起来——好长一阵声音响得有如湿的卵石撞在一起的咳嗽——我们大家勉强忍住没有发出欢呼。她在口袋里掏着药片、胶囊，可是缩回来的手却是空的。

保安会修女向大家告退，走下楼梯，走向大厅，走向床铺，身影一级一级地逐渐消失，越变越小，最后她头顶上染了色的黑发也不见了。

我们的美国小姐在别的地方，跪在一个门钮前面，想把锁撬开。或是想拉开我们都知道不会有作用的消防警报器。

多亏了无神教士。

诽谤伯爵的卡式录音机上红灯亮着。八卦侦探把他的摄影机由一只眼转到另一只眼前。

由楼梯底下传来一声尖叫。一个女人长长的哀号，是保安会修女的声音，叫我们赶快过去。她因踩到什么东西而绊了一跤。

是游民夫人。一块新的污渍。一只手里紧握住一把刀。在她周围，她的血形成一个黑色水潭，渗进大厅的蓝色地毯里。

长长的黑发似乎由她脸的一侧蜿蜒而下，消失在她毛皮大衣的领子里。但是在楼梯的最下一级，大家看清楚她时，那道像辫子似的黑发其实是血。在她脸侧那道如浮雕的长发下，她的耳朵不见了。她趴在那里，伸出的一只手里满是红色和粉红色，在那堆像生蚝似的东西正中央，闪亮着一枚珍珠耳环，映着那假的火光。在她手掌里，就在那只粉红色的耳朵旁边，是那枚以她火化的亡夫所做成的钻戒。

我们所有的人站在楼梯上望着她，游民夫人微微一笑。她的头转向一边，抬眼望着我们。她说：“我在流血……血流得很多……”在她苍白的面孔和两手之外，一道血流似乎一直不停地向远方流去。她的手指松开，那把刀滑落到地毯上，她说：“现在，魏提尔先生，你一定得让我回家去……”

凶悍同志用手肘撞了诽谤伯爵一下说：“我不是跟你说过了吗？你看，”她朝那道血痕的顶端点了下头，说道，“现在你看得到拉皮手术留下的疤了吧。”

游民夫人死了。保安会修女用一根手指贴在她颈边说了这件事，血玷污了修女的手指。

到了这时候，我们的未来已经决定了。不能再改了。这就是我们的饭票，告诉别人我们怎么亲眼目睹一个无辜的人被迫走上自绝之路，再加上游民夫人混迹下层社会的故事。她丈夫的悲惨遭遇，遭绑架的巴西石油大亨的女继承人。去他妈的发明新怪物的想法。在这里，我们只要四下看看，多多注意就行了。

八卦侦探从他摄影机的观景窗里，倒带重看游民夫人在台上说故事的片段。看她叙述又再重述。

我们的玩偶。我们的故事情节。

诽谤伯爵把他的录音机倒带回来，而我们重听保安会修女的尖叫，听了再听。

我们的鹦鹉。

在那黄色和红色玻璃的火光中，魏提尔先生说：“哎，已经开始了……”

“魏提尔先生？”克拉克太太说。

魏提尔先生，我们的反派，我们的主人，我们的魔鬼，我们因为他折磨我们而爱慕的人，他叹了口气。他看着游民夫人的尸体，一只颤抖摇晃的手伸了起来，捂住嘴巴，打了个呵欠。

否定督察望着尸体，轻拍着抱在怀里的那只猫，虎斑色的猫毛飞飘到各处。

冻疮男爵夫人和灵视女伯爵跪在尸体旁边。没有哭，但是她们的两眼睁得让你能看到眼珠四周都是眼白，正像看到一张中了奖的乐透彩券时的模样。

圣无肠一面看着尸体，一面从一个银色袋子里舀出冷的意大利面。每一口滴下红色汁液的面里都沾着一些猫毛。

这就是我们对付我们来过的接下来的三个月。

魏提尔先生坐在他的轮椅上，由楼梯顶望下来，在他身边，诽谤伯爵用他的笔和记事本，还在记着笔记。

魏提尔先生伸出颤抖的手指说："你，你在把这件事写下来吗？"

诽谤伯爵看着他所记的真相，头都没抬，只点了下头，是的。

"那——跟我们说个故事，"魏提尔先生说，"回到火边来。"他扭动了下他颤抖的手，说道："拜托。"

诽谤伯爵微微一笑。他把记事本翻到空白的下一页，把笔套上，抬起头来，说道："有谁记得一个很老的电视节目，叫《隔壁邻居小丹尼》的吗？"他说话的声音缓慢而低沉有力，他说，"有一天……有一天，我的狗吃了包在铝箔里的垃圾……"

商业机密

一首关于诽谤伯爵的诗

“那些排着队的人，”诽谤伯爵说，“在新片首映一周前去排队的……”
那些人都是拿了钱才去排队的。

诽谤伯爵在舞台上，他站着，举起一只手，拿着一张纸，
那张白纸，挡住了他的脸。
其他的部分在一套蓝色西装里，一条红领带，棕色的软皮鞋。
在他举起的手腕上是一只金表，
上面刻着：“恭喜”。

舞台上，没有聚光灯，只有一张脸。
投影在纸上的是大字头条新闻标题：
　本地记者赢得普利策奖

在标题后面，伯爵说：“那些人靠排队过活……”
因为暑假档卖座强片一部接一部。
电影公司用游览车从一个城镇到另一个城镇接送这些所谓的影迷。
从科幻片到超级英雄的奇幻电影。
每个星期，一个新的市镇，一家新旅馆，
一部假装大受欢迎的新的辅导级电影。
那些用纸板和铁皮做的服装，显然是自己家里做的，
服装部做好之后运送出来。
花这些工夫就是要骗当地媒体来炒作新闻，免费宣传。
造成有很多人喜欢这部电影的假象。
所有的时间和金钱，称为“播种观众”。

在他衬衫口袋里闪着卡式录音机的小红灯录下每一个字。
诽谤伯爵问道："谁比较笨呢？
是拒绝为生命寻找意义的记者？
还是想要这些的读者？
对一个陌生人所说的话照单全收？"

诽谤伯爵的声音由纸后传出，他说：
"记者有权利……
……和责任，来摧毁那些由他帮忙生出来的金牛。"

天鹅之歌

诽谤伯爵的故事

有一天，我的狗吃了用铝箔包着的垃圾，不得不花一千美元去照 X 光。我公寓大楼后面的院子里满是垃圾和碎玻璃。那里是大家停车的地方，一摊摊有毒的东西等着毒死猫狗。

即使是顶着一个秃头，那个兽医看起来也像一个很老的好朋友。好像一个和我青梅竹马一起长大的孩子。有张我小时候天天看到的笑脸。下巴上的小酒窝和他鼻子上的每粒雀斑，我全部一清二楚。他两颗门牙中间的缝，我知道他怎么用来吹口哨。

目前，他正在给我的狗打针。站在一间贴了白瓷砖的冰冷房间里那张银色不锈钢桌子旁边，一手抓住狗脖子上的皮，说到心丝虫什么的。

我在电话簿里找到他的时候，正哭得眼泪汪汪，生怕我的狗会死。不过，还是看到了他的名字：兽医肯尼斯 · 魏尔柯克斯。一个说起来为了某种原因而让我很爱的名字。我的救星。

现在，他把狗的两只耳朵一一翻过来，又说到犬瘟热什么的。在他的白袍子的胸前口袋上绣了行字，是“肯医生”。

就连他的声音听来也像由遥远的过去回响而来。我以前听过他唱《生日快乐》，在打棒球时大叫：“好球！”

就是他，我以前的老朋友，可是太高了，眼皮又肿又黑，还向下垂。下巴下面的肉也太多了。他的牙齿看起来有点儿黄，两眼也不像是它们应有的亮蓝色。他说：“她看起来不错。”

我说，谁呀？

“你的狗。”他说。

我望着他，望着他的秃头和蓝眼，问道："你在哪里上学？"

他说了一个在加州的什么大学，是个我从来没听说过的地方。

我小时候他也很小，我们算是一起长大的。他有一只叫"史吉普"的狗，整个夏天他都打着赤脚来来去去，总是去钓鱼或是造树屋。我看着他，还能想起那个寒冷的下午堆出一个非常完美的雪人，而他的奶奶站在厨房窗子前面看着的情形，我说："你是丹尼吧？"

他大笑了起来。

就在那个星期，我向一位主编提出以他为题写篇特稿的提案。内容是谈我怎么找到了他，找到了小肯尼斯·魏尔柯克斯，也就是好久好久以前在《隔壁邻居小丹尼》里饰演丹尼的那位童星。小丹尼，那个和我们一起长大的孩子，现在是一位兽医。住在新开发的城郊的一间房子里，修剪自己的草坪。他现在是个秃头的中年人，有点儿胖，受到忽视。

这个过气的明星，他很快乐地住在一栋有两间卧室的房子里，两只眼睛的眼角都有开枝散叶的笑纹。他服药来控制胆固醇。在经过那么多年来一直是众人注意的焦点之后，他承认是有点儿寂寞。可是他很快乐。

最重要的一点是，肯医生同意了。不错，他愿意接受采访，在报纸的周日娱乐版上一篇小特稿。

我向他提案的那位主编，把一支原子笔塞进耳朵里转着，挖出耳屎来，看来一副百无聊赖的模样。

这个主编告诉我说，读者不会想看什么人天生可爱又有才华，上电视，赚大钱，然后从此快乐生活的故事。

没错，大家不喜欢圆满的结局。

大家要看的是罗士提·哈默，演《礼让老爹》的小男孩，后来吞枪自尽。或是川特·里曼，《保姆与教授》里那可爱的孩子，后来在游乐园的围墙上吊自杀。或是小艾莉莎·琼斯，在《合家欢》里演芭菲，抱着个名叫贝思礼太太的洋娃娃，后来吞下了洛杉矶有史以来最大剂量的安眠药而死。

这才是大家要看的，和我们会去赛车场看车子撞成一团的原因一样。所以德国人说：“人的心理就是幸灾乐祸。”我们最纯粹的快乐就是看到我们嫉妒的人受到伤害。那是最地道的欢乐。就像看到一辆豪华车转错了弯开进单行道时所萌生的那种开心的感觉。

或者是听说杰·史密斯,也就是绰号“粉红仔”的那个“叛逆小子”，在拉斯维加斯外的沙漠中被人用刀刺死。

或者是听到妲娜·蒲拉图，那个演出《别具风情》的小女孩遭到逮捕，给《花花公子》拍裸照，吞服了过量的安眠药时的开心感觉。

在超市里排队结账，剪折价券，越来越老的那些人，报上的这类头条新闻就是卖给这些人的。

大多数人，他们要看的是《八小福》里演漂亮小女儿的兰妮·欧葛兰娣因为嗑药过量而死在一间拖车屋里。

主编告诉我，没惨事，没新闻。

脸上带笑纹而快乐的肯尼斯·魏尔柯克斯没有卖点。

主编告诉我：“查出魏尔柯克斯电脑上有儿童色情图片，查出他屋子底下埋了尸体，那你就有新闻特写了。”

主编说：“更好的是，查出他有以上的这些问题，而他已经死了。”

下个星期，我的狗喝了一摊有毒的水，我的狗也叫史吉普，是用《隔壁邻居小丹尼》戏里那只狗的名字，也就是小丹尼的那只狗。我的史吉普，我的宝贝是白的，身上有很大的黑色斑点，还有个红色项圈，和电视上一样。

唯一解毒的方法就是要替狗洗胃。然后再让她肚子里装满了活性炭。找到一条静脉血管给这只狗吊上吊瓶，用由谷物制成的纯酒精去清狗的肾脏。要救我的狗，我的宝贝，我必须让她完全醉倒。这也就是说，我得再去找肯医生。他说，没问题，下星期可以去访问他。不过他警告我说，他的生活并不很刺激。

我告诉他，相信我。好的文笔可以把一些普通的事写得很动人，别担心你的生平，我告诉他说，那是我的工作。

最近我真的很需要有一篇很好的特写。我，我已经做了几年的自由作家了。因为我已经不能再跑娱乐新闻了。那条线可以很赚钱的，是新闻界有油水的肥缺，给电影首映夸大宣传，和其他媒体人与某位大明星坐在一起聊十分钟，所有的人都忍住不打哈欠。

电影首映，新唱片发行，新书发布会，源源不断的工作，但是一旦发表了不当意见，就会被摒除在外了。一家电影公司威胁说要撤广告，马上——急急如律令——你跑的线就此消失不见了。

我，我现在破产了，就因为有一回我想警告民众。有一部电影，我写的报道中说大家最好把钱花在别的地方，从那以后，我就离开了那个圈子。只不过是一部暑期档的大烂片和影片背后的势力，我就得求爷爷告奶奶地央求别人让我写讣告，写图片说明。什么都行。

这根本就是一场大骗局，用纸牌搭起一座房子，再拉倒。你花上好多年的时间，堆起空无，创造一个假象。把一个人变成电影明星。你真正领到钱的日子是在这场交易完成之后。然后你把下面的垫毯抽掉，让所有的纸牌垮下来。让大家看到这个俊美的熟女杀手屁眼里插着根自慰棒。暴露那个邻家女孩似的清纯少女顺手牵羊，嗑药嗑得迷迷茫茫。那个女神用铁丝衣架痛揍孩子。

主编的话是对的。肯尼斯·魏尔柯克斯也是对的，他的生活是一篇没有人要看的专访。

为了事先的准备工作，在我们见面访谈之前的一整个星期里我都在上网。我从俄国的网站下载档案，那里有另外一种童星：还没长阴毛的俄国学童吸胖老头的老二。还没来过月经的捷克少女被猴子操后庭。我把所有这些档案全收在一张薄薄的影碟上。

另外一天晚上，我给史吉普系上狗链，带着到附近遛了好久。回到公寓里时，我的口袋里塞满了包三明治的塑胶袋和小的纸信封。好多折得四四方方的铝箔。各种麻药，止痛剂，镇静剂，还有装快克和海洛因的小玻璃瓶。

那篇专访，我在肯尼斯·魏尔柯克斯还没开口之前，已经把整整一万四千字都写好了。那时候我们都还没坐下来呢。

不过，为了表面功夫，我还是带了录音机，带了笔记本，用几支根本已经干了的笔假装记下笔记。我带去了一瓶里面掺了止痛剂和镇静剂的红酒。

肯尼斯在市郊的那栋小房子，原以为会像一个玻璃柜子，堆满了灰尘满布的奖杯，光鲜的照片，各种奖座，是他童年的纪念馆。但完全不是这么回事。所有他赚来的钱都存在银行，赚取利息。他的房子里只有咖啡色的小地毯，油漆的墙壁，窗子上挂着条纹花的窗帘。还有一间铺着粉红瓷砖的浴室。

我给他倒了红酒，然后就让他说，中间请他暂停，假装要记清楚每一句引用的话。

他说的一点儿也不错，他的生平比一部夏季重播的黑白老片还无趣。

在另外一方面，我已经写好的那篇特稿却非常棒。我所写的是小肯尼从聚光灯下一路滑落到解剖台的过程。当初他为了争取丹尼那个角色，而失身于好多好多电视网的高层主管。为了讨赞助厂商的欢心，他成了性爱玩物。他服药来维持身材不致发胖，也用药物来延缓自己进入青春期，熬夜一场戏接一场戏地拍摄。没有一个人，就连他的朋友和家人在内，没有人知道他有那么重的药瘾，还有他对受到关注的变态要求。即使是在他的演艺生涯崩落之后，即使是成为一个兽医，也不过是为了能借此弄到好的药物，还有和小动物性交的机会。

肯尼斯·魏尔柯克斯的酒越喝越多，说他的生活一直到《隔壁邻居小丹尼》节目取消之后才真正开始。演了八季的小丹尼，你对小学二年级的真实记忆也只能如此了。只有一些串不起来的模糊片段。每一天，每一句对白，都是你要花时间去记忆才能通过考试的东西。在爱荷华州哈特南镇的那栋漂亮的农舍，只是一个假的门面，在那些窗子里，在蕾丝窗帘后面，只有光秃秃的泥地，上面丢满了烟蒂，那个演丹尼奶奶的演员，不在同一场戏里对话的时候，她会到处随地吐痰，她的痰都是消过毒的，里面的酒精比口水多。

肯尼斯·魏尔柯克斯一面啜饮着红酒，一面说他现在的生活重要多了，治好动物的伤病，救狗狗的命。喝得越多，他的话就越断成一个个拖得越来越长的字。在他闭上眼睛之前，他问我史吉普怎么样了。

我的狗，史吉普。

我告诉他，很好，史吉普很好。

肯尼斯·魏尔柯克斯说："好极了。我听了这话真高兴……"

他睡着了，脸上还带着笑容，我把枪口塞进他嘴里。

"快乐"对谁都没好处。

那是支没有登记在任何人名下的黑枪。我的手上套着手套，枪塞在他嘴里，他的手指扣在扳机上。小肯尼躺在沙发上，脱光了衣服，老二上涂抹了炒菜用的油脂，电视上播放着他旧作的录影带。真正重要的关键，是下载到他电脑硬盘中的儿童色情图片。还有小男孩遭鸡奸的照片，印了出来，贴在他卧室的墙上。

一袋袋的止痛药藏在他的床垫下。海洛因和快克则埋在他的糖罐子里。

一天之内，这个世界就从疼爱肯尼斯·魏尔柯克斯变成恨他。隔壁邻居小丹尼就会从一个童年偶像变成一个怪物。

在我对最后一夜的描述里，肯尼斯·魏尔柯克斯挥舞着那支枪，大声地吼着说没有一个人在乎他，这个世界利用了他，然后将他弃如敝屣。他整夜喝酒嗑药，说他不怕死。在我的特写里，他是在我回家去之后死的。

下个星期，我卖掉了那篇特稿，全世界数以百万计的观众所热爱的童星的最后专访。是在他邻居发现他自杀身亡前几个小时所做的一篇专访。

一个星期后，我获得普利策奖的提名。

几个星期之后，我得了奖。奖金才两千美元，可是真正获得的利益却是长期的。后来，没有一天我没有拒绝接受工作的。我的经纪人把各式各样的工作传给我。不要，我只接赚眼球、给大钱的工作。大杂志的封面故事，全国性的电视节目。

接下来，我的名字等于“品质”。我的报道就是“真相”。

你看看我的通讯录，上面所列的名字都是你在电影海报上看到的，摇滚红星，畅销书作家。我触及的一切顿时变得闻名遐迩。我由公寓搬到一栋有院子可以让史吉普跑来跑去的房子里。我们有花园和游泳池、网球场、有线电视。我们付清了我们为拍 X 光和用活性炭所欠下的一千多块钱。

当然，你有时在有线电视上还是看得到肯尼斯 · 魏尔柯克斯，他小的时候，吹着口哨，投着棒球，那是他变成脸上有酒渍的怪物之前的样子。小丹尼和他的狗，赤脚走过爱荷华州的哈特南镇。他那各处联播的鬼魂让我那形成对比的特稿历久不衰。大家都爱知道我所写的关于那个看来那样快乐的孩子的真相。

“人的心理就是幸灾乐祸。”

这个星期，我的狗从土里挖出一头洋葱，吃了下去。

我，我给一个又一个的兽医打电话，想要找到一个能救她的人，在这时候，钱不是问题，多少钱我都愿意付。

我和我的狗，我们过得很快活。我们好快乐。而就在我仍然抱着电话、翻着电话簿的时候，我的史吉普，我的宝贝，她停止了呼吸。

Chapter 6.

“让我们从结尾开始写起。”魏提尔先生会这样说。

他会说：“让我们从会让情节泄了底的地方开始。”

生命的意义，统一场论，还有原因所在。

我们全都坐在天方夜谭式的楼座，盘着腿坐在有霉印的丝绸靠枕和坐垫上。坐在堆满了脏衣服，而坐下时会把其中空气挤出来的椅子和沙发上。在那里，在有回音的高高穹顶下：穹顶粉刷油漆成珠宝的颜色，永远见不到阳光，也永远不褪色，有铜灯从上面悬吊下来，每盏灯都有一个红色或蓝色或橙色的灯泡，从铜的镂空花纹里照出来。魏提尔先生坐在那里，一把把地从保鲜袋里抓出什么干的东西来吃着。

他会说：“让我们把会让读者大吃一惊的部分先弄完了事。”

他说，地球只不过是一架大机器，一间大作坊，一家工厂。这就是你了不起的答案，了不起的真相。

想象一台岩石抛光机，其中一个大滚筒，不住旋转，每天转二十四小时，一周转七天，装满了水、岩石和卵石。全混在一起磨着，转了又转。把那些丑陋的岩石抛光成宝石。这就是地球为什么会自转的原因。我们就是岩石。我们所遇到的——那些戏剧性的遭遇、痛苦、欢乐、战争、病痛、胜利和侵犯——哎，那些不过只是水和沙，用来侵蚀我们，把我们磨小，将我们抛光，又美又亮。

这就是魏提尔先生会告诉你的话。

光滑得像玻璃，这就是我们的魏提尔先生。用痛苦炮制。抛光得闪亮。

所以我们喜欢冲突，他说。我们喜欢憎恨，我们会以战止战。我们必须清除贫穷，我们必须和饥饿抗争。我们竞争、挑战、击溃、摧毁。

身为人类，我们的第一条戒律就是：

需要有事情发生。

魏提尔先生不知道他这话说得对极了。

克拉克太太说得越多，我们就越能看出这里不会是狄奥塔蒂山庄。写《弗兰肯斯坦》的那个宝贝，她可是两位作家的孩子：她父母是教授，以《政治正义》和《女权辩护》这两本启发思想的书而著名[①]。他们家里随时都有好多声名卓著的聪明人。

我们可不是一群到夏天避暑别墅来而且很有头脑的书呆子。

不对，我们能在这栋房子里写出来最好的故事，就是我们是怎么活下来的经过。发了疯的游民夫人怎么死在我们怀里。不过，这个故事还是必须够好，够刺激，够吓人而危险。这点我们必须要做得到。

魏提尔先生和克拉克太太只忙着无趣地讲个不停。我们需要他们粗暴地对待我们。我们的故事需要他们鞭笞和痛殴我们。

而不是把我们烦死。

“任何对世界和平的呼吁，”魏提尔先生说，“都是骗人的谎言。一个很漂亮、很漂亮的谎言。”只是另外一个开战的借口。

没错，我们喜爱战争。

战争，饥荒，瘟疫，都是让我们得到启发的快速成功之道。

“想要把世界变得更美好，”魏提尔先生以前常说，“是非常、非常年轻的人的标志，想把人从他们应得的痛苦中拯救出来。”

---

① 《弗兰肯斯坦》作者玛丽·雪莱的父母分别是英国社会思想家威廉·戈德温（William Godwin），英国妇运先驱及作家玛丽·沃斯通克拉夫特（Mary Wollstonecraft）。

我们一向喜爱战争。我们天生就知道战争是我们之所以存在的原因。我们也喜爱疾病，癌症。我们喜爱地震。在这个我们称之为地球的游乐场里，魏提尔先生说我们喜爱森林大火，漏油事件，连环杀人狂。

我们喜爱恐怖分子、劫机者、独裁者、恋童癖。

天啦，我们好喜爱电视新闻啊，好些人排在一长条挖开的坟前，等着被另一队新来的行刑队伍枪毙的画面。印刷精致的铜版纸杂志里出现越来越多市井小民被自杀性炸弹炸成血肉模糊尸块的照片。收音机里关于高速公路上连环车祸的新闻快报。泥石流。沉船。

他颤抖的手像在空中打着电报，魏提尔先生会说："我们喜爱飞机失事。"

我们喜欢污染、酸雨、全球变暖、饥荒。

不错，魏提尔先生完全想不到……

野蛮公爵找出所有里面有甜菜的食物，每一个里面有切成片状、干得像赌扑克牌用的筹码似的甜菜，可以摇得哗啦响的银色枕头。

圣无肠在每个里面装了任何一种猪肉、鸡肉或牛肉的袋子上都戳上一个洞，那些都是他没法消化的肉类。

所有这些银色袋子里都充了氮气，按食物分类排放，塞进用皱纸板做成的棕色纸箱里。纸箱外标注"甜点"的，是一袋袋干的小饼，摇起来的响声就像是干豆荚里的种子。在标有"开胃菜"字样的纸箱里，冷冻干燥的鸡翅膀，摇起来的声音就像枯骨。

美国小姐因为怕胖，就找出所有注明是"甜点"的食物，用杀手大厨的蔬果雕花刀在每个袋子上戳洞。

只是加速我们的受苦，让我们更快得到启发。

只要有一个洞，氮气就会漏出。细菌和空气会进去。所有那些会杀死喷嚏小姐的霉菌，由温暖潮湿的空气带着，在每一个装了咕噜肉、面拖比目鱼、通心粉沙拉的袋子里进食和繁殖。

八卦侦探在溜进大厅去毁掉所有橘子黄油薄饼卷之前，会先确定附近没有别人。

在灵视女伯爵偷偷溜进大厅里去戳破每一个里面可能装有一点儿芫荽的银色袋子之前，先确定八卦侦探已经离开了。

我们每个人只毁掉那种我们讨厌的食物。

我们盘腿坐在天方夜谭式的楼座上，四周是灰泥的柱子，刻成大象的形状，后腿直立，前脚抬起来支撑住天花板。魏提尔先生的牙齿嚼着另外一把干树枝和石头，说道："在我们秘密心中的中心，我们喜欢埋下对我们主场队伍的恨意。"

反人性，是我们在对抗我们。你，是你自己的受害者。

我们喜爱战争，因为那是我们能在这里完成工作的唯一途径。是我们在这个地球上干掉我们灵魂的不二法门。地球是个大的处理站，岩石抛光机，经由痛苦、愤怒和冲突，这是唯一的路。至于通到哪里，我们不知道。

"可是我们在出生的时候忘记了那么多。"他说。

出生，就像是你进入了一栋房子。你把你自己关在一栋没有窗子看不到外面的房子里。而等你在任何一栋房子里待得够久了之后，你就忘了外面是什么样子。没有镜子的话，你也会忘了你自己的脸。

他似乎始终没注意到楼座上我们之中总会少掉一个人。没错，魏提尔先生只是一直说了又说，而总有人偷偷溜下楼去，毁掉所有标着有青椒当配料的食物袋。

事情就是这样。没有人知道其他每一个人都有同样的计划。我们每个人都只是想各自加一点儿赌注。要确定来救我们的人不会发现我们有的是装了丰美食物的银色袋子，所受的苦不过是无聊和无趣。每个受苦的生还者都比魏提尔先生把我们关起来前胖了五十磅。

当然，我们每个人都想留下足够的食物撑到我们差不多被救出去的时候。最后几天，我们真正缺粮、挨饿和受苦的时候——我们可以在重叙经过时，把这段时间拉长成几个星期。

不管是书、电影，还是迷你电视连续剧。

我们只要饿到有了凶悍同志所谓的“死亡集中营的颧骨”。你脸上凹凸的地方越明显，美国小姐说，在电视上越好看。

那些防菌保鲜袋都好厚，我们每个人都只好去求杀手大厨，在他那一套漂亮的刀具中商借一把切肉刀、万用刀、砍骨刀、剔筋刀，还有厨房用的剪刀。只有失落环节用的是他那捕兽夹似的下巴；他只用他的牙齿就够了。

“你是永恒的，但这一辈子不是，”魏提尔先生说，“你总不会想去游乐场玩玩，就永远在那里过下去了吧。”

不错，我们只是过客，魏提尔先生知道这一点。我们是生来受苦的。

“如果你能接受这一点，”他说，“那么这个世界所发生的任何事情你都可以接受了。”

讽刺的是，如果你能接受这一点——你以后就再也不会受苦了。

相反的，你倒是会去追求折磨。你会享受痛苦。

魏提尔先生再也想不到他说得有多对。

那天晚上的某一个时刻，杀手大厨走进了沙龙，手里仍拿着一把砍骨刀。他望着魏提尔先生说：“洗衣机坏了，现在你一定得放我们走……”

魏提尔先生抬起头来，仍然在嚼着塞了一嘴的干脆皮火鸡，他说：“洗衣机怎么了？”

杀手大厨把他另一只手里拿着的东西举了起来，不是那把刀，而是什么松垮垂吊着的东西。他说：“有个绝望的被囚厨师把插头线给割断了……”

那个玩意儿在他手里垂落下来。

那之后，我们不能再洗衣服，又是会给我们赚大钱的故事情节中的一个卖点。

就在这时候，魏提尔先生发出呻吟，把一只手的手指伸进裤腰。

他说："克拉克太太？"他的手指按在他皮带下的那一点，他说："哎，这里好痛……"

杀手大厨看着他，把那段剪断的插头线缠在手上，说道："我希望是癌症。"

魏提尔先生的手指仍伸在裤子里，整个人陷进那阿拉伯风味的垫子里，身子蜷曲起来，把头埋进两膝之间。

克拉克太太走上前来，说道："布兰登？"

魏提尔先生滑落到地上，两膝屈到胸前，不住呻吟。

在我们脑海里，想着电影里的这一幕，那场戏只不过是一个电影明星在红蓝花纹的东方地毯上假装痛苦不堪地扭动身子，在我们脑海里，我们不约而同地写下："布兰登！"

克拉克太太蹲下去，捡起他掉在那些丝绸软垫之间的保鲜袋，她的视线扫过印在袋子上的那一行字，说道："哦，布兰登。"

我们所有的人都想成为摄影机后面的摄影机后面的摄影机。最后的故事。真相。

在未来的电影和电视迷你连续剧里的这一场戏中，我们全在教一个有名的选美皇后女明星说："哦，我的天，布兰登！哦，亲爱的可爱的受难的耶稣！"

克拉克太太把那个袋子拿给他看，她说："你刚才吃了相当于十份火鸡大餐的量……"她说，"为什么呢？"

魏提尔先生呻吟着。"因为，"他说，"我还是一个在发育的男孩子……"

在未来的版本中，那个选美皇后哭喊道："你身体里面在裂开！你会像一根溃烂的盲肠似的炸开来！"

在电影的版本里，魏提尔先生发出尖叫，他的衬衫紧绷在他鼓胀的肚子上，他的手指甲抓开了扣子。就在这时候，绷紧的皮肤开始裂开，像尼龙丝袜似的裂开，鲜红的血直喷出来，就像鲸鱼喷水一般。一座令观众惊声尖叫的血喷泉。

在现实中，他的衬衫看来有点紧。他的双手解开了皮带。然后解开他最上面的一个裤腰扣子。魏提尔先生放了个屁。

克拉克太太递过一杯水去，说道："来，布兰登，喝点儿什么吧。"

圣无肠说："不能喝水，那样只会更胀。"

魏提尔先生扭动着身子，最后整个人俯卧在红蓝花的地毯上。每次呼吸都快而短促，像只狗在喘气。

"问题在他的横膈膜。"圣无肠说。食物在他胃里膨胀，已经吸尽了水分，堵住了胃下端的十二指肠。那十份火鸡大餐正向上鼓胀，压迫他的横膈膜，进而使他的肺脏无法吸气。

圣无肠一面说着这些话，一面还在一把一把地吃着自己从那个银色袋子里掏出来的干东西。同时边吃边说。

另外一个体内的变化可能是胃部开裂，使得腹腔内充满了鲜血、胆汁和胀大的碎火鸡肉，细菌从小肠里冒出来，引发腹膜炎，圣无肠说，也就是腹腔壁受到感染。

在我们的电影版本里，圣无肠个子很高，直挺的鼻子上架着宽框眼镜。他有一头又粗又乱的头发。胸前挂着一副听诊器，说着十二指肠和腹膜炎，嘴里没有塞满东西。在电影里，他伸出一只手来，手心朝上，命令道："手术刀！"

在那根据真实故事改编的版本里，我们烧了开水，让魏提尔先生喝了杯白兰地，让他咬着一颗子弹。我们用一小块海绵替圣无肠擦掉额头上的汗水，而一只钟正很响地发出滴答声。

那些高贵的受害者拯救坏人，就像我们安慰可怜的游民夫人一样。

在现实中，我们只是站在那里，用手挥舞着赶开他屁的臭味。大家大概在想魏提尔要怎么演这场戏，他是会死还是会活，我们真的需要一个导演，要有人来告诉我们每个人所扮演的角色该怎么做。

魏提尔先生只是呻吟着，用手揉着身侧。

克拉克太太只是俯在他身上，她的乳房若隐若现，她说："来，谁来帮我扶他回房间去……"

但是没有人前去帮忙。我们需要他就此死掉。我们还有克拉克太太来当邪恶的反派。

然后美国小姐说了话。她走到他身边，他的肚子鼓胀，俯卧着，衬衫下摆由裤子里拉脱出来，裤腰向下褪了些，露出他内裤腰上的松紧带。美国小姐走上前去，然后——哦——她一脚踢进他绷紧肚子的侧面。就在这时候，她说："哎，那他妈的钥匙在哪里？"

克拉克太太屈起手臂来，用肘子把她顶得从他身边退开。克拉克太太说："没错，布兰登。我们需要送你到医院去。"

魏提尔先生以他自己的方式做了这件事，他把钥匙给了我们。他的胃在肚子里裂了开来，腹腔内充满了血，干的火鸡肉还在膨胀，吸收了血、胆汁和水分，越来越大，最后他的肚子看来就像怀了孩子一样。接着他的肚脐也突了出来，硬硬地挺突着，像只小手指。

所有的这一切，都发生在八卦侦探摄影机的聚光灯照射下，他用记录了游民夫人之死的录像带录下这些，以今日的悲剧场景取代昨日的悲剧场景。

诽谤伯爵将他的卡式录音机凑得很近，用的是同一卷卡带，赌的是这件可怕的事会更胜于上一件。

这一刻，是我们从来连想也不敢想的情节。第一幕的高潮就能让我们赚大钱。魏提尔先生会爆裂开来，这件事会让现场目击的我们大大有名，成为有名的权威人士。像游民夫人的耳朵一样，魏提尔先生的肚子胀破也是我们的饭票，一张空白支票，一张免费通行证。

我们全都沉浸其中，吸收着这件事。把这个经验消化后成为一篇故事，一个电影剧本，一些我们可以卖的东西。

在压力使他的横膈膜破裂了之后，他那鼓如南瓜的肚子消了一点点，平了一些些。我们仔细研究他的脸，他的嘴怎么张着，咬着牙，想吸进更多空气。更多空气。

“鼠蹊部疝气。”圣无肠说。我们全都低声重说一遍这些字眼，好记得更清楚。

“到舞台上……”魏提尔先生说，他的头埋在满是灰尘的地毯里。他说：“我要准备说……”

鼠蹊部疝气……我们脑子里都回响着这些字眼。到目前所发生的事都不能成为一个很好的笑话。所有这些白痴给骗进了一栋房子，困在里面。带头的胀了气，我们得以脱逃。这根本就不能成什么嘛。

自然嬷嬷已经准备解下他带小铜铃铛的项圈，偷偷喂他喝一些水。

否定督察则计划带着柯拉·雷诺兹走过他的房间，偷偷带一大壶水进去。

失落环节想见自己整夜踮着脚尖到魏提尔先生住的化妆室，把水灌进他的喉咙，一直灌到那个人就此嗝屁。

“求求你，泰丝？”魏提尔先生说，“你肯扶我上床去吗？”

我们都在心里记了下来：泰丝和布兰登，囚禁我们的人。

“赶快，到舞台上去……我好冷。”魏提尔先生说道，自然嬷嬷扶着他站了起来。

“可能是休克了。”圣无肠说。

在我们会卖出去的那个版本里，他已经是个死人了。一个坏人死了，而他的女搭档在盛怒之下折磨我们其余的人。泰丝女王，将我们囚禁。不让我们吃东西，强迫我们穿着肮脏的破衣服。我们成了她无辜的受害者。

圣无肠站起来，伸出一只手臂来抱住魏提尔先生，自然嬷嬷在一旁帮忙。克拉克太太端着那杯水跟在后面。还有拿着录音机的诽谤伯爵和拿着摄影机的八卦侦探。

“相信我，”圣无肠说，“我碰巧对人体内部知道得很多。”

就好像我们还是需要她死掉似的，喷嚏小姐用拳头挡着嘴，打了个喷嚏。喷嚏小姐，这里未来的鬼魂。

凶悍同志把喷到她手臂上的口水擦去，说了声：“恶心！你是在个塑料泡泡里长大的还是什么？”

而喷嚏小姐说：“对，差不多。”

媒人告退说他累了，需要睡一下。然后他溜进了地下室的夹层去破坏锅炉。

他没有想到，野蛮公爵已经比他早一步干了这件事。

这样就剩下我们其余的人坐在天方夜谭式的穹顶下那些有着霉斑的丝绸靠枕和坐垫上。装脆皮火鸡的银色袋子空空地躺在地毯上。那些刻成大象的柱子。

在我们脑海里，我们全都记下那句话：我碰巧对人体内部知道得很多……

接下来没有再出什么事。什么事都没有。

最后我们其他这些人松开了盘着的腿，掸掉衣服上的灰尘。我们走向演艺厅，手指交叉祈求我们听到的是魏提尔先生最后的遗言。

侵蚀

一首关于魏提尔先生的诗

“我们和穴居人所犯的同样错误，”魏提尔先生说，“我们仍然在犯。”
所以也许我们本来就应该彼此争斗，相互憎恨，
互相折磨……

魏提尔先生把他的轮椅推到舞台边上，
他两手有老年斑，头是秃的。
他那张松垮的脸似乎是从那双过大的眼睛，模糊、水灰色的两眼垂落。
穿在他一边鼻孔上的环子，
他 CD 播放机的耳机线绕过他牛肉干似的脖子上的皱纹和赘肉。

舞台上，没有聚光灯，只有一段黑白影片：
军队行进的画面如墙纸糊在魏提尔先生的头上。
他的嘴和眼睛消失在由他两颊蠕过的军靴和刺刀的阴影之中。

他说：“也许受苦和苦难就是生命的重点。”
因为地球就是一个处理厂，一个工厂。
想象一个抛光岩石的大滚筒：
一个装满了水和砂的滚筒。
想象你的灵魂是一块丢进去的丑恶岩石。
是某种原料或是天然资源，原油，矿石。
而所有的冲突和痛苦只是我们的研磨料，抛光我们的灵魂，使我们更精美。
一生又一生地教导我们，塑造我们。
再想想你是被选中而跳进去的，一而再，再而三，
知道这种受苦正是你来到世上的唯一原因。
魏提尔先生，窄窄的颚骨上挤了太多的牙齿，

他如枯草的眉毛，魏提尔先生蝙蝠翅膀似的耳朵箕张着。
影子部队大步行军穿过，他说：
“其他唯一的选择就是，我们永远愚蠢。”

我们打仗，我们以战求和。我们对抗饥饿。我们喜爱打仗。
我们战斗、战斗、再战斗，用枪炮或我们的嘴或金钱。
而这个地球丝毫也不比有我们以前改进多少。

俯身向前，两手如爪子抓着他轮椅的扶手，
新闻影片上的军队在他脸上行过，
如一些移动的刺青带着机关枪、坦克车和大炮。
魏提尔先生说：“也许我们正该这样过活。”
也许我们这个工厂星球正在处理我们的灵魂……再正常不过了。

狗龄计岁

布兰登·魏提尔的故事

这些天使，她们很清楚自己的身份。这些慈悲的化身。

聚集了超过上帝预期的爱心，她们有富有的老公，良好的家世，矫正过的牙齿和保养好的皮肤。这些因为十来岁的孩子都去上学了而留在家里的母亲。在家里，但不持家，不是家庭主妇。

受过教育，当然的事，但不太聪明。

她们有佣人做所有的粗活。请来的专家，她们用错了去污粉，使得家里的花岗岩台面和石灰地砖一文不值。用错了肥料，使得花园如遭天火。用错了油漆的颜色，结果她们所费的心力和投资会受到损伤。因为孩子在学校，上帝在他的办公室里，这些天使有着整天的时间要打发。

所以她们到了这里，当义工。

这是她们不会出严重错误的地方。在一家养老院里推着装着图书的小推车。在她们的瑜伽课和读书会之间的空当，在老年之家挂上万圣节的装饰。任何一家老人院里都会见到她们，那群生活无聊的天使。

这些天使穿着意大利手工制的平底鞋。满腔热诚，顶着美术史方面的学位，在孩子放学之后去踢足球或学芭蕾舞回来之前，有整个下午的时间要打发。这些天使，漂漂亮亮地穿着印花布的夏装，干净的头发绑在脑后，面带微笑，每次你偷眼望去时，都在微笑。

对每一个病人都有话好说，说你在五斗柜上摆放的“祝早日康复”的卡片有多好看，说你在窗台上小花盆里种的非洲紫罗兰养得多好。

魏提尔先生爱这些天使女人。

对魏提尔先生，这个住在长廊末端最后那个房间里、满是老年斑又秃头的老男人，她们总是夸赞他贴在床头墙上那张黑光的摇滚乐演唱会海报多漂亮，立在门边的滑板有多炫。

老魏提尔先生，那个金鱼眼的矮个子魏提尔先生，他问道："有啥奇怪的？太太们？"

那些天使，她们笑了。

笑那个还装年轻的老头子。真可爱，心态还这么年轻。

可爱又愚笨的魏提尔先生，会上网漫游，看雪地滑板杂志。有一堆嘻哈音乐的 CD，头上反戴着一顶鸭舌帽，就像个高中生。

简直就是她们在学校的十来岁的儿子的老年版。她们不由地和他调情。她们不由地有点喜欢他，尽管他长了老年斑，反戴鸭舌帽的脑袋塞在两边耳机中间，听着震耳欲聋的音乐，声音响到都漏了出来。

魏提尔先生把轮椅停在走廊上，伸出一只手，掌心向上，他说："来击个掌……"

所有的义工太太走过时都和他击掌。

不错，拜托啊，那些天使们希望自己在九十岁时也是这个样子：仍然充满活力，仍然喜欢新鲜事，不要像她们现在所感觉的那样成为化石……

在很多方面，这个老头子似乎比任何三四十岁的义工都要年轻得多。这些中年的天使年龄只有他的一半或三分之一呢。

魏提尔先生的指甲涂成黑色，在老人一边鼓突的鼻翼上穿了一个银色的环。而他的足踝上有一圈刺铁丝似的刺青，他穿卧室里穿的硬纸板拖鞋时正好露出。

一个骷髅头的戒指松松地套在一根僵直得如同枯枝似的手指上。

魏提尔先生眨着白翳的眼睛说："你当我高中毕业舞会的舞伴好不好……"

所有的天使，都羞红了脸。对着这很安全、很好玩的老头子叽叽咯咯地笑着。她们坐在他轮椅上的怀里，她们肌肉匀称，由私人教练锻炼的大腿架在他瘦骨嶙峋的膝盖上。

很自然地，有一天，哪个天使会大惊小怪。某个义工会对护士长或护理员大谈魏提尔先生有着多么了不起的活力，说他充满了生命力。

听了这话，那个护士会回望着她，眼睛都不眨一下，嘴张开一阵，沉默了一下，然后那个护士说："他当然一副年轻的样子……"

那个天使说："我们都应该始终充满生命力。"

有这样高昂的兴致，这样的劲头，这样快活。

魏提尔先生真能感化人，她们常这样说。

这些慈悲的天使。这些慈善的天使。

这些愚蠢、愚蠢的天使。

那个护士或护理员会说："我们大部分的人也有过……那种劲头。"那个护士一面走开，一面说道："就是我们在他这个年纪的时候。"

他并不老。

真相总是这样泄露出来的。

魏提尔先生，他得的是早衰症。事实上，他只有十八岁，一个就要因年老而死的年轻人。

每八百万个孩子里就有一个患有何奇森－吉尔福德儿童早衰症，主要是核纤层蛋白A基因的突变造成细胞散裂，使患者以正常速度的七倍老化。使十来岁的魏提尔先生，连同他过挤的牙齿，过大的耳朵，青筋浮现的头颅和暴突的双眼，使他的身体成了一百二十六岁。

"你可以说……"他总是对那些天使说，一面挥着一只满是皱纹的手，要她们不用担心，"你可以说我是在以狗龄长大。"

再过一年，他就会因心脏病去世。还不到二十岁，就老死了。

听了这话，那些天使就会有一阵子不再出现。事实上，这实在是太惨了。这样一个孩子，说不定比她自己的孩子还年轻，就要孤独地死在疗养院里。这个孩子，仍然充满了生命力，在寻求帮助，求着身边唯一的人——也就是她自己——及时伸出援手。

这一时间令人难以接受。

然而，在每次瑜伽课上，每次开家长会，每次她看到一个十来岁的孩子，这个天使就想哭。

她必须做点儿什么。

于是她回来了，笑得不像以前那样开朗。她对他说："我明白。"

她偷偷带来一个比萨饼。一种新的电子游戏。她说："许个心愿，我会帮你实现的。"

这个天使，推着他的轮椅从消防通道溜出去，带他坐了一天的过山车，或是到购物中心去逛。这个十几岁的老头子和一个年纪大得可以当他妈妈的美丽女人。她让他在玩漆弹游戏的时候痛宰她，那些漆弹弄脏了她的头发、他的轮椅。她闪躲镭射枪。她半拖半抱着他满是皱纹的半裸身子爬上滑水道的顶端，在一个阳光普照的热天下午，不知上下了多少回。

因为他从来没嗑过药，这个天使就把她孩子所藏的大麻偷出来，还教魏提尔先生怎么用抽大麻的烟枪。他们聊天，吃薯片。

这个天使，她说她的老公专注于事业。她的孩子们离她越来越远。他们的家四分五裂了。

魏提尔先生呢，他说到他自己的父母，他们无法面对。他们另外还有四个孩子要养，他们只有让他成为一个受法院监护的人，才能让他住进疗养院。住进来之后，他们露面来看他的次数越来越少。

说着这些，在民谣吉他的演奏声中，魏提尔先生哭了起来。

他最大的心愿是能爱什么人。能真正地做爱，不要到死还是处男之身。

紧接着，泪水还不停地由他红着的两眼滚落，他会说："求求你……"

这个满脸皱纹的老小孩，吸着鼻子说道："求求你，不要再叫我先生。"

天使摸着他光秃而有老年斑的头，他告诉她说："我的名字叫布兰登。"

然后他会等着。

然后她会叫他：

布兰登。

当然，在那之后，他们会干。

她，很温柔而又有耐心，集圣母与娼妓于一身。她那经过瑜伽训练的修长双腿，为这个满是皱纹的赤裸丑小鬼张了开来。

她，既是祭坛，也是牺牲。

和他那满是老年斑，浮现着青筋的衰老皮肤贴靠在一起，她看起来从来没这么美过。在他流着口水，在她身上颤抖时，她感到自己从来没这么有力过。

而且，该死的——以一个处男来说——他还真是厉害。

谢天谢地，好在她练过瑜伽。

像吃了"伟哥"似的坚挺，他让她四手四脚地趴在床上，像狗似的干她。她浑身酸痛而且昏昏沉沉的，但很快她那虚假而明亮的天使笑容又回来了。

经过所有这些之后，他到了高潮，射在她眼睛里，又射在她头发上。他向她要根香烟而她没有。于是他捡起了在床边的大麻烟枪，又点上一把，也不给她抽一口。

这个天使，她穿好衣服，把她孩子的大麻枪藏在她大衣下，用一块丝巾包着黏答答的头发准备离开。

就在她打开通往走廊的房门时，魏提尔先生在她身后说道："你知道，从来没人帮我口交过……”

在她走出房间时，他在大笑。大笑着。

从那以后，她开车的时候，她的手机会响起来，打电话来的是魏提尔先生，建议玩捆绑的性虐游戏，要更好的迷幻药，口交。最后那个天使对他说：“我不能……”

“布兰登……”他对她说，“我叫布兰登。”

“布兰登。”她说。她不能去见他，再也不能去见他了。

到了这时候，他才对她说——他骗了她。在年龄那件事上骗了她。

她在电话里问道：“你没有早衰症吗？”

而布兰登·魏提尔回答说：“我不是十八岁。”

他不是十八岁，他有出生证明来证明这一点，他才十三岁，所以他现在是违法诱奸的受害者。

可是，只要有足够的现钞，他就不去报警。付一千美元，她就可以免得经历难堪的法庭审讯，头条新闻报道，她毕生的工作努力和投资都化为泡影，只不过是跟一个小鬼干了一场。更糟的是——她这个恋童癖，现在是性罪犯，终其一生都要向有关方面报备行踪。说不定还会和丈夫离婚，失去子女。和未成年者发生性关系要处五年有期徒刑。

从另外一方面来看，再过一年他就要老死了。为她自己的余生付一千美元，代价还算小。

结果她当然付了钱。她们都会付的。所有的义工。这些天使。

没有一个会再回老年之家，所以她们彼此不会再见面。对每一个天使来说，她都是唯一的一个。其实，总有十来个或者还不止。

而钱呢？当然越积越多。最后魏提尔先生因为太老、太累，而觉得只是干太无趣了。

看看大厅地毯上的渍印，他说：“有没有看到那些渍印都有手和脚？”

我们像那些义工太太一样，落入了这个有着老人身体的小孩所设下的陷阱里。一个老死的十三岁孩子，他家人抛弃他的这一部分倒是真的。可是布兰登·魏提尔不会再被人忽视地一个人死去。

而且，就像他一个又一个地去求那些天使一样，这次也不是他的第一次实验，我们并不是他的第一批白老鼠。而且——除非是那些渍印回来缠祟他——他会告诉我们说，我们也不会是他的最后一批。

Chapter 7.

大清早开始于一个女人的叫声。那个女人的声音，那叫喊声，是保安会修女发出来的。在一声声叫喊之间，还听得见拳头敲打在木头上的声音，还听得到一扇木门在门框里发出响声弹动，然后叫声又开始了。

保安会修女叫着:“嗨,魏提尔！你来不及看操他妈的日出了……”

然后是拳头用力敲门。

在我们的房间外面，我们在后台的化妆室外面，走道里很黑，走道过去的舞台和演艺厅也很黑，除了鬼火之外，一片漆黑。

我们一个个起了床，抓了衣服穿上，不知道我们究竟是睡了一个小时还是一夜。

鬼火是一个光秃秃的灯泡，装在舞台正中央一根柱子上。传统的说法是那可以在戏院又空又黑的时候挡住鬼魂，让它们不能进来。

在有电力之前的剧院里，魏提尔先生会说，鬼火有疏解压力的作用。火会燃得更大更亮，以确保瓦斯管线漏气时这个地方不致爆炸。

不管怎么说，鬼火都表示好运。

但今早不一样。

首先是叫声吵醒了我们，然后是那股气味。

这是游民夫人会发现的积在垃圾箱底下黑色污泥的臭味，是一辆垃圾车后面那个脏黏的开口。是狗屎和腐肉的臭味，吃过吞下又排泄出来的味道，是烂土豆在厨房水槽底下溶成黑黑一摊的气味。

我们屏住呼吸，尽量不去闻那个味道，摸索着出了我们的房门，走下那条黑黑的走道，穿过黑暗，走向发出叫声的地方。

在这里，黑夜和白昼的分野只是看法问题。到目前为止，我们只有信任魏提尔先生。要是没有了他，究竟是上午或是下午，都是个需要争论的问题。没有从外面透进来的亮光。没有电话铃声。没有声音。

保安会修女还是一面捶着门，一面叫道："八分钟之前就天亮了！"

不错，剧院就是要建来隔绝外在的现实，让演员建立起他们自己的现实。墙壁都是好几层的水泥，中间紧紧地填满了木屑。这样就不会有警笛的声音或地下铁的轰隆声破坏了舞台上演出死亡场景的气氛。不会有汽车防盗器或电动钻孔机的声音来使一场浪漫吻戏变成笑闹。

每天的日落，就只是魏提尔先生看看表，向我们道晚安的时候。他爬到上面的投影室里，拉下开关，关熄了大厅、门厅、沙龙、楼座和休息室的灯。黑暗将我们赶进演艺厅，这里的暮色，一处处地笼罩下来，最后唯一剩下的亮光是在后台的各化妆室里。也就是我们每个人睡觉的地方。每个房间里有一张床，一间浴室，一个莲蓬头，一个抽水马桶。房间大得容得下一个人和一只皮箱，或是一个柳条篮子，或是硬纸板的箱子。

早晨则是我们听到魏提尔先生在我们房门外的走道上大声道早安的时候，所有的灯重新亮起来，开始新的一天。

但今天不一样。

保安会修女叫道："你违反了自然法则。"

这里，没有窗子和天光，野蛮公爵说我们就像是被关在一个意大利文艺复兴时期的太空站里。我们很可能是在一艘玛雅人的古老潜艇中，沉在很深的水底。或是公爵所谓的一处路易十五的煤矿坑或防空洞里。

这里，在某个城市的中间，离几百万走动、工作和吃着热狗的人之间只有几英寸距离，却完全给隔离开来。

这里，任何一处看来像是窗子的地方，挂着天鹅绒或织锦缎的窗帘，或是镶着染色玻璃，全都是假的。是一面镜子，染色玻璃后面的微弱阳光，只是一个电灯泡，小得让这些哥特式吸烟室里高大的拱窗永远是暗暗的。

我们仍然在找着出去的路。我们仍然站在上锁的门前，尖叫救命。叫得不是那么用力，也不是那么大声，要先等我们的故事能拍成一部好电影。要先等我们每一个人都成为一个瘦得可以让电影明星来饰演的角色。

一个能将我们从所有我们过去的故事中拯救出来的故事。

在魏提尔先生房间外的走道上，保安会修女用拳头捶门，叫道："嗨，魏提尔！今天早上要你说明白的问题可多了。"你都可以看得到那个修女说每个字时所呼出的气息。

太阳还没有升起。

空气又冷又臭。

食物都没有了。

我们其余的人，一起对保安会修女说："嘘。外面的人说不定会听见而进来救我们。"

一道门锁打开，随即一间化妆室的门推了开来，我们看到克拉克太太穿着绷得紧紧的毛巾布做的浴袍。她的眼皮红肿，半睁开着，她走出房门，来到走道里，带上了她的房门。

"我说，这位太太，"保安会修女说，"你们要对你们的人质好一点儿。"

野蛮公爵站在她旁边。正是昨天晚上到地下室去，用一把面包刀将所有接在锅炉上的电线全割断了的那个野蛮公爵。

克拉克太太用一只手揉了揉眼睛。

八卦侦探在他的摄影机后面说："你可知道现在几点钟吗？"

凶悍同志对着诽谤伯爵的录音机说："你可知道没有热水吗？"

凶悍同志，就是她顺着地下室墙边的铜水管一路找回到烧热水的锅炉，关掉了瓦斯。她应该知道。她把瓦斯开关的把手弄断了，再将那个把手由水泥地的一条下水道丢了下去。

“我们要罢工，”骨瘦如柴的圣无肠说，“要没有暖气的话，我们就不写什么好而惊人的《弗兰肯斯坦》之类的狗屎。”

这个早晨：没暖气，没热水，没食物。

“我说，这位太太。”失落环节说。他的胡子几乎扎到了克拉克太太的额头，在那些化妆室外面的走道，他站得就有那样贴近。他把一只手的手指全伸进她浴袍的领子里，俯过身去用胸部压扁了她的胸部，失落环节的手握成拳头，弯起了手肘，随着拳头捏住的衣服，把她抬得离了地。

克拉克太太穿着拖鞋的双脚在空中踢着，两手紧抓住那顶住她的毛茸茸手腕，两眼暴突，头向后仰得连头发都碰上了那扇关着的房门。她的头撞在房门上，发出砰的一声。

失落环节抓住她摇晃着，说道：“你告诉魏提尔那个老头子，他得给我们弄点儿吃的来，也要让我们有些暖气，否则就让我们离开这里——现在就去。”

我们：都是那个睡懒觉、邪恶、绑架我们的疯子手下无辜的受害人。

在蓝色天鹅绒的大厅里，我们没有东西当早餐。

所有装有用肝脏制成食物的袋子都给凿了十到十五个洞。每个人都去戳了一刀。

在大厅里，每一个银色的枕头都扁了。我们所有的人都有一样的想法。

连炉子也不能用，空气寒冷，食物还全坏了。

“我们得把他包起来。”克拉克太太说。把他包起来，抬到最底下一层地下室里，和游民夫人放在一起。

“那个气味，”她说，“不是食物的味道。”

我们没有问他是怎么死的。

魏提尔先生没有死在台上更好，这样可以让我们编写出最坏的情况：他的两眼圆睁，看着自己的肚子在晚上越来越大，最后他连自己的脚也看不见了。最后体内某处的内膜或肌肉裂开，而他感到一阵温热的食物洪流冲出他的肺部，冲出他的肝脏和心脏。接下来，他感到休克的寒意。他胸前灰白的胸毛因为冷汗而黏糊成一片。他的脸上汗流成河。他的双臂和两腿冷得发抖，那是昏迷的第一个征兆。

没有人会相信克拉克太太，现在她是新的反派人物，我们新任的那个邪恶的压迫者。

没错，我们得上演这一幕场景，我们要让他尖叫着发出呓语。魏提尔先生要面色苍白，伸开两手来挡在脸前，说恶魔在抓他，他要尖声惊叫着救命。

他会陷入昏迷。然后死掉。

圣无肠懂得那些复杂的名词，什么腹膜、十二指肠、食道，他会知道出问题部分的正式学名是什么。

在我们的版本里，我们要跪在魏提尔的床边，为他祈祷。可怜又无辜的我们，饿着肚子，被困在这里，可是仍然为我们这个恶魔的永恒灵魂祈祷。然后画面失焦淡出，跳接广告。

这是热门大片中的一场戏，一看就知道能获得艾美奖提名的一场戏。

“死人最大的好处，”冻疮男爵夫人一面把口红再涂上她的嘴唇，一面说，“他们没法改动你的东西。”

但是，要有好故事就得没暖气、挨饿、没早餐，只有脏衣服。也许我们不像拜伦爵士和玛丽·雪莱那样头脑聪明，可是我们能忍受某些狗屎来让我们的故事更卖钱。

魏提尔先生，我们那个老的、已死的怪物。

克拉克太太，我们的新怪物。

“今天，”媒人说，“会是很长很长的一天。”

保安会修女举起一只手来，她的手表在暗暗的走道里闪出绿光。保安会修女晃着手表，让它闪亮，说道："今天一天会像我说的那么长……"

她对克拉克太太说："现在告诉我怎么把那些见鬼的灯打开。"

失落环节把湿滑的脚踩在地上。

克拉克太太和保安会修女摸索着走进黑暗中，把手按在走道的墙上，走向舞台前方灰色的鬼火。

魏提尔先生，我们的新鬼。

就连圣无肠的肚子也咕噜叫了。

美国小姐说，有些女人为了让自己的胃变小，会去喝醋。饿得胃痛的时候真痛得厉害。

"跟我说个故事吧。"自然嬷嬷说。她点上了一根苹果加肉桂香味、上面还有咬痕的蜡烛。"随便哪个，"她说，"跟我讲一个故事，好让我再也不想吃东西，永远不想……"

否定督察抱紧了她的猫，说道："一个故事很可能坏了你的胃口，可是柯拉还是会饿。"

美国小姐说："告诉那只猫，再过一两天，它就够资格当食物了。"她那裹在粉红色弹性纤维布料里的胸部显得大了很多。

圣无肠说："拜托，能不能请哪位让我不要再想着我的胃。"他的声音和以前不一样，第一次嘴里没吃东西，声音变得平顺而干净。

臭味浓得像雾一样，谁也不想吸进这臭味。

野蛮公爵走向舞台，走向鬼火四周的那个光圈，说道："在我卖出第一张画之前……"他回头看了一眼，确定我们都在跟着他，然后说，"我是个和雅贼正好相反的人……"

这时，一个房间又一个房间里有太阳升起。

在我们脑海里，我们全都把这句话记下：和雅贼正好相反的人……

待雇

一首关于野蛮公爵的诗

“没有人称米开朗基罗是梵蒂冈的婊子。”野蛮公爵说。
只因为他向教皇尤里乌斯讨工作。

公爵在舞台上，肮脏的下巴，露着一把苍白的短胡子，
下巴不停动着，又嚼又咬一坨尼古丁口香糖。
他那灰色的汗衫和帆布裤上都沾着
　干了的葡萄干似的颜料，红的，暗红的，
　黄的，蓝的和绿的，棕色，黑色和白的。
他的头发在脑后乱成一团，如纠缠的铜线，
搽了油而显得黑如焦油沾着油油的头皮屑。

舞台上，没有聚光灯，只有一段影片：
一些肖像画、寓意画、静物和风景画的幻灯片。
所有这些古老的艺术作品，用他的脸，他的胸部，他穿着丝袜和凉鞋的
　双脚
　作为画廊的墙壁。

野蛮公爵，他说：“没人说莫扎特是一个公娼。”
因为他为萨尔斯堡的大主教工作。
之后，又写了《魔笛》，写了《小夜曲》，
付钱的是财源滚滚的加塞比·布雷迪和他赚大钱的丝绸厂。
我们也不会说达·芬奇卖身，是个工具，
因为他以颜料换金子，赚教皇利奥十世和梅第奇的钱。

“不错，”公爵说，“我们看《最后的晚餐》和《蒙娜丽莎》

从来不知道是谁出钱让他创作的。”
重要的是，他说，艺术家留下来的东西，那些艺术作品。
而不是他怎么付房租。

野心

野蛮公爵的故事

一位法官称之为“恶意的不当行为”。另外一位法官则称之为“损毁公有财产”。

在纽约市，现代美术馆的一名警卫逮到他之后，法官最后把罪名减轻为“乱丢垃圾”，而在洛杉矶盖帝美术馆的事件之后，法官更说泰瑞 · 费莱契的行为是“涂鸦”。

不论是在盖帝美术馆、弗里克艺术品收藏馆或是国家美术馆，泰瑞的罪行都是一样的，只是大家不能同意究竟该算什么罪名。

这些法官都不能和洛杉矶郡地方法院的赖斯特 · G. 梅耶法官大人混为一谈，梅耶可是一个艺术品收藏家，也是个彻头彻尾的好人。艺评家也不是作家和文化通才专家谭尼迪 · 布鲁斯特。另外呢，放心，也不可能是那位画廊老板丹尼斯 · 布莱恩肖，他那家有名的“五花八门艺廊”，很巧合的每过一段时间就有人在后面遭到枪杀。

没错，任何活人或死人如果和这些人物有相似之处，必是纯属意外。

在这里说的全是虚构的，除了泰瑞 · 费莱契之外，其他人谁也不是那个人。

只要随时提醒你自己，这是个故事，里面没有一点儿是真的。

最基本的概念来自英国，那里的美术科系学生会到邮局去，大把大把拿取那些很廉价的住址贴纸，每张贴纸尺寸相当于你手指伸直并拢的手，大小很容易藏在你手里，这种贴纸背面有张可以撕开的蜡纸，底下是一层粘在任何东西上就撕不掉的胶水。

这正是他们真正的魅力。年轻的艺术家——其实都是些无名小卒——都有那种坐在画室里画一幅完美袖珍小画的本事，或是在把贴纸涂上一层白色的底色后，在上面画一幅炭笔素描。

然后，把贴纸藏在手里，他们就出去办他们自己的小画展了，在小酒馆里、火车车厢里、计程车的后座上，他们的作品在那些地方“挂”的时间，可比你能猜想到的要久得多呢。

邮局用来印地址贴纸的纸张差到你根本就撕揭不了。最多只在边边上撕掉一小点或一小片，可是即使如此，胶水还在原处，那些露出来的背胶看来像一坨坨黄的鼻涕，会集上灰尘和烟，最后会变成一抹污渍，比先前小小的艺术科系学生习作要难看得多。大家都觉得任何一幅画都比留下来的背胶好得多。

所以——大家就让那些画贴着，在电梯和公厕的马桶间里。在教堂的告解室和百货公司的试衣间里。大部分这一类的地方，有一些画会更好。大部分的画家则对他们的作品能永远有人看到而感到开心。

不过——这却让一个美国人把事情搞大了。

对泰瑞·费莱契说来，想到这个主意的时候，他正在排队看《蒙娜丽莎》。他越走越近，那幅画却一点儿也没有显得更大一点儿。他的美术课本里都有比这画大的。这是全世界最有名的一张画，却比沙发坐垫还小。

如果是在其他的什么地方，这幅画都能很轻易地藏进大衣里，两手一抱，就偷走了。

队伍慢慢离那幅画越来越近之后，看起来那画也没多神奇。这幅画是达·芬奇的杰作，可是看来实在不值得他在法国巴黎浪费了一天时间站着排队。

这种大失所望的感觉就和泰瑞·费莱契在看到那吹笛舞者柯克佩里的古老岩画时一样。之前，看过这个图像印在领带上，漆在狗食盆子上，弄进浴室脚垫和马桶盖上。最后，他终于去了新墨西哥州，看到了鋈画在一面悬崖上的原作，他的第一个反应就是：好平凡……

所有那些浪得虚名的小小古老名画，英国邮局的贴纸，所代表的意义是：他可以做得更好。他可以画得更好，把他的作品偷运进美术馆里，装好框子，藏在他的大衣里。不用很大，但是他可以在画背后贴上双面胶带，只要等时机对了……就把画贴在墙上。在那里让全世界的人都可以看到，贴在鲁本斯和毕加索之间……一幅泰瑞·费莱契的原作。

在泰特美术馆里，挤在透纳名作《暴风雪：汉尼拔率军横越阿尔卑斯山脉》旁边的，是泰瑞微笑着的母亲，正在用一块红白条纹的洗碗布擦手。在普拉多美术馆里，维拉斯克斯所画的《公主肖像》旁边，是他的女朋友如荻，或是他的狗小骨。

当然，那都是他的作品，有他的签名，可是那都是为了替他所爱的人增添荣耀。

可惜的是，他绝大部分的作品最后都只能挂在美术馆的洗手间里。那里是唯一没有警卫或监视器的地方。在人少的时段，他甚至还可以走进女洗手间里去挂上一幅画。

并不见得每一个观光客都会进到美术馆里的每一个展览室。可他们都会去上洗手间。

似乎一幅画看起来样子怎么样都没关系，会让那幅画成为艺术品或杰作的条件，好像完全要看挂在什么地方……画框看起来有多贵……还有旁边挂着些什么作品而定。要是他好好研究，找到合适的古董画框，把画挂在一面挂满画的墙正中央，那就会在那里挂上好几天，甚至于好几个星期之后，他才会接到美术馆方面，或是警方来的电话。

然后是罪名：恶意的不当行为，损毁公有财产，涂鸦。

“乱丢垃圾。”一个法官这样称呼他的艺术，然后处泰瑞一笔罚款，在牢里拘禁一天。

警方拘禁泰瑞·费莱契的那间牢房里，在他之前待过的人全都是艺术家，在每面墙上都把绿漆刮掉来画画，然后签上他们的大名，是比《柯克佩里》和《蒙娜丽莎》更富原创性的岩画，画家也不是毕加索。就是在那天晚上，看着那些图画，泰瑞几乎决定要放弃一切。

几乎。

第二天，有个人来到了他的画室，一群黑苍蝇绕着泰瑞被捕时正打算画的一堆水果打转，来的人是很多家报纸的知名评论家，他是前天晚上审案的那个法官的朋友，而这位艺评家说，不错，他觉得这整个故事真是笑死人了，正适合他在各报同时刊载的关于艺术圈的专栏里用。即使屋子里充满了腐烂水果的气味，又有苍蝇在嗡嗡地飞来飞去，那个人却说他想看看泰瑞的作品。

“非常好，”那个艺评家在看着一幅幅大小适合藏进大衣里的画作时说，“非常非常好。”

那些黑苍蝇一直在飞来飞去，停在有斑点的苹果和发黑的香蕉上，然后又嗡嗡地绕着这两个人飞。

那个艺评家戴着眼镜，两边镜片都厚得像船上的玻璃窗。和他说起话来，你会想大喊大叫，就像对藏身在一栋大房子楼上窗子后面，不下来打开上了锁的大门的人。

不过，他完完全全、绝对、毫不容否认地不是谭尼迪·布鲁斯特。

泰瑞告诉他说，大部分最好的作品，都还当证物锁在警方那里，以备将来审讯时用。

可是这位艺评家说那没关系。第二天，他带来一个画廊老板和一位收藏家，两个都因为他们的意见经常刊载在全国发行的杂志上而赫赫有名。这一小群人看了他的作品，他们不断提起一个画家的名字，那位画家之所以有名，只因为他那些乱七八糟的已故名人版画，而且用一罐红色喷漆在画上签下好大的签名。

当然，这个画廊老板不是丹尼斯·布莱恩肖。而那位收藏家开口说话的时候，有很重的德州腔。她金红色的头发就和她被太阳晒成可怕橘皮色的肩膀和脖子颜色一样，可是她也不是蓓德 · 希拉蕊 · 碧亚丽丝。

她是个完全虚构的人物。可是在她看他的画作时，她一直不停地说着“能赚”两个字。

她甚至在脚踝上以花体字刺了一个小小的“糖”字，就在她穿了凉鞋的脚掌上方，可是她不可能，绝对不可能，不，不是蓓德·希拉蕊·碧亚丽丝小姐。

不错，这个假的，虚构的艺评家、艺术品收藏家和画廊老板，最后对我们的艺术家说：我们要和你谈笔生意。他们有好几百万美元的钱投资在那个乱七八糟的版画复制匠身上，可是他现在的作品却在艺术市场上泛滥。他赚了大钱，可是使他早期作品的价值大跌。而那正是我们投资的所在。

所谓生意就是：如果泰瑞 · 费莱契肯把那个版画复制匠杀掉——那这位艺评家，这位画廊老板，还有这位收藏家就可以让泰瑞大大有名。他们会把他变成一项上好的投资，他的作品会以高价卖出，他画他母亲、女朋友、他养的狗和宠物鼠的画作，会给炒热成为像《蒙娜丽莎》那样的经典，像柯克佩里，那个印第安的不幸之神。

在他的画室里，那些黑苍蝇仍然在那堆软了的苹果和烂了的香蕉上飞来飞去。

他们告诉费莱契说，也许这个消息对他有帮助，那就是那个画家之所以会成名，是因为他杀了一个懒惰的雕刻家，而那个雕刻家杀了一个过分积极的画家，那画家之前杀的是一个背叛了他们的拼贴画家。

所有这些人都死光了，而且他们的作品陈列在博物馆里，像银行账户一样，一直如滚雪球般地增值中。而所谓的价值还不是美的价值，因为颜色会变成像凡 · 高的向日葵一样的咖啡色，油画颜料和上面的罩光漆会开裂泛黄，永远在排了一天的长龙之后看到时会觉得比预期的小了很多。

艺术市场已经这样运作了几个世纪，那位艺评家说。要是泰瑞决定不接受这个，他的第一个真正的“委托”，也没问题。可是他未来还有好多没解决的官司要打，加在他身上的诸多罪名仍然成立。这些艺术界人士只要一通电话就可以把案子摆平，或者也可以把事情弄得更糟，就算泰瑞·费莱契什么也不做，也还是可能在牢里关上很久很久。就是那个绿色墙面被刮掉的牢房里。

事情过了之后，有谁还会相信一个坐过牢的人的话呢?

所以泰瑞·费莱契，他说：好的。

还好他从来没见过那个版画复制匠。画廊老板给了他一把枪，叫他在头上套上一只尼龙丝袜。那把枪的尺寸就像你手指伸直并拢的那只手一样大小，是件很容易藏在手里的东西，大小只像一张寄包裹用的单子，可是一样效果十足。那个乱七八糟的版画复制匠会在画廊里待到打烊的时候，然后他会走路回家。

那天晚上，泰瑞朝他开枪——砰、砰、砰——在他背上，这件工作比他把他那只狗小骨的像挂在古根海姆美术馆里快多了。

一个月后，费莱契举行了他生平第一次在画廊里的真正个展。

那里不是“五花八门画廊”，地上却铺着一样黑色和粉红色的棋盘花瓷砖，大门上还有同样花色的天篷，有好多好多聪明人到那里去，把钱投资在艺术品上，可是这里是另外一个装算的那种画廊，积满了假的聪明人。

在那以后，泰瑞的生涯变得复杂起来。你可以说他的工作做得太好了，因为那位艺评家又叫他去杀一个德国的概念艺术家、一个旧金山的行为艺术家、一个巴塞罗那的动态雕刻家。每个人都以为安迪·沃霍尔死于胆囊手术，你以为尚－米榭·巴斯奇亚是因为吸食海洛因过量而送了小命，以为凯斯·哈林和罗柏·梅普索普死于艾滋病。

事实的真相是……你所想的正是人家希望你有的想法。

整个时间里，那艺评家说要是费莱契抽身的话，艺术界就会构陷他为第一宗谋杀案的凶手。或者会有更坏的结果。

泰瑞问道：更坏的结果是什么？

他们没有说。

让一个美国人把事情搞大了。

在刺杀每一个背叛他们的艺术家，每一个懒散、邋遢的艺术家之间，泰瑞·费莱契没时间把画画好，就连如荻和他母亲的画像看起来也都画得很匆忙、很杂乱，好像他一点儿也不在乎似的。他画出各种吹笛舞者柯克佩里的不同版本。他还把《蒙娜丽莎》的照片放大到一面墙的大小，再以手工着色的方式把照片涂上当年室内装潢最受欢迎的颜色。但是，只要底下有他的签名，大家就会买。美术馆也会买。

在成名的这一年以后……

在那一年之后，他正在一家画廊里和老板谈话，这个老板就是一年前给他一把枪的人。不是丹尼斯·布莱恩肖。外面街上很黑。他腕上的手表显示十一点钟。画廊老板说他要打烊了，他自己要回家了。那支枪后来的下落如何，泰瑞不知道。

老板打开了前门，外面是黑黑的人行道。黑色和粉红色条纹的天篷。走回家的路很长。

外面，路灯柱子上都贴着一些你永远也不会认得的人所画的小小画作。这条街上贴着他们没有签名的作品，事情就会出在走进夜色的长路上，如果不是今晚，那就会在另外某个晚上。下一步，每天晚上都会走进那个每一位艺术家都想要一个机会成名的世界里。

Chapter 8.

我们在那个玛雅式的门厅里，四壁涂着灰泥，弄得凹凹凸凸的，好看起来像是火山熔岩。假的火山熔岩刻成身缠腰布、头戴羽饰的战士。这些战士披着有斑点毛皮的披风，好看起来像豹子，整个房间在说着一个要你当真的故事。

刻出来的灰泥鹦鹉有橘色和红色如彩虹般的尾巴。

这些灰泥的石头上还有假的裂缝和崩碎的地方，好看起来很古老，在我们头上很高的地方，长出一串串用纸做的肥大紫色兰花。

“魏提尔先生说得对，”克拉克太太环顾着说道，“我们的确创造了能填满我们生命的戏剧。”

只不过灰尘使得橘色的羽毛和紫色的花朵黯然失色。假豹纹斑的毛皮遮住了木头的沙发。那些沙发和战士狞笑着的面孔以及假火山熔岩，全都因蜘蛛丝连在一起，露出一绺绺的灰色。

克拉克太太说，看起来好像我们上半辈子都花在寻求灾祸上。而她垂眼去看她直挺出来的胸部——这一看却因为她突出的嘴唇而几近不可能。她说，我们年轻的时候，希望有什么东西能让我们慢下来，把我们困在一个地方，久得足够让我们去看这个世界表面之下的一切。那灾祸是一次撞车或是一场战争。要让我们静坐不动的话，那就可能是得了癌症，或是怀了孩子。重要的部分是这种事完全在我们意料之外。灾祸使我们不能再过我们小时候计划好要过的生活——始终不停到处闯荡的生活。

“我们仍然在创造出我们所需要的戏剧性和痛苦。”克拉克太太说，“可是这第一个灾祸是一种预防针。一项预防接种。”

你这一辈子，她说，你都在寻求灾祸——你在试演灾祸——这样等到最后灾祸终于来临的时候，你就早已熟练了。

“就是你死的时候。”克拉克太太说。

在玛雅式的门厅里，那些黑木沙发和椅子都刻成祭坛的样子，在金字塔顶上，献祭的活人就是在那上面把心挖出来。

地毯像太阴历，圈圈里面还有圈圈，橘底的黑色花纹，因为打翻的汽水而变得黏答答的。在我们脚下有一大片渍印，还长出手脚来。

坐在假毛皮的椅垫上，你还能闻得到爆米花的香味。

这就是她的理论。克拉克太太是由魏提尔先生的理论所衍生出来的。

我们在世界上有痛苦、憎恨、爱、欢乐和战争，是因为我们要有这些。而我们需要所有这些戏剧性的东西，来让我们准备好在将来的某一天面对死亡的考验。

自然嬷嬷坐在那里，像梦游者似的把两臂伸直在身前，她张开手指，看着皮肤上已经弄污了的暗红色花纹，用一只手的手指，摸着另一只手每根手指的底部。摸着骨头，看看有多粗，自然嬷嬷说：“你觉得游民夫人已经准备好了吗？你认为魏提尔先生已经准备好了吗？”

克拉克太太耸了下肩膀。她说：“这有什么关系吗？”

坐在自然嬷嬷身边假毛皮上的否定督察把一只尼龙丝袜缠在她左手的手腕上。她用右手把那只丝袜缠得更紧一些，紧到她的左手都泛白了。白到连苍白的猫毛和她青白色的皮肤比起来都显得灰暗了。紧到那几根白得没有了感觉的手指软垂下来，垂挂在手腕下。

圣无肠则在怀里弄他右手的拇指，以左手握拳，上下敲击着那根拇指。感觉他拇指关节的突起部分，这样在拇指没有了之后，也永远忘不了。

我们全都坐在那里，彼此看着对方，等着下一个情节或某些对话，可以记下来，留作我们能卖的真相版本之用。

八卦侦探把摄影机的灯由一个人脸上移到另一个人的脸上。诽谤伯爵的小小网眼麦克风由衬衫口袋里伸了出来。

这一刻预示了接下去真正可怕的事。这一刻已经取代了魏提尔先生之死，那段又取代了游民夫人之死，而这段则取代了美国小姐用刀抵着魏提尔先生脖子的画面。

自然嬷嬷对克拉克太太说："那你为什么不爱他呢？"

"我并不是因为爱他才到这里来的。"克拉克太太说。她对八卦侦探说："不要把摄影机对着我。我在录像带上看起来好丑……"然而，在摄影机热热的聚光灯照射下，克拉克太太咬紧牙齿露出笑容，配上她如水球似的嘴唇，像是个小丑的笑脸。她说："我到这里来，是因为我看到一则广告……"

而她就信任这个她以前不认识的男人吗？跟随他，帮助他？甚至知道他会把她关在一扇锁上的门后面？这太没道理了。

脸上的肉缝在一起，眉毛剃光，指甲长得都不能握拳的无神教士，他说："可是你哭了……"

"每一个使徒或学生，"克拉克太太说，"尽管他们会跑着来追随他们的救世主——也同样地是在跑着逃避什么别的。"

雕刻的战士注视我们，纸兰花染色而折得看来很自然，克拉克太太说到她以前有一个女儿和自己丈夫的事。

"卡西那时候十五岁。"她说。

她说："她的全名叫卡桑卓拉。"

克拉克太太说，有时候警方发现一座埋得很浅的坟，或是被谋杀的受害人遗弃尸的遗体时，警探都会在那里藏一个麦克风。这是标准程序。

她朝口袋里有个录音机的诽谤伯爵点了点头。

警方的人会躲在附近，监听几天或几个礼拜。因为几乎所有的凶手都会再回来跟受害者说话。差不多总是会这样。我们需要把我们生活中的故事说给什么人听，而凶手只能和一个不可能处罚他的人，也就是被害人，讨论他的罪行。

即使是凶手，也需要把话说出来，说他生活中的故事，这种需要强烈到他会来坐在一个坟边或一具腐烂的尸体旁边，滔滔不绝地说上几个钟头。一直讲到他的话有了道理。一直讲到那个凶手可以说服自己相信他新现实的故事。那个现实就是——他的行为是对的。

所以警方才会等着。

她仍然面带笑容，“所以我才会在这里。”克拉克太太说，“像你们其他的人一样，我只想有办法来说我的故事……”

克拉克太太仍然在八卦侦探聚光灯的温热光圈之中，“拜托。”她伸出两手来捂住面孔，在紧紧并拢的十指后面，她说，“就是一架摄影机毁了我的婚姻……”

回顾

一首关于克拉克太太的诗

养育孩子，“就像是训练一个新员工，”克拉克太太说，
　“来代替你做那份无趣的老工作。”

克拉克太太在舞台上，两臂环抱在身前，
一手握着另一边的手肘
来托住另一个更勇敢、背更挺的女人才会选的大胸部。
这个胸部，现在会随时提醒她每一个她原以为会救了她而犯的错误。
她的眼皮纹成橘色，看来恰似二十年前的流行，
她的嘴唇用硅胶整形成了个吸杯，
然后纹成现在已无人记得的桃红色。
她那克拉克太太的发型和衣着就像是当年她吓破了胆，从此不敢
　再冒险尝新时的模样。

舞台上，没有聚光灯，只有一段影片：
家庭电影：一个小女孩戴着一顶派对中的纸帽子，有一条
　松紧带系在她下巴底下，
吹着生日蛋糕上的五支蜡烛。
“在你遭开除之前，”克拉克太太说，“你训练新人，告诉她……”
不要碰。烫！
脚不要搁在沙发上！
还有——绝不要买任何有尼龙拉链的东西。
每次讲课，你都被迫重新检视你所做过的每一次选择，
一课接一课地看你整个一生。
而在这么多年之后，你才发现可用的东西有多么少，
你的生活和教育多么有限，

你的勇气和好奇心多么缺乏，
更不用说你的期待了。

克拉克太太在舞台上，她叹气，胸部如蛋奶酥般高高鼓起，
也像面包，然后落下，稳住，静止。
她说也许最好的忠告是你根本没法告诉她的：
　让自己成为世界的中心，
　在所有事物上维持你自己最大的权威性，
　在所有问题上做自己的专家，
　确实可靠，无所不知。
　永远，在一个月里的每一次，永远，要用保险套。

后制

克拉克太太的故事

泰丝和尼尔生·克拉克在前两天里，好像什么事也没有过似的生活着。也就是说穿起去上班的衣服，打开车门，开车去公司。那天晚上，他们会相对无言地坐在厨房里的桌子前面，吃一些东西。

那又怎么样。

器材出租公司会打电话来，要他们归还租借的摄影器材。

尼尔生在家，和泰丝在一起，或者不是。

到了第三天,她只下床去上厕所。她没有打电话到公司去请病假。不管她怎么样，她的心就是一直跳个不停。倒不是说她没试过什么方法。

不值得花力气去开始酗酒，或是丈量汽车车身长度，去找一条皮管长得足够从废气管连到驾驶座旁边的窗子。也不值得花力气去看她的医生，编出足以让他开出安眠药的一套谎话来。其他的事她倒可以做，比方说把剃胡子的刀片割进手腕，这种行为只会看起来像用另外一个愚蠢计划来解决所有问题。

灯和摄影机都仍然挤放在克拉克夫妇的床边。

自杀看起来只是改变她生活的另一个积极计划，要是她打开拍片用的灯光和摄影机，就可以把死亡过程录在录影带上。一部分为上下两部的死亡电影，一套迷你连续剧。另外一个大计划，自杀不过是：泰丝·克拉克把工作做过了头。另外一个开始、中段和结尾。

去上班似乎太疯狂了。再吃顿饭，都和在原子弹丢下来的时候还去种郁金香球根一样没道理。

现在都是过去的事了，可是当初是尼尔生看了他们的存款账户，是他说唯一能生得起孩子的办法就是去拍一部色情录影带。

“终有一天，”克拉克太太说，“你会碰上这种事，就在那一秒钟，你的生命会感觉到长过了一百年……”

到了他们躺在床上的第五天，他们敢说自己会永远活下去了，日复一日地躺在床上，大概就是吸血鬼会有的感觉。想想你活了几千年，还一直犯着同样愚蠢的错误。几千年来你一直去酒吧和俱乐部，还以为自己在享乐，想象自己是注意力的中心，你有个你觉得很英俊的丈夫，你认为你们两个都是够劲爆的人。

克拉克夫妇认为很多对夫妇都是靠拍色情电影发财的。家庭电影工业之所以会蓬勃发展，只是因为情色录影带创造了市场需求。除了他们之外，其他的夫妇都在利用业余时间赚取外快。其他的已婚夫妇就不会这样没人看、不被陌生人欣赏地浪费了他们的性生活。首先，他们要去租一架摄影机和一台剪接机。他们要替这部片子找一个发行商。尼尔生说，因为他们已经结了婚，所以这样甚至不构成犯罪。

现在，下床去把拍好的录影带清除掉也没什么道理。那会像是打破显露真相的镜子，或是因为带来的是坏消息而斩了信差。

“单是日复一日地躺在床上，”克拉克太太说，“你就会了解到，杀死吸血鬼的不是尖头木棍。而是一个世纪又一个世纪必须背负的情感重担和失望。”

你希望能想象自己会一直越来越好玩，越来越机灵。只要你一直在努力的话，你就是在朝着大胜前进。这就是你身为吸血鬼可能在前两三百年里会有的感觉。在那之后，你所有的不过是同样失败的关系再乘上两百。

那又怎么样。

永远年轻的麻烦事，你真的会什么事都拖拖拉拉的。所以克拉克夫妇自己学会了怎么拍录影带。其中包括尼尔生剃光了他的阴毛，好让它更雄壮些。泰丝去隆乳，弄到她的脊椎所能支撑的最大程度。只花了一个午觉的时间，她就有了只有在色情电影里才看得到的豪乳。她的嘴唇里面缝入了发泡填料，让她这辈子都噘着一张口交利器的嘴。克拉克夫妇二人都签了约去晒太阳灯，每天两次，每次二十分钟。他们大声地彼此把教材读给对方听，学会如何利用录影带上显示的准确时间代码来做剪辑工作。

每一刻都有着代码，标明小时、分、秒和实际的画面格数。比方说，代码 01：34：14：25 的意思是录影带上第一个小时、三十四分、十四秒里的第二十五格画面。即使是剪辑一部色情录影带，你也必须创造出一个虚拟实景来。把某些事件排在一起来呈现一种关系。这样的影像顺序，必须能引导观众从一场性行为到下一场性行为。你必须营造出延续性来，那些幻影必须有道理。

因为这一类影片永远是同一种结局，怎么都那个结尾，到最大高潮的过程，是最重要的。高潮戏，只是例行公事。资料镜头。

另外一件要记在心里的是，一部录影带里，每个镜头的长度平均是八至十五秒钟。泰丝和尼尔生要一起一次搞个二十秒。过了这么长的时间之后，他们得起身，按下“暂停”键，把摄影机换新的角度，为下一个镜头重新打光。接下来再拍二十秒。他们的婚姻还在性事等同享乐的阶段，但经过第一天的拍摄之后，唯一维持他们“性”趣的，只剩下他们可能赚到的钱了。那笔钱，还有他们要生的孩子。

“我们两个人，”克拉克太太说，“都充满了活力，像狗喂食之前跳舞一样。”

泰丝和尼尔生，从来没有比拍进电影里的时候更好看过。这正是最糟糕的部分。在那个星期里，他们大部分的时间都不断地回到卧室里去。即使每次结合在一起只有二十秒的时间，他们的性行为前后总计有将近四十八小时。灼热的灯光吸干了他们晒黑的皮肤里的汗水。

为了维持兴奋状态，他们在拍摄范围之外架了一台电视机，播映边录影边可以看的色情电影，这成为他们的提示卡，或是可以模仿的电视样本，这些影片里的人也和克拉克夫妇一样，两眼没有看镜头，而在看着他们播放的小电影。这种连锁性的偷窥，克拉克夫妇看着别人在看着别人，让人觉得很好。泰丝和尼尔生所看的影带至少是五年前的旧东西了。男人都留着长鬓角，女人都戴着长耳环，搽了闪亮的蓝色眼影。至于那些人在看的小电影有多老，那就没人知道了，可是知道他们所有的人彼此透过历史而连接在一起，的确让人好过多了。

这些录影带里的人，看来和摄影机前的克拉克夫妇年纪差不多，不过现在应都进入中年了吧。他们看来很年轻，腿和手臂上都有肌肉，肌腱长而突出，但是他们的动作很快，好像他们在镜头外看的是一个时钟。

为了让彼此带着笑脸，泰丝和尼尔生轮流说着他们打算怎么花赚来的钱。

他们要买一栋房子。

他们要去墨西哥旅游。

他们要拍真正的电影。剧情片。他们可以设立他们自己的独立制片公司，从此再也不为别人工作。

如果生的是女儿，就取名叫凯西。

如果是男孩，就叫巴斯特。和别人拍接生过程的录影带不一样，他们将来要让孩子看自己受孕的过程。巴斯特会看到他的父母有多劲爆，多上道。这事似乎非常先进。

在此之后，他们就绝对完全不必再有性行为了，绝对不再有。

这件事做得越糟，他们越希望赚得更多。他们开裂的皮肤碰起来越痛，躺在冰凉而汗湿的床单上越难过，他们的未来就越光明。他们笑得脸都痛了，他们的身体被爱抚得又红又热。这场马拉松继续下去时，他们所得的报酬一定越来越多到不可能的地步。

然后，快得就像医生宣布你病入膏肓，快得就像法官宣判死刑，他们做完了。

克拉克夫妇做尽了他们所能想象的对彼此所做的一切，剩下的就只有剪辑录影带了。

这应该是最好玩的部分。

你的样子和你怎么看你自己的样子，两者之间的落差足够杀了大部分的人。

也许吸血鬼之所以不死的原因，就在于他们永远不会从照片或镜子里看到他们自己。

“不管怎么剪辑，”克拉克太太说，“都救不了我们。”

不管做多少有氧运动，动多少次整形手术，也没办法让他们看起来是他们在看到录影带之前想象的模样。他们看到的是两只几乎无毛的野兽，既无毛发，又是深粉红色的，而且比例完全不对，就像杂种狗似的，短腿、长脖子、粗短的躯体、不见腰身，彼此朝着对方咧开大嘴傻笑，两眼不时瞄向镜头，像要确定仍然有人在注意看他们。他们用力地收着小腹。

比他们平常的丑态更糟的是，这些画面证明他们已经渐渐老了。他们的薄嘴像吸杯一样吸在一起，松弛的皮肤在每个窍口附近都软塌塌地垂落着。他们的身体靠在一起摇动，就像可怕的旧机器被迫高速运转，最后会四分五裂。

尼尔生勃起的老二看起来歪歪的脏脏的，像是由一家杂货店后面的柜子里拿出来的东西。泰丝的嘴唇和胸部看起来大得畸形，疤痕仍然鲜红。

那又怎么样。

在他们从每一个角度、每一个镜位看着自己的时候，泰丝·克拉克哭了。他们的每一个部分，从脚跟到头顶，他们藏在两腿之间的秘密，藏在腋下的毛发，他们全看到了，一直到带子跑完，留下他们坐在黑暗中。

这就是他们的样子。

在那之后，就连哭泣似乎也只是另外一个命中注定用来挨过这一刻的方法。任何情绪反应都会看起来像是对他们两个所看到的愚蠢而无用的否认。任何行动都是重新开始另一个毫无希望而又愚蠢的梦想。

他们可以再拍另外一部电影，开始他们的制作公司。只不过现在，无论他们做什么，他们都会知道那不是真的。他们再也不可能像他们想象中的那样了。

而不管他们多么努力地尝试，不管他们赚到多少钱，他们两个都会死。

在两天之内，以一架租来的摄影机，他们用尽了一生中对彼此的兴趣。两个人都不再有任何神秘之处。

灯光器材和摄影机，ABC 器材出租公司不停地打电话来要收回去。那家租赁公司不停地增加他们信用卡该付的款，最后克拉克夫妇所欠的钱数超出他们储蓄账户里的存款。

那天尼尔生·克拉克下了床，把摄影机和灯光器材打包好送回去，那天他没有回家。

下个星期，克拉克太太的月经也没有来。

“这对大乳房，”克拉克太太说，“本来可以用来扣税的。”这是某些巨大而母性的表征，而现在有孩子要生了。

尼尔生·克拉克从此再也没回家。在这样大小的城市里，每年有好几百个丈夫就这样走掉了。离家的孩子、逃家的妻子，好多人失去踪影。

那又怎么样。

泰丝·克拉克烧掉了那卷录影带，但每次一闭上眼睛，就会再看到。即使是现在，将近十六年后。即使现在她的孩子生下来，长大，又死了之后也一样。

那个孩子，她取名叫：卡桑卓拉。

Chapter 9.

克拉克太太在意大利文艺复兴式的休息厅里发现否定督察趴在一张沉重的深色木头桌子上。桌子四边都滴着血，黏黏的血上已经有了一层猫毛，否定督察的手腕被尼龙丝袜扭成的绳索紧紧捆住。一把切肉刀深陷进木桌里，在那只尼龙丝袜上方，督察的手苍白地躺在一汪发黑的血泊里。

在桌子底下的地板上，柯拉·雷诺兹吃着一根砍下来的食指。

“亲爱的，”克拉克太太说，一面看着那切断的血污指根，督察用一块黄色的绸子缠了一道又一道想要包裹起来。血由黄绸里渗了出来。克拉克太太走上前去帮忙，把绸子绑得更紧一点儿，她说：“这是谁干的？”

否定督察把那条尼龙丝袜止血带扭得更紧一点儿，一面说道：“是你。”

到了这个时候，每个人都在找点子。

我们都希望有什么办法来强化我们的角色，让我们在获救之后，我们的角色能成为聚光灯下的焦点。

再加上，这也是喂猫的一种方法。

不管是谁，只要是最受折磨、身上伤疤最多的，就能在大众心目中成为主角。要是外面的世界在此时此刻冲进来营救我们的话，否定督察肯定是我们之中最大的受害者——让大家看她切断的脚趾和手指，炫耀着争取同情，让她自己成为主角，是所有电视谈话节目里的A段单元。

使我们成为她的配角。

为了不落人后，瘦骨嶙峋的圣无肠向杀手大厨借了一把切肉刀，切掉了他右手的大拇指。一场激进的拇指截肢。

为了不输给别人，无神教士借来一把切肉刀，剁掉了两脚的小趾。“以便成名，”他说，“而且以后还可以穿上真正窄的高跟鞋。”意大利文艺复兴式的休息厅里有绿色的墙纸和丝绸幔帐，那些绿色上都喷洒了鲜血，在电灯下看来是黑的。地上感觉好黏，地毯也一样，每一步都好像会把你的鞋子粘下来。

失落环节说，切掉一根指头的确可以让你忘了饥饿。失落环节穿着主教的法衣，领口伸出黑色的胸毛，整件白袍子边上都有金线绣的花。他戴了一顶扑了粉的假发，使得他方方的脑袋和蓬松的胡子看起来比原先大了两倍。

野蛮公爵梳着马尾头，穿了一套鹿皮的衬衫和长裤，每条缝线上还有长长的穗子，嘴里咬着尼古丁口香糖。自然嬷嬷跛着脚走来走去，脚上的高跟凉鞋露出她切断了的脚趾，铜铃铛的项链阵阵作响。她一点儿一点儿地咬着一根丁香加肉豆蔻的香疗蜡烛。

我们全都穿着拜伦爵士式带褶边的诗人罩衫，或是玛丽·雪莱式的长裙里加上好几件衬裙来取暖。还有德拉库拉式带血渍的斗篷和弗兰肯斯坦式的厚重靴子。

大约就在这个时候，圣无肠问他能不能做那个坠入情网的人。

“每一首史诗都需要一个浪漫的支线情节。”他说，一面用一只手提着裤子。如果想涵盖所有的市场基本需求，我们必须要有两个年轻人不顾一切地深爱对方——却被一个残忍的坏人将他们拆散。

圣无肠和喷嚏小姐，在意大利文艺复兴式的休息厅交谈，那里有绣花椅垫的椅子，在高高的镜窗之间有绿色绸子的幔帐，这里正是发展出一段浪漫爱情的好所在。

“我是在想我该爱上凶悍同志。”圣无肠说。

在他们身边，那把切肉刀砍在长长的木头桌子上：魏提尔先生的鬼魂正在等着他的下一个受害者。

喷嚏小姐边擦着鼻子边说，圣无肠有没有也和凶悍同志谈过他们相爱的事？等我们获救之后，在打市场和做媒体宣传的那段时间里，任何两个一起并肩作战的人，都一定至少要假装相爱。在这里面怎么样都没关系，但一旦那些门打开之后，只要有摄影机的镜头转到他们这边，他们就得拥抱和接吻。大家会期盼有场婚礼，甚至还要生儿育女。

喷嚏小姐眨着充血的两眼说："找一个你后半辈子都能假装爱着的女孩子……"

圣无肠说："我和灵视女伯爵如何？"

依圣无肠看起来，假装嫁给他总好过砍掉几根手指头。任何女人都该会求之不得。

喷嚏小姐面带微笑，把脸凑到他的眼前，说道："你跟我怎么样？"

而圣无肠说："冻疮男爵夫人怎么样？"

"她没嘴唇，"喷嚏小姐说，"我的意思是说，她真的没有嘴唇。"

"那美国小姐呢？"

"她单是怀了身孕这件事就能很有名了。"喷嚏小姐说，"我没怀孕，而我有嘴唇……"

否定督察已经切掉了手指头。保安会修女也一样——还加上几根脚趾，用的是游民夫人向杀手大厨借来割掉耳朵的那一把刀。他们计划，在我们获救之后，告诉世人说魏提尔先生怎么折磨他们，只要不交出伟大的艺术作品，就每天砍掉一小部分。或者——由克拉克太太动手，而魏提尔先生把尖声惊叫的受害者压制在意大利文艺复兴式休息厅里那张长长的黑色木头桌子上。

那张桌子上已经因为用杀手大厨的切肉刀来练习切砍，紧张地切砍和成功地切砍而满是刀痕了。

"好吧，"圣无肠说，"那自然嬷嬷如何？"

很明显的是，他希望能有人按摩他的脚，试试可以让他发泄的新方法，足部按摩。除了那消失踪影的胡萝卜、蜡条以及游泳池之外，另一个不用手的方法。与其说那是条浪漫的支线情节，倒不如说是性的需求。

好多了，喷嚏小姐说。她说：“你知道自然嬷嬷把她的鼻子怎么样了吧？”

可怜的喷嚏小姐，仍然因为我们都得吸进去的霉菌而咳个不停，但是所受的苦简直没法跟自然嬷嬷相比，她借了一把牛排刀，把两边鼻孔都割开了，一直割到鼻梁上——每次她一大笑，铜铃就会丁零响，而碎肉四处喷洒。

不过，我们还是需要一条浪漫的支线情节。随便什么浪漫情节。

真的，是魏提尔先生割开了自然嬷嬷的鼻子。

“可是，他已经死了呀。”克拉克太太说。

魏提尔先生是在他死之前干的，失落环节说，所有的人都在切手指、脚趾和耳朵，不可能有谁走出去时身上没伤疤。可以让电视拍伤口的特写镜头。魏提尔先生这样做，是为了要拆散圣无肠和自然嬷嬷。处罚他们不该彼此相爱。

在我们的版本中，每根手指或脚趾，都被那个没有人相信的恶人给吃掉了。

媒人到处问人家，希望能找到哪个人肯把他的老二给割掉。因为那样再完美不过——那样的酷刑正合于某种古老的家传笑话。

只要一刀，他说，你所有的问题都就此解决了。只剩下一根断了的老二掉在土里。

“再说，反正我也用不着那玩意儿了。”媒人说着微微一笑，眨巴着眼睛。

到目前为止，还没有人志愿挥刀。并不是因为那太恶心，太可怕，而是因为这样一来就让他成了主角。一条切下来的老二可是我们谁也别想比得过的。

不过，要是他真干了——然后流血致死——那就表示未来的版税只要分成十五份。如果喷嚏小姐肯赶快被霉菌闷死的话，就是十四份了。要是美国小姐善解人意到难产而死的话，就是十三份。

每个人都把他们身上切下来的零碎东西喂那只猫，柯拉·雷诺兹越长越肥了。

“要是你真的切了你的老二的话，”否定督察说，“可别喂给我的猫吃。”

她说：“这可不是每次柯拉·雷诺兹舔我脸的时候我希望想到的事……”

我们在找绷带的时候，发现了那些戏服。我们在后台找干净的衣物来撕成用作绷带的布条，结果看到很多演歌舞剧和轻歌剧留下来的袍子和外套。都用皱纸包好，塞进樟脑丸，放在大箱子和衣袋里，还有用箍圈撑开的大裙子和芭蕾舞衣、和服跟苏格兰裙、靴子、假发，以及盔甲。

多亏了克拉克太太弄断了洗衣机的插头，我们所带来的衣服全都因汗水和尘土而脏臭不堪。多亏了魏提尔先生搞坏了炉子，现在这个地方一天比一天冷。于是我们开始穿那些战袍、纱笼裙和背心。那些丝绒和织锦缎的衣物。清教徒戴的有银扣的帽子。长到手肘的白色皮手套。

“这些房间……”灵视女伯爵一边说着，一面戴着头巾蹒跚走着，切掉脚趾，但是没有碰她手腕上的电子手铐。“这些衣服……这么多的血……”她说，“我觉得自己好像在一则非常诡异的格林童话里。”

我们围着用一只咬着一只屁股的小动物做成的毛皮围巾，有貂，有雪貂，还有鼬。都已经死了，但它们的牙齿还深深地咬紧对方。

在这里，在意大利文艺复兴式的休息厅里，圣无肠一膝跪着，把自然嬷嬷血污的手握在手里，抬眼望着她割开的鼻子，对她说道：“你能不能在你这后半辈子里假装爱我？”

然后，就跪在那里，他取出自己从游民夫人手上剁下来的那个黏糊糊沾满血的三克拉钻戒，把那个游民先生闪亮的尸体套上自然嫙嫙红色彩绘的手指。

他的肚子里发出一阵咕噜响声。

而她笑了起来，鲜血和碎肉——飞洒得到处都是。

到这时候，就连那些绸衬衫和麻布衣服也都因为满是血污而变硬了。手套的手指空空地垂下。鞋子和靴子里塞进卷起来的袜子，来替代少掉的脚趾。

那些毛皮围巾，鼬和雪貂，软得和那只猫身上的毛皮一样。

“继续喂那只猫吧。”美国小姐说，“它就可以当我们感恩节大餐用的火鸡了。”

“连这种玩笑也不许开。”否定督察对她说道，一面搔着那只猫肥肥的肚子，“小柯拉是我的宝贝……”

从美国小姐染的金发底下长出来的棕色发根，就可以推算出我们受困了多久，她看着那只猫剔下一只手指上的肉。她抬起头来，对着否定督察说：“如果是你拿走了我的健身轮的话，我现在要拿回来。”美国小姐把两手分开一点儿说，“是粉红色的塑料做的，大概这么大。你记得的。”

否定督察把她黏黏的黄色绸子绷带上那层猫毛掸掉，说：“你肚子里的孩子怎么样？”

美国小姐摸着自己小小的肚子说：“媒人应该把他的老二喂给我吃。我可是那个一人吃两人补的人啦……”

工作内容

一首关于否定督察的诗

“当警官，”否定督察说，“就连崇拜魔鬼的人也必须保护。”
没得你挑或选的。

否定督察在舞台上，她外套的花呢袖子消失在她背后，
而手藏在背后互相交握着像站在行刑队面前一样，
她的头发：夹着灰白色的，刻意剪短看来整个竖立着。

舞台上，没有聚光灯，只有一段影片：
一段保安录像带，黑白的粒子很粗，
拍的是被捕嫌犯，排成一行供证人指认。
那些嫌犯戴着手铐，或是把外套由后面撩起在他们出庭路上遮住头。

否定督察站在台上，肩上的枪袋隆起，
撑高了她上装的一边领子。
她的格子呢裙摆下是一双白色跑鞋，鞋带打着两个结。

她说：“当警官几乎必须为每一个人牺牲。”
要为会踢狗的人而死，有毒瘾的，路德会的教徒。
要牺牲自己去保护有信托基金的阔小孩。
凌虐小孩的，拍春宫电影的，妓女。
只要下一场任务里有你的名字。

她的脸上映满了受害者和罪犯，黑人和白人，
否定督察说：“你可能为领救济金的女人而死……”
也可能是个男扮女装的人妖。

为着那些恨你的，或说你是英雄的人，
轮到你的时候，你必须一视同仁。

“而要是你真的很蠢，”否定督察说，“你死的时候还在希望。”
你让这个世界好了那么一点点。
也许，只是也许，你的死会是最后一个。

出亡

否定督察的故事

请大家务必要明白。

并没有人要为柯拉的所作所为辩护。

也许两年前是发生过这种事情唯一的一次。每年春秋两季，郡警局的人都要复习嘴对嘴人工呼吸和心肺复苏术的急救程序。每组都要到保健室集合，练习用假人进行心脏按摩。他们分组进行，由督察来按压胸部，而另外一个人则跪下来，捏住鼻子，把空气吹进嘴里。那个假人是一件贝蒂人工呼吸教具，只有一段身躯和一个头，没有手脚，橡皮的蓝色嘴唇，两眼睁开，瞪得大大的，绿色的眼睛。不过，做这种假人的人，把长长的睫毛粘在她的眼皮上，还给她戴上了一顶美女的假发，那头红头发光滑得让你不由自主地会用手指去梳理，结果被别人骂："规矩点儿……"

部门的督察，珊黛莱克督察跪在假人身边，把她搽了红色指甲油的手指伸开来按在胸口上时，告诉大家说所有的贝蒂人工呼吸教具都是用一个法国女孩子死后的遗容翻模制成的。

"是真的。"她对那一群人说。

这张躺在地板上的面孔，是一百多年前从水里捞出来的一名投河自尽的女子。就是那同样的蓝色嘴唇，同样空瞪着的眼睛。所有的贝蒂人工呼吸模型全都是由同一个跳塞纳河自杀的年轻女子的脸翻下来的模子做的。

至于那个女孩子是因为爱情还是因为孤寂而死，我们永远也搞不清楚。可是侦探用石膏把她的遗容留了下来，用来查证她的姓名，几十年后，一名玩具制造商拿到了那个面具，就用来做成第一具贝蒂人工呼吸教具的面孔。

可能会有某一天在一所学校或工厂或某个军队里，有人弯下身来，认出了这个早已死去的女子是他们的姐妹、母亲、女儿、妻子，这个已故的女孩子却不知被几百万人吻过。好几代以来，数以百万计的陌生人把嘴唇压在她的嘴唇上，就是那两片淹死了的嘴唇。在后来的历史上，在世界各地，不知有多少人会试着来救这一个溺死女子的性命。

那个自己一心求死的女子。

那个把自己物化了的女孩子。

没有人说过最后那两句话，不过也用不着说。

就这样，去年，柯拉 · 雷诺兹也到保健室集合，是把贝蒂人工呼吸教具从蓝色塑胶箱里取出来的那组人之一。他们把贝蒂放在油毡上，用双氧水来把嘴部消毒，这是标准的卫生程序，也是郡方的规定。珊黛莱克督察弯身把两手平压在贝蒂胸部的中央，压住胸骨。另外一个人跪在旁边，捏住贝蒂的鼻子。督察用力在那塑胶胸口压了下去，而跪着的那个家伙，嘴巴合在贝蒂的橡皮嘴巴上，突然咳了起来。

他直起身，咳嗽，整个人坐在脚后跟上，然后吐了出来。吧嗒，就吐在保健室铺在地面的油毡上。那个做人工呼吸的家伙用手背擦了下嘴说："他妈的，好臭。"

大家围了过来。柯拉 · 雷诺兹也在其中，这一班其他的人，全俯过身来。

那个做人工呼吸的家伙仍然跪坐着说道："她里面有东西。"他屈起一只手来捂住自己的嘴巴和鼻子。脸转向一边，背着那张橡皮嘴巴，但仍然用两眼盯住那里，他说："动手，再压她一下，用力压。"

督察弯下身去，将两手的掌根压在贝蒂的胸口，她的指甲涂成深红色，她用力往下一压。

一个大泡泡出现在贝蒂蓝色的橡皮嘴唇之间，有些液体、沙拉酱什么的，很稀，奶白色的，那个泡泡胀得更大，像一颗油亮的灰色珍珠，然后成了一颗乒乓球，一颗棒球。最后破了，把油油的白色汁液喷得到处都是。这种稀得像水的东西，喷出一股腥臭，弥漫在室内。

在那天之前，任何人都可以使用保健室，门一锁，在中午用餐时刻打开收起的行军床，小睡个午觉，要是有人头痛或是抽筋，要找急救箱，在这里就可以找到。所有的绷带和阿司匹林。你不需要先申请批准。里面只有一张收起来的行军床，一个小药柜，一个洗手用的金属水槽，还有墙上的一个电灯开关，以及放贝蒂人工呼吸教具的蓝色塑胶箱子，没有装锁。

这一组人，他们把假人侧转过来，从她那柔软的橡皮嘴角，起先是滴、滴、滴，然后是细细一线奶油似的黏液流了出来。有些水水的流过她粉红色的橡皮脸颊，有些如蜘蛛丝般牵在她的嘴唇和塑胶的牙齿之间，大部分则在油毡上集成一堆。

这个假人，现在是一个法国人，一个淹死的女孩子，一个自杀的人。

所有的人都站在那里，用手或手帕捂住口鼻来呼吸。眨着眼睛想挡住那股刺激得使他们流泪的腥臭味。他们的喉咙在脖子的皮肤里上下动着，用力地一再吞咽，把那些炒蛋、熏肉、咖啡、脱脂牛奶泡的燕麦片、水蜜桃酸奶、英式松饼，以及干酪等等吞下去，留在胃里。

做人工呼吸的家伙抓起那瓶双氧水，仰起头来，倒了一大口在他嘴里，鼓起两颊。他望向天花板，闭起双眼，张开嘴巴，用双氧水漱起口来，然后他冲向前去，把一嘴的双氧水全吐进那小小的金属水槽里。

整个房间，所有的人都闻到双氧水那如漂白水的味道，底下则是由贝蒂人工呼吸教具肺里所发出来的厕所臭味。督察叫人去把性犯罪调查用的那套设备拿来。棉花、载玻片、手套。

柯拉·雷诺兹也在这群人之中，站得近到留下一些粘着那滑溜溜黏液的脚印，一路走回她的座位。从那天之后，郡警局的事务科在门上装了把锁，把钥匙交给柯拉。从那以后，要是你抽筋的话，就得先把名字在单子上填好，写下日期和时间，才能拿得到钥匙。要是头痛，就得向柯拉要两片阿司匹林。

化验室的工作人员拿到了取样的棉花，化验过载玻片和那些黏液，他们问：开玩笑吧？

没错，化验室的人说，流出来的是精液。其中有些可能有六个月之久，可以回溯到上一次举行人工呼吸复习课程的时候。可是却有那么多。另外，做 DNA 分析的结果，显示那是十二个到十五个不同男人的共同杰作。

这边的人回答说，没错。是个恶劣的玩笑，别再理会了。

人类就是会做这种事——把物化为人，把人化为物。

没人说是局里的人搞砸了，闹出了大事。

那个贝蒂人工呼吸教具的假人呢，当然是由柯拉带回家了，想办法用水把肺里冲洗干净，把那顶漂亮的红色假发洗好戴上。柯拉为那具没手没脚的身子买了件新裙子，给它脖子上戴上一串假珍珠项链。任何一件可怜的东西，柯拉都没法就这样扔进垃圾桶里。她在那双蓝色的嘴唇上涂上口红，在长睫毛上刷上睫毛膏。搽上腮红，喷上香水——好多的香水，来遮盖那个气味。还夹上很漂亮的耳环。也不会有人奇怪她会每天晚上坐在她公寓里的沙发上，一面看电视，一面和那玩意儿聊天。

只有柯拉和贝蒂，用法语聊天。

然而还是不会有人说柯拉·雷诺兹是个疯子。也许只是有那么一点儿心软吧。

郡方的政策是他们应该把那个旧的假人用黑色塑胶袋装起来，堆到证物室里最高的架子上，就把她忘在那里。说的是贝蒂，不是柯拉。丢弃在那里，烂在那里，没人理会，就像其他标上号码的一袋袋毒品和可卡因，快克和一包包的海洛因。还有等着拿到哪个法庭上去的所有刀枪。所有抓到的一袋袋一包包全都会越缩越小，最后会只剩下刚够判罪的量，所有这些物件，都用过了。

可是，没错，他们打破了规矩。他们让柯拉把那个旧的假人带回家去了。

没有人希望她一个人孤单到老。

柯拉，她是那种人，她连买填充动物玩具都不会只买一只的。她的工作内容有一部分就是买一只填充动物给每个到局里来做证的孩童，每一个经法院判定收容的孩童，还有因为受到弃养而进认养家庭的孩童。柯拉在玩具店里会由一个装满了填充动物的柜子里挑出一只绒毛的小猴子……可是放在她的购物车里显得好孤单。于是她又选了一只毛茸茸的长颈鹿来做伴。然后是一头象，一只河马，一只猫头鹰。有时候弄得她购物车里的动物比陈列柜里的还多。而剩下来的动物都是少掉一只眼睛，缺了一只耳朵，有缝线裂开，填充物露了出来的，都是没有人会要的动物。

没有人能感受到柯拉在这时候会有心脏坠下悬崖的感觉。像是从世界最高的过山车上直落下来，那种感觉让柯拉觉得自己只剩了皮。只是两头各有一根紧紧开口的皮管。一个物件。

那些满身灰尘的小老虎，好几处都绽了线，压扁了的填充犀牛，全都堆满在她的公寓里，那些破了的熊猫，脏了的小猫头鹰，还有贝蒂人工呼吸教具，简直是另类的证物室。

人类就是会做这种事……

可是可怜的、可怜的柯拉。现在她想着要割掉人的舌头，让他们感染寄生虫。干扰司法正义。她是在偷窃公有财产。没有人会谈办公用品滥用的问题：不管是笔、订书机或影印纸。

订购办公用品的人就是柯拉。她每周五收集所有人的签到卡。每周二付薪水支票给大家。她把所有的开销报给会计部支领。负责接听电话："这里是孩童及家庭案件服务中心。"碰到部门里有谁生日那天，她负责买蛋糕，让大家签一张贺卡。这就是她的工作。

在那个小女孩和小男孩由俄国来到这里之前，从来没人和柯拉·雷诺兹有过麻烦。实际上，问题在于柯拉从来就不会见到小孩子，一个满脸雀斑、留着小辫子的小女孩，除非有什么人侵犯了她。

每一个小流氓似的男孩，每一个穿着工装裤、后面口袋里露出一支弹弓的小捣蛋，柯拉之所以会见到，只因为那孩子被人强迫吸了人家的老二。每个孩子缺了牙齿的笑脸，在这里都只是假面具。每个留着青草渍印的膝盖，都是一个线索。每处瘀伤，都是一项指示。每次眨眼或忸怩不安或是吱吱咯咯的笑声，在被害人的报案表上都有问题要深入调查。这也是柯拉的工作，追查这些访谈表格，继续追查那些孩童的情况，每一个案子的档案，所有进行中的侦查行动。在出了那件事之前，柯拉·雷诺兹一直是有史以来最好的办公室总管。

不过，在这里的一切作为不过是损害控管而已。你不能还一个孩子处子之身。一个孩子一旦被侵犯，就再也没有魔法可施了。那个孩子差不多就全毁了。

不错，大部分孩子到这里来的时候都很沉静，有了萎缩纹，已经成了中年人，面无笑容。

孩子们来到这里，第一步就是用一个生理构造详尽的洋娃娃来做评估调查。这种娃娃和生理构造正确的洋娃娃不一样，可是很多人会把这两者搞混，柯拉就是这样，把两者搞混了。

典型的生理构造详尽的娃娃是用布做的，缝得像一只填充动物玩具。有用毛线做成的头发，和一般破布娃娃之间最大的不同在于那些详尽的细节：一组布做的阴茎和睾丸，或是用蕾丝布料做成的女阴。背上有拉绳，拉紧之后会形成微张的肛门。胸口缝上两粒扣子当乳头。这些娃娃让来的孩子用来重现状况，说明妈咪或是爹地或是妈咪的新男朋友做了些什么。

孩子们把手指插进娃娃身体里，拉扯娃娃头上毛线做成的头发。

扼住娃娃的脖子用力摇晃到娃娃那填充的头部晃动，他们对娃娃又打又舔又咬又吸，柯拉的工作就是把乳头钉回去。柯拉会再找两个弹珠来补回被用力过度而扯脱的布睾丸。

所有对孩子们所做的事都在娃娃身上再现。

没有人只是偶然做出这些事情。

有太多受到侵犯的孩子侵犯那对娃娃，使得很多缝线绽开。太多被骗的小男孩吮吸那根粉红色布做的阴茎，太多小女孩强用一根手指、两根手指、三根手指插进那个绸子边的阴户，使那里上下都裂了开来。小小的棉花像脱肠似的露了出来，在娃娃的衣服底下，又乱又脏，又黏又臭，缝线脱落的地方，布料被揉成一团团的，而且满布伤疤。

这对小小的男女布娃娃受到全世界的侵犯。

当然，柯拉会尽一切所能来让它们保持清洁。她把它们缝回原状。可是有一天，她上网去找另外一对娃娃。一对新的娃娃。

有些地方一些女人专门缝制小小的口袋似的阴户或是零钱包似的阴囊。这些娃娃，那些女人替他们穿上印花布衣服和工装裤。可是这回柯拉想找更耐久的。她上了网，从她以前从来没听说过的一个制造商那里订了一对新的娃娃，这回她把生理构造详尽和正确给弄混了。

她要求生理构造正确的男性和女性洋娃娃。价格低廉、耐用、容易清洗。

搜寻结果得到了一对娃娃，是前苏联制造的，有活动的四肢，生理构造正确。因为单价最低，合于郡警局的采购政策，她就下了订单。

后来，从来没有人问过她为什么订购这两个娃娃，货到时装在棕色的硬板纸箱里，箱子大得像一个有四个抽屉的档案柜。在送货的用推车送过来，在她的办公桌旁卸下，让她签收的时候，柯拉才第一次觉得可能出错了。

等到他们打开盒子，等到他们看到里面是什么的时候，一切都已经来不及了。

当时是柯拉和一位郡警局的警探，扳开金属的钉子，然后伸进层层包装的泡泡纸，最后找到了一只脚，一只小孩子的粉红色小脚，五根完美的脚趾头张着，从一大堆泡棉和泡泡纸的包装中伸了出来。

那个警探扭了扭一根脚趾，向柯拉看了一眼。

“这是最便宜的，”柯拉说，“没多少可选的。”

那只脚是粉红色的橡皮，还有很清楚而硬的趾甲，皮肤光滑，没有雀斑、黑痣或青筋。看到这里，那警探伸手握住脚踝，拉上来看到光滑的粉红色膝盖。然后是一段粉红色的大腿。然后是一些包装填充用的塑胶小球如雨般落下，泡泡纸发出噼啪声响散了开来，而一个赤裸的粉红色小女孩倒吊在那警探伸得靠近天花板的手里。她的金发一卷卷地垂落下来，拖到地板。两条光膀子垂在头部两侧。她的嘴张着，像是默不作声地喘着，露出小如珍珠的一口白牙，以及口里光滑的粉红色上颚。一个小女孩，大约是会在复活节去找蛋、第一次领圣餐、会坐在圣诞老公公怀里的年纪。

一只足踝抓在警探手里的小女孩，另一条腿垂着，膝盖弯起。在她两腿之间，那张开来的地方，不单是生理构造正确，而是……极其完美的小女孩粉红色的阴户。里面还有颜色较深的阴唇。

仍然在盒子里，抬头仰望着她，仰望着他们所有人的，是一个赤裸的小男孩。

一张印制的说明书飘落在地上。

然后柯拉把那小女孩紧紧抱在怀里，紧抱着那柔软如枕头的身子，抓起一张包装纸来将那小小身躯包了起来。

那个警探微微一笑，摇了摇头，紧闭起两眼说道：“了不起的采购，柯拉。”

柯拉抱着那小女孩，一手挡住粉红色的小屁股。一手将那长着金发的小脑袋抱在自己的胸前，她说：“这弄错了。”

那张说明书上说这对娃娃是以硅胶翻模制成的，所用的正是隆乳手术使用的那种硅胶。可以放在电毯之下，而温热可供享用数小时之久。表皮覆盖下是玻璃纤维的骨骼和钢制关节。头发则是一根一根植入在他们头部皮肤里的。他们没有阴毛。男娃娃可以选择是否要加装可以翻到龟头上面去的包皮。女娃娃则有能够补入的塑胶处女膜，可以额外订购，说明书上说，两个娃娃都有既深又紧的喉咙和肛门，以供猛烈口交及肛交之用。

硅胶具有记忆性，无论如何使用，都会恢复原有形状，乳头可以拉到原长度的五倍也不致断裂，嘴唇、阴囊和肛门都可以伸展以适应几近所有欲求。说明书上说，这对娃娃可以提供多年狂热而激烈的享受。

只要以肥皂和清水清洗即可。

如将娃娃置于阳光直接曝晒之下，可能会使眼睛和嘴唇褪色。说明书分为法文、西班牙文、英文、意大利文，还有一种看起来像中文的各种文字。

所用硅胶保证无臭无味。

午间用餐时间，柯拉出去买了一件小洋装、一套长裤和衬衫，等她回到办公室时，箱子里是空的。填充料和泡泡纸被她每一步踩得噼啪作响。两个娃娃不见了。

她到大办公室去问值班的警官是不是知道这件事，值班警官耸了一下肩膀。在休息室里，一名警探说可能是谁为查案而需要用到。他耸耸肩膀说："那两个娃娃就是用来……"

到了外面走廊上，她问另外一个警探有没有看到他们。

她问道，那两个小娃娃，他们在哪里？

她咬着牙，两眼之间因为皱紧了眉头而发痛。她的两耳充血。整个人像化了似的，越来越热。

她在督察的办公室里找到了那两个娃娃。坐在沙发上，面带微笑，光着身子。脸上长着雀斑，毫不害羞。

珊黛莱克督察正在拉着小男孩胸口上的一边乳头，用她的手指，她的大拇指和食指，只用那深红色的指甲，督察把那粉红色的乳头又扭又扯。督察的另一只手则以指尖在那小女孩两腿之间上下摸着，说道：“妈的，感觉上就跟真的一模一样。”

柯拉对督察说对不起。她弯下腰去拨开垂在小男孩额头上的头发，然后说她原先根本不知道。她把小女娃娃的两臂拉过来挡住她粉红色的乳头，然后让她两条塑胶的腿两膝并拢。她让小男娃娃的两手张开，挡在胯下。两个娃娃就都坐在那里，面带微笑。两个都有蓝色的玻璃眼珠，金色的头发，闪亮的瓷牙。

“有什么好道歉的？”督察说。

因为浪费了郡警局的经费，柯拉说。因为花了那么多的钱买了这个始料未及的东西。她以为采购得当，现在郡警局只好再用一年那两个旧的布娃娃。郡警局的预算用掉了，而这两个娃娃则必须销毁。

“别傻了。”珊黛莱克督察用手指梳理着小女孩的金发，说道，“我倒不觉得这有什么问题。我们可以用这两个。”

可是这两个娃娃，柯拉说，他们太真实了。

督察说：“他们是橡皮。”

“是硅胶。”柯拉说。

而督察说道：“如果这种说法能让你好过点儿的话，不妨把那两个都想作是个七十磅的保险套……”

那天下午，就在柯拉帮那小男孩和小女孩穿上衣服的时候，好多警探都到她的办公桌这边来看那两个娃娃。为了报案时做笔录，为了调查，要求预约他们以备秘密调查评估之用。要带回去过夜，以备第二天一大早要用到。带回去过周末。最好是那个小女孩，不过要是借不到她的话，那小男孩也行。到了第一天下班的时候，这两个娃娃下个月全都排满了。

要是有谁马上要用到娃娃的话，她会建议用那两个旧的布娃娃。

大部分的时候，那个警探都说他还是等一等再说。

新的个案潮涌而来，可是始终没有一个人交给她任何一个新案子的相关档案。

整整一个月里，柯拉只偶尔见到那个小男孩和小女孩一下下，时间长得只够把他们交给下一个警探，然后再下一个，接着又是再下一个，始终搞不清楚究竟谁做了些什么，但那小女孩来去之间，有一天两耳穿了耳洞，然后肚脐上戴了环子，然后搽了口红，然后搽了香水。那个小男孩回来的时候多了刺青。在小腿肚上刺了一圈荆棘。另外一回则在乳头上多了个小的银环。然后是阴茎上多了吊环，还有一回，他的金发闻起来有股酸味。

像是金盏花的味道。

像是在证物室里一袋袋大麻的味道。那个房间里放满了刀和枪。一包包的大麻和可卡因总是称起来比应有的分量要轻一些。证物室永远是一个警探来带走一个娃娃之后马上就会去的地方。他会把那个小女孩夹在肋下，摸索着一袋证物，把什么东西放在口袋里。

在督察办公室里，柯拉让她看那些警探为查案而呈报的支出收据，有一张是旅馆住宿的收据，日期正是那个警探把小女孩带回家去准备第二天一大早查访用的同一个晚上。那个警探说那个旅馆房间是盯梢用的。第二天晚上，另外一个警探，又借了那个女孩子。一个旅馆房间，一顿客房服务的晚餐，一部付费电视上的成人电影。他也说是在盯梢。

珊黛莱克督察只是望着她。柯拉站在那里，俯身在督察那张木制的办公桌上，身子抖得厉害，以至于那些收据在柯拉的拳头里也抖个不停。

督察只是望着她说：“你想说什么？”

这事很明显，柯拉说。

督察坐在木制的办公桌后面，大笑不止。

她说：“就把这算是一报还一报吧。”

“那些妇运人士，”督察说，“发言抗议《好色客》杂志，说色情刊物把女性物化了……唉，”她说，“那你认为一根人工阳具是什么呢？或者是由某个诊所来的捐赠的精液？”

有些男人也许只要裸体女人的照片。可是有些女人只要一个男人的老二，或者是他的精液。或者是他的钱。

男人和女人在亲密关系上都有相同的问题。

“不要再为什么该死的橡皮娃娃大惊小怪了。”珊黛莱克督察对柯拉说，“要是你嫉妒的话，去给自己买根上等的按摩棒吧。”

又来了，这就是人类会做的事……

没有人想得到这事会怎么发展。

就在那天，柯拉出去吃中饭，买了强力胶。

到了下一轮，两个娃娃回到她手里，在交出去给另外一个人之前，柯拉把强力胶挤进小女孩的阴户里。挤进两个孩子的嘴里，把他们的舌头和上颚粘在一起。将他们的嘴唇封住，然后她再从后面把胶挤进他们体内，把屁眼封死。以拯救他们。

然而，第二天，一个警探来问：柯拉有没有刀片可以借他用？或是美工刀？弹簧刀？

要是她问，为什么？他要刀子做什么用？

他就会说：“没什么，算了。我会到证物室找找看。”

到了第二天，那个小女孩和小男孩都被割开了。仍然很柔软，但满布疤痕。割开了，挖开了，闻起来还有强力胶的味道，但越来越像家里的贝蒂人工呼吸教具里流出来，在柯拉沙发上留下的渍印。

那些渍印，柯拉的猫会去闻上好几个钟点。不会舔，可是闻起来像强力胶，或是证物室里的可卡因。

然后柯拉出去吃午饭时，买了一把刀片。两把刀片。三把刀片。五把。

下一轮，小女孩回到她办公桌上之后，柯拉把她带进洗手间，让她坐在洗手池边上。柯拉用一张卫生纸把她粉红色面颊上的胭脂擦掉。柯拉把小女孩湿湿的金发洗干净，梳好。下一个警探已经在敲着洗手间上锁的门，柯拉对小女孩说："对不起，对不起，对不起…… 你会没事的。" 柯拉把一片刀片装好，装在柔软硅胶的阴户里面，放进那个被某男人用刀子挖开的洞里。柯拉让小女孩的头往后仰，把另一片刀片深深地放进她硅胶的喉咙里。第三片刀片，柯拉就放在小女孩那被割破挖开来的小屁屁里。

小男孩回到她手里来的时候，是丢在那里的，脸朝下摔在椅子的扶手上。柯拉把他带进洗手间里，也带去了最后两片刀片。

一报还一报。

第二天，一个警探走了进来，手里抓着那小女孩的头发。他把娃娃丢在柯拉办公桌旁边的地上，从他上衣里面的口袋掏出一本记事簿和一支笔，他写道："昨天借了她的是谁？"

柯拉把小女孩从地上捡了起来，理好她的头发，对他说了一个名字。随便说的一个名字，另外一个警探的名字。

他眯起了眼睛，摇摇头，那个抓着记事簿和笔的人说："那狗娘养的！"而你看得到他那两半边舌头用黑线缝在一起。

把小男孩送回来的那个警探，走起路来一跛一跛的。

所有五片刀片全不见了。

这件事之后，柯拉想必去和郡卫生所的什么人谈过了。

没有人知道她是怎么从实验室里弄到传染性有害生物物质的样本的。

在那之后，那个部门的每一个男人都会隔着裤子在胯间搔痒，像猴子似的抬起一边手臂去抓腋下的毛发，或是搔头。他们又没和什么人发生性关系，不可能传染到阴虱的。

大约在这时候，一个警探的妻子进城来，发现了因为阴虱而有的小小血斑，一片像红辣椒末似的在贴身的白内裤里，或是在白色 T 恤里层，反正就是会和体毛接触的衣物。小点小点的血、血、血。也许是那做妻子的在她丈夫的内裤里发现，说不定是在她自己的衣物上发现的。这些都是上过大学，住在市郊，平时上购物中心的人，从来没有得阴虱的实际经验。现在到处会痒的原因终于真相大白了。

这下这个做妻子的火大了，火大得不得了。

任何一个做妻子的都不可能知道所谓感染来源的马桶座其实是个橡皮娃娃。毫无疑问，她老公一定是那样说的。可是柯拉由卫生局那里打听到的资讯是：你没法让螺旋菌在硅胶上存活，如果没有破皮，不经血液、口水，也不可能传染肝炎。不错，那对娃娃很真实，可是还没有那样真实。

只要做妻子的放过这件事，下个星期他就会把疱疹带回来给她和孩子们。淋病，菜花，艾滋病。因此她跑过来逼问柯拉："我老公利用午餐时间跟什么人乱搞？"

只要好好看一眼柯拉，她那用发胶喷修的发型，戴的珠子项链和长到膝盖的尼龙丝袜，还有裤装，就不会有哪个做妻子的会怪罪到她这边来。会把用过的卫生纸塞在羊毛衣袖子里的柯拉，桌上会放一碟彩色硬糖果的柯拉，她的告示板上钉的还是《家庭》杂志里的漫画。

不过，也没有人说柯拉·雷诺兹毫无吸引力。

然后那个警探的妻子看到指甲搽得红红的珊黛莱克督察。

后来柯拉被叫进去谈话，大家都不觉意外。

没有人会告诉柯拉说她的日子不多了。

督察请柯拉在她那张大木制办公桌对面坐下来。督察的办公室里有高高的窗子。督察坐着，背对着阳光和郡警局停车场里的车子。她挥动一只手的五指，要柯拉靠过来一点儿。

"这实在是很困难，"督察说，"要决定到底是我整组人都疯了，还是你……反应过度。"

没有人能体会当时柯拉的心像从悬崖之上坠入深渊的感受。她坐在那里，整个人僵住了。这就是我们会做的事：把我们自己化为物体。把物体化为我们自己。

全世界数以百万计的人仍然在想救活贝蒂人工呼吸教具。也许他们应该少管别人的闲事，也许已经太迟了。

督察说，弄坏娃娃的，是那些孩子，一向是如此。受虐的孩子会欺凌他们能欺凌的东西。每个受害者会找一个受害者，这是恶性循环。她说道："我想你该去休个长假。"

如果这样说有帮助的话，就把柯拉·雷诺兹看作是一个一百二十磅重的保险套……

没有人说最后那段话，不过也用不着说。

没有人叫她回家，准备应付最坏的情况。

作为保留她工作的部分条件是：柯拉必须将据报由她拿走的贝蒂人工呼吸教具归还。她要交还那些她用郡警局公款买的填充动物玩具。她要立刻交出保健室的钥匙，让那个房间和那对生理构造正确的娃娃由所有人员使用，按先到先用的顺序。马上。

柯拉的感觉呢？就像是开了好几十亿里的路，一路狂飙，没系安全带，终于碰到了第一个红灯。在认命之余还混有疲倦不堪的宽慰。柯拉，就像两头各有一个洞的皮管，这是一种可怕的感觉，可是也让她想到一个计划。

第二天，来上班的时候，没有人看到她溜进了证物室，那里面有很多带血腥味和强力胶气味的刀子，任何人都可以取用。

在她办公桌旁边已经排上队了。他们全都在等着上一个警探把一个娃娃送回来，任何一个都行。只要把那硅胶面孔往下放，他们两个看起来其实是一样的。

柯拉·雷诺兹，她可不是傻子，没有人可以随便支使她。

有个警探来了，一边手臂下夹着那个小男孩，另外一边手臂下夹着那个小女孩。那男人把两个娃娃放在桌上，那群人拥了上来，伸手去抓那粉红色硅胶的腿。

没有人知道谁才是真正发狂了的人。

而柯拉，手里握着一支枪，证物号牌还用根绳子吊在枪上，上面还写了案号，她将枪指向那两个娃娃。

“抱起来，”她说，“跟我一起走。”

小男孩只穿了一条白色内裤，屁股上又黑又油，小女孩则是一件白绸衬裙，沾满渍印而变硬了。那个警探一手把两个孩子捞了起来，两个孩子的重量，被他抱在胸前，连同他们的乳环、刺青和阴虱。他们身上大麻的气味，还有从贝蒂人工呼吸教具里流出来的东西的味道。

柯拉挥舞着手枪，和他一起走向办公室的门口。

其他的人跟着她，围着她，柯拉让那个警探由走廊里倒退过去，抱着那小女孩和小男孩经过了督察的办公室，经过了保健室，到了门厅，再到了停车场。在那里，那些警探等着，而柯拉开了她汽车的门锁。

让小男孩和小女孩坐在后座之后，柯拉猛踩油门，让碎石子弹起射向那些人，她还没有穿过由铁链连接的围篱大门之前，你就听到警车鸣笛追了过来。

没有一个人知道柯拉·雷诺兹准备得这么齐全。贝蒂人工呼吸教具已经在车里，支着一杆猎枪，红头发上绑了一条丝巾，橡皮面孔上架了一副黑色的太阳眼镜。鲜红的嘴唇间叼着一根烟。这个法国女孩子由阴间复活了，被救了起来，用安全带使她的躯干直挺。

那个化为物体的人，现在又变回一个人了。

那些残缺的填充动物，小老虎和成为孤儿的熊与企鹅，全在后车窗前排成一行。那只猫在它们之中，已经在阳光中睡着了。全部都在挥手说再见。

柯拉转上了高速公路，后轮摆动，时速已到了限速的两倍。她这辆四门棕色轿车已经有了如一条风筝尾巴似的一串警察巡逻车，都闪着红色和蓝色的灯。上面有几架直升机，还有愤怒的警探开着没有标志的郡警局公用车。几家电视台的转播小组，各开着白色的厢型车，边上都漆着大大的编号。

柯拉已经不可能赢了。

她手里有那个小女孩，她有那个小男孩，她有那把枪。

就算他们把汽油用光了，任何人也休想干了她的孩子。

就算警方开枪击中了她的轮胎。到了那时候，她会先开枪打烂他们的硅胶身体，柯拉会打烂他们的脸，他们的乳头和鼻子。她不会让他们留下任何一处男人能把老二插进去的地方。她会同样对付贝蒂人工呼吸教具。

然后她会自杀，来拯救他们。

请大家务必要明白，没有人说柯拉·雷诺兹所做的事情是对的。

甚至没有人说柯拉·雷诺兹精神正常。可是她还是赢了。

这只是人类会做的事——把物体化为人，把人化为物体，来来回回，一报还一报。

如果警察追得太靠近的话，就会发现：两个孩子粉身碎骨，他们全都死了。那些动物浸满了她的血。他们全都死在一起。

可是在还没到那一刻之前，柯拉有满满一油箱的汽油。她有一个袋子，装满证物室里来的可卡因，可以使她保持清醒。还有一大袋三明治，几瓶水，还有那只猫，正睡得打着呼噜。

她只剩几个小时就能开完到加拿大去的那一段高速公路。

不过，最重要的是，柯拉·雷诺兹有她的家人在一起。

Chapter 10.

自然嬷嬷穿了一件黑色的大衣，像是件军人的制服，或是一件溜冰的服装，黑色羊毛料，胸前有两排铜扣子，印着一个穿黑丝绒的乐队队长，割开的鼻子由暗红的血肉粘在一起，她把两手穿进两只袖子里，然后对圣无肠说："帮我扣上好吗？"

她扭动着切剩下来的两手，说道："我需要用到的手指头没了。"

她的手指只剩残根和指节。只剩下两根食指，等她成名之后可以用来拨电话。按提款机上的按键。盛名已经将她从三度空间减缩到平面了。

自然嬷嬷，圣无肠，无神教士，我们都先换上了黑衣服，才把魏提尔先生抬到地下室去。然后再演下一场重要的戏。

不用管我们举行的葬礼只是一次彩排。我们只是为真正葬礼而先站好位置的替身演员，等我们获救之后，那场葬礼要由电影明星在摄影机前面演出。为了彩排，我们把魏提尔先生裹了起来，用绳子绑成个大包裹，然后送到地下室去举行仪式——这样我们就都有了一样的经验。我们会向警方与记者说同一个悲惨的故事。

至于魏提尔先生是不是发臭了，却很难说。喷嚏小姐和无神教士拿着那些里面食物已经坏了的银色袋子，每一袋都一路漏出恶臭的汁液。他们沿着滴落的恶臭渍印，拿着那些袋子穿过大厅到了厕所，由马桶里冲下去。

"闻不到味道，"喷嚏小姐说着，用力地擤了下鼻子，"倒也有好处。"

这事进行得很顺利，一包一次。可是因为臭味越来越严重到让人窒息，让人干喘之后，无神教士就想尽快解决。那种臭味已经渗进了他们的衣服和头发里。他们第一次试着将两包一起冲掉的时候，马桶就开始堵塞而满溢出来。另外一个马桶堵塞，水漫了出来，流到大厅的蓝色地毯上。那些袋子，卡在某一条主要的污水管里，饱吸水分，就像在魏提尔先生肚子里的脆皮火鸡一样地鼓胀了起来，堵住了污水管，结果就连看起来没问题的马桶也有水回上来。

没有一个马桶是通的。炉子和烧热水的锅炉都坏了。我们还有一箱箱正在腐烂的食物。魏提尔先生不是我们最大的问题。

根据保安会修女的日历表和美国小姐长出来的棕色发根，我们在这里已将近两个星期。

圣无肠把最后一颗铜扣子扣上的时候，靠过去吻自然嬷嬷，说道："你爱我吗？"

"如果浪漫爱情的支线情节要起作用的话，"她说，"我大概非爱你不可吧。"

已故的游民勋爵在自然嬷嬷手指上闪亮，她用手背擦了下嘴，说："你的口水味道真可怕……"

圣无肠朝手掌心里吐了口口水，再又舔回自己嘴里，闻了下手掌，说道："怎么可怕？"

"酮。"克拉克太太没有对着任何人，也或许是对着所有的人说。

"很酸，"自然嬷嬷说，"像根柠檬加飞机胶的芳疗蜡烛。"

"是饥饿的味道。"克拉克太太说着，把一根丝绳捆在魏提尔先生那一大包裹上。"在燃烧你的体脂肪时，血液里的丙酮浓度就会增加。"

圣无肠闻着他的手，鼻涕在他脑袋里响着。

无神教士抬起一只手臂来闻自己腋下，那里湿湿的绉绸因为出汗而变成深黑一片，在他鼻孔里还有过多的香奈儿五号香水的余味。

抬着一具尸体上下楼梯，让我们浪费了我们宝贵的体脂肪。

然而，我们还是该表示哀悼，保安会修女说道，一面还紧抱着她的《圣经》。魏提尔先生被裹好送到了地下室，是用中国宫廷式的游廊里拿来的大红丝绒窗帘紧紧包住，再用大厅里拿来的丝绳捆绑。我们应该围立在他四周说些悼词，我们应该唱首歌，不要太宗教味道的，只要最有演出效果的就行了。

我们抽签决定谁一定要哭。

我们越来越在每一小群人间留下空位，给八卦侦探摄像用。我们说话，让诽谤伯爵的录音机能录下每一个字。那同一段录音带，同一张记忆卡或硬盘用了再用。我们以现在抹掉过去，赌的就是下一刻会更可怜、更可怕或者更悲惨。

我们越来越觉得需要发生更坏的事。

魏提尔先生究竟是死了几天，还是几个钟头，实在很难说，因为保安会修女开始把电灯开开关关。到了晚上，我们听到有人到处走动，很响的脚步声，像个巨人在黑暗中走下大厅里的楼梯。

但是，还需要有更可怕的事。

为了市场分红，为了戏剧化的呈现。

需要有更恐怖的事发生。

我们把魏提尔先生从他在后台住的那间化妆室抬过舞台，再由演艺厅正中的走道抬出去。我们抬着他经过以蓝色丝绒装潢的大厅，走下楼梯到了地下一楼橘色和金色的玛雅式门厅。

保安会修女说她的手表不停地自动归零。这是典型的闹鬼现象。冻疮男爵夫人宣称她在哥特式的吸烟室里发现一块冰冷的地方。在天方夜谭式的楼座里，魏提尔先生生前惯坐的坐垫上方，你都能看到你的呼吸在冷空气中冒着白烟。灵视女伯爵说关灯之后，我们听到走来走去的人是游民夫人。

跟在送葬行列后面的否定督察说："有谁看到柯拉·雷诺兹吗？"

保安会修女说："不管是谁拿了我的保龄球，只要还我，我就保证不踢你的屁股……"

领头走在前面，把那个应该是魏提尔先生头颅的那一大坨抱在怀里的克拉克太太说："有谁见到美国小姐吗？"

在这事结束之后，要在这里拍电影是绝对不行的。等别人发现我们之后，这个地方势必会成为一个地标，一个国家宝藏，是纪念我们的博物馆。

不错，不管是哪一家制作公司都必须另外搭建和每个大房间一式一样的场景。蓝色丝绒的法国路易十五式的大厅，黑色毛料的埃及式的演艺厅，绿色缎子的意大利文艺复兴式的休息厅，黄色皮子的哥特式吸烟室，紫色的天方夜谭式的楼座，橘色玛雅式的门厅，大红色中国宫廷式的游廊，每个房间有一个与众不同的深颜色，但都带着金色。

魏提尔先生会说，不是房间，是场景。我们抬着他包裹好的尸体穿行过这些有回音的大箱子，在那些地方，只要花一张电影票的价钱，任何人都可以变成国王、皇帝或公爵夫人。

在大厅小吃柜台后面的办公室，是一个用刷了光漆的松木板隔出来的小壁橱，天花板斜斜地卡在大厅的楼梯底下。锁在里面的档案柜里塞满了印好的节目单、发票、场地使用日程表和用打卡钟记录的出勤卡。这些纸张边缘都是灰尘，每张纸的上端都印了一行字：自由剧院。有些印的是：首都剧院。有的是：海神表演厅。另外还印的有：圣公会教堂。其他的有：基督赎罪堂。或是：天使之家。或是：首都成人剧院。或是：钻石舞台。

所有这些不一样的场所，都在同一个地址。

这里，有人跪下来祷告过的地方，也有人跪在精液里。

在水泥的四壁之间，所有因为喜悦和恐怖以及救赎所发出的尖叫声仍然始终留存。在这里回响，和我们一起。在这里，我们尘土飞扬的天堂。

所有不一样的故事会终结于我们的故事。在经历过一千场不同的戏剧、电影、宗教仪式和脱衣舞之后，这栋建筑会永远成为我们的博物馆。

每一盏水晶吊灯，媒人都称之为一棵“桃树”。哥特式的吸烟室，凶悍同志称之为“科学怪人室”。

玛雅式门厅里，无神教士说那橘色的雕像明亮得如同一盏失控的聚光灯，透过缝在克里斯汀·拉克鲁瓦[①]华服上的金色郁金香花瓣照射出来……

在中国式的游廊，丝质墙纸的红色从未见过天日。杀手大厨说，红得像一个美食评论家的血。

在哥特式的吸烟室里，那些翼状靠背扶手椅上鲜黄色的皮面从来没在阳光里曝晒过。失落环节说：从还在牛身上时就这样了。

意大利文艺复兴式的休息室四壁是深绿的，上面有着黑色条纹和斑点，如果你看得仔细的话，会看得出是一层已经变成孔雀石的油漆。

在埃及式的演艺厅里，墙是石膏和混凝纸浆做成的。刻出金字塔和狮身人面像，巨大的法老王坐像，尖鼻子的胡狼，一排又一排大眼睛的象形文字。在所有这些东西的上面，悬吊着假棕榈树的叶子，一条条的黑纸，因为生了霉而垂落。在肮脏的树顶上，黑色灰泥涂成的天空上钉满了用小电灯泡拼成的星座。有大熊星座，猎户星座。那些星座，全只是大家编出来的故事，好让他们了解夜空。这些星座，都掩映在云似的蜘蛛网后面。

椅子上是黑色羊毛料的椅套，破烂得像是树皮上干了的苔藓。地毯是黑的，每条走道中间都踩烂得露出了下面灰色的帆布衬底。

每个房间都有金边，金漆，亮得像霓虹灯管。在演艺厅里，所有的东西都是黑的，每一张椅背，每一道地毯的边，都在同样明亮的金色中反衬出来。

---

① 克里斯汀·拉克鲁瓦（Christian Lacroix），法国时装设计家，好用不同材质混搭，色彩鲜明大胆，风格有巴洛克式的华丽及强烈戏剧性。

要是你真的那样渴望，那么那些金边就是真正的金子。每个房间都有，就看你的信心如何。

我们这一群人，身上是童话式的丝绸和丝绒，还有干了的血，我们是一群走在黑暗中的黑影。在黯淡的光线下，在红色丝绒的茧里，用金色绳索捆绑的魏提尔先生想必看来像浮在空中。魏提尔先生成了一件道具，我们的人偶，是一个我们可以编出故事来说我们能了解的星座。

凶悍同志用一条蕾丝手帕遮着脸说："我不知道我们为什么要哭。"她呼吸着蕾丝手帕上残留的香水味，想避开恶臭。她说："我的角色是不该哭的。我会凭我屁股上的玫瑰文身来发誓，那个老家伙强暴了我。"

在这里，送葬队伍停了下来。在这时候，凶悍同志是受害者中的受害者。我们其余的人——只是她的配角。

走在我们前面的克拉克太太回过头来，说道："他怎么了？"

八卦侦探在他的摄影机后面说："我也是。他先强暴了我。"

圣无肠说："哎，去他妈的……他也干了我呢。"

好像骨瘦如柴的可怜圣无肠还有屁股好被干似的。

克拉克太太说："这不好笑。一点儿也不好笑。"

"那又怎么样，"媒人对她说，"你强暴我的时候，也一样不好笑。"

野蛮公爵摇着他的马尾辫对媒人说："你付钱都不会有人强暴你。"

自然嬷嬷大笑起来——把碎肉和血喷得到处都是。

恶魔已死。恶魔万岁。

这是我们为撒旦举行的葬礼。魏提尔先生，他是个恶魔，比较之下，我们过去所有的罪恶根本不算什么。有关他罪行的故事，会把我们洗刷成受害者的纯白色。

更多犯过的罪和后来犯下的罪相比。

但是，因为他死了，因而留下在最底层的空职位，却没有人想要。

所以，在电影版里，你会看到我们痛哭着原谅了魏提尔先生，而克拉克太太挥响了鞭子。

恶魔已死，恶魔万岁。要是不能怪罪于什么人的话，我们一刻也撑不下去。

走过演艺厅铺了黑色地毯的走道，穿过红色的中国式游廊，下了蓝色的法国式楼梯，我们一路抬着魏提尔先生。通过玛雅式门厅里明亮的橘色时，自然嬷嬷把她前额上的白色假发撩开。她的铜铃叮当作响。她带着一头某部歌剧里用过的灰白鬈发，发卷垂落，被她脸上的汗水沾湿。自然嬷嬷说："没有人觉得热吗？"

用肩膀扛着魏提尔先生的野蛮公爵在重压下喘着气，一面喘，一面用手拉着身上那件燕尾服上装的领子。

就连红绸子裹的那一大捆也觉得湿湿的。酮的飞机胶味道。饥饿。

无神教士说："难怪你会觉得热，你的假发戴反了。"

而媒人说："注意听。"

我们下方的地下室很黑。木头楼梯很窄。在黑暗之中，有什么东西在轰响，在咆哮。

需要有些什么神秘的事情。

需要有些什么危险的事情。

"是鬼。"冻疮男爵夫人说道，她那张油腻腻的嘴呆张开来。

是那个锅炉，火力全开，热气冲进管子里，瓦斯炉发出响声，就是被魏提尔先生破坏掉的那个。

有人把它修好了。

从暗处某个地方，有只猫发出尖叫，只叫了一声。

必须要出点儿什么事，所以我们抬着魏提尔先生的尸体，由木头楼梯走了下去。

我们所有的人都挥汗如雨，在这令人难以忍受的闷热中浪费更多的精力。

跟着尸体向下走进黑暗中的自然嬷嬷说：“你懂什么假发该怎么戴？”她用切掉大部分手指的双手把头上的灰色假发转了过来，手上的钻戒闪亮。她对无神教士说：“像你这样的大笨蛋，懂什么克里斯汀·拉克鲁瓦的设计？”

而无神教士说：“拉克鲁瓦的郁金香裙的设计？你才想不到呢。”

杂语

一首关于无神教士的诗

“在《创世记》第十一章之前，”无神教士说，“我们没有战争。”
后来上帝让我们彼此争战，之后人类历史上便战祸不断。

无神教士在舞台上，眉毛修过，描画成为一双拱门，其下方
　是虹彩的眼影，颜色由红至绿。
一只光裸的手臂，肌肉鼓突
　露在一件钉了金色亮片的红色晚礼服细细的肩带外，
刺了一个骷髅头，在下巴下面有这样一行字：
宁死不受辱。

舞台上，没有聚光灯，只有一段影片：
一连串幻灯片映照出好多教堂、清真寺和庙宇。
穿金戴银的宗教领袖们
　在装了防弹玻璃的车里向群众挥手。
无神教士，他说：“在示拿地①的一处平原上，所有的人在一起辛勤工作。”
所有人类有一个共同的理想，
一个伟大而高贵的梦想，大家并肩实现
　于一个没有军队、武器和战争的时代。
然后上帝低头看见他们的高塔，那些人共同的理想，
一点点高起来，接近得让他有点儿不舒服。
上帝说：“看哪，他们成为一样的人民……如今既做起这事来
　将来他们所要做的事……就没有不能成就的了……”
他的话语，在他的《圣经》中。《创世记》，第十一章。

---

① 示拿地即吼狮之地，最古之希伯来文，以此名称为巴比伦，后始改称为巴别。

“因此我们的神，”无神教士说，他裸露的手臂和小腿肌肉上有密密的
　刮去毛后又由毛孔中长出来的黑点，
他说：“我们全能的神吓得将人类散置到地面上的各处，
变乱了他们的口音来使他的子民分散。”

一半是男扮女装，一半是退休陆战队员，这位无神教士，
一身闪亮亮片的红色礼服，说：
　“一个全能的上帝这样没安全感？”
让他的子民彼此对抗，来使他们疲弱不振。
他说：“这就是我们该敬拜的神吗？”

拳头下讨生活

无神教士的故事

韦伯四下张望，他的脸完全不成人形，一边颧骨比另一边低。有一只眼睛只是一粒奶白色的球嵌在眉毛下那团又红又黑的肿伤中。韦伯的双唇都裂得严重到他有的不是两片嘴唇，而是四片。在那些嘴唇里面，连一颗牙也不剩。

韦伯四下看着这架喷气式飞机的机舱，壁上贴的白皮。雀眼枫木的家具漆得如镜子般发亮。

韦伯看着自己手里的酒，杯里的冰块在强冷的空调下几乎没有融化。他说，声音因为听觉不良而太过大声，他几乎是喊着说："我们在哪里？"

弗林特说，他们在一架湾流 G550 里，这是你所能包下最棒的一架私人喷气式飞机。然后弗林特把两根手指伸到裤子口袋里，把一样东西隔着走道递给韦伯。是一粒白色小药片。"吞了。"弗林特说，"把酒喝掉，我们就快到了。"

"就快到哪里了？"韦伯说。他用酒把药片吞了下去。

他仍然扭转身子去看那可以放倒和旋转的白色皮椅。白色的地毯，雀眼枫木的桌子，擦得亮到看起来像是湿的。白色的人造皮沙发靠放在机舱边上，成套的靠垫，那些杂志，每本都大得像电影海报，名字叫《精英旅客》，封面上的标价是五十美元。镀着 24K 金的杯架和洗手间里的水龙头。小厨房里有浓缩咖啡机，卤素灯的光映照着水晶玻璃的器皿、微波炉、冰箱和制冰机。所有的这些和他们一起飞在五万一千英尺的高空，零点八八马赫，正飞过地中海上空的某处。他们都在喝苏格兰威士忌，所有这一切都比你在里面看过的好太多哦，只比不上一副棺材。

韦伯的鼻子，他把酒杯端起一饮而尽，将他那如红薯般的大鼻子伸到冰凉的空气中，让你都可以看到他的两个鼻孔里。看到那里不再通到什么地方。可是韦伯说道："这是什么怪味？"

弗林特吸了一下鼻子说："对硝酸铵这三个字有印象吗？"

是他们的哥儿们詹森在佛罗里达给他们准备的。他们在波斯湾战争中的好兄弟，我们的无神教士。

"你是说，呃，肥料？"韦伯说。

弗林特说："半吨。"

韦伯的手抖得厉害到你都听得见冰块在他那空了的杯子里直响。

这种抖动，只是创伤性的帕金森病而已。脑部受伤就会让你变成这样，脑部有部分坏死，神经元被坏死的纤维所取代。你戴上一顶卷曲的红色假发，装上假睫毛，在柯拉瑞斯博览会和牛仔赛会上用贝蒂·米勒的歌来对口型假唱，让人有机会以一拳十美元的代价来对你饱以老拳，你就能真的挣到不少银子。

在其他的地方，你需要戴上卷曲的金色假发，穿上一件贴身而钉了亮片的礼服，脚上穿着你能找得到最大尺码的高跟鞋，用芭芭拉·史翠珊的《常青树》来对口型假唱，那你最好能有个朋友等在旁边，好送你去急诊室。事前先吃两粒止痛药，然后再贴上芭芭拉·史翠珊式的粉红色长指甲，然后你就没法抓起比啤酒瓶更小的东西了。先吞了止痛药，就能先把《彩绘芭芭拉》AB 两面的歌全唱完了之后，才真正被人打昏过去。

以前筹钱的时候，我们最初的想法是"五美元打小丑一拳"。这很有用，大部分是在大学城里，农业学校啦，小镇啦，差不多每个人回家时手指关节上都沾着小丑脸上的白粉。白粉和血。

问题是，这种新奇感慢慢消失了，租一架湾流喷气式飞机要花钱，单是从这里飞到欧洲的油钱就要三千美元。单程，其实没有那么糟糕，可是你不会到包机公司说你只去不回——那可太危险了。

不错，韦伯只要穿上那件黑色的紧身衣，那些人就垂涎三尺想揍他了。他只要把脸涂白，站进他那看不见的箱子里，开始演幽默剧，现钞就滚滚而来。大部分是在大学校园里，可是我们在郡县或州立博览会上的生意也很好，就算一般人把这当跑江湖要把戏看待，却还是会付钱把他打倒，让他流血。

等小丑的那一套玩得没人要看之后，我们在路边旅馆的酒吧间里试过“五十美元揍小妞”。弗林特找到一个愿意一起干的女孩子，可是，脸上挨了一拳之后，她说：“不行……”

那个女孩子坐在满是花生壳的地上，用手捂着鼻子，她说：“让我去上飞行学校，让我去当驾驶员吧，我还是想帮你们。”

我们还有，想必是酒吧里一半的客人手里拿着钱在排队。离了婚的老爹，被抛弃的男友，还有从小坐便盆训练留下问题的男人，全都等着要挥舞拳头。

弗林特说：“我可以解决这个问题。”他把那女孩子扶了起来，扶着她的手肘，把她送进了女厕所，自己也跟着她一起进去的时候，弗林特举起手来，五指张开，说道：“给我五分钟。”

我们刚刚退伍，想不出还有别的什么办法能筹到这么多钱。要合法的。在弗林特看来，还没有法律规定说人家不能付钱来揍你。

然后就是弗林特从女厕所里走了出来，戴着那个女孩子那顶星期六晚上出去时用的假发，把她所有的化妆品全用来涂抹在他胡子刮得干干净净的大脸上。他解开了衬衫，把下摆在肚子上打了个结，把纸巾塞在里面当奶子。弗林特把一整支口红涂在他嘴的四周。他说：“来吧……”

排着队的人，他们说花五十美元揍个男人是在骗钱。

于是弗林特，他说：“那就一拳十美元……”

大家还是不肯上前，四下张望着看还有什么更好的花钱方法。

于是这时候，韦伯走到自动点唱机那边，投下二十五美分，按了两个键，结果——魔法出现了。音乐一开始，不到吸一口气的时间，你耳朵听到的，只有酒吧间里所有的男人同声发出长长的一声呻吟。

那首歌，正是电影《泰坦尼克号》结尾时的那首荡气回肠的歌。那个加拿大妞唱的。

而弗林特，戴着金色假发，涂着小丑的大嘴巴，跳上一把椅子，再站在一张桌子上，开始唱了起来。在整个酒吧间里的人注视下，弗林特使出浑身解数，把两手在蓝色牛仔裤侧边滑上滑下，两眼紧闭，你只能看到他闪亮的蓝色眼影。红色的唇膏，唱着歌。

韦伯看准时机，伸手去扶弗林特下来。弗林特搭住他的手，像个贵妇似的，一面仍对着口型假唱着。现在可以看清楚了，他的指甲涂成糖果般的红色。韦伯低声对他说："我丢下去的钱差不多有五美元。"韦伯扶着弗林特下来，面对排着队的第一个人，韦伯说："他们一整晚都只能听到这一首歌。"

从韦伯的那五美元，他们那晚弄了将近六百美元。没有一个人的拳头不是深深地印着由弗林特脸上化妆品掉下来的蓝色和红色，还有眼线的绿色。有些家伙，揍他揍到手酸了，又回来排队，再用另一只手。

那首荡气回肠的《泰坦尼克号》主题曲几乎他妈的害死了弗林特。除了那首歌外，还有那些手上戴了粗大戒指的家伙。

从那次以后，我们定下了不许戴戒指的规矩。除此之外，我们也要检查，看你会不会在手心里握一枚包好的硬币，或是钓鱼用的铅坠儿来让你的拳头有更大的杀伤力。

在所有的人里，那些女人最坏。有些要是没有看到你的牙齿给打飞出来就不开心。

女人，喝得越醉，就越爱、爱、爱死了痛揍变装男人。知道打的是一个男人，尤其是他的穿着打扮比她们漂亮。打巴掌是可以的，可是不准用指甲抓。

市场很快就打开了。韦伯和弗林特,他们开始不吃晚饭,喝淡啤酒。在任何一个新来乍到的市镇，都会看到他们侧身站在镜子前面，看着自己的肚子，肩膀向后，屁股翘起。

每个市镇，都可以打赌说他们各人另有一个他妈的箱子。那个箱子里装的是漂亮的洋装、晚礼服，都有衣套护着。一包包的鞋子和一盒盒的假发。每个人都有一个很大的新化妆箱。

这些让他们存下来的基金低到谷底，可是只要一提这事，弗林特就会告诉你说:“要先花钱才有进账。”

这还没加上他们花在唱片上的钱。不管打得重不重，他们发现大部分人听了最想揍你的歌曲是下列的专辑：芭芭拉·史翠珊的《彩绘芭芭拉》《冷酷的结局》《往日情怀》;贝蒂·米勒的《大腿与耳语》、《残花泪》或者是《情比姐妹深》，真的，尤其是《情比姐妹深》。

就算你把甘地送到现场，阉了他的蛋蛋，给他打了大量的止痛剂,只要让他听到那首《翼下之风》,他照样还是会往你脸上打上一拳。至少，这是韦伯的经验。

这一切都不是他们在军中受过的训练。可是退伍还乡，你找不到征求弹药专家、瞄准专家、先头侦察兵之类的求才广告。退伍还乡之后，他们找不到什么样的工作，没有一样工作所得有弗林特现在拿到的那么多，他的腿从绿缎晚礼服所开的高衩里露出来，他的脚趾在尼龙丝袜里动着，从金色凉鞋前端伸出来。弗林特在两首歌和两顿揍之间只略微停一下，把瘀青的地方补上妆，他抽的香烟头上沾着他嘴唇上来的红色，他的口红和他的血。

郡博览会的生意很好，机车赛紧接在后，牛仔竞技也很好，还有赛船，或是在大型刀枪制造及贩售年会外的停车场上。不错，他们后来再也不必费心去找能让他们筹大钱的群众。

有天晚上，韦伯和弗林特在西部各州枪支与弹药博览会外的沥青路面上留下大部分化妆品之后，在开车回汽车旅馆的路上，韦伯把后视镜扳过来，对着他抱着猎枪坐着的前座。韦伯把脸转来转去地由各个角度去照镜子，他说："我们不能再这样干多久了。"

"我从来都算不上你所谓的漂亮，"韦伯说，"可是至少我一直让自己看起来……很好。"

弗林特开着车，看着他握住方向盘的手指上开裂的红色指甲油。弗林特用他碎裂的牙齿咬掉半片裂了的指甲，说道："我想要用一个艺名。"他望着自己的指甲，"你觉得'胡椒熏肉'这个名字怎么样？"

差不多这时候，弗林特的女朋友去上飞行训练学校去了。

这样也好。情形正在走下坡路。

比方说，就当他们在落基山脉各州宝石及矿藏展外面的停车场设置准备好时，韦伯看了看弗林特说："你那对他妈的奶子太大了……"

弗林特那时穿着一件颈部系带式的长裙，有带子系在颈子后面把前面拉起，而，一点儿也不错，他的奶子看来很大，可是弗林特说这是因为那是件新裙子的关系。

可是韦伯说："不对，不是这个原因。在过去四个州走下来，你的奶子越长越大。"

"你这样啰唆，"弗林特说，"只因为我比你的大。"

韦伯说话了，声音由他涂了口红的嘴角不动声色地传了出来，他说："前参谋士官长弗林特·史台德曼，你变成一个他妈的邋遢母牛了……"

接下来是亮片与假发四处飞散。那天晚上，他们的收入是零。谁也不想打这样已经抓得满脸是伤、又在流血、情况凄惨的家伙，何况都是两眼血红，睫毛膏也哭得全花了。

回顾起来，这场小小的猫打架差一点儿毁了他们的整个任务。

这个国家之所以连一场仗也打不赢，就因为我们所有的时间都在内斗而不在打敌人。同样的情形是国会不让军方做他们该做的事。这样什么事也解决不了。韦伯和弗林特，他们不是坏人，只是典型的那种想往上爬的人。他们的整个任务就是要解决这个恐怖分子的情况。一次解决。而要做到这点，必须花钱。让弗林特的女朋友留在学校学开飞机，弄到一架飞机，弄到可以把租赁公司的飞行员搞得不省人事的药品，这些全需要扎扎实实的现钞。

这件事一说清楚，弗林特的奶子就给吓得缩小一些。

现在，飞在五万一千英尺的高空中，他们斜靠在白色的皮椅上，沿着红海一路往南飞，一直飞到吉达，在那里向左转向。

目前在空中的其他人，全都往他们各自已经确定的目标而去，你忍不住会想他们是怎么赚钱的，又经过哪些痛苦和折磨。

你还看得到韦伯穿了耳洞的地方。尽管拉了下来，扯大了，还是由那些垂吊的耳环那里看得清楚。

回顾起来，历史上大部分的战争起因都是某些人的宗教信仰。

这只是一次攻击行动，以结束所有的战争。或者至少是大部分的战争。

在弗林特控制好他的奶子之后，他们在大学校园间巡回。只要是有人喝啤酒而无所事事的地方都去。现在，弗林特有一只眼视网膜剥离，他那只眼睛完全看不见了。韦伯因为脑袋被揍得乱晃而损失了百分之六十的听力。急诊室称之为外伤引发的脑部创伤。他们两个都有些发抖，要用两手才拿得稳睫毛膏，两个人都身体僵硬得没法自己把背后的拉链拉上。即使穿的是中等高度的高跟鞋，也走不稳。但是，他们还是继续下去。

等到了那时候，等到阿拉伯联合酋长国的喷气式战斗机过来跟踪他们的时候，弗林特可能已经瞎得没法飞了，可是他还是坐在驾驶舱里，使尽一切他在空军学来的本事。

现在，在他们湾流 G550 那白皮的机舱里，弗林特踢掉了双脚的靴子，光着两只脚，还看得到搽成粉红色的趾甲。而他的体臭中也夹杂着一点儿香奈儿五号的香水味。

他们最后的机场秀里，有一场是在蒙大拿州的密苏拉。有一个女孩子从人群中走出来骂他们是可恨的异端，说他们鼓励施行暴力与憎恨的罪恶加在我们原本平静多元社会中那些性别矛盾的成员身上……

韦伯站在那里，一首《纽扣和领花》唱到一半就给打断了，他唱的是桃乐丝·黛那轻快的版本而不是丹娜·潇那潇洒的版本，他穿了一件无肩带的蓝色缎子紧身礼服，露出的胸毛、肩膀和手臂上的毛给吹了起来，好像一片黑色的羽毛，他问那个女孩子："那你到底要不要付钱来揍一拳呢？"

弗林特在离他一步远的队伍最前面收钱。"好好地揍一拳。"他说，"小妞半价。"

而那个女孩子就只看着他们两个，一只穿着网球鞋的脚不停地在打着拍子，嘴巴闭得紧紧的，歪在一边脸上。

最后，她说："你能假唱那首《泰坦尼克号》的歌吗？"

弗林特收下她的十美元，紧紧地抱了她一下。"为了你，"他说，"我们可以把那首歌播上一整晚……"

就在那天晚上，他们终于达到了所需要的五千美元的目标。

现在，你可以看到在飞机外出现了沙特阿拉伯那棕色与金色的破碎的海岸线。湾流机上有两扇窗子，比一般商用喷气式飞机上的小窗子大三倍。只要望出去，就能看到太阳和大海，从那样的高度看下去，其他一切都交混在一起，会让你几乎想要活下去。想取消了任务，掉头回来，不管前途怎么黯淡。

一架湾流机可以加满飞六千七百五十海里的油料，即使有百分之八十的逆风也一样。他们到目的地的距离只有六千七百零一海里，还有足够的油料来料理他们的行李、箱子，还有詹森在佛罗里达装上飞机的一袋又一袋东西，他们之所以会在那里降落，是因为飞行员开始觉得不舒服了。那是他们给了他一杯咖啡后的事。三颗止痛剂磨碎了混在黑咖啡里，会让大部分的人头晕目眩，恶心想吐。因此他们降落下来，让飞行员下了飞机，装载上那些袋子。詹森先生搬来了那些硝酸铵，而弗林特的女朋友席娜，刚由飞行学校毕业，准备驾机起飞。

由驾驶舱敞开的门，你可以看到席娜把耳机拉下来挂在脖子上。她扭动头来向后看，说道："刚刚在无线电里听到个消息，有个人开了一架装满肥料的喷气机飞进了梵蒂冈……"

想想吧，韦伯说。

弗林特望着窗外，在他的白色皮椅里坐直起来，他说："我们有伴了。"在飞机一边，可以看到两架喷气式战斗机。弗林特向他们挥了下手，看得到那些小战斗机里飞行员的侧脸，他们没有挥手答礼。

韦伯看着在他那空酒杯里融化的冰块，说道："我们要到哪里去？"

席娜在驾驶舱里说："从我们由吉达转向内陆之后，他们就跟上来了。"她把耳机再戴上。

弗林特从走道对面伸手过来，把空酒杯里再加满了苏格兰威士忌，说道："'麦加'这个地方听起来有印象吧，兄弟？以克尔白天房为中心的禁寺？克尔白呢？"

席娜用一只手把耳机按在一边耳朵上，说道："他们有摩门教合唱团……国立佛教徒年会总部……哭墙和岩石圣殿……比佛利山大饭店……"

不行，弗林特说。限武没有作用，联合国也没有作用。不过，这也许有用。

他们的朋友，詹森，我们的无神教士，会是唯一的生还者。

那个在蒙大拿州密苏拉市的女孩子，韦伯在那天晚上拿到了她的姓名和电话号码。等到他们全员写好最后的遗嘱和证词的时候，韦伯把他在这个世界上所有的一切都留给了那个女孩子，包括那辆停在他父母那样的有顶通道上的野马车，那一套万能先生工具，还有十四个有鞋子和衣服搭配的蔻驰皮包。

那天晚上，在她付了五十美元去踢韦伯的屁股之后，那个女孩子看着他，看他那只瞎了的白眼肿得要闭了起来，嘴唇开裂。他只比她大三岁，可是看起来却像是她的爷爷，她问道：“你为什么要做这种事呢？”

韦伯扯下假发，那一缕缕的金色卷发粘在他嘴巴和鼻子周围已经干了的血里。韦伯说：“每个人都希望能让这个世界更好一些。”

弗林特喝着淡啤酒，看着韦伯，摇摇头，说：“你他妈的……那是我的假发吧？”

Chapter 11.

并不是每天都充满了恐怖。

媒人称这件工作叫“采白桃”。

你把两张白色的沙发拉到一起，面对面，直接放在“树”下。在这两张沙发构成的小岛上，你把那些描金雕花的小桌子堆在一起，做成一架“梯子”。每张桌子都有带粉红条纹的厚重灰色大理石桌面。在所有这些东西的最上面，你再砌上很脆弱、如蛋壳般纤巧的宫廷椅子，让你能越爬越高。最后，你可以俯瞰那由所有人的肮脏假发所形成的一个鸟巢，所有的人都仰着头，仰得连张开的嘴巴都碰到了他们的脖子。高到你可以低头看见他们锁骨下的凹洞，还有他们如阶梯般的肋骨，渐渐消失在他们的洋装或领口里。

每一个人，我们的双手缠在浸血的破布里。手套的手指因为缺了指头而垂落下来，鞋子里塞着卷起来的袜子，以取代少了的脚趾。

我们自称是“人民日光节约委员会”。

媒人取下一个“桃子”，用丝绒包着以保护他的手，然后把那送下来给骨瘦如柴的圣无肠，再由圣无肠递给杀手大厨，就是那个大肚腩卡在裤腰带上的大厨。

八卦侦探的摄影机贴在脸上，记录下那桃子在手中传送的过程。

最老的桃子，那些已经黑了的，你都可以看到自己的面孔映照在上面。媒人说那是钨丝。在电流通过时，那细丝就会燃着，所以每个桃子里面都充有惰性气体。大部分是氩气。有些气体是你不能吸进肚子里去的，那只是用来让钨丝不至于烧掉。那些最老的里面什么也没有，是真空的。

媒人的脸颊上有些粉红色的雀斑，在他卷起袖子而露出的小臂上也有更多粉红色的雀斑。他告诉我们："钨的熔点是华氏六千度。"一个"桃子"正常的热量足够熔化一个煎锅。热得足够把铜币烧沸，华氏四千度。

钨丝不会着火燃烧，而是一个原子又一个原子地气化。有些原子会由其他原子或氩气反弹回来，重新接回到钨丝上，成为结晶，小得如完美的珠宝。其他的钨原子则附着在玻璃"桃子"的内里。

那些原子"凝结"，媒人说。在玻璃内里形成一层金属面，使外面成为镜子。

内里如结了一层黑霜，这就把电灯泡变成了小小的圆球状镜子，使我们看起来很肥胖，就连骨瘦如柴的圣无肠，他的裤腿和衬衫袖子永远是在他瘦骨嶙峋的手臂和腿上扭缠或飘动的，也是一样。

不错，并不是我们所有的日子都充满了谋杀和折磨。有时候不过是这样：

凶悍同志拿着一个桃子，转动着脸部从各种角度来看映在弧形玻璃里的模样。空出来的那只手则用手指尖把松垮的皮肤在一只耳朵上方向后拉。这样一拉之下，那边颧骨下凹陷的阴影就不见了。"这事听来就可怕了。"凶悍同志说。她的手指一把皮肤松开，她那半边脸就恢复原先松垮和皱纹的阴影。"我以前看过在死亡集中营铁丝网后面的人的照片，"她说，"那些活骷髅。我总是想到：这些人什么衣服都能穿。"

诽谤伯爵把手朝她伸过去，伸长了手臂去把她的话收进他那巴掌大的银色录音机里。

凶悍同志把那个桃子递给冻疮男爵夫人……

有谁说："你说得对。"而冻疮男爵夫人说："那话听起来的确可怕。"

凶悍同志俯身对着麦克风说："如果你在录这些话，那你就是个混球。"

一口牙都松了，在牙龈里摇摇欲坠，每一颗大白牙都会露出细细的咖啡色牙根的冻疮男爵夫人，把那个桃子交给野蛮公爵。

公爵的马尾解了开来，头发垂到了脸上。野蛮公爵的下巴一直在慢慢转动着，还在咬着他永远嚼个不停的那一块尼古丁口香糖。他的头发有股丁香香烟的味道。

公爵把桃子交给美国小姐，她漂染成金发的黑色发根长出来，就可以估算出我们在这里关了多久。我们那可怜的、怀了身孕的美国小姐。

在我们头上，那棵树黑了一下，在那一刻，我们都不存在。什么都不存在。下一刻，电灯再度亮起，我们又回来了。

“有鬼。”八卦侦探说，声音因被摄影机挡住而有些模糊。

“有鬼。”诽谤伯爵对他手里的录音机复诵了一遍。

在这地方，每一次停电，每一阵冷风或奇怪的声音，或是食物的味道，我们都怪罪在有鬼这件事上。

在八卦侦探来说，那个鬼是个遭到谋杀的私家侦探。

对诽谤伯爵来说，那个鬼是个已故的往日童星。

那棵树的铜枝丫。每一根枝丫，圈着的，弯着的，如葡萄藤似的扭着的，都漆上了暗淡的金色。在树上垂落着玻璃和水晶的“叶子”。在你把手伸进去时，会发出丁零的响声。在每一个仍然明亮的“熟透了”的桃子上烧焦的灰尘气味，如果没有一层布包着会烫得没法碰，得缠上由丝绒裙子或绣花背心上撕下来的一条布料来保护你的手。其他“坏了”的桃子，黑掉了，冰凉凉的，撒满了尘土，垂挂着一条条白色蜘蛛丝。那些玻璃和水晶的叶子，有白、有灰，也有银色。在转动时，边缘仍然会在一瞬间闪亮出一道彩虹，然后又没有了颜色。

那些枝丫，扭曲着，已经脏得变成了深咖啡色，上面会留下一道干的老鼠屎。

媒人的身体前后摇晃，屏住呼吸，把手弯着伸进树里采桃子。

他把每个仍然很烫的桃子丢下来，由失落环节用两个丝绸靠枕接住。失落环节是我们的运动英雄，得大学奖学金的，一道眉毛粗得跟阴毛一样。这位冠军中卫，中间有道缝的下巴大得像袋子里装了两颗胡桃。

就在短短的抛接过程中，桃子就已经冷得可以碰了。自然嬷嬷把桃子从两个靠枕中间取出来，放进喷嚏小姐用两手抱在腰前的一个旧假发盒子里。

自然嬷嬷画在双手手背和手指上的红色彩绘已经模糊了。每次转头或点头，脖子上挂的铜铃就会响起，她的头发有檀香木、广藿香和薄荷的气味。

喷嚏小姐在咳嗽。可怜的喷嚏小姐一直在咳嗽，她的鼻子红红的，因为老用衣服袖子擦过而歪向一边脸颊。她的两眼瞪得很大，饱含泪水，布满了血丝。喷嚏小姐咳了又咳，舌头伸出来，两手分别撑在两边膝盖上，弯低了身子。

有时候，媒人抓住椅子的腿，金色桌子有红纹的大理石边缘，来稳住梯子。

有时候，灵视女伯爵踮起脚尖来站着，双手紧握着一根又硬又脏的扫把的长柄，高举在头上，刺进树里，让树转个方向，让你好伸手去摘更多“熟透”的桃子。就是那些烫得足够让铜烧开的。她踮着脚，伸长了两手，你可以看到她的电子手铐仍然锁在手腕上。就是那具由她的假释官管控的监管追踪器材。

对灵视女伯爵来说，那个鬼是一个卖古董的老头子，脖子给一把直形剃刀割断了。

媒人每“摘掉”一颗桃子，那棵树就暗一点儿。

对圣无肠来说，那个鬼是一个堕了胎的两头怪婴，两个头上都长着像他一样的瘦脸。

对冻疮男爵夫人来说，那个鬼腰上围了条白围裙，咒骂着上帝。

有时候，保安会修女敲着她那只黑色手表的表面，说道："再过三小时十七分三十秒熄灯……"

对保安会修女来说，那个鬼是一个半边脸给打扁了的英雄。

对喷嚏小姐来说，那个鬼就是她的外婆。

站在那样高处的媒人说，你可以把天花板看作是一块空旷的地方，从来没有人踏入过的。同样的——在你小时候，你会头下脚上地倒坐在沙发上，两腿贴着沙发背，背靠着坐垫，头垂在前面——这样一来，那间老家的客厅就变成了一个陌生的新地方。颠倒过来，你可以躺在那片平平的、粉刷过的地板上，抬头望着那新的天花板，铺着地毯，到处是如钟乳石般倒吊着的家具。

野蛮公爵说，就像一个艺术家会为同样的原因，把他的画上下颠倒过来，或是由镜子里去看反过来的映象，像个陌生人似的去看，好像那是他没见过的东西。是件新奇的事物，是别人的现实。

圣无肠说，正好像一个性变态会把他的色情图片上下颠倒过来，让那新奇而刺激的感觉维持得更久一点点。

这样的话，每一棵有玻璃叶子和桃子的树都植根在地上，长出粗链子的树干，那有着肮脏红丝线套子当树皮的树干。

等那棵树几乎全黑之后，我们就一把椅子又一把椅子，一张沙发又一张沙发地把梯子搬到下一棵树，等到这片"果园"全空了之后，我们才穿过房门到下一个房间去。

采收下来的桃子都收在一个帽盒里。

不错，并不是我们困在那里的每一天都充满了绑架和羞辱。

诽谤伯爵从衬衫口袋里掏出一本记事簿，在印有蓝色横条的纸上潦草地写着，一面说道："还有六十二个灯泡。已取下存放二十二个。"

我们的最后防线。是我们预防孤独地死在黑暗中的最后解决方案，不要死在这所有光亮熄灭的黑暗之中。一个没有日光的世界，生还者冷冰冰地紧攫住一片漆黑的世界。潮湿的壁纸，因为长了霉而变得湿滑。

没有人想要这些。

留下熟透的桃子任其变黑腐烂，而你再用家具搭起梯子。再爬上去。把头再伸进玻璃与水晶树叶的枝叶丛中，那些灰尘满布的铜枝丫的林子里。灰尘和老鼠粪便和蜘蛛网，把一些黑色的桃子摘下，换上几颗仍然成熟而亮得白热的桃子。

在媒人手里那个死了的桃子，映照出的我们不是现在的样子，更像是我们以前的样子。那黑色的玻璃映照出我们所有的人，只不过在弧形的曲面上显得很胖。内里沉淀的那一层钨原子，和珍珠相反，如镜子背后镀的银。吹成球状的玻璃，薄得有如肥皂泡。

长出新皱纹的克拉克太太藏身在粗得有如鸡笼铁丝网的面纱后面。即使饿得骨瘦如柴，嘴唇却仍是被硅胶撑得肥厚，永远是像在口交似的嘟着。她的胸部丰满，可是里面没有一点儿你想吸食的东西。她的假发，扑上了白粉，歪向一边，脖子上青筋毕露。

失落环节两颊有如黑森林，浓密树丛深陷进从两只眼下一路下来的深深峡谷中。

我们需要出点儿事情。

需要发生什么可怕的事。

然后——乒一声。

一颗桃子失手滑落，碎裂在地上。一堆玻璃的刺针。一摊白色的碎片。我们原先肥胖的映象，现在不见了。

诽谤伯爵在他的记事本上写下一行字，说道："取下存放可用的灯泡二十一个……"

保安会修女拍着她的手表说："还有三小时又十分钟熄灯……"

就在这时候，克拉克太太说："跟我说个故事。"她透过面纱，仰望着在闪亮的水晶树里的媒人，张开硅胶的嘴唇说，"跟我说个故事，让我忘记自己的饥饿，跟我讲一个你绝不会告诉任何人的故事。"

媒人转着一个包在一块虽然血污干了却还是黏糊糊的丝绒里的桃子，说道：“有这么一个笑话，”他站在把椅子堆得老高而成的梯子上，说道：“我那些叔叔伯伯喝酒的时候才会讲的一个笑话……”

诽谤伯爵举起了他的录音机。

八卦侦探则举起了他的摄影机。

爱情顾问

一首关于媒人的诗

“如果你真爱什么，”媒人说，“就要放手。”
如果带着疱疹回来，也别惊讶……

媒人站在舞台上，拱着肩，两手深深插在他工装裤的口袋里。
他的靴子粘满干的马粪。
他的衬衫，格子花的。绒布的。用的是珍珠按扣而不是纽扣。

舞台上，没有聚光灯，只有一段影片：
是婚礼录像带，新郎新娘交换戒指，
亲吻，在如暴风雪的白米中跑到外面。
所有这些横过他脸上，媒人的下唇
　伸出来托着一坨，嚼食的烟草。

媒人说：“我爱的那女孩子，她觉得她能找到更好的男人。”
这个女孩，她想要一个更高大的男人，黑黑的
　皮肤，长头发，还有根更大的老二。
还要会弹吉他。
所以他第一次跪下求婚时，她说“不要”。
于是，媒人雇了一个叫史提德的男妓，
那个男妓的广告是：
长发，老二粗如辣酱罐，还会弹几组和弦。
史提德假装和她不期而遇，在教堂里。
然后，又碰上了，在图书馆。
媒人为每次约会付费两百美元，
在记事本上记下那男妓告诉他说，那女孩多喜欢自己的奶头，

让他从后面爱抚，还有怎么让她
　达到两次、三次高潮。
史提德送她玫瑰花，唱情歌。史提德在汽车后座和按摩浴缸里一面干她，一面发誓说永远爱她不渝。
然后一星期不打电话给她，两星期，一个月。
直到再假装和她不期而遇，又是在教堂里。
在那里，史提德说他们之间完了——因为她太淫荡。简直像个婊子。

“我发誓，”媒人说，“他叫她婊子。这小子真敢……”
上帝保佑他。
这一切，是媒人的秘密计划，让他女朋友有一场未成熟的加速心碎。然后乘虚而入，掳获芳心。
他最后见史提德时，额外付五十美元
要他口交。
史提德跪在那里，在他腿间下功夫。
这样，他未来的老婆到达经过研究的多重高潮时，
她心里想的男人，对她的丈夫——媒人来说就不会完全陌生了。

仪式

媒人的故事

有一个叔叔伯伯们只在喝酒时才说的笑话。

那个笑话里有一半是他们所发出来的那种声音。好像是一个人用力把痰从他喉咙深处咳出来的声音。一个又长又刺耳的声音。每次家族聚会，等到除了喝酒再没别的事好做的时候，那些叔叔伯伯们就把椅子搬到外面的树下。到外面那我们看不见他们的黑暗里。

婶婶阿姨们在洗碗盘，小一辈的孩子们到处乱跑，那些叔叔伯伯们都到外面的果园里去，凑着酒瓶喝酒，把椅子往后翘得只剩后面两条腿支着。在黑暗里，你可以听到一个叔叔发出那个声音："呃——咳。"即使是在黑暗之中，你也知道他把一只手在面前的空气中往横里一划。"呃——咳。"其他的叔叔伯伯们全笑了。

婶婶阿姨们听到那个声音，都微微一笑，摇了摇头：男人呀。那些婶婶阿姨并不知道那个笑话，可是她们知道会让男人笑得那么厉害的事情一定很蠢。

小一辈的孩子们也不知道那个笑话，可是他们会发出那个声音："呃——咳。"他们会把手在空中往横里一划，笑得跌倒在地。他们整个童年，所有的孩子都会干这件事，说："呃——咳。"尖声高叫出这个声音。这是这家人会让彼此大笑的神奇公式。

叔叔伯伯们会弯下腰来教他们。哪怕是小小孩，才刚刚能站得稳，就会学那个声音："呃——咳。"而叔叔伯伯们会做给你看，怎么把手往横里一划，永远是从左到右，就在脖子前面。

他们会问——那些堂哥表弟们，吊在一位叔叔的胳膊上，两条腿在空中踢着——他们会问，那个声音是什么意思？还有那个手势？

那个叔叔可能会告诉他们说，这是个很老的故事了。那个声音是叔叔伯伯们年轻当兵的时候听到的，当时是在打仗。堂哥表弟们会爬着一个叔叔的外衣口袋，一只脚套进一个口袋里，一只手伸向高一点儿的另外一个口袋。像爬树那样。

他们会哀求道：跟我们说啦，把那个故事说给我们听。

可是那个叔叔只答应说：以后再讲。要等他们长大了之后再说。那个叔叔会抓住你的腋下，把你甩在他肩膀上。他会这样背着那个孩子，跑了起来，和其他的叔叔伯伯比赛跑进屋子里，去亲那些婶婶阿姨，再吃一块饼。而你去吃爆米花，听收音机。

那是这个家族的通关密语。一个大多数人都不了解的秘密。一种保平安的仪式。所有小一辈的人只知道那会让他们一起哄堂大笑。是一件只有他们才晓得的事情。

叔叔伯伯们说那个声音证明了你最害怕的问题很可能就此消失不见。不管某些事物看起来有多可怕，很可能明天就没有了。比方说有只母牛死了，其他的牛看来也病倒了，肚子胀气，也差不多快死了，如果再没别的办法，叔叔伯伯们就发出那个声音："呃——咳。"比方说果树结了满园的桃子，而气象预报说当天夜里会打霜，叔叔伯伯们就会说："呃——咳。"那意思是说，你无力阻止的可怕灾难，可能会自己停下来。

每次家里人聚在一起，就用"呃——咳"来打招呼。这让婶婶阿姨们装起斗鸡眼来，而小一辈的孩子都发出那个蠢声音："呃——咳。"所有的孩子都用手在空中一划，"呃——咳"，而叔叔伯伯们就笑得整个人往前弯了下去，两手撑住膝盖。"呃——咳"。

一个婶婶，初嫁到这家来，会问说："这是什么意思？背后的故事是什么？"可是叔叔伯伯们只摇摇头。那个叔叔，也就是她的老公，则会伸手抱着她的腰，亲吻她的脸，对她说："亲爱的宝贝，你不会想知道的。”

我满十八岁的那年，一个叔叔把那个故事告诉了我，只跟我一个人讲。而这回他没笑。

我当时受征召入伍服役，没有人知道我是不是还回得来。

当时并没有打仗，可是军中有霍乱流行。也永远会有疾病和意外。他们在替我收拾一个行李袋，只有我和那个叔叔，而叔叔说了："呃——咳。"要记得，他说，"不管前途看起来多么黑暗，你所有的麻烦都可能在明天消失无踪。"

我一面收拾行李，一面问他："什么意思？"

"那是上一次大战中的事。"他说。当时所有的叔叔伯伯们都在同一个连队里。他们被俘之后，被迫在俘虏营里工作。在那里，有一名敌方的军官用枪逼他们工作。每一天，他们都以为这个人会杀了他们，而他们一点儿办法也没有。每个星期，都会有火车由各占领国家把俘虏送来：有士兵，还有吉卜赛人。大部分的人由火车上下来，走不到两百步就给打死了。叔叔伯伯们负责把那些尸体抬走。他们所恨的那个军官，就是他率领行刑队伍。

把这个故事告诉我的那位叔叔，他说每天叔叔伯伯们都走上前去把尸体拖开——他们身上的枪洞还流着湿热的血——行刑队伍则在等着枪毙下一批人。每次叔叔伯伯们走到枪口前面，都怕那个军官会下令开枪。

然后，有一天，那个叔叔说："呃——咳。"

事情发生了，决定命运的事发生了。

那个军官，要是看到他喜欢的吉卜赛女人，就会叫她从队伍里出来。等到那批人都死了，叔叔伯伯们把尸体拖开的时候，那个军官会逼那女人脱光衣服。军官穿着制服站在那里，身上的金色绳带在阳光下闪闪发光，四周是持枪的士兵。那个军官要那个吉卜赛女人跪在地上，拉开他裤子的拉链。强迫她张开嘴巴。

叔叔伯伯们看过这种事的次数已经多到记不清了，那个吉卜赛女人会把头埋进军官的裤子前面。她的两眼闭着，一直不停地吸，没有看到他从背后皮带里抽出一把刀来。

在军官到达高潮的那一刻，他会一手抓住那女人的头发，把她的头压紧。另外一只手则割向她的喉咙。

永远都是那个声音："呃——咳。"他的精液还在喷出，他会把她赤裸的身体推开，免得碰到从她脖子喷出来的血。

那是一个表示一切结束了的声音。是命运。是他们永远无法逃避的声音。永远无法忘记的声音。

最后，有一天，那个军官抓了一个吉卜赛女人，要她赤身裸体地跪在地上。在行刑队伍注视之下，叔叔伯伯们也在堆到盖过他们脚踝的尸体堆中看着，那个军官要那个吉卜赛女人拉开他的拉链。那女人闭起了眼睛，张开了嘴巴。

这是叔叔伯伯们看过太多次，不用看也知道的事。

军官抓住那吉卜赛女人的长发，绕在他拳头上。刀光一闪，发出了那个声音。那个声音。现在是这个家族欢笑的秘密暗号。他们彼此打招呼的用语。那吉卜赛女人倒向后方，血从她的下巴下喷了出来。她咳了一声，有东西落在她尸体旁边的泥地上。

他们全睁大了眼睛，行刑队伍和叔叔伯伯们还有那个军官，看到掉在地上的是半截阳具。"呃——咳"，那个军官把他自己塞在那女人喉咙里的老二给切掉了。军官的裤子拉链仍然拉开着，他也还在射精，混着鲜血射了出来。那个军官把一只手伸向他那沾满泥土的半截老二。他的双膝软了。

然后叔叔伯伯们把他的尸体拖去埋了起来。俘虏营里的二号头目，他不那么坏。然后战争结束了，叔叔伯伯们回到家乡。要没有出那件事的话，他们的家族大概不会是这个样子。要是那个军官没死，也许都没有我这个人。

那个声音，他们家族之间的暗号，这位叔叔告诉我。那个声音的意思是：不错，会有可怕的事情发生，可是，有时候那些可怕的事情——却能救了你的命。

在窗子外面，在他们房子后面的桃树林里，其他的堂弟表弟跑着。婶婶阿姨们坐在前面的门廊上，剥着豆子。叔叔伯伯们站着，双臂交叉在胸前，争论着最好用什么方法来漆篱笆。

“你也许会去打仗，”那个叔叔说，“也或许你会染上霍乱而死掉。”“或者，”他说，把一只手打横里一划，从左到右，在他皮带环下面的空中划过：“呃——咳……”

Chapter 12.

发现尸体的人是保安会修女。她在放映室里把灯开了之后，从二楼楼座门厅出来，走下大厅的楼梯时，绊到了握在两只死白手里的那个美国小姐的粉红色健身轮。

从摄影机的小观景屏上，看到野蛮公爵躺在大厅楼梯脚下，他那件带穗子的鹿皮衬衫下摆拉了出来，一头金发散开，面朝下地躺在蓝色地毯上。那个粉红色的塑料轮子在他两手之间，一边脸给打扁了，散乱的头发上到处沾满了血。

我们故事的版税又少了一个人来分。

保安会修女，她拿着摄影机。以前魏提尔先生在黑暗中走动的时候，用的是手电筒，可是现在那里面的老电池已经和他跟游民夫人一样死了。现在保安会修女用的是摄影机上的聚光灯和里面可以充电的电池，在天黑之后到天亮之前的这段时间里，找路上下楼梯。

“蛛网膜下出血。”保安会修女说，她的话声在她移动摄影机照着整个尸体时录了进去。“左侧头壳部分破裂。”她说这是最常见的头部创伤，她将镜头接近来拍摄头壳碎裂部位的特写，还有脑外层里面出血的情况。

“你在头颅的某一点上施压的时候，”她说，“里面的东西在那一点的四周鼓胀起来，使头壳呈粗略的圆形炸开。”

摄影机照着头壳上锐利的碎边和干涸的红血。保安会修女的声音说道：“外弯严重……”

摄影机抬高来拍我们其他的人，蹒跚地走进大厅，打着呵欠，在聚光灯照射下眯起眼睛。

克拉克太太低头俯视着公爵穿着鹿皮衣服趴在地上的尸体，他那坨尼古丁口香糖——连同他所有的牙齿——给打得掉到了大厅地上的那一头。而她那变厚的嘴唇发出一小声尖叫。

美国小姐说："这个王八蛋。"她走到尸体边，跪下来把僵硬而没有生命的手指由健身轮的黑色橡胶把手上扳开。"他想比我们其他人减掉更多的体重，"她说，"这个坏狗屎东西在做有氧运动，好让他看起来……更凄惨。"

在美国小姐对那些僵硬的手指又扭又踢时，克拉克太太说："死后僵直。"

美国小姐把尸体拉得侧过来，扭动着健身轮，想从那双手里拉出来，被她这么一拉，尸体翻身仰面朝天。野蛮公爵，他的脸黑得有如被晒伤了一般，但除了鼻尖之外都是紫色的。下巴尖端和鼻尖以及他的前额都是青白色。

"尸斑。"克拉克太太说。血汇流到身体所有最低的点。除了脸部埋进地毯的部分，在那些点上，身体的重量使毛细血管压坏，因此没有血会积在里面。

保安会修女在摄影机后面说："你好像对尸体的事情知道得很多……"

克拉克太太说："那你说左侧头壳部分碎裂是什么意思？"

摄影机还在拍着尸体，取代了魏提尔先生死亡的记录，保安会修女的声音说："意思是说脑浆流出来了。"

粉红色的健身轮由公爵手里滑了出来，那些手指似乎松开来了。"死后僵直情况会消失，"克拉克太太说，"只因为尸体开始腐化了。"

这时候，八卦侦探到了，看到他两只眼睛都露在外面，让他看起来很奇怪。无神教士站在尸体旁边。还有带着广藿香味道的自然嬷嬷。媒人的牙齿动个不停地在嚼着满嘴口水和烟草，他俯身过来，好看个仔细。

媒人说:“腐化?”

克拉克太太点了点头,噘起她注射了硅胶的嘴唇。“人死了之后,”她说,“肌肉里的肌动蛋白和肌凝蛋白因为缺少腺苷三磷酸的产生而无法合成……你们不会懂的。”

“太可惜了,”杀手大厨说,“如果不是已经开始腐烂了的话,我们倒可以吃一顿丰盛的早餐呢。”

自然嬷嬷说:“你在开玩笑吧。”

大厨说:“不是。说老实话,我不是在开玩笑。”

媒人睁大了眼睛,蹲在尸体旁边,把手伸进裤子后面的口袋里。

自然嬷嬷把有彩绘的两手搓在一起,打了个呵欠说:“你们怎么能这么清醒?”

媒人张开了嘴巴,张得大大的,用手指着嘴里那一大团咖啡色的东西,说道:“嚼……”他把皮夹子掏出来,抽出里面的钞票,再把皮夹放回口袋里,“吻我,你也就会精神饱满了。”

自然嬷嬷摇着头说:“不用。谢了。”

“小女孩。”媒人说道。他在蓝色地毯上吐了一道咖啡色的渍印。他说:“你得要有点儿性感的地方,否则没有一个有票房价值的女明星想来演你……”

圣无肠把她拖了开去。

保安会修女关了摄影机,还给八卦侦探。

克拉克太太没有对着哪个人,或者可以说是对着所有的人说:“你们怀疑是谁干的?”

八卦侦探说:“你。”

克拉克太太。昨夜很晚的时候起来。她发现野蛮公爵一个人在做腹部运动,她把他的脑袋打爆了。这就是官方说法。

“你们有没有想过,”克拉克太太说,“在你们卖掉了你们的旧生活之后,会怎么样呢?”

媒人把嘴唇上的口水舔掉，说道：“你这话是什么意思？”他把两手的拇指钩在他工装裤的两条背带上。

“在你们卖了这个故事之后，”克拉克太太说，“你们会再找一个新的坏人吗？你们后半辈子，会一直找新的人来把一切怪罪在他身上吗？”

八卦侦探微微一笑，说道：“放心，把这事怪罪在我们之中的某一个人身上完全没有道理。这里有受害者。”他说着伸出一根手指来指着自己的胸口。“也有坏人，”他说着用一根手指指着她，“不要制造出一般观众搞不清楚的灰色地带。”

克拉克太太说：“我没有杀这个年轻人。”

八卦侦探耸了下肩膀。他举起摄影机，说：“你在这时候想得到观众同情的话，你就得努力争取才行。”他的聚光灯闪亮起来，照在她脸上。八卦侦探说：“告诉我们一件事，给我们一段很好的回溯场面，让观众好对你感到那么一丁点儿的难过……”

噩梦之匣

克拉克太太的故事

卡桑卓拉失踪的前一天晚上，剪掉了睫毛。

就像做功课一样简单，卡桑卓拉·克拉克从她皮包里拿出一把小剪刀，一把铬钢的小指甲剪，俯身贴近浴室洗脸槽上方的那面大镜子，看着自己的影子。她的两眼半闭，嘴巴像她在上睫毛膏时那样张开着，卡桑卓拉把一只手撑在浴室的柜子上，用剪刀去剪。一根根黑色的长睫毛飘落，掉进去，再被冲进排水管里，她甚至不看她母亲在镜子中就站在她身后的映象。

那天晚上，克拉克太太听到她溜下了床，当时天还很黑。在那个外面街上没有来往车辆的一个钟点里，她光着身子走进客厅里，也没开灯。她听到那张旧沙发里弹簧发出的声音，有窸窸窣窣找东西的声音，还有——咔嗒——打火机的声音。然后是一声叹息，一阵香烟的烟雾。

太阳升起之后，卡桑卓拉还在那里，赤裸着身体坐在沙发上，外面车来车往，却连窗帘也没拉上。她两手两脚在寒冷的空气中紧缩在身边，一只手里夹了根香烟，已经烧到了滤嘴。她身边的沙发垫子上全是烟灰。她醒着，两眼望着空白的电视屏。也许是在看她自己的影子，赤裸裸地映照在黑色的玻璃上。她的头发看起来很邋遢，因为没有梳理而纠结在一起。两天前所搽的口红，仍然抹在一边脸颊上。眼影勾勒出两眼四周的皱纹。睫毛不见了，一双绿色的眼睛看来很茫然而虚假，因为你始终看不到她眨眼。

她妈妈说："你又梦到了吗？"

克拉克太太问她，要不要吃法国吐司？克拉克太太打开暖气，把卡桑卓拉的浴袍从浴室门后的挂钩上取了下来。

卡桑卓拉在冷冷的阳光中紧抱着自己，两膝靠在一起坐着，她的乳房被两臂托了起来。两边大腿上都撒着灰色的片片烟灰。也有灰色的烟灰落在她的阴毛上。她两脚的肌肉在皮肤下抽动，两只脚并排平放在擦得很亮的木头地板上，是她身体上唯一不像雕像那样静止的部分。

克拉克太太说："你还记得点儿什么吗？"她妈妈说："你原先穿着你的新黑色礼服……那件超短的。"

克拉克太太走过去，把浴袍披在她女儿身上，在脖子附近围紧了。她说："事情发生在那个书廊里。就在古董店对面。"

卡桑卓拉两眼始终望着她自己黑黑的影子映照在没有打开的电视上。她没有眨眼，而浴袍滑了下来，又让她两个乳房暴露在寒冷中。

她妈妈说："你看到了什么？"

"我不知道。"卡桑卓拉说，"我不能说。"

"我去把我的笔记本拿来。"克拉克太太对她说，"我想我把这事弄清楚了。"

她从卧室回来时，一手拿着那个厚厚的咖啡色资料夹，卷宗夹打开着，让她可以用另一只手翻找笔记。她四下看着客厅里，卡桑卓拉不见了。

在那时候，克拉克太太正说着："那个'噩梦之匣'的作用是，前面……"

可是卡桑卓拉也不在厨房或浴室。卡桑卓拉不在地下室。她们的屋子就这几间房。她也不在后院里或楼梯上。她的浴袍扔在沙发上。她的皮包、鞋子和外套，一件也没有少。她的箱子还在她床上，收拾了一半。只有卡桑卓拉不见了。

起先，卡桑卓拉说那不算什么。根据笔记，那是画廊开幕。

在克拉克太太的笔记里，写着："不定时的计时器……"

笔记上记着："那个男人上吊自杀……"

事情开始于所有画廊都有新展开幕的那一夜，城里挤满了人。每人都还穿着在办公室或学校里穿的衣服，手牵着手。中产阶级的年轻夫妇穿着黑色的衣服，看不出由计程车座位上沾来的灰尘，戴了他们不会戴去坐地铁的好珠宝首饰。他们的牙齿亮白，好像除了用来微笑之外，从来没把牙齿用在别的地方。

他们都在彼此看着大家欣赏画作，然后再彼此看着大家吃晚饭。

这些全都记在克拉克太太的笔记里。

卡桑卓拉那天穿着她新买的黑色礼服，超短的那件。

那天晚上，她要了一杯装在高脚杯里的白酒，只是拿在手里。她不敢举杯，因为她的礼服没有肩带，所以她让双臂垂落两侧，把两肘加紧，这样能鼓动她胸前的某些肌肉。也就是她在学校打篮球时新发现的那些肌肉。能把她的胸部顶得高到好像乳沟从下巴开始。

那件礼服，黑色的料子上钉着黑色亮片和珠子。像一层闪亮的粗黑外壳，包着粉红而丰满的胸部。像一个硬硬的黑色弹壳。

她的双手，搽了指甲油的手指紧扣在一起，看来好似铸住了酒杯的高脚。她的头发盘起来，梳得很高，又黑又厚。有几缕卷发松脱了，垂落下来，可是她不敢伸手上去梳理好。她的肩膀裸露，头发有些散落，高跟鞋使两腿的肌肉拉紧，使她的臀部翘挺，在长长的拉链底下鼓突出来。

她嘴上的口红搽得很完美。没有红色玷污在她不敢举起的酒杯上。她的两眼在长长的睫毛下显得很大。绿色的眼珠是她在这拥挤房间里唯一活动的部分。

她面带微笑地站在画廊中央，是你唯一会记得的女孩子，卡桑卓拉·克拉克，才十五岁。

这时离她失踪不到一个星期，只有三晚。

克拉克太太现在坐在沙发上，就在卡桑卓拉坐过而留下烟灰的那块温热地方，翻阅着那叠笔记。

画廊老板当时在对他们说话，对他们和其他围过来的人。

“郎德。”她的笔记上记着，那个老板的名字叫郎德。

画廊老板向他们展示一个装在三只高脚上的盒子。底下是个三脚架。盒子是黑色的，大小像架老式的照相机。就是那种摄像师站在后面，用一块大黑布罩起来以保护上面涂了化学药剂的玻璃片。那种南北战争时代的照相机，拍照的时候还要用火药发出闪光。升起一朵味道呛鼻的灰色蕈状云。刚走进画廊的时候，那个在三脚架上的黑盒子就给人这个印象。

盒子被涂成了黑色。

“上了漆。”画廊老板说。

那盒子上了黑漆，打了蜡，但好多手指印弄成灰乎乎的一片。

画廊老板对着卡桑卓拉那件硬挺而没肩带的礼服欠身微笑，他留着一线胡子，仔细修剪得如两条完美的眉毛。下面留着魔鬼似的山羊胡，让他下巴看起来很尖。他穿了一套银行家似的蓝西装，戴了一只耳环，太大又太亮得不可能是真的钻石。

那个盒子的每道接缝上都有复杂的花纹、棱线和沟槽，使得看起来像个银行保险箱那样重。每条接缝都藏在细密而厚的漆下。

“看起来像个小棺材。”画廊里有个人说。那个人梳着马尾，嚼着口香糖。

盒子两边有铜质的把手。画廊老板说他们可以握住两边把手。来完成一个循环。如果你想让那盒子正确运作的话，就要握住两边把手。把眼睛凑到前面的那个铜做的窥视孔。用左眼。往里看。

一个接一个，那天晚上总有上百人看过，可是什么事也没发生。他们握住把手，往里看去，可是所有的人都只看到他们自己的眼睛反映在小玻璃镜片后面的黑暗中。他们听到的只有一个小声音。一个钟，滴答走着。慢得像一个漏水龙头在滴……滴……滴水。在那脏兮兮的黑漆盒子里，发出小小的滴答声。

盒子外层脏得让人觉得黏滑。

画廊老板竖起一只手指。他用指节扣着盒子侧面，说：“是种不定时的计时器。”

可能走一个月，一直响个不停，也可能再走一个小时。可是一旦停下来，那就是往里看的时候了。

“这里。”画廊老板郎德说，然后拍了下一个小小的铜按钮，小的像门铃，设在盒子的侧面。

握住把手，等着。滴答声一停，他说，就往里看，一面按下按钮。

一块铜质的小小名牌，那块牌子用螺丝钉固定在盒子顶上，如果你踮起脚来，就可以看到上面写着“噩梦之匣”。和一个名字——“罗南·魏提尔”。铜把手因为太多人紧握着等待而变绿了。窥视孔周围的铜边也因为那些人的呼吸而黑了。而黑色的外壳则因为他们贴近后皮肤的摩擦而沾上了油脂。

握紧把手，就能感受到里面的滴答声。那个计时器，稳定得如心跳般永不停止。

郎德说，一旦停了，按下按钮就会让里面产生一道闪光。闪亮一次。

接下来会看到什么，郎德不知道。这个盒子是从对街那个关了门的古董店里来的。放在那家店里有九年。滴答声始终没停过。盒子原先的主人，古董店老板，总告诉顾客说那个盒子可能是坏掉了，或者根本就是开玩笑的。

九年来，那个盒子一直在架子上滴答响着，结果淹没在灰尘下。最后，有一天，老板的孙子发现它不响了。那个孙子十九岁，是要读大学当律师的。这个十来岁的小伙子胸口还没长毛，整天都有女孩子到店里来看他。他是个好孩子，领了奖学金，会踢足球，银行里还有存款，自己有辆汽车，暑假在古董店打工，掸灰清扫。他发现那个盒子的时候，盒子里没有声音——万事俱备地等着。他握住把手，按下按钮，往里看去。

古董店老板发现他时，灰尘还沾在他左眼四周。他眨着眼，两眼茫然。他坐在地上扫成一堆的灰尘和烟蒂当中。那个孩子，从此再没回过大学。他的车子一直停在路边，最后被市政府拖走了。从那以后，他每天坐在店外面的街上。二十岁的他，整天坐在街边地上，不管天晴下雨。你问他什么，他就只大笑。这个孩子，现在原本应该是个律师，执行法律业务的，可是却住在破烂小旅馆。免费的公家收容所，或是在社会福利机构，完全精神失常。甚至无药可医。

郎德，那个画廊老板说："整个人疯了。"

你去看那个孩子，会看到他整天坐在床上，蟑螂在他的衣服里，在裤管和衬衫领口，爬进爬出。他的每根手指甲和脚趾甲都长得又长又黄，像铅笔一样。

你问他："你好不好？有没有吃东西？你到底看到了什么？"那个孩子还是只会笑。蟑螂到处爬，聚集在他衬衫里，小苍蝇在他头上绕着飞来飞去。

另外一天早上，古董店老板来开店门，那个满布灰尘又滴答响的东西不一样了。放在一个从来没放过的地方。而且滴答声又停止了。那原先一直响着的声音停了。那"噩梦之匣"放在那里，等着他去看。

那一整个早上，老板都没有打开店门。客人来了，用手遮在脸旁边，往窗子里看。想看到在阴影中有什么东西。为什么店没开？

就像古董店老板可能会去看盒子里的情形一样。要知道原因。要知道出了什么事。是什么让一个孩子失去了灵魂，那个今年已经二十岁，原本有着大好前程的孩子。

整个早上，古董店老板都注意着那个没有滴答的盒子。

他没有盯着看，而是在后面刷洗马桶。他拖出一架梯子，把所有吊灯架上干了的死苍蝇弄干净。他把铜器擦亮，木器上油。弄得满身大汗，原本浆得笔挺的白衬衫都既软又皱了。他做尽了所有他平常讨厌的苦工。

附近的街坊邻居，他的长年老顾客，他们来到店前，发现大门锁着。他们也许敲了门，然后又走了。

那个盒子等着要让他看原因何在。

会使他所爱的人往里看。

这个古董店老板，辛苦工作了一辈子。他以很好的价格买进很好的货。把货运来陈列在店里。他把灰尘擦掉，大半辈子都守在这一家店里，已经有好几次去拍卖遗产的场合，把一些卖出去的灯和桌子买回来，再卖第二次，第三次。从已故的客人那里买回来卖给还活着的客人。他的店铺吞吐着同样的货品。

同样的一批椅子、桌子、瓷娃娃、床、柜子、各种小摆设。

买进来，卖出去。

整个早上，古董店老板的视线不停地回到“噩梦之匣”上。

他做了账。一整天都在按那有十个键的计算器，把收支账目算清楚。把一行行长长的数目加总。看到那同样的货品，同样的梳妆台和衣帽架在纸上进出。他煮了咖啡。又煮了咖啡。他喝咖啡喝到磨豆机里的咖啡豆都用完了。他打扫到店里所有的一切只剩下他的身影反映在光滑的木头和干净的玻璃上。柠檬和杏仁油的香味。他自己的汗味。

那个盒子还在等着。

他换上了一件干净的衬衫，梳好了头发。

他打电话给他太太，说多年来他一直把现钞藏在他们车子后备箱里备胎下的一个白铁盒子里。古董店老板告诉他太太，四十年前，他们女儿出生前后，他曾经跟一个在午餐时间会到店里来的女孩子有过婚外情。他说他很抱歉。他要她不必等他吃晚饭。他说他爱她。

那个盒子就在电话旁边，没有响声。

第二天，警方发现了他。他的账册清楚，店里整理得井井有条。

那个古董店老板拿了条橘色的延长线，在浴室墙上挂衣服的钩子上打了个结。就在铺了瓷砖，万一弄脏了也容易清洗的浴室里，把绳子套在脖子上，然后——放松了身子。他整个人瘫下来，缩在墙边。几乎是坐在铺了瓷砖的地方，窒息而死。

在古董店前面的展示台上，那个盒子，又滴答地响着。

这段过去，全在克拉克太太那厚厚的一叠笔记里。

之后，那个盒子到了这里，到了郎德的画廊。到了这时候，那已经成为一则传奇了。那个"噩梦之匣"，郎德对那一小群人说。

在对街的古董店，现在只是一间粉刷过的大房间，在前面的橱窗后面空无一物。

就在这时候，那天晚上，郎德把那个盒子展示给他们看。卡桑卓拉夹紧了两臂来顶住她的礼服，而就在那一刻，人群里有个人说："停了。"

那滴答的声音。

声音停止了。

一群人等着，听着那寂静，竖起耳朵来找任何一点儿声音。

郎德说："请便。"

"像这样吗？"卡桑卓拉说，她把那装了白酒的高脚杯交给克拉克太太拿着。她伸出一只手来握住这一侧的铜把手。她把钉了珠珠的小皮包交给郎德，那里面有口红和以备急用的钱。"我这样做对吗？"她说着用另外一只手握住对面的把手。

"就是现在。"郎德说。

那个做母亲的，克拉克太太站在那里，一手拿着一杯满溢的酒，有点儿无助地看着。一切都随时会泼洒或打破。

郎德把手握起来贴在卡桑卓拉的后颈上，正在她脊椎上方，那里只有一小缕柔软的卷发垂落下来。在她一直拉到臀部下方的长拉链顶端。他使劲下压，她的脖子弯了下去，下巴微仰，嘴唇张了开来。郎德一手压着她的脖子，另一只手抓着她的小皮包，对她说："往里看。"

盒子毫无声息，像炸弹爆炸前的那一刻。

卡桑卓拉左边的脸动了，眉毛挑高，那边涂了睫毛膏而显得浓密的睫毛抖动。她的绿色眼睛柔软湿润，像是在固体与液体之间的东西。她将眼睛贴在那小玻璃上，望向黑暗的内里。

人群围在他们四周。等着。郎德仍然压住她的后颈。

一只搽了指甲油的手指伸向按钮，卡桑卓拉把脸贴在黑木盒子上，说道："告诉我什么时候按下去。"

你要看到里面，得让脸贴在盒子上，得把脸微微转向右边。你得略弯下腰去，向前靠过来。你得握住两边的把手才能稳住身子，你身体的重量必须靠在盒子上，利用两手压住，靠你的脸来稳住。

卡桑卓拉的脸贴在那有复杂边缝和棱角的黑色木盒上，好像在亲吻那个旧盒子一样。她的卷发颤抖，两串闪亮的耳环晃动着。

她的手指按下了按钮。

滴答声又开始响起，轻微地响在盒内深处。

到底出了什么事，只有卡桑卓拉看到。

那个不定时的计时器又开始再响一个星期、一年。一个钟头。

她的脸没有移开，紧贴在窥视孔上，最后她的肩膀垮了下来。她站直了身子，两臂仍然伸着，肩膀无力地垂着。

卡桑卓拉眨着眼睛，眨得很快，她往后退了两步，摇了摇头。没有抬眼去看任何人，卡桑卓拉四下看着地上，看那些人的脚，嘴闭得紧紧的。她硬挺的礼服前胸向前突伸，由她那未戴胸罩的双峰脱开来。她两手伸直，让自己由那个盒子往后退开。

她脱掉了高跟鞋，赤脚站在画廊的地板上，她两腿的肌肉消失了。臀部那两个坚硬如石的半球也变软了。

松脱的头发如假面具般垂覆在脸上。

如果你长得够高的话，还看得见她的奶头。

郎德说："怎么样？"他清了下嗓子，又咳又呛地发出一长串声音把气吐了出来，"你看到了什么？"

她仍然谁也不看，睫毛仍然指着地下。卡桑卓拉抬起一只手来，把头两边的耳环摘下。

郎德伸出手去把那钉了珠珠的小皮包给她，可是卡桑卓拉没有接过去。反而把她的耳环交给了他。

克拉克太太说："怎么回事？"

卡桑卓拉说："我们现在可以回家了吗？"

他们听着那盒子滴答作响。

两天之后，她剪掉了眼睫毛。她打开一个皮箱，放在床脚，开始把很多东西放进去，鞋子、袜子和内衣，然后又把东西拿出来。放进去，拿出来。在她失踪之后，那个箱子仍然在那里。半满或是半空。

现在克拉克太太只剩下那一大沓笔记，厚厚的资料夹里写满了笔记，都是关于"噩梦之匣"如何运作的资料。说起来那个盒子会将你催眠，会植入一个意象或一个概念。一种下意识的灵光一闪。会把某些资讯射进你脑子里，深得取不出来，也解决不了。这个盒子就会这样影响你，使你所知道的一切都是错的。都毫无用处。

在盒子里的是一些你无法不知道的事实，一些你不能不发现的新概念。

在他们去画廊之后，过了几天。现在卡桑卓拉不见了。

第三天，克拉克太太进了城。回到画廊里，那个厚厚的咖啡色资料夹挟在一边手臂下。

大门没锁，里面的灯都关着。在由窗外透进来的灰色天光照射下，郎德在店里，坐在地上一堆剪下的毛发之中。他那撮小小魔鬼式的胡子不见了。他那大钻石耳环，不见了。

克拉克太太说："你看了，是吧？"

画廊老板只是坐在那里，整个人瘫着，两腿在冰冷的水泥地上分得很开，看着双手。

克拉克太太盘腿坐在他身边说道，“看我的笔记，”她说，“告诉我，我说的是对的。”

她说，“噩梦之匣”会起作用，是因为前面斜出来，逼得你用左眼贴在窥视孔上。那上面装了一片很小的玻璃鱼眼镜头，外面包有铜圈，和一般人装在大门上的一样。而盒子前面是斜的，因此你只能用左眼看。

不管你在里面看到什么，都是由你属于直觉、情感和本能的那一侧，也就是你的右脑，去加以认知。

再加上，每次只有一个人能看，让你痛苦的，也只有你自己一个人承受。在“噩梦之匣”里所发生的事，只有你一个人经历到。没有别人可以分担，没有其他人容身的空间。

再加上，她说，那个鱼眼镜头，会使你所看到的东西变形、扭曲。

还有，她说，刻在铜牌上的字眼——“噩梦之匣”——告诉你说你会吓到。那个名字就造成一种会让你达到的期待。

克拉克太太坐在那里，等着证实她是对的。

她坐着，盯着等郎德眨眼。

盒子高踞在三条腿上，滴答响着。

郎德一动也不动，只有胸部起伏，呼吸。

在靠近画廊的后面，他的办公桌上，还放着卡桑卓拉的耳环。她那钉了珠珠的小皮包。

“不对。”郎德说。他微微一笑，说道：“不是这样。”

滴答声在冰冷的寂静中非常响亮。

你只能打电话到医院去，问他们那里有没有长着绿眼珠却没有眼睫毛的女孩子。你只能打那么几次电话，克拉克太太说，然后那些人就不再听你说什么。让你在线上空等，让你自动放弃。

她放下厚厚一叠纸，她的笔记，抬起眼来，说道：“告诉我。”

那家古董店，在对街，仍然是空的。

“那不是真正发生的情形。”郎德说，仍然看着他的两手。他又说：“可是那是你的感觉。”

有个周末，他得去参加一个以前工作过的公司同仁野餐。那是个他很讨厌的工作。他为了恶作剧，没有带食物，却带了个大篮子，里面装满受过训练的鸽子。在左右的人看起来，那不过也就是一个野餐篮子，放了沙拉和酒之类的。郎德整个上午都把那篮子用一块桌布罩着，让篮子阴凉，也让里面的鸽子不要出声。

他喂鸽子吃小块的法国面包。一点儿一点儿地把玉米粥从柳条篮的洞里挤进去。

整个早上，他以前的同事都在喝着葡萄酒或汽水，大谈公司的目标，任务，团队组织。

等到看起来他们已经浪费了一个美丽的星期六早晨的时候，到所有闲聊都结束的时候，郎德说是该打开篮子的时候了。

那些人，那些每天在一起工作的人，自以为彼此都很熟的人，在这一阵白色的混乱中，在这一阵由野餐中心爆发出来的风暴中，有人尖叫，有人往后倒在草地上。他们伸开两手来挡住脸。吃的东西和酒翻倒。上好的衣服弄脏。

在大家发现这事不会伤到他们之后的那一刻，在他们发现一切很安全的时候，那是他们所见过最美好的景象。他们退缩，吃惊得连笑都笑不出来。在那似乎漫无止境的漫长一刻里，他们忘记了所有重要的事情，只看着那一群白色的翅膀飞入蓝天。

他们望着鸽群盘旋，然后分散开来。而那些鸽子，受过多次训练的，各自循自己的路飞向它们每次都知道真正的家在哪里的地方。

“那个，”郎德说，“就是在‘噩梦之匣’里的情景。”

那是超越死后来生的东西。在盒子里的不是我们称为生命的东西。我们的世界是一个梦境。无限虚假。一场噩梦。

只要看上一眼，郎德说，你的生命——你的努力、挣扎和忧虑——一切都变得毫无意义。

那个有蟑螂在身上爬的年轻人，那个古董店的老板，没有睫毛、赤身裸体走掉的卡桑卓拉。

你所有的问题和爱情。

一切都是幻影。

“你在盒子里所看见的，”郎德说，“是真正的现实。”

那两个人仍然坐在那里，一起坐在画廊的水泥地上，由窗外照进来的阳光，街上的声音，感觉上全不一样了。那可能是他们从未到过的地方。就在这时候，盒子里的滴答声，停止了。

而克拉克太太怕得不敢看。

Chapter 13.

我们没有食物,没有热水。不用再过多久,我们就可能困在黑暗中。从一个房间到另一个房间都要摸索着过去，两手一路交互摸着，每一处都发了霉，软软的墙纸，或是在黏湿的地毯上爬行，磨破了两手和双膝。在铺了满地的老鼠屎里爬过，摸着地毯上像长了手脚般发硬的污渍。

因为炉子又坏了——应该坏掉的——我们没了暖气。

每隔一阵子，你就听得到圣无肠在叫救命，可是叫声很轻，就如远处墙上的回音。

圣无肠自称是人民吸引注意委员会。他一整天都在沿着每条外墙走，敲着上锁的金属安全门，发出叫声。可是只是伸开手掌来打门。而且叫得也不怎么大声。只响得足够说他叫过了。我们试过了。我们在这种情况下尽量成为勇敢而强壮的角色。

我们组成委员会，我们保持镇定。

我们仍在受苦，尽管那个鬼在有天晚上疏通了污水管，使得马桶又可以使用了。而在凶悍同志把开关把手给丢掉了之后，那个鬼又用钳子让热水器又有瓦斯可用。甚至还接好了洗衣机的线路，洗了一堆衣服。

在无神教士眼中，我们的鬼是达赖喇嘛。在灵视女伯爵看来，那个鬼是玛丽莲·梦露，或者是魏提尔先生的那张空轮椅，铬钢在他的房间里闪亮。

在清洗过程中，那个鬼加入了衣物柔顺剂。

我们收集电灯泡，叫救命，破坏那个鬼所做的好事，几乎没有多少时间剩下来。但是让锅炉坏掉，就已经是件大工程了。

更糟的是，我们没有什么可以添加进最后的电影剧本里的东西。没错，我们必须看起来很痛苦。又饿又遍体鳞伤。我们应该祈祷得到救援。克拉克太太应该对我们施以铁腕统治。

这一切都还不够坏。即使是我们的饥饿也远低于我们的需要。令人失望。

“我们需要一个怪物。”保安会修女说，她把保龄球抱在怀里，两肘撑在球上。她用一把刀来撬自己的指甲，把刀尖插进指甲下面，左右摇动刀子，把每片指甲撬起来，然后拔掉。她说：“任何一个恐怖小说里的基本要求是，这栋房子得和我们作对。”

她把每片指甲剔掉，摇着头说：“只要想到这些伤疤值多少钱，就不会觉得痛了。”

我们强忍住才没有把克拉克太太从她的化妆室里拖出来，用刀威胁她来欺凌折磨我们。

保安会修女称她自己是人民寻找够格敌人委员会。

否定督察两脚裹着破绸子，踱着脚走路。她所有的脚趾全都砍掉了。左手什么也不是，只剩一块皮和骨头，只有手掌，所有的手指，包括拇指也都砍掉了。那里用破布包扎成很大一块。右手只剩拇指和食指。她用这两根指头夹着一段切下的手指，指甲上还涂着暗红的指甲油。

否定督察捏着那根手指，从一个房间走到另外一个房间，由天方夜谭式的楼座到意大利文艺复兴式的休息厅，一面说着：“来，猫咪，猫咪，猫咪。柯拉？到妈妈这里来，柯拉宝贝，来吃饭了……”

每过一阵子，你就听到圣无肠在像耳语似的轻轻叫道：“救命呀……来人啦，拜托，救救我们……”然后两手轻轻拍着安全门。

特别轻柔而安静，以防万一正好有人就站在外面。

否定督察自称为人民喂猫委员会。

喷嚏小姐和失落环节，他们是人民用马桶冲掉其余腐坏食物委员会。每冲下一包，他们强加一个椅垫或一只鞋子，或其他什么东西，以确保马桶会一直堵塞住。

八卦侦探敲着克拉克太太化妆室的门，说道："你听我说，你不能在这里当受害人。我们已经选出你当下一个坏人了。"

八卦侦探自称是人民找个新魔鬼委员会。

那些由媒人摘下来的"桃子"，他交给了冻疮男爵夫人…… 由她小心地排放在几个垫了旧假发的盒子里…… 每天晚上，诽谤伯爵把一些灯泡拿到地下室去，摔破在水泥地上。他丢的方式完全像将来他向外界形容克拉克太太摔破灯泡的情形一样。

现在那些房间已经显得比先前大了，比先前暗多了。颜色和墙壁消失在黑暗中。八卦侦探拍下地上破碎的灯泡和保安会修女丢掉的指甲。一片片一模一样半月形的白色。

尽管有那个鬼，我们的生活还是够坏的。

对保安会修女来说，那个鬼是一个英雄。她说我们讨厌所有的英雄人物。

"我们有妖魔鬼怪的时候，"保安会修女一面把刀子插进另外一片指甲底下，一面说道，"最能见识到文明。"

预审

一首关于保安会修女的诗

“有人诉请赔偿一百万，”保安会修女说，“只为别人瞪了他一眼。”
那是她担任陪审员的第一天。

保安会修女站在舞台上，用一本书挡住罩衫的前胸。
她的罩衫，黄色皱边外镶着白色蕾丝，
那本书，黑色皮面上有烫金的字，
横过封面：《圣经》
在她脸上，黑框眼镜。
唯一的首饰，是一串叮当响着的小银器组成的手镯。
她的头发染得像她的鞋油一样黑。
像她的《圣经》一样黑。

舞台上，没有聚光灯，只有一段影片：
她眼镜的两片镜片，都闪亮着映出电椅的形象，
还有绞架。粗粒子的新闻影片，犯人被判入毒气室或枪毙的死刑。
应该是眼睛的地方，没有眼睛。
当陪审员的第一天，下一个案子，一个男人绊倒在人行道边，控告
　他跌靠的那辆豪华轿车。
因为他的笨手笨脚而要求赔偿
　五万美元。
“所有那些身体缺乏协调感的人，”保安会修女说，
“全都有优秀的迁怒技巧。”

另外一个人要一个屋主给十万
因为屋主浇花用的水管放在后院绊倒了原告，

摔断了脚踝。
当时他正为另外一件完全无关的
　强奸案而逃避警察的追捕。
这个跛脚的强奸犯，要用他的疼痛和受苦来发一笔财。

在舞台上，银色的吉祥物闪亮在袖口的蕾丝下，
两手的手指紧握住《圣经》，她的指甲涂成和皱边同样的黄色，
保安会修女说她按时缴税。
她从不任意乱过马路。塑料品会回收。搭公共汽车去上班。

“当时，”保安会修女说，在她当陪审员的第一天，“我告诉法官，”
像叮当作响的手镯般表示，“操他妈的那个王八蛋。”
而法官判她藐视法庭……

民用暮光

保安会修女的故事

那年夏天，一般人不再抱怨汽油的价格。那年夏天，他们也不再尖刻地批评电视节目。

六月二十四日，日落时间是八点三十五分。民用暮光[1]结束时是九点零七分。一个女人正在陡直的路易斯街上往上走。在十九大道和二十大道之间的路段上，她听到一阵砰砰砰的声音。那是一台打桩机才会有的声音，沉重的击打声让她透过踩在水泥人行道上的平底鞋就能感觉到。每几秒钟响一次，越来越大声，也越来越近。人行道上空荡荡的，那个女人往后退靠在一栋出租公寓大楼的砖墙上。在街对面，一个亚洲人站在一间小吃店有明亮玻璃的门口，用一块白色的毛巾把湿手擦干。在路灯之间的某个暗处，有什么玻璃做的东西碎裂了。重击声又响起，一部汽车的防盗器哀号起来。重击声越来越近，有什么看不见的东西隐在夜色中。一个报纸贩卖箱给吹得向一边倾倒，在街上摔得四分五裂。又是一阵碎裂声，她说，离她站的地方只有停了三部车的距离处，一个公用电话亭的玻璃炸了开来。

根据第二天报上的一则小小报道，她的名字叫泰瑞莎·惠勒。现年三十岁，是一家法律事务所里的职员。

这时候，那个亚洲人已经退回到小吃店里。他把牌子翻过来："休息中"。他手里仍然抓着那条毛巾，跑向店里后面，电灯也关了。

---

① 民用暮光（Civil Twilight），日落时间与太阳中心在地平线以下六度间的一段薄明时间。与日出时相对的则称"民用曙光"，系按照户外正常工作时所需最低天空照明度之近似时间而选定，随纬度及季节而有相对变化。

这下街上全黑了。汽车的防盗器号叫着。重击声又再响起，很沉重又很接近。小吃店黑黑的窗子玻璃震动，惠勒映照在里面的身影也随之颤抖。一个钉牢在路边的邮筒发出如大炮般的响声，立在那里抖着、震着，凹进去倒向一边。一根木头的电线杆抖动，挂在上面的电线撞在一起，闪亮的火花掉落，如亮丽的夏夜烟火。

在离惠勒大约一条街的下坡处，一片公共汽车候车亭侧面的树脂玻璃，上面是以背光照亮的一个电影明星只穿了内裤的照片，那片树脂玻璃炸了开来。

惠勒站在那里，紧紧地平贴着她身后的砖墙，手指抠进砖头与砖头的接缝处，指尖摸到灰泥，像常春藤一样地紧抓住。她的头向后贴靠得紧到在她让警方的人看，在她把经过告诉警方的时候，那些粗糙的砖头把她的头发都磨秃了一片。

然后，她说，什么也没有了。

没有什么东西，没有东西在黑暗的街道上过去。

保安会修女一面说着这些，一面把刀尖慢慢插进指甲底下，把指甲一个个掀起来。

所谓民用暮光，她说，就是从日落到太阳在地平线下约六度时之中的那段时间。这六度相当于半个小时。保安会修女说，民用暮光和海事暮光不一样，后者一直延续到太阳下到地平线以下十二度。天文暮光则是一直到太阳在地平线下十八度。

保安会修女说，那个从来没有人看见过的某种东西，在泰瑞莎·惠勒下方，压垮了一辆在十六大道附近等红灯的汽车车顶。那看不见的东西弄垮了“热带酒廊”的霓虹灯招牌，撞碎了霓虹灯管，使得钢架从中折断，垂在三楼的一扇窗子前。

但是，还是没办法说清楚。事出无因。一场看不见的骚动在路易斯街上横冲直撞，一路从二十大道直到码头附近。

六月二十九日，保安会修女说，日落时间是八点三十六分。

民用暮光结束时间是九点零八分。

根据一个在奥林匹亚成人电影院票房里工作的男子说，有什么东西从他的票房玻璃板前急冲而过。其实什么也看不见。更像是一阵风声。一辆看不见的公共汽车开过，或是吐了巨大的一口气，靠近得让他叠在面前的钞票都飞了起来。只是一阵很高的声音。他由眼角瞥见对街食堂里的灯光一闪，好像有什么东西把整个世界隔断了一瞬间。

紧接着，那个售票员形容了最初由泰瑞莎·惠勒报告过的砰然巨响。在黑暗中的某个地方，有只狗在叫。那个在票房里的孩子后来告诉警方说，那是走路的声音。有什么东西在跨着大步，一只他没有看见的大脚跨过，就近在眼前。

七月一日，大家都在抱怨缺水问题。他们抱怨政府删减预算，所有的警察遭到资遣。汽车失窃率大增。还有涂鸦和持械抢劫也大增。

七月二日，他们没有抱怨。

七月一日，日落时间是八点三十四分，而民用暮光结束在九点零三分。

七月二日，一个遛狗的妇人发现了劳伦佐·柯迪的尸体，半边脸打得凹陷下去。死了，保安会修女说。

"蛛网膜下出血。"她说。

在他遭到重击的前一刹那，那个人想必感觉到什么，也许是一阵风，或是什么，因为他把两手举起来挡在脸前。他们发现他的时候，两只手都埋进脸里，撞击得深到他的指甲都陷进自己被打烂的脑子里。

走在街上，一旦到了两盏路灯之间的暗处，你就会听见那砰然巨响。有人说是脚步声。你可能听到第二声由更近一点儿的地方传来，就在旁边，或者，更坏的是，下一个受害者就是你。听到声音接近的人，一声、两声，越来越近，他们就僵住了。或是勉强自己的脚，左、右、左，走三四步躲进附近的门口。他们蹲下来，躲在停着的汽车旁边。

越来越近，下一声巨响来到，重击之下，汽车防盗器发出哀鸣。从街那头一路过来，越来越近，越来越响，也越来越快。

在一片漆黑里，保安会修女说，那个东西击出——砰——一道黑色的闪电。

七月十三日，日落时间是八点三十三分，而民用暮光在九点零三分结束。一个名叫安杰拉·戴维斯的女人刚由中央街上一家干洗店里下班，那个不知是什么的东西直接击中她背部中央，把她的脊椎打碎，力道大得整个人飞起来，连鞋子都掉了。

七月十七日，民用暮光在九点零一分结束，一个名叫格伦·杰柯布的男人下了公共汽车，由波特街走向二十五大道。没人看到的那个东西把他撞得整个胸腔塌陷。他的胸部深凹下陷，就像是被压扁的柳条篮子。

七月二十五日，民用暮光结束于八点五十五分。有人最后看见玛丽·莉亚·史坦尼克在联合街上慢跑，她停下来系鞋带，看手表来量脉搏，史坦尼克把她戴着的棒球帽取下来，转向后方再戴上，把她棕色的长发塞进帽子下。

她在太平洋街上往西跑，然后她就死了。整张脸由脑壳和底下的肌肉拉了开来。

“剥落。”保安会修女说。

杀了史坦尼克的东西上没有指纹，沾满了血和头发，他们发现那个凶器卡在第二大道上一辆停着的汽车下。

警方说，那是一个保龄球。

那些肮脏、油黑的保龄球，只要半美元就可以在任何一家旧货店里买到。你还可以挑挑选选，多得不得了。如果有人长期收购，比方说每年在城里每间旧货店买一个的话，那个人就会有好几百个。即使是在保龄球馆里，要在大衣底下偷藏一个八磅重的球走出去，也是件轻而易举的事。或是把十二磅重的球放在婴儿车里，就是一件武器。

警方举行了一次记者会。他们站在一个停车场里，有人扔下一个保龄球，用力地扔在水泥地上。球弹了起来，发出打桩机似的声音。球弹得很高，高过了扔球的那个人。球并没有留下印子，警方说，如果人行道是斜坡的话，球会一直弹跳，越跳越高，越来越快，像跨着大步一路向坡下跳去。他们由警察总局的三楼窗口把球扔下去，而球甚至会弹得更高。电视台的新闻工作人员把画面录下，当晚每家电视台都播放了出来。

市议会推行一项法案，把所有的保龄球漆成粉红色。或是亮黄色、橘色或绿色，或是在深夜暗黑的侧街上可以看得见朝你脸上飞来的颜色。让大家能有一刹那的时间可以闪躲，以免——砰——把他们的脸砸烂。

当地的大佬们推动法案规定拥有黑色保龄球是犯罪行为。

警方称之为不明动机的凶手。像赫伯特 · 穆林，为了防止南加州地震杀了十个人。或是诺曼 · 伯纳德，枪杀游民，因为他认为这样有助于经济，而联邦调查局则称之为个人因素的凶手。

保安会修女说：“警方认为这个凶手是他们的敌人。”

大家说，保龄球是警方的表面说辞。保龄球是转移注意的东西。一个制造出来的怪物。那个保龄球是让大家镇定的特效药。

七月三十一日，太阳在地平线下六度的时间是八点四十九分。那天晚上，达瑞尔 · 艾尔 · 费兹侯无家可归，睡在西方大道上。费兹侯把一册平装本的《异乡异客》[①]翻开来盖住了脸，而胸口被打烂了，两边肺脏都塌陷，心肌断裂。

根据一名目击证人的说法，那个凶手由海湾里上来，翻过了海墙。另外一个证人则看到这个怪物满身滴着污泥，由疏洪下水道里挤了出来。这些人还说以法医学证据，恰好和一只后脚站立的巨大蜥蜴以尾

---

① 《异乡异客》(*Stranger in a Strange Land*)，科幻小说家海因莱因 (Robert A. Heinlein) 于 1961 年发表的名作。

巴向后重击的结果一致。而胸腔塌陷也确实证明了受害者是被恐龙踩到的。

另外有些人说，有什么一冲而过，低得靠近地面，速度快得不可能是一只动物，或者是一个手持五十磅重大锤子在横冲直撞的疯子。有一个证人，她说那是《圣经·旧约》中的上帝在“责罚”我们。受到巨灵之掌掴打。那个东西黑如黑夜，沉默而隐形。每个人看到的东西都不一样。

“重要的是，”保安会修女说，“大家要有一个他们可以相信的，怪物。”

一个真实又可怕的敌人，一个让他们可以对抗的魔鬼。否则，就只是我们和自己作对。

她把刀尖插进另一片指甲下，说道：“重要的是，犯罪率降低了。”

在这种时候，每个男人都是嫌疑犯，每个女人都有可能成为受害者。

在白教堂区发生连续杀人案，也就是“开膛手杰克”行凶期间，大众的注意力也和现在一样。在那一百天里，凶杀案的发生率掉了百分之九十四，只死了五名妓女。她们的喉咙遭到割开，一边肾脏被吃掉了一半。内脏用挂画的钩子挂在房间四周。性器官和刚怀的胎儿被拿走当纪念品。窃盗案减少了百分之八十五，伤害案减少了百分之七十。

保安会修女，她说没有人想做开膛手的下一个受害者，大家关门闭户。更重要的是，没人想让人指控为凶手。大家晚上都不在外走动。

在亚特兰大儿童谋杀案期间，三十个孩子遭到勒毙，绑在树上，以刀刺、乱棒打、枪杀的时候，大部分的市民生活在他们从来没有过的安全环境中。

还有“克利夫兰分尸魔”“波士顿绞杀鬼”“芝加哥开膛手”“塔尔萨闷棍男”“洛杉矶乱刀客”……

在这一波波连续杀人案起来的时候，当地城市的所有犯罪率都降低了。只有很少数受害者，被砍了手脚，身首异处，除了这些惊人的牺牲者之外，每个城市都有史上最安全的一段时期。

新奥尔良利斧连环杀人案发生期间，凶手写信给当地的报纸《时代小报》。承诺说三月十九日那天晚上，他绝不杀在其家中能听到爵士乐的人。那天晚上，新奥尔良全城响着音乐声，没有一个人遭到杀害。

“在警方预算有限的城市里，”保安会修女说，“一个恶名昭彰的连环杀人凶手可是规范一般人行为的最有效方法。”

在这样可怕凶手的阴影下，在他逡巡在城里街道上时，没有人再抱怨失业率、缺水和交通问题。

在这个死亡天使挨家挨户走过的时候，大家都守在一起，不再骂人而行为规矩。

保安会修女的故事说到这里的时候，否定督察走过去，一面哭，一面叫着柯拉·雷诺兹。

保安会修女说，有人被杀是一回事，什么人胸膛塌陷，在死前还想再吸一口气，撑起身子，发出呻吟，嘴张得好大，想吸空气。那些胸膛塌陷的人，她说，你可以跪在他们身边，在没有人看见的暗黑街道上。你可以看着他们两眼失神，可是杀死一只动物，哎，那可是另外一回事了。动物，她说，一只狗，会让我们有人性。证明我们的人性。死的是别人，只让我们变得多余。死的是只狗或猫，一只鸟或一只蜥蜴，就让我们像上帝。

一整天，她说，我们最大的敌人就是其他的人：是搭交通工具时挤在我们周围的人，是在超级市场里排队时排在我们前面的人，是超市里那些恨我们让他们忙得要死的收银员。没错，大家并不希望凶手是另外一个人类。可是他们希望别人死掉。

保安会修女说，在古罗马，在圆形竞技场里，所谓的“editor”是专门安排血腥搏斗以维护人民内心平静团结的人。也是“editor”这个字真正的由来。今天，我们的“editor”（报纸编辑）在我们每天的报纸头版上安排谋杀、强奸、纵火和伤害的菜单。

当然，也有英雄人物。纯属意外，八月二日，日落时间是八点三十四分，一个二十七岁，名叫玛丽亚·艾薇芮兹的女子，由她担任夜间查账员的饭店下班回家。她站在人行道上，停下来点烟时，有个男人把她往后一拉。就在这时候，那个怪物一冲而过。这个男人救了她的命。全城的人在电视上为他欢呼，但是在他们心里面却恨死了他。

英雄人物、救世主，他们可不想要。那个愚蠢的混蛋救的又不是他们的命。一般人要的是每过几天就有一个牺牲者，有可以丢进火山口里的东西。固定向不定的命运献祭。

事情结束在有天晚上那个怪物杀了一条狗。一只毛茸茸的小狗被狗链拴在波特街一个停车计费表杆子上，那只狗在砰然响声越来越近的时候站在那里吠叫不停。那个声音越接近，那只狗就吠得越凶。

一家店铺的橱窗碎裂成蜘蛛网状，一具消防栓倾倒向一边，由裂开的铸铁缝里，喷出一张水幕。一阵飞沙走石中，一道窗台应声而炸裂开来。被撞倒的停车计费器在原地抖动，里面的硬币撞击出声。一块钢铁的“禁止停车”标志倒了下来，扯离了金属的杆子。而那根杆子还在看不见的冲击力道下震出嗡嗡的声响。

再一声砰然巨响，狗吠声戛然而止。

在那晚之后，那个怪物似乎就此消失。一个星期过去了，入夜之后街上仍是空荡荡的。一个月过去了，报纸的主编找到新的恐怖事件登在报纸的头版上。某地的战争。新发现的一种癌症。

九月十日，日落时间是八点零二分。寇蒂斯·汉蒙德正结束他每周到西米尔街两百五十七号去参加的团体治疗课程后离开。事情就出在他松开领带的时候。他刚打开领口的扣子，就在这时候，他转身往街那头看了看。温暖的空气扑在他脸上，他露出微笑，闭上眼睛，把空气吸进鼻子里。一个月之前，所有的人都从报纸的头版和电视节目上认识了他。就是他把那夜间查账员拉了一把而使她没被怪物杀死，未受上帝责罚。

他是那个我们不想要的英雄。

九月十日，民用暮光结束于八点三十四分，紧接着，寇蒂斯·汉蒙德因一点儿声音而转过身去，他的领带拉松了，朝暗处细眯起眼睛，微笑着，露出闪亮的牙齿，他说：“有人吗？”

Chapter 14.

我们发现凶悍同志倒在二楼门厅里一张织锦缎面沙发前面的地毯上。她那张青白色的脸，四周围着她几副粗糙的灰色假发。那些假发用发针堆在一起。她身上没有一处有动静。她的双手都是骨头，由肌腱在她如黑丝绒手套般的肌肤下连在一起。她细瘦颈子的青筋有如蛛网。她的两颊和闭上的眼睛看来凹陷得很空很深。

她已经死了。

她的两眼，在诽谤伯爵用拇指将眼皮翻开时，看到瞳孔仍然缩得很小。我们检查她两臂是否有死后僵硬的现象，看她皮肤上有没有瘀血和尸斑，可是她还是新鲜的肉。

我们的版税现在只要分成十四份了。

诽谤伯爵用手把她的眼睛闭了起来。

如果喷嚏小姐继续咳下去的话，就是十三份。如果媒人鼓起勇气来割掉他的老二的话，就是十二份了。

现在凶悍同志永远只是一个配角了。一场要由我们剩下来的人去说的悲剧。说她有多勇敢和仁慈，反正她已经死了。只是我们故事中的一个小道具。

“如果她已经死了——她就是食物。”美国小姐说。她站在大厅楼梯的顶端，一只手握住金色的扶手。另一只手则捧着肚子。“你们知道她是会吃你们的。”她说。美国小姐紧抓住有漆成金色的胖胖小爱神支撑的栏杆，说道：“她也会希望我们吃她的。”

诽谤伯爵说：“把她翻过去，这样会容易一点儿。这样就看不到她的脸了。”

于是我们把她翻了个身，杀手大厨跪在地毯上，翻开层层的裙子、衬裙、棉布内衣和里布，掀到她腰上，露出黄色的棉织内裤，松垮地罩着她扁平而苍白的屁股。"你们确定她已经死了吗？"

美国小姐弯下身来，伸出两根手指贴在凶悍同志的颈侧，伸进蕾丝的高领里，压在青白色的皮肤上。杀手大厨注意地看着，他跪在地上，手里握住去骨刀。大约一指长的钢刀。空着的那只手拉开那一堆白色和灰色蕾丝，黄色棉布，那一堆裙子和衬裙，他看着刀子，说道："你想我们是不是应该先把刀子消毒？"

"你又不是要替她割阑尾。"美国小姐说，她的两根手指仍然紧压在青白色颈子的侧面。"要是你担心的话，"她说，"我们可以把肉煮久一点儿……"

诽谤伯爵一面忙着在笔记本上写着，一面说道："在某方面说起来，唐纳小队[①]还算是运气很好的，还有1972年那架满载乌拉圭橄榄球队员却坠毁在安第斯山的飞机上的乘客也一样[②]。他们比我们要幸运多了，他们有对他们有利的寒冷天气。可以冰冻。有人死了的时候，他们还有时间来辩论为人接受的人类行为中各项更精微的论点。只要把死人埋在雪堆里，等到每个人都饿到什么都不在乎的时候。"

在这里，即使是在地下室里，即使是在有游民夫人、魏提尔先生和用丝绒裹着的野蛮公爵等人尸体的地下室里，也不是冰冷的。要是我们现在不吃，等到凶悍同志体内的细菌开始它们自己的大餐之后，她就等于浪费掉了。肿胀腐化。有毒的程度到了不管在微波炉里转上多少圈，也不能再把她变成食物。

---

① 唐纳小队（Donner Party），1846年由乔治·唐纳率领的八十七人前往西部加州拓荒，11月在内华达州为大风雪所困，在粮尽援绝的情况下，有食已故队友之肉维生之传闻。

② 这个人吃人的真实事件，曾由英国作家里德（Piers Paul Read）写成《我们要活着回去》（*Alive*）一书，并于1993年改编成同名电影。

不错，除非我们现在动手——把她切割了，就在现时现地，就在二楼大厅里织锦缎面沙发和水晶烛台旁边的金花地毯上。明天又会有我们之中的一个人死在这里，或是后天。杀手大厨会用他的去骨刀从背后割开内衣裤，露出缩得扁平的青白色屁股和细瘦的大腿。两边膝窝都变成了灰色。

我们之中的一个，只是就要坏了的肉。

在一边扁平的屁股上，拉开的内裤露出一个刺青，一朵盛开的玫瑰。正和她说的一样。

那些困在安第斯山上的橄榄球运动员，杀手大厨就是在书上看过他们的事，才知道要先由屁股上的肉割起。

美国小姐把按在冰冷脖子上的两根手指收了回来，站直身子。她朝那两根手指上呵了口热气，再把两手并在一起很快地摩擦了一阵，然后伸进裙子褶缝里。“凶悍同志死了。”她说。

在她身后，冻疮男爵夫人转向往下到大厅去的楼梯。她的裙子发出响声一路往下走，声音也渐渐远去，她说：“我去拿个你可以用的盘子或碟子来。怎么摆盘装菜真是好重要啊。”她走掉了。

“来，”杀手大厨说，“谁来帮我把这些狗屎东西拉开。”他用手肘顶开那堆裙子和硬硬的布料，免得盖住他要下刀的地方。

诽谤伯爵走到尸体边，跨立在腰际，面对双脚。那两条腿消失在卷到满是青筋的小腿肚一半地方的白色袜子里，两脚穿着红色的高跟鞋。诽谤伯爵用两手抓起那些裙子，蹲下来，把裙子往后撩，然后他叹了口气，坐了下来，屁股就坐在凶悍同志已死的肩胛骨上，两膝竖向天花板，两臂消失在她那堆裙子和蕾丝里。小小的网眼麦克风从他衬衫口袋里伸出来，那个小小的录音灯闪着红色的光。

杀手大厨伸出一只手来，五指张开，将一边臀股上的皮肤压紧。另外一只手把刀子往下拉，就像是在凶悍同志青白色的屁股上画两条直线。那条线画得越长，就变得越粗越宽。刀子顺着股沟平行划下，在青白色的皮肤上，那条线看来很黑，红黑色，最后是红色，滴落在她身下的裙子上。红色在那柄去骨刀的刀锋上，那红色，热气蒸腾。杀手大厨两手鲜红，热气蒸腾。他说："一个死人会流这么多血吗？"

没有人说话。

一、二、三、四，在另外某个地方，圣无肠在轻轻地说："救命呀！"

杀手大厨的手肘上下跳动地锯着，把那小小的刀在红色的肉里来回进出地锯着。他原先划出的那条直线已经消失在红色碎肉里。由血里升起的热气有卫生棉条的气味，在冷空气里有女厕所的味道。他的切割动作停了下来，一只手抓起一块红色的东西。他的视线并没有随之移动，两眼仍盯着那一块地方，在白色衬裙中央的一片红色。这朵热气蒸腾的大花，就在二楼前厅的地毯上。杀手大厨晃动着高高举起手中的那块红色东西。那个他不能正眼去看的东西，滴着，淌着暗红色，他说："拿去，来个人……"

没有人伸手。

她的玫瑰文身，就在那块东西正中间。

杀手大厨还是没有往那边看，只大声叫道："拿去！"

在一阵如童话中的缎子和绣花裙的窸窣声中，冻疮男爵夫人回到我们之中。她说："哦，我的天啊……"

一个纸盘子伸到那滴血的红色肉块下方，杀手大厨松了手。在盘子上的，是肉。一块薄肉排。就像一块薄肉片的样子。或是一长条的肉，在肉铺的柜子里标示着"长条肉排"的那种。

杀手大厨的手肘又开始上下动着，切割着。另外一只手从那巨大白色花朵热气蒸腾的红色中心拿起一条又一条滴着血的鲜肉。那个纸盘子里越堆越高，开始因为东西太重而由中间对折起来。红色的汁液从一边淌下。冻疮男爵夫人去拿了另一个盘子来，杀手大厨把那个盘子也装满了。

诽谤伯爵仍然坐在那具尸体的背部，他移了下身体，把脸由那冒着热气的地方转开。这里不像超级市场里那种冰冷、干净的肉那样什么味道也没有。这里的味道就像被车碾过半边身子的动物，拖着轧碎了的后腿，逃离一条炎夏的高速公路，留下血污和粪便的长长痕迹。也像初生婴儿那种杂乱的臭味。

然后那具尸体，凶悍同志，发出小小的一声呻吟。

是人在睡梦中发出的轻柔呻吟。

杀手大厨往后倒下，两手滴着血。那把刀离了手，直直地插在那朵花的红心里——然后，掉下来的裙子飘动，落得更低，飘下来遮住了一切。冻疮男爵夫人失手掉落了第一个纸盘子，装满了肉的那个。那朵花闭合起来。诽谤伯爵跳起身来，离开了她的身体。我们呢，我们全都退后站定。瞪大两眼。侧耳倾听。

必须要出点儿什么事。

必须要出点儿什么事。

然后，一、二、三、四，在另外一个什么地方，圣无肠轻轻地说："救命呀！"

他那轻柔如定时发出的哀号的声音。

由另外一个地方，你能听到否定督察在叫着："来呀……猫咪，猫咪，猫咪……"她的声音悠长，然后又因啜泣而中断。她说："到……妈妈这里来……我的宝贝……"

杀手大厨两手沾满血污，他伸动着手指，什么也没碰，只瞪着那具尸体，他说："你告诉我说……"

美国小姐蹲了下来，她的皮靴发出响声。她把两根手指伸进蕾丝领里，压在青白色颈子的侧面。她说："凶悍同志已经死了。"她朝诽谤伯爵点了点头。"想必是你把她肺里的空气压了出来。"她朝由盘子里撒落到地毯上，现在沾了灰尘的肉点了点头。美国小姐说："把那捡起来……"

诽谤伯爵把录音带倒回，而凶悍同志的声音一再重复发出那同样的呻吟。我们的鹦鹉。凶悍同志之死以录音盖过了野蛮公爵之死盖过了魏提尔先生之死盖过了游民夫人之死。

凶悍同志的死因大概是心脏病发作。克拉克太太说是因为缺少了硫胺素，也就是我们所说的维生素 B_1，或是在血里缺少了钾，使得肌肉无力，然后，引起心脏病发作。这就是卡伦·卡朋特在得了多年厌食症之后，在 1983 年过世的死因。像这样昏倒而死在地上。克拉克太太说，这毫无疑问是心脏病发作。

克拉克太太说，没有人是真正饿死的。他们会死于因为营养失调而引起的肺炎。他们会因为骨质疏松引发骨折，因而休克致命。他们会因为缺少盐分而抽筋致死。

不管她是怎么死的，克拉克太太说，我们大部分的人也都会这样死掉。除非我们进食。

最后，我们的恶魔对我们下了命令。我们真为她感到骄傲。

“就跟替鸡胸剥皮一样容易。”杀手大厨说着，把另外一块肉丢进滴着血的纸盘子里。他说：“老天爷呀，我真爱这些刀子……”

B计划

一首关于杀手大厨的诗

“要成为话题人物，”杀手大厨说，“你只需要一把枪。”
这一点他早已学会。看电视新闻。看报纸。

杀手大厨站在舞台上，穿着黑白格子花的长裤，
唯有职业厨师才能穿的那种。
很宽大，但仍绷紧在他屁股上。
他的两手，他的十指，满布伤痕和刀疤。
闪亮的旧烫伤。
他的白衬衫袖子卷起，
手臂上的毛由肌肉上伸展开来。
他粗壮的手臂和两腿挺直，只在膝盖和手肘会弯折。

舞台上，没有聚光灯，只有一段影片：
特写的两只手，十指很干净而手掌很完美如一双粉红色的手套，
在剥除鸡胸的皮。
他的脸，如一张圆形银幕，消失在一层肥油下，
他的嘴消失在如小刷子般的小胡子下。
杀手大厨说：“这是我的后备计划。”

大厨说：“如果我组的乐团始终签不到唱片合约——”
如果他的书始终没人肯出版——
如果他的电影剧本始终通不过审核——
如果没有电视公司要他的影集企划——
大厨的脸蠕动、抽搐，两手完美无缺：
剥皮去骨，拍打腌制，沾粉、油炸、摆盘，

弄得那块死肉看来漂亮得让人不忍吃掉。

一支枪，一个瞄准器，一个目标，一个车队。
他从小每晚看电视新闻就学会了。
“这样我就不会被人忘掉。”大厨说。
这样他的一生就不会虚度。
他说：“这就是我的B计划。”

产品地位

杀手大厨的故事

致万用刀具公司公关宣传部经理肯尼斯·麦克阿瑟先生

麦克阿瑟先生大鉴：

我想你也知道，你们制作的刀具很棒。可以说是极品。

就算不要忍受劣质刀具，从事职业性的厨房工作也是够辛苦的了。你得做出完美的洋芋细条酥，那可是比铅笔还细的。完美的细丝要切得和铁丝一样细——大约是洋芋片厚度的一半。在厨房里讨生活，得在平底锅已经烧热、放了奶油在等下锅时切胡萝卜丁，还有人叫你把马铃薯切成小块，这让你很快地发现一把劣质刀具和一把万用牌的刀具有什么不同。

我可以跟你讲好多好多你们的刀具救我于水火之中的例子。你把比利时菊苣切得像雪纺绸一样薄，连续切上八个小时，大概就可以知道我的生活是什么样子了。

可是，事情老是这样的，你可以把小胡萝卜转切上一整天，把每个都切成一个完美的橘红色小足球。而你切坏的，却会在那些不够格的厨子的盘子里，一些在社区大学餐饮科拿到学位的无名小卒，拿到的文凭不过是一张纸，现在却自以为是美食评论家了。这些混蛋连怎么嚼怎么吞都不会，却在下个星期的报纸上说奇食餐厅的大厨转切胡萝卜的技术很烂。

有些连外烩业者都不会雇她们去切蘑菇的婊子，却胆敢写文章说我欧洲防风根切得太粗。这些胡说八道的家伙。不错，挑三拣四总是比真正做菜要容易多了。

每次有人点多菲内奶油焗洋芋，或是生牛肉片的时候，你知道厨房里就会有人为万用刀具而感谢上帝了。因为那些刀具极其平稳。还有以铆钉固定的刀柄。

当然，幸运的话，我们都希望钱赚多一点儿，工作少一点儿。可是那样卖身投靠，变成美食评论家，把自己弄得无所不知，对那些辛苦工作的人放放冷箭——那些人为了生活，还在给牛舌剔筋……给腰子刮油……给猪肝去膜……而那些美食评论家则坐在他们漂亮干净的办公室里，用漂亮干净的手指在打字机上打出那些伤人的话——这实在是太不对了。

当然啦，那些话都是他们的意见。可是，却是刊登在很多真正的新闻报道旁边——饥荒、连环杀人案和地震——而且还用的是同样大小的铅字。某人批评他们的意大利面不太有“嚼劲”。好像他们的意见是“神的旨意”。

绝对有负面影响，与广告宣传相反。

在我的想法里，那些会做的人，就做。那些不会做的人，就骂。

不是新闻，不客观。不是报道，而是批判。

这些美食评论家，就算要他们的命，也做不出一顿好饭菜来。

我就是在心里这样想着，开始了我的计划。

不管你有多好，在厨房里工作，就是会被一百万个小小的刀伤给凌迟而死。还有一万次小小的烧伤、烫伤。整夜站在水泥地上，或是在油腻腻的或潮湿的地板上走动。因为搅拌、切剁和舀捞而伤到手腕和神经。在冰水里给一海票的虾子挑泥肠。膝盖疼痛，静脉曲张。因为重复的动作而伤到手腕和肩膀。做得一手好的夹馅鱿鱼就要受一辈子苦。花上一生的时间去做出理想的米兰式烩牛膝，等于是在漫长的折磨下慢慢地死掉。

但是，即使你的脸皮再厚，被某些报纸或网络上的写手当众批评，也还是受不了的。

这些网上的美食评论家，一毛钱可以买一打。随便什么人只要有张嘴和一部计算机就够了。

这是我所有目标的共同点。好的是各地警方没有更紧密合作。他们可能注意到西雅图死了个自由作家，迈阿密死了个校园记者，或是一个在旅游网上张贴意见的中西部观光客……到目前为止，我那十六个目标有模式可寻。是的，而我有累积多年的动机。

杀一只兔子和杀一个在网络博客里说你的茴香猪排里该多加点儿意大利马色拉白葡萄酒的怪家伙相差无几。

多亏了万用刀具公司的刀具。你们生产的转刀在这两方面都非常好用，不会像你用比较便宜而笨重的削皮刀那样伤到手和手腕。

同样的，要清理多筋的牛腩和剥了那个发帖子说你的威灵顿牛肉馅饼放了太多鹅肝而难吃的小混蛋的皮，两者都能做得既快又不费力，都要感谢你们那八寸片肉刀柔韧的刀刃。

容易磨利，也容易清洗。你们的刀具真是极品。

倒是那些目标，不管你的预期再怎么小，真正和这些人面对面时，总令人大失所望。

只要夸两句就可以安排见面。暗示自己是他们想要的性伴侣。更好的是，暗示你是一份全国发行的杂志编辑，想要让他们的声音传遍全世界。提高他们的声誉，给他们应得的荣耀，把他们提升到显著地位。所有那些注意焦点之类的屁话，只要说一半，他们就肯和你在任何一条你说得出来的黑巷子里见面。

见到他们本人，他们的眼睛永远都好小，每颗眼珠就像一粒黑色弹珠塞在一个大胖子的肚脐眼里。多亏有万用刀具公司的刀子，他们看起来好多了，干净了，衣着光鲜，仪容修整。是肉，准备好可以有很好的用处。

在你从一百只雌珠鸡肚子里把冷冷的内脏掏出来之后，那用刀划开在某个地方的消费指南上写你的菊苣莱羊奶干酪酥饼太软太黏的自由作家的肚子，也就不算什么了不起的事了。没错，万用刀具的十英寸法式厨刀，让这个工作更加容易得像是剖鳟鱼或鲑鱼或任何一种圆形的鱼一样。

奇怪的是，那些会印象鲜明地留在你脑子里的部分。只要看到某个人细白的脚踝，就能想见在她靠攻讦食物维生之前，在学校里是个什么样的女孩子。或是另外一个美食评论家，把他所穿的棕色皮鞋擦得亮到就像脆皮焦糖布丁上面的那层焦糖。

你们制作的刀具也同样关注细节。

我在厨房的工作上也付出这样的关注。

然而，不论我多么小心谨慎，警察抓到我也是迟早的事。想到这一点，我唯一害怕的，就是万用刀具公司的刀具在一般人的心目中，会和一连串大家可能误解的事情连在一起。

太多人会把我对刀具的偏好看作一种推荐代言，像“开膛手杰克”做电视广告一样。

泰德·邦迪[①]代言某种牌子的绳子。

李·哈维·奥斯华[②]代言某种厂牌的长枪。

这是一种负面宣传，一点儿也不错。甚至可能影响到你们的市场占有率和实际销售量。尤其是在圣诞节的购买热潮就要来临的时候。

一旦听说有大空难的消息——空中撞机、劫机、坠机——每家大报的标准处理程序就是把那天所有航空公司的大幅广告抽掉。因为几分钟之内，每一家航空公司都会打电话进来取消他们的广告，哪怕得付他们其实没有用到的版面全额费用。那个版面会在最后一分钟补上全美防癌协会或救助肌肉营养失调症的公益广告。因为没有一家航

① 泰德·邦迪（Ted Bundy），美国校园杀人魔，专门绞杀女大学生。

② 李·哈维·奥斯华（Lee Harvey Oswald），据美国政府调查认定是刺杀肯尼迪总统的凶手。

空公司愿意冒险跟这一天的天大坏消息连在一起。死了好几百人。会在一般人心里这样扯上关系。

很容易就想起所谓“泰诺止痛剂命案”[①]对公司股票的影响。死了七个人，单是1982年产品回收，就让强生公司赔了一亿两千五百万。

这种负面宣传，正和广告效应相反。就像那些美食评论家用他们那种诽谤性的文字所做的一样，只显示他们有多聪明和多尖刻。

关于每个目标处理的细节，包括所用的刀具，都仍然很鲜明地留在我的脑海里。警方大概不用花太多力气就会让我招供，成为公开的记录，包括我所使用的多种你们的精良刀具，以及使用的目的在内。

从此之后，一般人会谈起“万用刀具杀人案”或是“万用刀具连环凶杀案”。贵公司是要比一般的无名小店知名得太多了。你们的刀具已经在不知多少厨房里，如果你们好几代以来所维持的高质量和所付出的辛勤努力，只因为我而毁于一旦，实在是太可怕也太不应该了。

请记住一件事：美食评论家并不会买很多刀具。运气好的话，在这个案件上产业界可能会对我表示同情。因为我是个草根英雄。谁知道呢？

你们只要做一点儿小投资，就能让你我双方皆蒙其利。

你们能提供我逃避追捕的资源越多，这些不幸的事实会让一般刀具消费者知道的几率就越小。只要小小的一笔五百万美元，就可以让我移民国外，隐姓埋名地生活，远在贵公司市场规划之外的地方。这会保证贵公司能稳定成长到一个光明的未来。对我来说，这笔钱能让我有一个全新的工作园地，另外一个新的生涯。

或者，少到只有一百万的话，我就改用永利刀具——万一我被捕的话，我会发誓说我从头到尾都用的是他们不合规格的产品……

一百万美元，对产品的忠诚度值这么多吧？

---

① 1982年10月，芝加哥地区有7人死于氰化物中毒，死亡事件与强生公司旗下麦克奈尔公司生产的泰诺强效胶囊有关。

答应的话，请于本周日在你们当地的日报上刊出广告。我在看到广告之后，会和你们联络如何接受你们帮助的方法。在那之前，我必须继续我的工作。否则，恐怕又有另外一个新的目标了。

谢谢你们考虑我的要求。静候佳音。

在这个世界上，肯终其一生来让产品始终维持高质量的人实在是太少了。我为你们喝彩。

始终是你们产品的头号爱用者

李察·塔波特　上

Chapter 15.

在大厅小吃吧台后面，微波炉发出叮响，一次、两次、三次，里面的灯熄了。杀手大厨把门打开，拿出一个盖了张纸巾的纸盘子。他掀起纸巾，热气如一朵蕈状云升到大厅里寒冷的空气中。在纸盘子上，几条卷曲的长长肉条仍然在啪啪作响，热油四溅，在一摊融化的油脂之中冒着热气。

杀手大厨把盘子放在吧台的大理石台面上，说道："有谁还要再添第三回的？"

克拉克太太、美国小姐、灵视女伯爵，还有诽谤伯爵，我们所有的人都散立在大厅各处，躲在壁龛和凹室的阴影中，站在衣帽间和带位员所站的地方，不停地咀嚼着。我们的下巴和指尖上闪着油光。我们每个人手里都端着一个湿答答的纸盘子，不停地咀嚼。

"赶快，免得冷掉了，"杀手大厨说，"这一批加了香辣调味的，可以遮掉原先那种花香似的味道。"

那是凶悍同志用的香水或是沐浴香粉的气味，也许是她蕾丝手帕的味道，有股甜香和玫瑰花的香味。杀手大厨说一个人的味觉有三分之二来自食物的气味。

美国小姐走上前来，伸出她手里的盘子。杀手大厨拿了一条烤成棕色而卷曲的肉放进自己嘴里，紧接着又用手指很快地拉了出来。"还很烫。"他说，一面对着那条肉吹了口气。他用另外一只手把一些肉放在美国小姐的盘子里。

美国小姐在她的盘子装满之后就消失了，几乎藏身在衣帽间的柜台后面。她身后就是墙壁和一排排的木制挂衣架。所有的挂衣架全是空空的，每个上面都只有一个铜的小号码牌。

大厅里弥漫着烹调食物的香味，肥培根的味道，汉堡的味道，烧焦的脂肪和烤出油来的味道。我们所有的人都站在那里咀嚼着。没有人说："我们要不要去再多弄点儿来？"没有人说："我们需要把剩下的包起来，送到地下室去，免得成了大众健康上的问题……"

我们没说话，只站在那里舔着手指头。

我们每个人都在写着又重写着此刻的故事。我们编造魏提尔先生将凶悍同志分尸的经过。还有她的鬼魂为了复仇而做了些什么事。

没有人看到她从楼梯上走了下来。没有人听到她由二楼前厅顺着地毯走过来的声音。也没有人抬头看，直到她说："你们在吃东西？"

凶悍同志。穿着她那好几层的仙女教母舞会礼服。头上好几顶假发堆得高高的。她站在大厅那道大楼梯宽大的底部，青白色的两手藏在裙褶里。整个人随着她的眼光走进大厅里来，她的两眼和鼻子将她拉向前方。"你们在煮什么？"她说，"给我一点儿……"

没有一个人说话。所有的嘴巴里都塞得满满的，我们在剔着卡在牙缝间的肉渣。

凶悍同志看到装着棕色卷曲肉条的纸盘，在小吃吧台上冒着热气。

没有人想到去拦阻她。

凶悍同志在蓝色大厅里踉跄前行，中间还跌倒在粉红色的大理石地上一次，她的裙子一路拖着，然后她伸手抓住了小吃吧台的台面，撑着站了起来。人站在那里，她的脸和那一大堆假发却埋在那一盘肉上。

在她身后，留在楼梯铺着的蓝色地毯上的，是她沾血的脚印。

这里时现时隐的鬼魂。

我们所有的人都看得到她高高的灰色假发在大理石台面上的纸盘子上方上下抖动。在她衣服后面臀部的地方，一朵大红花正越开越大。然后她的假发抬起，整个人也由那空了的盘子那边转过来。一只青白色的手里还抓着一条棕色而卷曲的肉。凶悍同志舔着嘴唇说："天啦，这肉还真是又老又苦。”

需要有人说点儿什么。说点儿……客气话。

骨瘦如柴的圣无肠，他说：“我平常不吃肉的，可是那个倒是……相当美味。”他说着四下看了看。

杀手大厨举起一只油腻腻的手掌来拦住，他闭起两眼，说道：“我警告你……不要批评我的厨艺……”

我们其余的人都点头称是，美味极了。我们其他的人，手上的盘子全空了。我们都在吞着、嚼着。我们的舌头舔着牙齿，看还有没有剩下的一层油、一层脂肪。

凶悍同志走向房间中央，正中央，那盏最大水晶吊灯亮光下的那张织锦缎面沙发。她用手拿起一个四角垂着金色流苏的丝绒靠枕，放到沙发一头。两脚踢开了鞋子。白色长袜上沾满了红色。她走过去坐下，躺在沙发上，把头枕着那个靠枕。凶悍同志，她皱起了眉头。整个脸缩成一团，过了一分钟，然后放松下来。她伸手到后面，摸了摸那一层层湿透了的裙子和衬裙下面。她的身子往前俯着，好像要站起来，而她的眼光落在随着她从楼上一路走过蓝色地毯到小吃吧台再到沙发这里的血脚印上。

我们都看着从她鞋子里流出来的血。

她还在咀嚼着，下巴像在反刍的母牛一般动个不停。凶悍同志看看我们。

想弄清楚怎么回事。

等她的手从她裙子后面伸出来的时候，手里抓着的是杀手大厨的去骨刀。刀刃上仍然凝结着血块。

杀手大厨由小吃吧台后面走了出来，一手伸开，油腻腻的手指朝她动着。他说：“给我吧，那是我的。”

凶悍同志不再咀嚼，把嘴里的东西吞下。

“我……”她说。

凶悍同志看看那把刀和她仍然拿在手上的那条肉。

在那条肉上，有她除非是照过镜子，否则就从来没见过的玫瑰文身。只不过现在有点儿焦黄了。

诽谤伯爵舔着的纸盘子遮住了他的脸。

凶悍同志说：“我只是昏倒了……”

她说：“我昏倒了……你们就吃了我的屁股？”

她看着仍放在小吃吧台上那个油腻腻的空纸盘子，说道：“你们让我吃我自己的屁股？”

自然嬷嬷张开手来挡在嘴前打了个饱嗝，说道：“不好意思。”

杀手大厨伸出手来要那把刀子，在他一边拇指的指甲下还看得到细细的一圈红色。他抬起头来，看到有成千上万个小小的凶悍同志的影像映闪在满布灰尘的水晶吊灯上。在她手里，有成千上万朵加了酸辣调味料的玫瑰。

灵视女伯爵转开身子，但仍然望着小吃吧台后方那面宽镜子中映照出如电影或电视大小的凶悍同志的身影，以及她自己在这段实录中比较小的身影。

我们所有的人都各有自己对凶悍同志的看法。全都和我们自己对事发经过所编的故事相关。我们所有的人都深信自己的说法才是真的。

保安会修女看了下手表，说道：“快吃。只剩下一个小时就要熄灯了。”

所有小小的凶悍同志的影像，全都用力吞咽。她们青白色的两颊鼓起，喉咙的肌肉紧闭，因她们自己苦涩的皮肤而噎住。

我们每个人都把我们心中的实情编成故事。加以消化来写成一本书。我们所看到发生的事情已经成了一部电影剧本。

我们的神话。

然后，算准了时间似的，坐在织锦面沙发上那正常大小的凶悍同志滑到了地板上。她的眼睛还微微张开向上瞪着吊灯。躺在粉红大理石地板上的一堆丝绒和绸缎里。这时候她才慢慢死去。一手仍然握住那把去骨刀，另一只手仍然抓着那条煎得焦黄卷曲的屁股肉。

织锦缎面沙发上她原先坐着的地方一片暗红。那蓝色丝绒靠枕上仍然留着她的头压出的凹痕，凶悍同志不会再是摄影机后面的摄影机后面的摄影机了。我们把关于她的事情握在我们手里。咬在我们牙间。

她的声音轻如耳语。凶悍同志说："我想……这是我活该……"

经过倒带，由诽谤伯爵的卡式录音机里传来她的声音，再三说着："活该如此……活该……"

期待

一首关于凶悍同志的诗

“我失去童贞的事，”凶悍同志说，“是我听来的。”
好小的时候，还相信有圣诞老人呢。

凶悍同志在舞台上，两手握拳撑在腰上，两臂弯曲，
因此肘部的贴皮补丁向两边撑了出去。
系带又带铁头的靴子分得很开地站着。
两腿在鼓胀的迷彩裤里，裤脚在脚踝那里束住。
她身子向前俯得下巴都投下了影子，
落在她军方剩余物资的橄榄绿野战夹克前胸。

舞台上，没有聚光灯，只有一段影片：
影片拍的是抗议的标语和杯葛[①]的队伍，如扩音喇叭形的嘴巴。
喊叫着，张得很大。
只见牙齿，不见嘴唇。
嘴巴大张，用力得连两眼，都闭紧了。

“在法官判决共同监护之后，”凶悍同志说，“我母亲告诉我……”
半夜里，你头枕在枕头上睡得正熟，
要是你爸偷偷地走进你的房间：
你，来告诉我。
她的母亲说：“要是你爸扯下你的睡裤用手弄你……”
你，来告诉我。
要是他从裤子前面拉链里掏出一条又肥又粗的蛇——那根既热，又黏，

---

① 杯葛（Boycott），是指联合抵制某个个人或公司，包括拒绝购买、销售，或其他形式的贸易。

气味很难闻的短棍子——想要勉强塞进你嘴巴……
你，来告诉我。

“结果没有这些事，”凶悍同志说，“我爸只带我去动物园。”
他带她去看芭蕾舞。
带她去踢足球。
亲吻她道晚安。

那些静坐罢工的旗帜，那些抗议民众团体仍然在游行。
游行，前进，
横过她的脸。
凶悍同志说：
“可是，我这半辈子以来，一直准备好要有那些事情。”

斗垮斗臭

凶悍同志的故事

他一坐下，我们就试着解释……

我们不许男人进来。这是一个只限女性的安全空间。我们这个团体的目的，就在于以私密感来让女性得到滋养和力量。让女人能在不受诘问和评断的情况下自由发言。我们之所以要把男人摒拒在外，是因为他们抑制女人。男性的力量会使女性畏惧和受辱。对男人而言，一个女人不是处女就是荡妇，不是母亲就是娼妓。

我们请他出去的时候，他当然装傻。他说要我们叫他“米兰妲”。

我们尊重他的选择。他有成为女性外表的努力和欲望。可是这个地方，我们很温柔而感性地告诉他，这个地方是只给天生是女性的女人用的。

他生下来就是米兰妲·娇伊丝·威廉斯。他说完这句话，啪的一声打开了他那小小的粉红色蜥蜴皮的小皮包。他拿出一张驾驶执照。用搽了粉红色指甲油的修长手指把那张驾照滑到桌子这边来。点着在性别栏下的“女”字。

州政府也许承认他的新性别，我们告诉他说，可是我们决定不承认。我们的会员有很多在童年时受到男人带来的创伤。她们很怕降格到只剩她们的肉体，被当作物品来使用。这些都是他生为男人永远无法了解的。

他说：“我生下来就是女人。”

团体里有人说：“你能把出生证明拿给我们看吗？”

“米兰妲”说：“当然不能。”

另外一个人说："你有月经吗？"

"米兰妲"说："此刻没有。"

他一直在玩着围在他脖子上的那条彩虹丝巾，扭着拉着。装出很卡通化的女性不安动作。他玩着披在他肩膀上那条闪闪发亮的丝巾，让丝巾滑到他后面，挂在他两个手肘上。他用手指梳理着两头的流苏。他把丝巾往一边多拉出一点儿，然后又往另一边拉。他架起腿来，一边膝盖架在另一边膝盖上，然后在底下的那条腿再盘到上面来。他把放在怀里的毛皮大衣拿起来，折好。再翻过去，他伸出一只手来轻拍着毛皮，五指并拢，指甲上搽着粉红色的指甲油，亮得像珠宝。

他的嘴唇、鞋子和皮包，他的指甲和表带，全都是漂亮的粉红色，就像个红发女郎的屁眼。

这群人里有个人站了起来，怒目而视。她说："这他妈的有什么意思？"她把她在打的毛线和水瓶一起塞进她的包包里，"我盼这事盼了一整个星期。现在全毁了。"

"米兰妲"只坐在那里，两眼藏在又长又浓的睫毛下。两眼像浮在两汪蓝绿色的眼影里。他把红色的唇膏搽在他的唇上，把粉搽在脸上，睫毛膏加在睫毛上。他那短罩衫在胸前突起。粉红色的绸料似乎从他两点挺突的乳头上垂挂下来，每边乳房大约和他的脸一般大小，都如气球般鼓在他晒黑而结实的胸前。他的腹部露出，又黑又紧，是男人的腹部。他绝对是个众人性幻想中的对象，是只有男人才会变成的那种女人。

就一个谈话团体来说，"米兰妲"说他以为大家可以多谈一谈。

我们只看着他。

这个愚蠢的男人。这个"米兰妲"。是每个男人幻想成真的那种很样板化的科学怪人：极其完美的一对硕大浑圆的乳房，结实而修长的大腿。那张嘴巴，非常完美地噘着，涂着口红。那条粉红色的小皮裙既短又紧，只能挑起性欲。他说话时的气音像个小女孩或小电影明星。开口时出来的是大量空气和一点点声音，是《时尚》杂志上教女孩子用来让听她说话的男人靠得更近点儿的轻声细语。

我们只呆坐在那里，没有人说话，没有人分享经验。知道桌子底下有根老二，就不可能说实话。即使是在弗里达·卡洛[①]和乔治亚·欧凯芙[②]的海报……苹果加肉桂香的蜡烛……以及那个书店的花猫之间。

“好吧，”“米兰妲”说，“那就由我开始说。”

“米兰妲”，他的头发是在美容院里被梳得那样高，用定型胶水喷得硬硬的，插满了发夹。

在职场上有个男人，“米兰妲”对他是意乱情迷。那家伙却毫无响应。他实在是个好可爱的家伙，头发梳得油亮，是个开保时捷的业务员。他已经成家了，可是“米兰妲”知道男人都有兽性。有一次下班之后，“米兰妲”说，那个人走过来，把手放在——

我们都瞪大了眼睛。

那家伙把手放在“米兰妲”手臂上，问要不要去喝一杯。

“米兰妲”的手臂很细，晒黑的肌肤，没有赘肉。光滑得如古铜色的塑料。他叽叽咯咯地笑着，“米兰妲”真的发出叽叽咯咯的笑声。他翻起眼睛来看天花板。

“米兰妲”说那个业务员同事和他开车去了一间非常黑的酒吧，那种不会有人注意的——

这真是典型的男人心态，什么都是我，我，我。讲了一整夜。

我们之所以到这里来是为了躲开男人，躲开不肯捡起脏袜子的老

① 弗里达·卡洛（Frida Kahlo），墨西哥知名女画家，她的一生曾被拍成电影《挥洒烈爱》。

② 乔治亚·欧凯芙（Georgia O' Keeffe），美国现代女画家。

公。会打我们、又欺骗我们的老公。因为我们不是男生而失望的老爸。会对我们垂涎的继父。会欺负我们的哥哥、老板、教士、交通警察、医生。

大部分时间，我们是不许打岔的，可是这群人里有个人说："米兰妲？"

"米兰妲"住了嘴。

"米兰妲"耸了下肩膀。他挑高了眉毛，摇了摇头，说他没有什么可怕的故事。他叹了口气，微微一笑，眨着眼睛。

这群人里有一个说："那我们就不要你在这里。"

男人为了他们自己的快乐而创造完美女机器人的想法，每天都有。你在公共场合所看见最"美丽"的女人，全都不是真的。都只是男人弄出来的变态样板女人。这是全世界最古老的故事。只要你懂得怎么去看的话，《时尚》杂志的每一页上都有根老二在。

"米兰妲"说我们太排外了。

有人说："你又不是个女人。"

我们在韦恩图书公司后面只限女性的安全聚会场所见面。绝不会希望我们的空间受到压制性的男性阳能的污染。

做女人是件很特别的事，是件很神圣的事。这不是个你随便就可以加入的俱乐部，不是打了针雌激素就可以来的。

"米兰妲"说："你们只需要改造一下，让自己漂亮点儿。"

男人，他们就是不懂道理。做一个女人不只是化个妆，穿上高跟鞋而已。这种性别的模仿，这种性别的模拟，是最大的侮辱。一个男人以为，他只要搽上口红，割掉老二，就能让他成为姐妹。

有人从坐着的椅子上站起身。另外一个也站起了身，两个人开始绕过桌子走过来。

"米兰妲"问道："她们要干什么？"

第三个女人站起来说："来个大改造。"

“米兰妲”搽了粉红色指甲油的手伸进皮包里。他拿出一小管辣椒粉喷雾剂，说他可不怕用那个东西。他还把一个防强暴用的银色哨子放进他粉红色的双唇之间。

还有一个人绕过桌子来站在离他太近的地方，他抓住辣椒喷雾器的手紧得都发白了。然后有个人说：“让我们看你的奶子……”

在我们这个团体里，我们没有一个领头的人。提升女性意识的规定是不许插嘴或反驳，没有人可以质疑另一位成员的经验。每个人都有轮到发言的机会。

“米兰妲”，那个防强暴的银色哨子从他嘴里掉了下来。他那硅胶整容过的翘嘴唇，噘得有如一个时装模特儿在说“哦”。

“米兰妲”说我们想必是在开玩笑。

这真是很典型的反应，男人要所有做女人的好处，却不要这些狗屎。

另外一个人说：“不是，是真的。让我们看看……”

在这里，我们全都是女人。并不是说我们以前从来没看过奶子。有个人站得很近的，她把手伸向“米兰妲”那件粉红色罩衫最顶上的扣子。那件罩衫是粉红色绸子的，让他的胸部顶得突出，短到露出了他的腹部，平坦的腹部，悬垂在他系了皮带的裙子上。他那条粉红色蜥蜴皮的皮带大小和一条狗项圈差不多。

他伸出一只粉红的手把那女人的手打开。因为没有别人再有什么动作，“米兰妲”轻叹了一声。在我们所有人的注视下，他自己动手解开了最上面的那颗扣子，然后是第二颗，然后是再下面一颗。他回望着我们，从一个女人看到另外一个女人，最后所有的扣子都解开了，罩衫前胸敞了开来。里面是一副绣了玫瑰花、镶了蕾丝花边的粉红色缎子胸罩。他的皮肤像喷修过似的粉红色，如杂志中页大图上那样干净，没有你在真人皮肤上会看见的黑痣或毛发或虫咬的红色痕印。在他的脖子上，一串珍珠项链直指向下方他那宽如股沟的乳沟。

胸罩是那种在前面有钩子打开的，“米兰妲”顿了一下，两手握住钩子看着这些女人。

那群人里有一个说：“你要打多少针雌激素才能让你那一对保持这么大？”另外一个人吹了声口哨，其他人也一起吹了声口哨。那对乳房太完美了。两边一样大小，也分得不太开。一看就知道是人工做出来的。

粉红色的手指甲一转，胸罩打了开来。胸罩掉了下去，但那对乳房仍然挺立着，结实而浑圆，乳头指向天花板。正是男人会选的一对乳房。

有人靠过来，伸出手一把握住。她的手捏住那团肉，抖动乳头，说道：“各位，你们一定得感觉一下——天啦，好大啊。”她的手一挤捏，然后放开了。又再挤捏一下，她说：“就像是……我不知道……面团？”

“米兰妲”扭动着想转开身子，他的身体往后贴紧了椅子。

可是那只手握紧了他的乳房，手指抓得紧紧的，而那个女人说：“不要动。”

另外一个人说：“我倒不在乎有这么好的一对大奶子。”

想必是硅胶的。另外一只手伸进打开的罩衫里，抓住另一边乳房，揉着，推向上压着那条珍珠项链，让我们看得到底下的手术疤痕。

“米兰妲”坐在那里，两臂在肘部向前弯着。两手仍然分握着两半粉红色的胸罩。拉开来让我们看，他开始把胸罩拉拢，把那对东西关回里面去。

有个仍抓住一边奶子的人说：“等会儿。”

那张驾驶执照仍然放在我们面前的桌子上，在“性别”栏下印着大大的“女”字。

另外一个人说：“假奶子不能证明什么。”

另外一个人说：“我老公的还比这更大呢。”

有手从“米兰妲”后面伸了过来，从他肩膀上抽走了丝巾，把粉红色胸罩往后再往下拉得由他双臂滑落。他的皮肤发亮，干净得如同他两耳所戴的珍珠耳环。他的乳头是像他那蜥蜴皮的小皮包一样的粉红色。他完全没有反抗。

有人把那件罩衫丢到房间的角落里。

另外一个人说：“让我们看你的——”

“米兰妲”说：“不要。”

事情很明显。这个可怜、可悲，想错了的混账东西，他在利用我们。就像是个被虐狂在刺激性虐狂，或是像罪犯一心想被逮到。“米兰妲”在求我们给他这个待遇。这才是他到这里来的目的。所以他才会穿成这样。他知道这种超短的裙子，那对像甜瓜一样的大奶子，在哪里都会让一个真正的女人气疯。在这种情形下，“不要”的意思就是“好”。意思是说：“好的，求求你。打我。”

“米兰妲”说：“你们这样做就错了。”

所有的人大笑起来。

我们说女性意识抬头也就是要能认可你的性器官。在以前别次的集会中，我们都带着小镜子来，蹲在镜子上面。我们会一起观察、研究一个处女和一个妈妈的子宫颈有什么不同。邀请妇女健康协会的人来演讲、示范卡门导管[①]的用法。不错，所有这些，都在这里这张木头桌子上。我们也一起去采购情趣用品，研究所谓的 G 点。

稍微一推，“米兰妲”就到了桌子上。即使是四手四脚地趴着，他的乳房仍然看来浑圆而结实，并没有拉长而垂下。拉下六寸长的拉链，他的裙子就滑下了他细瘦的臀部。他穿着裤袜：更证明他不是个真正的女人。

这一群女人，我们彼此对望了一眼。有个人在这里听我们的命令。

---

① 卡门导管（Karman Cannula），由二十世纪美国外科医疗器械专家卡门（Havey Karman）发明，用真空吸引的人工流产工具。

我们之中有些受过侵犯，有些被强暴过。我们所有的人，都被男人以眼光加以挑逗、搜索和剥光过。现在轮到我们了，我们却不知从何下手。

有人把他的裤袜往下卷，露出他的屁股。另外一个人说："把腰拱起来。"

看到"米兰妲"阴唇的模样，没有一个人觉得吃惊。皮肤太假，湿润花朵的形状看来是设计家的手笔，很难登上《花花公子》或《好色客》杂志。不过，那里的肉看起来不够柔软，颜色太淡，不是粉红色或浅咖啡色。有动过整形手术的痕迹。阴毛修过，上了蜡，形成细细一线，喷了香水，完全不像应该看起来的那个样子。我们越看，越一致同意说那不是真的。

有人用汽车钥匙去戳"米兰妲"那里。甚至都没有用手指头。有人戳着她那里说："我希望你没花一大笔钱来弄成这样……"

另外一个成员说我们应该看看那里有多深。

不管他到底是个什么人，"米兰妲"现在哭了起来。在他小小的戏剧化表演中，他所有眼部和脸上的化妆和粉底全由两颊直流到他两边嘴角。他几乎全裸，只有拉开的裤袜缠在两脚的脚踝之间，脚上仍穿着金色的高跟凉鞋。他的罩衫脱掉了，粉红色有蕾丝花边的胸罩敞开，挂在两肩。他那结实、浑圆的乳房随着每次抽泣而抖动。他就这样趴在会议桌上。他的毛皮大衣掉在地上，给踢到了角落里。他的金发披了下来，这是他自己的可怕小故事。

有人叫"米兰妲"住嘴。住嘴再翻过身来。

有人抓住了他一边脚踝。有人抓住另一边脚踝，她们扭着他的两腿，使他发出一声痛叫，翻过身来。现在他仰卧着，两脚仍然给拉开着，两只金色的凉鞋让两个人分别紧抓着。

这不是一个女人。也许是从火星来的外星人，只看过《时尚》杂志里的女人，而这就是他们所造的。我们指出他的阴蒂想必是由他的阴茎削整而成的。有人说人工的女阴其实就是阴茎，割开来往内翻入而制成的。用部分会分泌黏液的肠子叠接起来让那里有深度。至于子宫颈，则是把阴囊的皮废物利用制成。

“不浪费，不多要。”有人说。

有人从她的包包里掏出一支小手电筒来，说道：“这个我可一定要看看。”

另外一个人说：“这么小题大做的。证明他根本就没有骨盆。”

后来想想，她们应该就散会回家的。哦，可是这说起来真是好有启发性，只怕最后有人给伤到了。

可是，她们一个星期又一个星期地在这里聚会，谈着谁没有得到什么工作。谁困在某种人尽皆知的情况下。谁又觉得她的胸部被加油站的工作人员或建筑工人的眼光给剥光了衣服。她们长久以来只是高谈阔论。现在终于有了反击的机会。

这是一个团队协作的练习。

她们问道：“他为什么到这里来？他是个间谍吗？”

专家说，同样的工作，男性每赚一块，女性只赚六毛。他赚了额外的钞票，而钱就是用在这上面，化妆品和人工奶子。任何一个真正的女人都会有妊娠纹，白头发，松软大腿。

她们问道：“他想要发现什么？”

有人用手指去挖，有人握住手电筒，往前推进。

这群人问道：“他是不是以为会看到一帮子恨男人的女同性恋聚在一起搞火辣的女对女品玉大会？”

那支手电筒，那支小小的卤素灯泡想必很烫，因为他不住扭动，力气大到得动用所有的人才能把他压住。把他的两腿拉开，逼他张开来给她们看。

有人说：“看起来是什么样子？”

其他人等着轮到她们去看。

“米兰妲”在桌子上挣扎。那群女人俯在他身上，他的珍珠项链断了，珠子四散滚开。发夹由他头发里掉落出来。他的乳房弹跳抖动，两个凝胶的半球。

有人捏了他一边的乳头，扭着说道：“摇啊摇啊，性感妈咪。”

另外一个人说：“我们只想看你把你的蛋蛋藏在什么地方，婊子。”

这是一个很有趣的并列比较。一场很吸引人而同时涉及社会与政治的权力关系，由衣着整齐的人检查一个被压制住，全身只有高跟凉鞋和耳环的赤裸男人。

那两个女人伸进他两腿之间，她们停了下来，一个说：“等一下。”

手拿小电筒的那个说：“把他压住不要动。”然后她往前探去，将手电筒硬往里插得更深。她向他问道：“你是不是就希望会碰上这种事？”

四仰八叉地躺在桌上的“米兰妲”，他哭着想要把两膝并拢来，想转向一侧，把身子蜷成一个球状。

“米兰妲”在哭着，他说：“不是。”他说：“请你住手。”他说：“好痛。”

“哦，好痛啊。呜——呜。你弄痛我了。”

那个拿手电筒的女人，她看的时间最长，眯着眼睛，皱着眉头，扭动着手电筒，四下戳着。然后她站直了身子，说道：“电池没电了。”她伫立在那里，低头看着两腿仍在她面前张开着的“米兰妲”。

那个女人低头看着桌上涂抹着化妆品和泪水，散落在一地的珍珠，说我们放他走了吧。她吞咽了一下，眼光扫过在桌子上的那具躯体。然后她叹了口气，叫“米兰妲”起来。起来穿好衣服，穿好衣服出去，出去了再不要回来。

有人说搞不好手电筒只是关上了，要求看一看。

而那个女人把她的手电筒收进包包里，说：“不要。”

有人说：“你到底看到了什么？”

我们看到了我们想看的东西，那个女人说。我们都看到了。

有手电筒的那个女人，她说："这里刚刚是怎么回事？我们怎么会到这个地步？"

从他一坐下，我们就试着向他解释。我们不许男人进来。这是一个只限女性的安全空间。我们这个团体的目的……

Chapter 16.

对我们之中的某些人来说，夜晚太长了；对某些人来说，则是白天太长。保安会修女说日出时，电灯就亮起来，但今天日出时，却是一种气味让我们都下了床。那如梦似幻的完美香味，将我们拉出了各人所睡的化妆室，到了走廊里。我们，像僵尸般走着，由我们的鼻子引领着。

否定督察走进走廊里，两手还来不及撑住打开的房门对面的墙壁，半路上人就已经倒在地下。她撑着墙让自己站起来，说道："柯拉？猫咪，猫咪？"

在走廊里，无神教士正用两手挣扎着拉上他那条斗牛士的裤子拉链。这条裤子昨天还很合身。"那个鬼，"他说，"想必让我们的衣服都缩小了。"

挂着铜铃的项圈深陷进自然嬷嬷脖子的皮肤里，紧到她每次一吞口水，你就听到铜铃叮当作响。"妈的，"她说，"我不该再多添一次凶悍同志的肉。"

从隔壁一道门里走出来的是失落环节，头往后仰得让他的鼻毛成了他身上最高的部分。他吸了吸气，挤过了否定督察和无神教士。他一路在空气里闻着，鼻孔张大得像两个多毛的黑洞，又朝着舞台和再过去的演艺厅走了一步。

否定督察说："柯拉……"然后滑坐在地上。

克拉克太太从另外一扇门里出来，一面说着："我们今天得把凶悍同志包起来，要把她和魏提尔先生放在一起。"

否定督察坐在地上说："柯拉……"

“操他的那只猫。”美国小姐说。她穿了一件绣了龙的中国式袍子，靠在她那间化妆室的门口，双手像蜘蛛似的抓住门框。美国小姐的嘴四周都是污黑，显得脸色苍白。她说：“我头痛得要死。”一面张开一只手来揉脸。

美国小姐一耸肩把那件中式袍子脱了一半，抽出她细瘦而白皙的手臂来。她把手高举过头，手掌软垂，黑毛在她的腋下伸了出来。她说：“摸摸我的淋巴结。一个个肿得好大。”

在她那细瘦光裸的手臂上，上上下下全是长长的红色抓痕。猫爪抓的，一条条相当的密。好多好长的猫爪抓过的痕迹。

失落环节仔细端详她的脸，说道：“你看起来好可怕。你的舌头都黑了。”

美国小姐把手臂放下来，无力地垂在门框边。她那厚厚的黑色舌头舔着嘴唇，使嘴唇也黑了。她说：“我好饿。昨天晚上，我把所有的唇膏都吃掉了。”

她跨过了否定督察，说：“这是什么气味？”

你可以闻到早餐的吐司和在油里煎蛋的气味，油腻腻的脂肪气味。我们饥饿中共有的幻觉。是田螺和龙虾尾的香味，是英式松糕的香味，令人馋涎欲滴。

诽谤伯爵跟着失落环节跟着克拉克太太跟着保安会修女。我们全都追随着那个气味横过舞台，再由中央的走道走向大厅。

喷嚏小姐擤了下鼻子。然后她朝空中闻了闻说：“是奶油的气味。”

热奶油的气味。

每个电影院里都有的鬼。

是凶悍同志油腻腻的鬼魂，我们每次一用微波炉都一定会闻得到。我们呼吸着她的灵魂。她那甜香的奶油味会缠祟我们。

唯一的另外一种气味就是自然嬷嬷所呼出来的气息，她吃了山桃味的芳疗蜡烛。

走到中央走道一半的地方，我们停了下来。

我们听到外面传来微弱的下冰雹的声音，也或许是机关枪开火，或者是有人打鼓。

一阵乒乓乱响，混杂在一起。这阵快而微弱的急响从大厅里传来。

我们，站在埃及式演艺厅黑色灰泥的中间，头顶上是灰尘满布、结了蜘蛛网的黯淡星星，我们紧抓住黑色坐椅的金漆靠背来稳住身子。我们站在那里侧耳倾听。

枪声、冰雹声，停止了。

必须要有些令人兴奋的事发生。

必须要有惊人的事发生。

在蓝色丝绒的大厅里，微波炉发出叮的声响，一次、两次、三次。

凶悍同志的鬼魂。

自然嬷嬷一面用手拉着她的项圈，一面跌坐进有黑色粗马海毛椅套的椅子里。

圣无肠看着无神教士，而他看着媒人，媒人看着诽谤伯爵在记笔记，诽谤伯爵点了点头，好。他们几个开始沿走道往前走，其余的人紧跟在后。八卦侦探的摄影机聚光灯追随着他们。

穿过演艺厅的门，法式丝绒装潢的大厅里空荡荡的。每张皇室椅子和沙发后面都藏着黑影。由我们剩下的少数几个灯泡所发出来的光亮，还不够看清楚房间对面的墙壁。通往大厅洗手间的门都开着，里面瓷砖地上闪着由马桶里溢出来的水光。到处都有一坨坨融化了的卫生纸搁浅在水洼里。

在厕所的气味、腐烂了的脆皮火鸡肉的臭味、凶悍同志烤熟的屁股的气味之外，你还闻得到……奶油的香味。

透过微波炉的毛玻璃门，你可以看到有一个白色的东西，几乎塞满了整个炉子。

发出吼声的是失落环节。我们那毛茸茸的兽人。他大声叫着，用两掌拍打小吃吧台，力道大得把两腿甩向一边，整个人飞跃过去。到了小吃吧台后面，他一把将微波炉的门拉开，伸手去抓里面的东西。

他又狂叫了一声，把那东西丢了下来。

到这时候，冻疮男爵夫人已经跳过了小吃吧台的大理石台面。

灵视女伯爵冲过去看。

自然嬷嬷说:“是爆米花。”她的铜铃随着她的每一个字丁零响着。

柜台后面又发出一声叫喊，一个白色的东西弹进空中。好几只手随之伸起，打排球似的拍着，一个白色的纸球，都不让别人抢到手里。在摄影机的聚光灯下，那成为一个转动着、冒着热气的白色月亮。

喷嚏小姐又笑又咳，灵视女伯爵戴着太阳眼镜的两眼在流泪。我们所有的人,都伸手去抓。拼命想抓住那旋转着、油油的、热热的气味。

媒人大叫道:“不可以。”他挥舞着双手，大叫道，“我们一点儿也不能吃！”

那个纸球在手掌之间拍来拍去，旋转着，弹得靠近天花板。

灵视女伯爵叫道:“他说得对。我们可能在今天被救了出去！”

兽人猛地一跃，失落环节两手抱住了那个纸袋。

失落环节传给灵视女伯爵，她传给媒人，而媒人冲向洗手间。

我们其余的人——圣无肠和美国小姐和保安会修女和冻疮男爵夫人——我们追在后面，又叫又哭。在我们所有人后面的，是带着摄影机的八卦侦探，一面说着:“拜托，我们不要打架，拜托不要打架，拜托……”

诽谤伯爵已经把录音带倒转回去，听着爆米花在微波炉里加热时的鼓声。然后是小小的“叮”响，说已经好了。

小吃吧台后面，只剩下杀手大厨和克拉克太太。

对自然嬷嬷来说，我们的鬼是她的朋友兰娣；对喷嚏小姐而言，那个鬼是她那得癌症的英文老师。以我们用同样的方法毁了食物看来，我们的鬼很可能是我们之中两三个人合作的结果。

从洗手间传来马桶冲水的声音。抽水马桶又冲了一次水。一阵众口齐声的呻吟在敞开门的洗手间里的瓷砖地上回响。一片水由门口漫了出来，舔着大厅蓝色地毯的边缘。

水里到处是融化的卫生纸、纸和爆米花。是我们的鬼魂送的另一件礼物。

克拉克太太仍然瞪着那个门开着的微波炉，说道:“我还是不能相信我们杀了她……”

八卦侦探还在闻着有奶油香的空气，说道:“情况还可能更坏呢。”

在由马桶里回上来的水里，冲上来漫到大厅地毯边的水里，可以看到有毛。猫的毛。一条细细的皮项圈。一些细如铅笔的骨头。

这时候，否定督察已经从她住的化妆室跟着我们来了。她正好及时看到那长着小小牙齿的头骨，不知是什么人把肉都剔干净了，又被马桶的回水冲了出来。

刻在项圈上的，是个写着“柯拉小姐”的名牌。

克拉克太太转开脸去不看否定督察脸上的表情，只看着小吃吧台后面的镜子里映照出的小小身影，说道:“怎么说？杀人还能有什么更坏的情形吗？”

美国人的假日

一首关于八卦侦探的诗

“美国人嗑药，”八卦侦探说，“因为他们不大懂休闲。”
因此他们吃镇静剂、止痛药、安眠药。

八卦侦探在舞台上，一手拿着摄影机，
像一个假面具遮住了他半边脸。
其余的部分，一身棕色西装、棕色皮鞋。
一件芥末黄的背心，直直的棕发梳向后面。
一个黄色领花，一件白色的礼服衬衫。
啊，白色的衬衫闪亮，和电影明星的一样。

没有聚光灯，八卦侦探有如一方银幕放映着旧片：
拍的是某个戏院里的观众。
一排又一排的人，所有的人，
那么多的手都在拍着，没有一点儿声音。

八卦侦探站在舞台上，放松了左腿，身子一直比较偏向右边。
应该是一只眼睛的地方，红色的“录像”
　亮在摄影机上，看着。
应该是一只耳朵的地方，在这边是内置
　麦克风。除了他自己的话什么都听不见。

八卦侦探，他说：“美国人是全世界最会工作的人。”
还有研究和竞争。
可是谈到休闲就差劲透了。
休闲无利可图，没奖杯可拿。

奥运奖牌不会颁给最懒散的运动员。
也没有世界最懒的什么人可以代言的商品。

他的摄影机自动对焦。他说："我们在输赢上都很了不起。"
还有埋头奋斗。
但拙于承受，不善耸肩和忍耐。

"因此，"他对自己说，"我们有大麻和电视，啤酒和镇静剂。"
以及健康保险。
需要时，可以重新加满。

伤残

八卦侦探的故事

现在这一刻，莎拉·布依正看着她最好的一根木头擀面杖。她挥舞着，试试感觉有多重，用力地打在她伸开的手掌上。她把洗衣机上方架子上的瓶瓶罐罐移来移去，摇着那瓶漂白水，听听里面还剩多少。

要是她能听得见，要是她肯听我说，我就会告诉她说杀了我也没关系。我甚至会告诉她该怎么做。

我租来的车就停在那边路上，如果你在听收音机的话，大约一首歌的时间就能走到。要是你因受到惊吓而数脚步的话，大约是走两百步的距离。她可以走路过去，把车开回来。一辆暗红色的别克，现在因为很多车在那条石子路上来往，恐怕已经盖满尘土了。她可以把车就停在靠近这个小工具间，或是花园小棚屋，或者不管她叫作什么，反正是关着我的这个地方。

为了万一她就在外面，或是近得可以听得到的地方，我大声叫道："莎拉？莎拉·布依？"

我大叫道："你没什么好觉得难过的。"

我关在这里面，还是可以指导她，让她完成这件事，告诉她怎么做。下一步，她得去找根螺丝刀，松开夹子，把连接在干衣机后面的锡皮百褶导管拆下来。然后她可以用那同一组夹子将导管一头固定接装在我车子的排气管上，这种导管可以延展得很长，长得超乎你的预期。我的油箱里几乎全满。她也许可以用电钻在这个小屋有木头的那边钻个洞，或者在门上钻洞。她是个女人，能在之后看不出来的地方打洞的。

她这个地方要看起来好看，是很重要的事。因为这就是她所有的一切了。

“你的生活和我以前一样，”我说，“我能明白你对事情的想法。”

她可以用几条胶带把管子固定在小屋上。如果要加速杀死我的话，还可以用一块大塑料布盖在小屋上面，然后用绳子把塑料布在四壁绑紧，把这里变成一个密不透风的烟熏室。不用五个小时，她就有了两百磅的肉肠了。

大部分的人，连鸡都没杀过，更不用说杀人了。一般人，根本不知道这有多难。

我答应只做深呼吸。

由保险公司来的报告，说她的名字叫莎拉。莎拉·布侬，现年四十九岁。在一家面包店当资深烘焙师傅已有十七年之久。她以前能一肩扛起重量相当于一个十岁男孩的一袋面粉，而且还可以一边扛在肩膀上，一面抽开前面袋边的缝线，把面粉一点儿一点儿地倒进回转搅拌机。按照她的说法，在她最后上班的那天，前晚拖过的地板还是湿的。那里的照明也不好。面粉的重量使她往后跌倒，头撞在一张桌子所包的铁边上，结果造成失忆、偏头痛，还有身体虚弱，使她无法从事任何体力工作。

脑部断层扫描结果没有问题，核磁共振造影结果也没问题，X 光检查没问题。可是莎拉·布侬始终没回去工作。

莎拉·布侬，结过三次婚，没有孩子，有一点儿社会福利金。每月还有一点儿公司付的赔偿金。她吃二十五毫克的止痛药来治疗从脑部到脊椎再散到两臂的习惯性疼痛。有几个月，她还要求医生给她开镇静剂或安眠药。

在她和公司达成和解后不到三个月，她就搬到了这里，到这个鸟不生蛋的荒郊野外，四周没有邻居。

此刻，我坐在她的小棚屋里，右脚看来向后弯曲。膝盖想必给打断了，神经和筋络都转了半圈。膝盖以下的所有部分，全都麻木了。这里黑得什么也看不见，不过从我坐着的地方，能闻到牛粪的味道。那种塑料的滑滑感觉想必是准备给她园子里用的一袋袋堆肥。靠在墙上的有一柄铲子、一把锄头和一支耙子。

可怜的莎拉·布侬，现在她正在检查她的电动工具。她想到用电锯来锯我就觉得恶心，因为出来的不是木屑，那旋转的锋刀飞溅出来的是一蓬鲜血、肉和骨头。哎，她还得有一条够长的延长线。她正在看漆罐、杀蛞蝓的药、清洁剂等等的标签上有没有骷髅头加两根交叉骨头的记号。或是呕吐先生那张皱着眉头的绿脸。她打电话到当地中毒防治热线，打听一个成年男子要喝到多少烤肉用的引火油才会致命。对方的毒物专家问她为什么要查问时，莎拉就很快地挂了电话。

我怎么会知道这些的原因是……十年前，我替一个中盘商送大罐大罐的啤酒给好多好多的小酒吧和小餐厅。这些地方都小得没有卸货区，所以我只能并排停车，或是停在所谓的自杀线道，也就是两边都有车辆来往疾驰的地方。我背起一桶桶的酒，或是把一箱箱啤酒放在手推车上，等到车流之间出现一个大得能让我冲过去的空当。永远来不及准时送达，最后，完全是意外地，一个酒桶从架子上滚落，将我打倒在地上，不省人事。

在那之后，我找到一个几乎和这里一样好的地方。一辆生了锈的拖车，哪里也不去的，停在一间只有个洞的户外厕所旁边。前面是一条通过树林的石子路。我有一辆四汽缸的手动福特车，可以开着到镇上去，一笔因为完全失能而有的年金，还有用不完的时间。

我的下半辈子，唯一要做的事就是让我的车子能跑。我嗑药嗑到只要在太阳下散散步，就觉得像按摩一样爽。甚至像按摩之后再帮我打一轮手枪一样爽。

就只看那些喂鸟器前面的小鸟，那些蜂鸟，或是丢点儿花生，看松鼠和花栗鼠抢着吃，就能让我嗑了药之后笑得好开心。那真是够好的生活，是美国人梦寐以求的好日子：生活里没有闹钟，不必打卡上下班，或是戴个他妈的发网。梦想中的生活，不必连拉个屎也要先得到哪个混蛋的批准。

没错，在今天下午之前，莎拉·布依没有别的事要做，只是看看从图书馆借来的平装本小说。看看蜂鸟，吞那些小小的白色药片。过着应该永无止境的梦幻假期。

讨厌的是，不管你是不是伤残，都至少得装出伤残的样子来。你得跛着脚走路，或是头和脖子硬着，表示不能转动。即使血液里充满了止痛药，这种装假还是会让你开始觉得难过。任何一种症状装久了，就会真的觉得痛起来。你到处跛着脚走路，然后你的膝盖就会真的痛了起来。一直坐着，就会变成一个大胖子。

美国式的梦幻休闲，很快就让人觉得无趣。然而，你拿了钱做伤残人士，坐在电视机前，躺在吊床里，看着那些该死的动物。要是你不工作，就不想睡觉，白天晚上，你都是半睡半醒，烦闷无聊。

白天的电视，你依照三种广告就可以说得出是些什么人在看。那些广告或是给人戒酒的诊所，或是打伤残赔偿官司的律师事务所，要不就是提供函授职业文凭的学校，教你成为会计师、私家侦探，或者是锁匠。

如果你是看白天电视节目的人，这就是你的新统计学资料。你是个醉鬼，或者是个伤残，或者是个笨蛋。过了最初两三个星期之后，懒散的日子真无聊透了。

你没钱出门旅游，却可以用铲子翻土，保养汽车，种点儿菜在园子里，都不用花钱。

有天晚上，天很黑了之后，一群蚊子和鹿虻围在我门口的电灯四周。我在我的拖车里，泡了一大杯热茶，吞了几颗药。我把正在看的书放下来，看看窗外的虫子，就在这时候有声音传来，是个男人的声音，在后面树林里的暗处喊叫。

有人在叫："救命，来人啊，救命啊！"他失足伤了背部。他告诉我说他从树上掉了下来。

在半夜里，他穿着一套棕色西装，一件芥末黄的背心，脚穿一双有盖饰的棕色皮鞋，说他在赏鸟。有一副望远镜用皮带挂在他脖子上。这是他们在函授学校里教的，如果你被嫌犯逮到，就说你是个赏鸟的。我说我来帮他拿他的公文箱，然后我们各伸出一只手来环抱对方，很慢很慢地像两人三脚似的，往回走向我那辆拖车住家的门灯。

差不多快到的时候，那个人看到我那间老厕所，就问说，我们能不能停一下。他真的需要上个大号，他说。我扶着他进了门。

一等他把门关上，听到他的皮带环落在地板上，我马上打开了他的公文箱，里面是一大沓文件，还有一台摄影机。摄影机旁边打开着，里面有一卷带子。我把摄影机拿起来，把旁边的盖子盖上，那卷带子就自动开始播放，小小的观景荧光幕亮了起来。

在荧光幕上，一个小小的人把一辆旧福特车的后轮胎卸了下来。

那是我，推着轮胎。是我，把外面锁住的螺丝撬开，把我车上的轮胎卸下来。

没有别的，没有赏鸟的记录。在一阵静电的轻响之后，荧光幕上现出了我小小的身影，没穿上衣，扛起一满桶瓦斯，把那个桶子搬到拖车那边，换掉用完的空桶。

如果莎拉和我一样的话，此时此刻，她正由厨房抽屉里拿出一把切面包的刀子。如果她给我一杯放了几颗安眠药的水，也许可以让我昏睡过去。现在，她正在仔细地，几乎像斗鸡眼似的看着刀锋，看看有多利。要把鸡肉切开是非常容易的事，割人喉咙也不会更糟。她说不定会拿块毛巾盖住我的脸，这样就可以假装我是一条面包，只不过是切面包，或是肉卷，只是等到切断一条血管，而心脏仍在输送血液，就会有一波又一波的血泉涌而出。此时此刻，她正把刀子放回抽屉里。

也可能她拿的是一把电动割肉刀，是她半辈子前所收到的结婚礼物，还从来没有用过。仍然放在印刷精美的盒子里，附有小册子教你如何切火鸡……去掉火腿骨……切羊腿。

没说怎么把一个私家侦探分尸。

你必须考虑到的是，也许我希望被逮到。

坏心的我，偷窥可怜的莎拉·布依和她那一家子小猫。

你必须考虑的是，也许她希望被逮到。我们都需要一个医生来把我们从完美的子宫里拖出去。我们抱怨、呻吟，可是我们很感谢上帝把我们踢出了伊甸园。我们爱我们所受的磨炼，倾慕我们的敌人。

为了怕万一莎拉正好在附近，我大叫道："拜托，不要为这事让你自己伤透脑筋……"

因为没有锁可以把人关在厕所里，所以我用一条绳子把整个厕所捆起来，绕了三圈，绑得很紧，还打了个死结。在厕所里面，那个人正在哼哼唧唧地把屎拉进他坐在上面的那个洞里。他在忙着打那些由暗处飞出来的蚊子和鹿虻，没有听到我在外面打绳结，又把他的公文箱拿进我住的拖车去看一看。

在那个侦探的公文箱里，有一份计算机打印的文件，上面列了各种伤残状况，旁边都列有姓名和地址。有些人是腕骨综合症候群①，有些是下背部某处软组织受伤，颈椎慢性疼痛。还列有造成伤残者，保险公司，还有每个个案所开的止痛药。

在那张表上，有我的名字：尤金·丹顿。

在公文箱里，一根橡皮筋捆着厚厚一沓名片，每一张上都印着：刘易斯·李·欧连世，私家调查员。还有一个电话号码。

我拨了那个号码之后，公文箱里的一部手机响了起来。

在外面，刘易斯·李·欧连世正在大声地叫我帮他打开厕所的门。

如果这样能让莎拉·布依对杀我的事觉得好过点儿的话，我愿意

---

① 腕骨综合症候群（Carpal-tunnel syndrome），指在腕管受压时手与手指的疼痛异常等。

告诉她那个侦探，他哭了。两手捂着脸痛哭失声，他告诉我说他在家有老婆和三个孩子，很小的孩子。可是他并没有戴结婚戒指，皮夹子里也没有照片。

大家都说，会感觉到有人在看他们，让人盯上的感觉就像有蚂蚁爬到你长裤里的腿上。我可不会。那天下午，我换了轮胎，检查过刹车，换了机油，把车的载重量由冬季的规定改成夏季的规定。在这个小小的摄影机荧光幕上，我扛起一整箱的机油，从我住的拖车底下拖出来，用一只手臂扶着，这个完全失能的我，可怜的司机兼送货员，在法庭上宣誓说我的手都无法抬起来刷牙。一个下半辈子只能躺着不动的伤残人士，现在，在拍到的录像带里光着上身，腋下的汗水在那箱机油盒子上留下深褐色的湿印，我简直可以当马戏团里的大力士。

生活在户外，气候好，吃得不多，睡眠充足，这个晒得黑黑的肌肉猛男简直就是我十九岁时的模样。

这是我所过过的最好的生活，而这个被我关在厕所里的家伙却要把我的生活全毁了。

大部分伤残官司都还在上诉期间。那些保险公司的人，希望缠讼多年，只要能弄到五分钟清楚的录像，看到他把一具旋转挖土机放进他的小卡车里。他们把这段录像拿到法庭上播放出来。结果是：案件审结。伤残申请驳回，那个可怜虫，前一分钟他还满怀希望，想到下半辈子每月可以领到一大笔足够花的现钞，还有医疗费用，加上所有他需要的止痛剂、镇静剂和安眠药，来过安乐日子。辩方在法庭上把录像带一放——那具旋转挖土机放进他的小卡车里——他就什么也没有了。

他已经四十五或五十岁了，还被控诈领保险金。他后半辈子再也没有别的，只能领个最低工资。没有福利。一直要等到六十几岁够资格退休之后，才会有闲暇时候。

此时此刻，对莎拉·布侬来说，就算是因为杀人入狱的生活，也好过税缴不出来，车子给没收，在街上推个手推车当游民。

我和她处境相同的那时候，手里只有一盒四瓶强力杀虫剂。我所住的拖车底下有一个胡蜂窝。每瓶杀虫剂上面的用法说明都说先摇匀，再打开顶上的小瓶口。杀虫剂就会自动喷出毒烟到瓶空为止。

标签上说什么都能杀得死。

那个可怜的侦探。我爬上梯子，把四瓶杀虫剂全由厕所的通风管丢了进去。然后，我用手堵住管口，以免有什么漏出去。我在上面，像个他妈的阿道夫·希特勒，把毒气丢下去，听那个侦探咳嗽着，苦苦哀求让他透透气。先是他作呕呛到的声音，然后是大量黏稠的秽物吐在地板上的声音。单只是这个声音，就差点儿让我也想吐。杀虫剂的硫黄味和呕吐秽物的臭味。那些杀虫剂不断嗞嗞作响，白色的烟雾由每一个细缝和钉子孔里溢出。带汽油味的烟因为那个侦探用力撞墙又撞门地想要逃出去而从四边渗了出来。他撞得在那套棕色好西装垫肩里的肩膀和手臂都瘀青了，也让他耗尽了力气。

我坐在这里，一条腿从腰部以下都在痛，等着莎拉·布侬找出解决方法。我有好多事想告诉她。那种强烈杀虫剂让那个侦探和我两人都恶心想吐。还有用大扳手敲人家的太阳穴是什么感觉。还有，前面打的那十来下，只会弄得一团糟，就算两手抓住往下打，也不过打掉头发打出血，并不能真正地打碎多少骨头。还有血会让扳手变得滑不溜手而难以握住。而且你还得找东西来清理，把这事给做完。

如果说我在杀掉刘易斯·李·欧连世先生之前并没有失能的话，事后可就是了。杀人是件辛苦的工作，辛苦而又一团糟的工作。辛苦而又一团糟而且还吵死人的工作，因为他大喊大叫，说的话和屠宰场上一条牛的叫声一样没什么意义。

我当时的想法是，就算我不杀了这位多管闲事的侦探先生，那冰冷的漫长夜晚也会让他送命。鹿虻和他断腿引致的休克也会。死了就是死了。这样的死法可以让我们两个都不必受苦。不必受太多的苦。

就算我始终不被逮到，但杀了那个侦探的事还是毁了我当伤残人士的乐趣。现在我知道会有人在监视，我也看过那张打印出来的清单。总有一天会有另外一个侦探来查我。

所以，既然打不过，不如跟着做。

在电视上播映的下一个函授学校广告，我就打了电话给他们。他们教你怎么跟监一个嫌犯，怎么到垃圾桶里去翻找证据。不到六个星期，我就拿到一张说我是私家调查员的文件。之后，我也有了自己的一张清单去加以调查，去做那些我称之为我自己的“跟监记录”。

你学聪明了，离开这个圈子，转而对付其他和你一样的伤残同胞。大部分的案子，你根本不用出庭。只要把你住旅馆、租车子、吃饭等等的账单报上去，就会收到邮寄来的支票。再加上你的佣金。

到目前为止，我已经跟了布侬女士五天之久，仍然一无所获。你在拍摄“跟监记录”的时候，很像是跟你的目标结了婚。到邮局去取她的信件，去图书馆换一本新书，到杂货店买东西。即使是她整天坐在拖车里，拉上窗帘，看着电视，我也得把车停在那条石子路上，整个人躺下去，躺在我租来车子的前座，好把头枕在一个竖在乘客前座里的枕头上。这样才能有一只眼睛看着外面，哪怕什么事也不会有。

这就是一场婚姻关系。

整个下午，我蹲在她拖车后面的山坡上，藏在树丛里，打着蚊子，从我的摄影机镜头里望着她。我在等着可以按下“录像”按钮的机会。只要莎拉弯下腰去，扛起一个白色的瓦斯桶。只要五分钟的时间，她把很重的一大包猫饲料由她的老金龟车里搬下来，我的工作就大功告成了。剩下的事只有把我租来的车子还回去，赶下一班飞机回家。

当然，我之所以会坐在她这个小棚屋里面，是因为我失足跌了下来。她过来找到我的时候，已经是天黑之后，而蚊虫肆虐已经比她所能对付我的方法——用枪或用刀——都更凶的时候，我不得不叫救命。而她用一只手抱着我的腰，半撑半抱地走了这么远，她让我坐在这里。

“休息一下。”她说。

没有人说我很有创意，我对她说我在赏鸟。这个地区以红胸雎鸠驰名。每年这个季节，蓝颈雉鸟会到这里来交配。

她拿出我的摄影机，操弄着小小的播映荧光幕，打开了它。她说：“哦，拜托，让我看看。”摄影机咔嗒一声，嗡嗡作响，那个“播放”的红灯闪了闪，亮了起来。她看着荧光幕，面带微笑，有点儿迷糊。

我对她说“不要”，伸手去拿摄影机，要拿回来，但我的动作太快，我对她说不要看，也说得太大声。而莎拉·布侬，她往后退开，拱起双肘和两手来不让我拿到摄影机。由小荧光幕上发出闪动的微光，如烛光般照在她脸上，她微笑着继续往下看。

她不停地看着，但她的脸松垮下来，笑容消失了，她的两颊往下垂落。

那是一段她扛起一袋袋牛粪的画面，那些滑滑的白色塑料袋里装满了牛粪。每一包上面都有黑字印着：净重五十磅。

她的两眼盯紧着那方小小的荧光幕，她脸上所有的肌肉全挤到了中间，她的眉毛，她的嘴唇，这就是能毁掉她熟悉生活的五分钟。我那“跟监记录”短片会把她打回蓝领奴工的生活。

可能是她的背伤痊愈了，也可能她原先根本是在作假。但清楚的是，她没有残疾。以她那双手臂，都可以和鳄鱼表演摔跤来维生了。

莎拉·布侬，我只想告诉你说我了解。此时此刻，你在看灭鼠灵盒子背面说明的时候，我只想让你知道——那完全伤残、完全无助而失能的第一个星期，是我长大成人以来，生活中最美好的一个星期。

这是曾经度过一星期假去露营的每一个农夫、每一个铁道员和每一个女侍的美梦。在某个幸运的日子，一列火车因在转弯时太快而出轨，或是他们踩到一摊打翻在地的奶昔，结果让他们住在一条不知名的石子路尽头。快乐的伤残人士。

那也许不是什么美好生活，却是个够美好的生活。洗衣机和烘衣机就在拖车旁边的台子上。所有的东西都是上了漆的金属制品，上面有着斑斑锈迹。

只要她肯听我说，我可以告诉布侬女士我的大动脉在哪里，或是在她挥动大铁锤时该打在我头上的哪个地方。

可是，莎拉 · 布侬只叫我等一下。她关上小棚屋的门，让我坐在里面，有挂锁锁上的声音。

此时此刻，她正在磨刀，她在挑衣服。她的便服和罩衫，牛仔裤和运动衫，要找一套她以后绝不会再想穿的衣服。

我在等着她，对她叫着说要她不用难过。我叫着说她要做的事都是对的。这是让一切结束的唯一最好办法。

八卦侦探站在小吃吧台后面，告诉我们说："结果，那个莎拉 · 布侬，她比我聪明。"

她没有杀我，却打开了摄影机，把我的过去，谋杀刘易斯·李·欧连世的事，录了下来。等她把录像带藏好之后，她开车把我送进了医院。

"这个，"八卦侦探对我们说，"就是我所谓的美满结局……"

Chapter 17.

魏提尔先生会说，有些故事，你会说，会加以利用。另外有些故事，会把你榨干。

美国小姐正用两手紧抱着肚子，蹲在哥特式吸烟室里一张翼状靠背扶手椅的黄色坐垫上，用一条围巾围着肩膀，前后摇摆。到底是她的肚子真的大了，还是她衣服穿得太多，我们实在不知道。她摆动着，两臂和两手全是猫爪子抓出来的一道道红肿。她说："你们有没有听说过 CMV ？细胞巨化病毒？那对孕妇来说是会致命的，而猫会携带这种病原体。"

"要是你为那只猫感到难过的话，"失落环节说，"那倒是应该的。"

美国小姐抱着肚子前后摇摆，说道："当时不是那只猫死，就是我死……"

我们全都坐在那个"科学怪人室"里，坐在那黄红两色玻璃的壁炉前面，互相对看着。在心里暗暗记下每一个手势和每一句对话。录下每个动作，每件事情，每种情绪，盖过前面的一切。

坐在黄色皮椅上的失落环节对坐在隔壁一张椅子上的灵视女伯爵说："怎么样？你是杀了什么人才到这里来的？"

每个人都假装不知道他这话的意思。

我们每个人都想做摄影机，而不是被拍摄的东西。

"看起来我们不是全在躲什么吗？"失落环节说。长着长鼻子，如凉篷似的一字浓眉和一脸胡子的他说："否则怎么会有人跟着魏提尔先生——一个大家都不认识的人——走进这道门来呢？"

在那些黄绸子的墙纸上，在那些又高又尖，后面有十五瓦灯泡照出永恒暮色的染色玻璃窗之间，在那黄色墙纸上，圣无肠画着乱七八糟的记号，来记录我们到现在为止已过的天数。他以一只手上仅剩的拇指和食指捏住一支粉笔，在每天保安会修女打开电灯时画一道记号。

在石板地上，八卦侦探正用那个粉红色的健身轮来回地滑动着，想要再减轻体重。

炉子——又坏了。锅炉也坏了。马桶呢，因为塞进了爆米花和死猫也给堵死了。洗衣机和烘衣机到处是拔出来扯断的电线。

大家尿在一个碗里再拿去倒进洗手槽，或者就撩起裙子，尿在某个人房间的黑暗角落。

我们穿戴着童话式的丝绒衣服和假发，每天在尿和汗水的臭味中，在那些有着回音的冰冷房间里打发日子，这正是两三百年前的宫廷生活。在今天的电影里看来干净而高雅的皇宫与古堡，实际上——就算是全新的，也又臭又冷。

据杀手大厨说，法国古堡里的厨房离皇家餐厅远到等菜送到餐桌上时都已经冷了。所以法国人才会发明他们那些超浓的酱汁，像毯子一样盖在食物上，以保持食物在送上桌时还是热的。

我们呢，我们找到所有肉食动物猎食的东西：保龄球、健身轮、那只猫。

“我们的人性不是以我们如何对待其他人来度量的。”失落环节说。他一面用手指弄着外套袖口上那一层猫毛，一面说：“我们的人性是以我们如何对待动物来度量。”

他看了看保安会修女，而她看了看表。

在人权比历史上任何一个时间都更为高涨的这个世界里……在整体生活标准处于巅峰状态的世界里……在每个人要为自己生命负责的文化里——失落环节说，在这里，动物都很快成为最后的真正受害者。唯一的奴隶和猎物。

“动物，”失落环节说，“就是我们对人类的定义。”

没有动物，也就不会有人类。

在一个只有人的世界里，人根本什么也不是……

“也许这才是在狄奥塔蒂山庄里被连日大雨困在屋子里的人没有互相残杀的原因所在。”失落环节说。

因为他们有大群的狗、猫和马，还有猴子，让他们言行举止像人类。

看着美国小姐两眼红肿，因为发烧而汗流满面，失落环节说，在将来，那些在诊所外抗议的人……那些高举画有微笑婴儿的抗议牌子的人，那些咒骂着、朝待产的妇女吐口水的人——在那个悲惨而拥挤的世界里，失落环节说：“这些人反对的是那些少数仍然选择生孩子的自私妇女。”

在未来的世界里，在我们外面的世界里，唯一的动物只存在于动物园和电影里。除了人以外的所有东西都成为桌上佳肴：鸡肉、牛肉、猪肉、羊肉和鱼肉。

美国小姐抱紧了肚子说：“可是我需要进食。”

“没有了动物，”失落环节说，“还是有人，可是没有人性。”

自然嬷嬷看着她的订婚戒指，游民夫人的那颗大钻石在她细瘦的手指上闪闪发光。她说：“你说什么抗议生孩子的事……好可怕哟，听起来就像是凶悍同志说的话。”

这里的第四个鬼。

“我同意，”圣无肠望着自然嬷嬷说，“小婴儿很……棒。”

自然嬷嬷和圣无肠——仍然是我们的浪漫爱情的支线情节。

然后失落环节举起两手来将大衣袖子抖落。他以两根食指抵住两边太阳穴，说道：“那我现在就和她连接。”连接上凶悍同志。也连接上魏提尔先生，他说人类需要接受他们天性中属于野兽的那一面。我们需要以某种方式来宣泄我们战斗或逃窜的反应。那些我们在过去上千代以来所学会的技巧。要是我们忽视我们对伤害和受伤害的需要，要是我们否定这种需要而任由其累积的话，那我们就会有战争，连环杀人犯，校园枪击事件。

“你的意思是说，我们会有战争，”圣无肠说，“是因为我们会觉得无趣的门槛太低了的缘故？”

而失落环节说：“我们之所以会有战争，是因为我们不承认有那么低的门槛。”

八卦侦探拍摄诽谤伯爵，诽谤伯爵录下失落环节的话。我们所有的人都在寻找一些真实的状况，以便将来有一天在拍片现场可以说给演员听。某些细节可以让我们对真相的说法更加真实。

美国小姐在她那么多层裙子下伸起一只手来，两眼低垂茫然地看着地毯。她的手指在那几层裙子下摸索，一面呼吸着，胸部上下起伏。她停下了手。

在她把手抽出来的时候，手指头都亮亮的，沾着某种透明液体而变得湿湿的。她把手送到鼻子面前去闻了一下，皱起了眉头，在她那对蓝眼之间的皮肤缩到一起而成为很深的皱纹。

可怜的否定督察已经不哭了，哦，停了好久好久了。从那以后，她只坐在那里，盯着美国小姐。跟着她从一个房间到另一个房间。一直在等待着。

“你有了细菌感染。”失落环节看着美国小姐手臂上的抓痕说，“杆状巴东体菌，感染到淋巴结。”然后他停了下来，让大家记笔记，他一个字一个字地细说。“杆子的杆，形状的状……”而诽谤伯爵匆匆地写着。

“要是我没弄错的话，”失落环节一面朝空中闻着说：“你的羊水破了……”

喷嚏小姐以手握拳挡在嘴前咳着，在寂静之中，笔在纸上书写的声音响得有如雷鸣。

美国小姐的手指凑到桌子前面的时候，否定督察的眼光一直盯着她的手。

我们每一个人，都是摄影机后面的摄影机后面的摄影机。

失落环节把他大衣袖口的毛拌掉，头也不抬地说道："你得的这个病俗称'猫抓热'……"

"我有偏头痛。"美国小姐说着，把她湿湿的手指在围巾上擦了擦。她一把撩起裙子，站起来下了椅子。她把围巾拉高，高得围住了她被抓伤的脖子。美国小姐站直了之后，开始朝楼梯走去，一面说道："我要回我自己的房间去。"

她刚才蹲着的那张椅子皮坐垫上黑黑的。湿了，是水，不是血。

等到美国小姐由楼梯上往下走，越来越往下而消失之后，否定督察才动了起来。

一等美国小姐走得看不见踪影之后，否定督察就开始跟着她走去。

我们其余的人看着，把这事记下来。否定督察两手各抓住她身上的制服，一件克拉拉·巴顿[①]式的长裙子，外罩连身围裙，胸口有个红十字，头上的假发顶上别着一顶折起的护士帽。她抓着裙子的手指紧得看来都发青了。她的下巴垂贴在胸口，因此两眼翻上去，由眉毛底下往外看。她的嘴巴紧到下巴两角的肌肉都鼓了出来。否定督察以比我们的笔在纸上涂写还轻的声音，跟在美国小姐后面走去。

我们其余的人坐着，等着尖叫声传来。

需要出些有意思的事。

需要出些残忍的事。

我们的神话——只不过又少了一个人分版税。

八卦侦探瘫倒在地上，侧躺着，不住喘气，亮着汗光。他的长袖袍子底下露出灯笼裤，假发垂落在头上。八卦侦探对失落环节说："且验证一下你自己的理论。你是杀了什么人才到这里来的？"

① 克拉拉·巴顿（Clara Barton），美国红十字会创始人。

进化

一首关于失落环节的诗

“你今天要怎么做？”失落环节问道，“你要怎么样辩护？”
那堆积如山的动物和你先人的尸体，你就站在上面。

失落环节在舞台上，他的黄色眼睛由他突出的眉骨下方深处瞪了出来。
他的眼睛和鼻子，全挤在中间那一块小小的开放空间，
在如树丛的额头和如森林的胡须之间，
他两手垂落几近双膝，
指节上都长着卷曲的黑色长毛。

舞台上，没有聚光灯，只有一段影片：
十六厘米的影片，拍的是一个怪物，全身长满了红毛。
高得如一个骑在马背上的人，头顶是尖的，
背对着镜头跑了开去。
一个大晴天的河边，有松树为背景。
那个纪录片里的怪物，身形落在失落环节身上，
她长着红毛的乳房晃动着，她转头往后看。

在台上，失落环节说：“你呼吸的每口气都因为有什么死了。”
因为有什么东西或什么人死了，你才能有今生。
那如山的死者，把你托升到日光中。
失落环节，他说：“那些力量与能量以及他们生活的动能……”
如何找得到你？
你如何享受他们给出的礼物？
皮鞋和炸鸡和阵亡的士兵都只是
　一场悲剧，如果你浪费了他们的礼物，

坐在电视机前，或困在车阵里，或在某个机场里进退不得。

“你怎么才能显示历史上的一切生物？”失落环节说。

你怎么才能显示出他们的生死与工作都是值得的？

论文

失落环节的故事

结果那并不是真正的约会。

没错，是和一个够漂亮的小姐在小酒馆里喝啤酒，打了一盘台球，自动点唱机里播着音乐，叫了两客汉堡加煎蛋、炸薯条。典型的约会餐点。

在莉萨死了之后这样太快了点儿。但是出来走走，却很爽快。

然而，这个新认识的女孩子，眼光始终不曾转开。不看吧台上方电视机里的足球赛，打的每杆台球都没中，因为她根本不看母球。她的眼睛，好像在记口授资料，记着速记，拍着照片。

“你有没有听说那个被杀的小女孩？”她说，“她是从保留区来的吧？你认识她吗？”

那间酒吧的粗杉木板墙给烟熏了多年。地上的木层很厚，好吸收吐出来的烟草汁。黑黑的天花板上来来回回地挂了圣诞灯串。红的，蓝的，黄的，绿的，还有橘色的。有些灯泡在闪亮。这里是那种不会管你带狗或带枪进来的酒吧。

可是，尽管外表上看起来像是约会，其实更像是一次访问。

那个女孩子就算是在陈述一件事实，说出来也像是个问题：

“你可知道，”她说，“圣安得烈和圣巴多罗买[①]曾经想让一个长着狗头的巨人皈依吗？”她甚至都不先瞄一下就下杆。一面又说：“早期的天主教会形容那个巨人有十二英尺高，长了一张狗的脸，狮子的

① 两人都是耶稣十二使徒之一。

鬃毛，牙齿有如野猪的獠牙。”

她当然没打中，但是她毫不理会。一路讲了又讲，讲个不停。

“你有没有听说过意大利语所说的 lupa maenra？”她说。

她趴在台球桌上，又漏打了很容易的一杆：那两颗球根本是一直线，可以进底袋的。她一直不停地在说着：“你有没有听说过法国的甘狄农家族？1584 年，全家族的人全部以火刑烧死了……”

这个女孩，叫曼蒂什么的，过去两个月来一直在校园里打转，也许从圣诞节假期之后就开始了。她穿着短裙和鞋跟尖得像铅笔一样的靴子。这种衣服附近可是连买都买不到的。起先她大部分都在人类学系附近。在“世界民族一〇一”课堂里，她是毕业班助教，她那种瞪着两眼的那一套就是从这里开始的。然后她又到了英语系一带，查问法律预科的问题。她每天都在那里，她每天都说哈啰。可是，永远在查看。两眼拍着照片，记着笔记。

那个叫曼蒂什么的，秘密特勤人员。

整个冬天，他们的视线接触过好多次。这个星期，她说：“你要不要去吃点儿东西？”她请客。可是，就算有汉堡，有圣诞灯饰，有啤酒，却也还不是约会。

现在，她打歪了六号球，“我在人类学研究方面比打台球强多了。”她在杆头搽着粉说，“你可知道 varulf 这个字？晓不晓得一个叫吉尔·特鲁道的人？他是美国革命期间拉法叶将军的向导？”那个叫曼蒂什么的一直把蓝色的粉搽在杆头上磨着说：“你有没有听过一个法国字叫 lorp-garou 的？”

她的两眼一直盯着，估量着，要找一个答案，一个反应。

就是因为她是学人类学的，所以才想见人而走出去。她从纽约市搬到这里来，千里迢迢只为认识从浓瓦纳族保留区来的男人。对，这是有种族的问题，她说：“可是那是好的一面。我就是觉得浓瓦纳族的男人很辣……”

叫曼蒂什么的把身子从汉堡上方俯了过来，两肘撑在桌子上。一手握住下巴，另外一只手在油腻的桌面上画着一个看不见的图形。她说茨瓦纳族的男人都长得很像。

“茨瓦纳男人的脸上都有条大老二跟两颗蛋蛋。”她说。

她的意思是：茨瓦纳族的男人都有方方的下巴，有点儿太朝外伸。而下巴中间有一道沟深得让下巴看起来就像一个袋子里放了两颗蛋蛋。茨瓦纳族的男人永远随时需要刮胡子，哪怕刚刮完也一样。

那层始终都在的乌青，叫曼蒂什么的称之为“五点钟乌青”[①]。

从茨瓦纳族保留区来的男人只有一条眉毛，那一长条浓密黑毛，浓得有如一丛阴毛横在他们鼻梁上方，然后向两边延伸，几乎碰到两边的耳朵。

在这一大丛黑色卷曲毛发和那像个袋子似的低垂下巴之间，就是茨瓦纳男人的鼻子。一条又长又圆的肉管垂在脸中央。那根鼻子粗而半硬的肥大的头部都能遮住他们的嘴巴。一根茨瓦纳男人的鼻子长得甚至还超过了他们如阴囊的下巴，多那么一点点。

“那眉毛遮掉了他们的眼睛，”曼蒂说，“鼻子又遮掉了嘴巴。”

你看到从茨瓦纳族来的男人的时候，第一眼看到的是一丛阴毛，一根粗大而半硬的老二垂挂下来，后面垂吊着两个蛋蛋。

“好像尼古拉斯·凯奇，”她说，“只是更大一点儿，像根老二和蛋蛋。”

她吃了一根炸薯条，说道：“这样就看得出那个男人长得好看不好看。”

桌上撒满了她往炸薯条上撒的盐。她用一张酒保从来没见过那种颜色的美国运通卡付了账，不知是钛还是铀的颜色。

她是为了她拿学位的论文才到这里来的。在曼哈顿，在那一群傻

---

① 从形容男人胡子太浓密，早上刮干净，下午五点又是乌青一片的“Five O’clock Shadow”而来。

笑的人类学系大学生当中，很难受得了这样一个案子，只能忍耐到你的指导教授要你去做些田野调查。她研究的是隐居动物学，专门研究已经灭绝或传说中的动物，像大脚怪、尼斯湖水怪、吸血鬼、苏瑞郡美洲狮[①]，还有泽西怪魔[②]。那些可能有也可能不存在的动物。她的指导教授觉得她应该到这里来，探访茨瓦纳族保留区，来研究此地的文化，做一点儿实际的调查工作，充实她论文的内容。

她的眼光上下跳动，搜寻着一个反应，一些认同。

“天啦，”她说着吐出舌头，假装呛到的样子，“这会不会让我看起来好像想做玛格丽特·米德？[③]”

她原先的计划是住在茨瓦纳保留区里。她可以租间房子什么的。她的父母都是医生，希望她能追求自己的梦想，而不要落得跟他们一样的下场，至于要花费多少都不是问题。叫曼蒂什么的即使是在说她自己的事，也还在提问题。谈到她的父母亲，她说：“他们为什么不换个工作呢？很惨吧？是不是？”她的每句话最后都是个问号。

她的眼睛，不知是蓝色的还是灰色的，仍然一直注意看着。她用牙齿咬了一小口汉堡，其实现在汉堡恐怕都已经冷掉了。她一副好像在吃什么死的东西的样子。

她说：“那个死了的女孩子……”

然后说：“你觉得是出了什么事？”

她的论文主题是这同一种巨大而神秘的生物怎么会出现在世界各地。这些大东西在西雅图的喀斯开山脉称为 Seeahtiks，在欧

---

① 苏瑞郡美洲狮（Surrey Puma），相传于 1960 年左右出现于苏瑞郡西部的一种大型猫科动物。

② 泽西怪魔（Jersey Devil），传说中住在新泽西州南部的怪物，形如有翼之两脚马。

③ 玛格丽特·米德（Margaret Mead），美国人类学家，著作甚丰，二十六岁出版第一本书《萨摩亚人的成年》，曾引发争议。

洲叫 Almas，在亚洲叫 Yetis，在加州则是 Oh-mah-ah，加拿大叫 Sasquatch，苏格兰则称为 Fear Liath More，英国马杜峰一带出没的叫“灰人”，西藏则叫作 Metohkangmi，或是“可恶的雪人”。

所有这些不过是那些在山里、森林里漫游的巨大生物的不同名称，这些生物有时让登山者或伐木工人看到，有时给拍了照片，可是从来没抓到过。

她称之为一种跨文化的现象，她说：“我讨厌那个总称，叫什么‘大脚怪’。”

所有这些不同的传说都是各自产生的，可是全都形容的是高大多毛而又臭味冲天的怪物。这些怪物很怕生，但受到刺激也会攻击。1924 年有过这么一个案子，在西北太平洋[①]的一群矿工朝一只他们以为是猩猩的动物开枪。那天夜里，他们在圣海伦山上的小木屋就受到一群这样多毛巨人投掷石头的攻击。1967 年，俄勒冈州一个伐木工人看到一个多毛的巨人从冻硬的地里挖起一块一吨重的巨石，吃掉躲在石头下的一群地松鼠。

否定这些怪物存在的最大证据是从来没有抓到过这种怪物，也没有找到过这类怪物的尸体。现在野地里有那么多猎人，有骑着机车的人，总该有人逮到一只大脚怪吧？

酒保来到桌边，问有谁要再加一轮酒？叫曼蒂什么的马上住了嘴，好像她在说的是个很大的国家机密。她对站在那里的酒保说：“再来一杯生啤酒。”

等他走了之后，她说：“你知道威尔士人说的 gerulfos 吗？”

她说：“你不在意吧？”她把身子扭向一边，把两手伸进搁在她身边座位上的皮包里，掏出一本外面用橡皮圈捆住的笔记本来。“我的笔记。”她说着把橡皮圈拉脱下来，套在一边手腕上，以免遗失。

---

① 这里指的是北美洲西北部临太平洋的陆地，包括华盛顿、俄勒冈和爱达荷州，以及部分卑诗省，还有相连的阿拉斯加、蒙大拿等州的部分地区。

“你有没有听说过有一种古希腊称为 cynocephali 的人？”她说。她把笔记本打开，念道：“有没听过 vurvolak？aswang？还是 cadejo？”

这是她最着迷的另外一部分。“所有这些名字，”她说着用一根手指点着笔记本里打开的那一页，“全世界的人都相信有他们，可以回溯到几千年前。”

这个世界上每种语言对“狼人”都有一个称呼。地球上每种文化都怕他们。

她说，在海地，怀孕的妇女生怕狼人会吃新生婴儿，那些孕妇都会喝掺了汽油的苦咖啡。还用大蒜、豆蔻、韭菜和咖啡一起煮水来洗澡。所有这些措施只为了让婴儿的血有股味道，让当地的狼人大倒胃口。

这就是叫曼蒂什么的要写的论文题材。

大脚怪和狼人，她说，他们其实是一类的。科学研究之所以从来没发现过大脚怪的尸体，是因为会变回去。那些怪物其实都只是人。每年只有几个钟头或几天会变身。长出长毛，发起狂来，丹麦人以前就是这样说的。他们变高、变大，需要更大的空间来走动，到森林里或山里。

“这有点儿像是，”她说，“他们的经期。”

她说：“即使是男性也有这种循环时期的。公象每六个月左右就会经历一次他们的狂暴时期。它们分泌大量睾丸酮，它们的耳朵和生殖器会变形，而且脾气极为暴躁。”

鲑鱼，她说，逆流而上去产卵时，形状改变得更大到下巴都变了形，颜色也不一样，你根本认不出它们是哪种鱼。还有蚱蜢会变蝗虫。在这些情形下，它们整个身体大小形状都会变。

“根据我的理论，”她说，“大脚怪的基因不是和多毛症，就是和一般认为五十万年前已绝种的类人巨猿有关联。”

这位姓什么的小姐叽叽喳喳说个不停。

男人为了想钓马子上手，更胡说八道的屁话也听过。

她所说的第一个很了不起的词是：多毛症，那是一种遗传性的疾病，在你皮肤上的每个毛孔都长出长毛来，最后会到马戏团里去展示。她的第二个了不起的用词是巨猿，那是十二英尺高的人类祖先，是 1934 年一位名叫科尼瓦德[①]的博士在研究一颗巨大牙齿化石时所发现的。

叫曼蒂什么的一根手指点着她笔记本上打开的那一页，说道："你可知道为什么，"她用手指点着，"1951 年由艾瑞 · 克许普顿在圣母峰上所拍到的脚印，"她又点了点手指，"看起来和在苏格兰的马杜峰上所拍到的脚印一模一样，"她又用手指点了点，"而且也和 1967 年由鲍勃 · 吉姆林在北加州找到的脚印一模一样吗？"

因为全世界各地的长毛怪物彼此都有关系。

她的理论是，世界各地的人，那些隔绝的人群，带有会把他们变成这些怪物的基因，代代遗传下去。这些人与世隔绝，独居在荒山野地里，因为没有人想在，比方说，芝加哥或是迪斯尼乐园里变成一个高大的长毛怪物吧。

"或者，"她说，"是在一架由西雅图飞往伦敦的英航班机上……"

她说的是上个月的一架班机。那架喷气式飞机坠毁在北极附近。机长最后的通话中说有什么东西扯开了驾驶舱的门，那扇装有强力钢板、防弹和防炸的驾驶舱门。在飞行记录器，也就是俗称的黑盒子里，最后的声音里有尖叫、咆哮，还有机长的声音高声尖叫道："怎么回事？这是什么？你是什么？……"

联邦航空管理局说不可能有人把枪、刀或炸弹带上飞机。

国家安全局说坠机很可能是由单独一名恐怖分子所引发的。那个人显然服用大量强力毒品，而那种毒品使他或她具有超人的力量。

叫曼蒂什么的说，在死亡的旅客之中，有一名茨瓦纳族保留区来

---

① 科尼瓦德（Palph Von Koenigwald），德国古生物学家及地质学家。

的十三岁女孩。

“那个女孩子要去的地方是”——她翻阅着她的笔记本——“苏格兰。”

她的理论是，茨瓦纳族是打算在她到达青春期之前把她送到海外去。这样她可以见到，也许还可以嫁给马杜峰那里的哪个男人。那里正是传说中在四千英尺高处有灰毛形体出入的地方。

叫曼蒂什么的，她真是理论多得不得了。纽约公共图书馆里，关于这方面的藏书可说是全美之冠，她说，因为以前曾经有一群女巫经管过那个图书馆。

叫曼蒂什么的，她说门诺教派里的严谨派将全天下他们教派小区所在地方列成清册。记录下他们教派的每一名成员。这样他们在旅行或移民时，就永远可以在他们自己人中间，在他们之中生活，在他们之中成家。

“如果说那些大脚怪的人也有这样的清册的话，应该也不足为奇吧。”她说。

因为变身永远只是暂时性的，所以研究的人从来没发现过大脚怪的尸体。也就是这个原因，狼人的概念才会在人类有史以来一直存在于所有文化中。

那段由一个叫罗杰·帕特森的人在1967年所拍摄的影片里，一个动物直着身子行走，全身长毛。是个有着尖脑袋、大奶子和大屁股的女性。她的脸和乳房以及屁股上，全身都覆满了红棕色的长毛。

那几分钟的影片，有人说是假造的，也有人说是无可否认的证明，恐怕只是某人的缇丽阿姨，正好在她变身的时候。到处找浆果和虫子果腹，只是想在她变回来之前躲开别人。

“那可怜的女人，”曼蒂说，“想想看，几百万人看到你最惨的‘长毛’期光着身子的影片。”

说不定，那个女人的其余家人，每次在电视上回放这段影片的时候，恐怕都会把她叫进客厅来取笑她呢。

“在世界上的人眼中看来像个怪物的东西，”曼蒂说，“对茨瓦纳族的人来说，其实只不过是家庭电影。”

她略微停顿了一下，也许是在等一个反应，笑声或是叹息，或是紧张不安地动一动。

在那班飞机上的那个女孩子，叫曼蒂什么的说，想想看她会有什么感觉。吃着航空公司供应的飞机餐，可是仍然很饥饿。从来没觉得这么饿过。向空服员要点心、剩菜，什么都好。然后知道了会出什么状况。在那之前，她只听说过妈妈和爸爸会进到树林里，吃鹿、臭鼬、鲑鱼和所有他们抓得到的东西。疯狂似的过了几晚，回来的时候筋疲力尽，或是怀了身孕。想想那个女孩子站起来，想躲进飞机上的洗手间里，可是门锁住了。里面有人。她站在走道上，就在洗手间门外，只觉得越来越饿，越来越饿。等到门终于打开，里面那个男人说：“抱歉。”可是已经来不及了。站在门外面的那个已经不是人类。只是一个饿鬼，它把他推回到那小小的塑料洗手间里，把他们两个一起锁在里面。那个男人还来不及尖叫，原先是十三岁女孩的那个东西已经咬紧了他的气管，扯了出来。

她吃了又吃。扯掉他的衣服，就像你剥掉橘子皮一样，好再多吃一点儿里面多汁的肉。

机舱中的乘客昏然入睡之时，这个女孩子吃了又吃。越吃长得越大。也许那时候有个空服员看到有黏稠的血水从上锁的洗手间门下流了出来。也许空服员敲了门，问里面是不是有什么问题。也或许是那个茨瓦纳族的少女吃了又吃但还是觉得很饿。

从那原先上锁的洗手间里出来，浑身是血的东西，完全没吃饱。那个东西冲了出来，冲进黑黑的机舱里，一把抓起人脸和肩膀，一路从中间走道走下去，就像走在自助餐桌旁边，一路吃着、咬着。坐得满满的乘客，想必在那对饥渴的黄色眼睛里看来就如一大盒心形巧克力。

在这个飞行吃到饱餐厅里挑选人头。

在驾驶舱门撕裂之前，机长最后的无线电通话，是在大叫："救命，救命，有人在吃我的空勤组员……"

叫曼蒂什么的在这里停了下来，两只眼睛睁得圆圆的。一只手按着起伏不定的胸口，想在说话之间喘过气来。她的呼吸中带着啤酒味。

通向大街的门开了，一群男人走了进来，全都穿着同样亮橘色的衣服，他们的运动衫，背心，橘色外套。像个运动团队，但实际上是一群修路工人。吧台上方的电视正播放着号召加入海军的广告。

"你想象得到吗？"她说。

如果她能证明这一切都是真的话，会有什么结果？万一只是某一个基因就能让他们成为能大量毁灭对方的一种武器呢？政府会不会下令所有带有这种秘密遗传基因的人服药来加以抑制？联合国会不会下令将他们全部隔离到秘密的地方？集中营之类的？还是说会给他们植入芯片？像野生动物园里对危险的大熊所做的一样，好追踪他们。

"你不觉得吗？"她说，"联邦调查局来调查保留区只是迟早的问题吧？"

她到这里的第一个星期，开车到保留区里，想找人谈话。她的计划是租一间房子，观察那里的日常生活。弄清楚茨瓦纳文化的细节。一般人如何赚钱生活。收集口授的传奇和历史。她开车到那里，带着录音机和总长度达五百小时的录音带。结果没有人肯坐下来和她谈话，也没有房子、公寓或房间可租。她到了那里还不到一个钟点，当地的警长就告诉她说当地有宵禁，她必须在日落之前离开保留区。因为开车还要走很久，他告诉她说最好马上动身回去。

他们把她给踢了出来。

"我的重点是，"叫曼蒂什么的说，"我本来可以防止这一切的。"

这女孩子一直在危言耸听，坠机的事，联邦调查局再过几天就会来到，然后是集中营，还有灭种。

从那之后，她就一直在社区大学里，想和一个茨瓦纳族的男人约会。到处问问题，等着。可是不是等着答案，她是在等掌声，等着被认同。

她先前说过的那个字 varulf，是瑞典话里的“狼人”，Loup-garou 是法文。那个叫吉尔·特鲁道的男人，也就是拉法叶将军的向导，是美国历史上所提到过的第一个狼人。

“告诉我说我是对的，”她说，“我就会想办法帮你忙。”

她说，要是联邦调查局的人来了，这个故事就永远不会得见天日，所有带有可疑基因的人就此消失在政府的管控中，以保障大众安全。或者会有某种官方制造的意外事件来解决这个问题。不是灭种，至少不是正式公开的。可是政府为什么对某些部落下毒手，一定有很好的理由。利用天花将他们消灭，或是把他们困在偏远的保留区里。不错，并不是所有的部落都带有大脚怪的基因，可是一百年前，你怎么能冒这种险呢？

“告诉我说我是对的，”叫曼蒂什么的说，“我就可以让你上晨间的《今天》电视节目。”

甚至说不定还能排在 A 段……

她会透露这个故事，博得大众同情。也许还可以把国际特赦组织给扯进来，这可以成为下一场大的人权战争。可是是全球性的。她已经确认了其他的社区、部落，还有世界各地最可能带有她假设的怪物基因的团体。她的呼吸中带着啤酒的味道，把“怪物”两个字说得声音大到那群穿橘色制服的修路工人都朝这边看。

她在世界各地都找得到她可以卖弄风情的对象。就算这次约会搞砸了，她还是会找到别的人告诉她那些她想听的话。

说大脚怪和狼人的确是有的，而他两者都是。

男人为了钓马子上手，比这更狗屎的事情也都听过。

就算是茨瓦纳族男人，脸上挂着大老二。

即使是我。可是我告诉她：“那个十三岁的女孩子，她的名字叫莉萨。她是我小妹。”

“口交，”叫曼蒂什么的说，“也不是不可能的……”

不管是哪个男人，如果还不把她带回保留区的家里，就真是白痴了。说不定还可以把她介绍给大家。那整个——他妈的家族。

于是，我站了起来，对她说：“你可以去看保留区——就在今晚——不过我真的需要先打个电话。”

Chapter 18.

在美国小姐住的化妆室里，在灰色水泥和裸露的管线之中，克拉克太太跪在那张双人床旁边，正在说生孩子并不见得总是你可能想象的美梦。

我们其余的人，都在走廊上偷看。我们都怕会错过了什么关键大事而不得不听信别人说的话。

美国小姐蜷曲在她的床上，侧躺着，把脸对着灰色的水泥墙壁，在这场戏里她一句对白也没有。

克拉克太太跪在旁边，她那对巨大而干涸的奶子搁在床边上。她说：“你记得我女儿，卡桑卓拉吧？”

那个看过“噩梦之匣”内容的女孩子。

那个剪掉睫毛、然后消失了的女孩子。

“她不见之后，我才第一次注意到魏提尔先生的广告。”她说。在卡桑卓拉离开之后的卧室里，有一张她夹在书里的纸条，上面写着：作家研习营，抛开你的生活三个月。

克拉克太太说：“我知道魏提尔先生以前就干过这件事。”

而卡桑卓拉在上一回到过这里——被困在这个地方。

小孩子，她说，在他们还小的时候，会相信你跟他们谈到这个世界的一切话语。你是妈妈，也就是世界年鉴和百科全书和字典和《圣经》，全部加在一起。但是等他们到了某一个年纪，那就全部反过来了。在那之后，你成了骗子，或是笨蛋，或是坏人。

我们其他的人都忙着记下来，让人几乎除了笔划在纸上的声音之外听不到别的，我们全都在写：成了骗子，或是笨蛋。

我们从诽谤伯爵的录音机里听到:“…… 或是坏人。”

克拉克太太唯一真正知道的是，在卡桑卓拉失踪了三个月之后，他们找到了她。警方找到了卡桑卓拉。

她跪在美国小姐的床边说:“我之所以同意帮魏提尔，是因为我希望知道我的孩子到底出了什么事 ……”克拉克太太说:“我想要知道，而她始终不告诉我 ……”

寻人海报上的孩子

克拉克太太的故事

卡桑卓拉在失踪三个月之后，走了回来。有一天早上，一个通勤族在州道公路上开车进城时，看到一个女孩子，近乎全裸，沿着铺了鹅卵石的路肩彳亍前行。那个女孩子看起来只围了一块腰布，戴着黑手套，穿了黑鞋子。她在脖子上好像系了个围兜或是一条黑色大手帕，垂落下来遮住了她的胸部。等这个开车的人把车转回来，又打电话通报警方的时候，阳光已经明亮得让人看清楚那个女孩子其实全身赤裸。

她的鞋子、手套、腰布和围兜，都只是干了的血，厚厚一层干了的血，黑黑的，上面群集着嗡嗡作响的黑色苍蝇。那些苍蝇叮在她身上，多得像黑色的毛皮。

那个女孩的头部剃了头发，长了疥疮，只剩下一绺绺杂乱残发从她耳后伸出，或围着她的光头。

她之所以行走不便，是因为她右脚被砍掉了两根脚趾。

那个围兜，在她胸前的那一层血，那一层苍蝇，在医院急诊室里由医生用酒精清洗之后，发现在她乳房的皮肤上刻了井字棋。有个不知名的人赢了。

等他们把她的手弄干净之后，发现两手的小指都不见了。其他手指的指甲都被拔除掉了，剩下肿胀而变紫的肉。

在那层干了的血底下，她的皮肤呈青白色。女孩子的头部像下巴上的一些骨头，只看见颧骨和鼻梁骨。下颚上方的两边太阳穴都深陷成两个黑洞。

在急诊室用帘幕拉起的隔间里，克拉克太太把身子俯过她女儿病床的铬钢栏杆，说道："宝贝，哦，我的好宝贝……谁把你弄成这个样子的？"

卡桑卓拉发出笑声，看着扎在她手臂里的针头，通到她静脉里的透明塑料管，她说："是医生。"

"不是的，"克拉克太太说，"是谁切了你的手指头？"

卡桑卓拉看着她的母亲说："你想我会让别人这样对我吗？"她的笑声停止了，她说，"是我自己做的。"而这是卡桑卓拉最后一次发出笑声。

克拉克太太说，警方找到了证据。他们在她的阴道，还有她肛门的内壁发现有细得像针一样的木屑刺在那里。警方法医组的人在她胸口和手臂的伤口里清出了碎玻璃片。克拉克太太对她女儿说她不可以不说话。

他们需要知道卡桑卓拉所能记得的一切细枝末节。

警方说，不管做这些事的是什么人，都一定会再绑架另外一名受害者。除非卡桑卓拉能面对她的恐惧，帮助警方，否则攻击她的人就永远也抓不到。

卡桑卓拉躺坐在床上，在由窗口照进来的阳光中，背后垫了好几个枕头，看着在蓝色天空里来回飞舞的小鸟。

她的手指给白色绷带包成一大包，她的胸口缠满了绷带，她握在手里的铅笔只画着那些飞来飞去的小鸟。一本素描簿架靠在膝盖前。

克拉克太太说："卡桑卓拉？宝贝？你得把所有的事告诉警察。"

如果有用的话，可以请催眠师到医院来。社工人员也会带细节齐全的娃娃来用在访谈里。

卡桑卓拉只看着那些鸟。画着它们。

克拉克太太说："卡桑卓拉？"她把手盖在卡桑卓拉包了白色纱布的手上。

卡桑卓拉看着她母亲，说道："不会再有这种事了。"卡桑卓拉转回头去看那些飞鸟，说道，“至少不会再发生在我身上……”

她说：“我是我自己的受害者。”

在外面的停车场上，电视台的新闻工作人员架设起卫星转播器材，每辆转播车上都顶着碟形天线，准备把新闻送给棚内的主播。现场的记者手执麦克风，把无线耳机塞进耳朵里。

三个月来，她们所住的那个镇上到处是钉在电线杆上的寻人海报。每张海报上都有卡桑卓拉·克拉克的照片：穿着拉拉队长的制服，摇着一头金发。三个月来，警方查问了那所高中的学生。警探查问了在公共汽车站、火车站和机场工作的人。当地的电视台和电台都播出公益广告，说明她体重一百一十磅，身高五英尺六英寸，绿色眼睛，长发及肩。

搜救犬闻了她拉拉队制服的裙子，追踪气味到一个公车站的候车椅。

民兵部队驾着机动船在车程一日可及范围内的所有池塘、湖泊和河流里打捞。

通灵人士打电话来说那个女孩子平安无事。说她和人私奔结婚了。或是说她已经死了，埋了。或是说她给当白奴卖掉了，给私运到外国，住在某个石油大王的后宫里。或是说她去做了变性手术，不久之后就会以男儿身回家来。或是说那女孩子给困在一座古堡或什么皇宫里，和一群陌生人关在一起，所有的人都在自残。有一个通灵人在一张纸上写了五个字，送去给克拉克太太，对折的纸上有颤抖的笔迹，以铅笔写着：

作家研习营

三个月之后，所有绑在汽车天线上的黄丝带都褪得几近白色。投降的旗子。

没有人理会那些通灵人士，这类人太多了。

每一具警方找到的无名尸体，因为焚烧、腐烂或是伤残到无法辨识的，都让克拉克太太屏气凝神地等到利用牙齿或DNA判定不是卡桑卓拉之后，才松了口气。

到了第三个月，卡桑卓拉·克拉克在牛奶盒上微笑着摇她那头金发[①]，到那时候，已经没有人再点蜡烛祈祷守夜了。当地银行所提出的悬赏金成为这个案子里唯一会引起兴趣的部分。

然后——奇迹发生了——她赤裸着身体在公路边踽踽而行。

在她的病床上，她的皮肤上有紫色的瘀伤。她的头发剃光了。手腕上戴着塑料环，上面写着："C. 克拉克"。

郡方的医事检验人员想在她身上取样男性生殖器的细胞——他说那种细胞是长形的，和女性阴部的圆形细胞不一样。他们想在她身上取样精液。那群警探用真空吸引器在她的头皮、手部和双脚上找不属于她自己的表皮细胞，他们找到了蓝色丝绒、红色绸缎、黑色的马海毛纤维。他们检查她口腔内部，在培养皿里分析DNA。

警方的心理医师来坐在她床边，说卡桑卓拉要说出她所有的痛苦，所有的辛酸，这是件很重要的事。

电视公司和电台的工作人员、报纸和杂志的记者，坐在停车场上，以她病房的窗子为背景，拍摄他们的报道。有些人退后来拍摄摄影人员拍摄摄影人员拍摄摄影人员拍摄她病房的窗子。以显示这里成了个马戏团，好像那才是最后的真相。

护士送来安眠药的时候，卡桑卓拉摇头说不要。她只要一闭上眼睛就睡着了。

因为卡桑卓拉不肯说话，警方就找上克拉克太太，跟她说他们的调查花掉了多少纳税人的钱。警探们摇着头，说他们有多生气，觉得

---

① 美国常把失踪者的照片印在牛奶盒上协寻。

遭到了背叛，他们那样辛苦，对那个女孩子那样关心，她却对自己给家人、社会和政府带来的痛苦和麻烦毫不在意。她害每个人为她哭泣，为她祈祷，每个人都恨那个折磨她的怪物，所有的人都希望把那个人抓起来受审。他们努力侦查，耗尽心力，至少该有这样的结果吧。该让他们看到她站在证人席上，一面哭着一面说那怪物怎么切了她的手指，割了她的胸部，还把木棍插进她的屁眼。

而卡桑卓拉只看着在她床边站成一排的警探。他们的每一张脸，所有的憎恨和愤怒都集中在她身上，因为她不肯给他们另外一个标靶，一个货真价实的恶魔，一个他们急需的魔鬼。

地方检察官威胁说要以妨碍司法的罪名起诉卡桑卓拉。

她的母亲，克拉克太太，也在那群对她怒目而视的人里。

卡桑卓拉微微一笑，对他们说："你们难道还不明白吗？你们太执迷于矛盾冲突了。这是我的圆满结局。"她回头望着窗子，望着飞过的小鸟。她说："我觉得好极了。"

她还住在医院里，要一条养在缸里的金鱼。然后，她靠躺在床上，看着金鱼在鱼缸里游来游去。画着金鱼，就像她母亲每天晚上看着一个个电视节目一样。

克拉克太太最后一次去看她的时候，卡桑卓拉只把眼光由金鱼缸移开了一下说："我不再像你那样了。我不需要吹嘘我的痛苦……"

从那以后，泰丝·克拉克再也没去看她。

Chapter 19.

在她住的化妆室里，美国小姐正在尖叫。

她在床上，裙子拉了起来，丝袜拉了下去。美国小姐尖叫道："别让那个巫婆拿走我的孩子……"

灵视女伯爵跪在床旁边，用毛巾擦掉美国小姐额头上的汗水，说道："不是生孩子。还没到时候。"

美国小姐又发出尖叫，但不是在说什么。

在化妆室门外的走廊里，都可以闻得到血和粪便的味道。这是我们这么多天来，说不定是这么多个星期以来，第一次有人排便。

那是柯拉·雷诺兹。一只猫化成了一股臭味。变成了粪便。

"她就在那里，在等着。"美国小姐说，一面喘着气。用拳头敲打着，疼痛使她把两膝抬到了胸口，抽搐使她侧转了身子，蜷曲在一大堆的床单和毯子之间。

"她在等着这个婴儿。"美国小姐说。泪水把她的枕头染成灰黑。

"你不是生孩子。"灵视女伯爵说，她把一块布拧干了，再靠过去把汗擦掉。她说："我跟你说个故事。"

她一面擦着美国小姐脸上的汗水，一面说道："你知道吗？玛丽莲·梦露小产过两次？"

一时之间，美国小姐安静下来，注意听着。

我们在各人自己的房间里，把笔挨着纸，也都在听着。我们的耳朵和录音机都伸向暖气的出风口。

在门外的走廊里，穿着红十字会护士制服的否定督察叫道："可以开始烧水了吗？"

跪在床边的灵视女伯爵说："拜托。"

否定督察把头和白色护士帽伸进门里，仍然站在走廊上说："杀手大厨想要知道……什么时候可以先把胡萝卜放下去？"

美国小姐尖叫起来。

灵视女伯爵大声叫道："如果这是开玩笑的话，那可一点儿也不好笑……"

那根不见了的胡萝卜，圣无肠说的故事里的。

杀手大厨由走廊那头吼道："别吵了，当然是开玩笑嘛。我们这里根本没有洋芋或胡萝卜……"

短视

一首关于灵视女伯爵的诗

“电子追踪感应器。”灵视女伯爵说着，摇了下她的塑料手环。
这是她最近假释出狱的条件之一。

灵视女伯爵在舞台上，她围在一个黑色蕾丝围巾所构成的网里。
头上绑了条蓝丝绒的头带。
每只手指上有不一样颜色的宝石戒指。
她的头带，在前面以一颗闪亮的黑宝石夹住不知是锆玛瑙还是黑玉或是嵌丝玛瑙，
是那种吸进一切光亮却不反射的宝石。

舞台上，没有聚光灯，只有一段影片：
已故电影明星的影子，百年前残留的电子由他们身上弹回来。
这些电子穿过纤维素薄膜，
使氧化银产生化学变化，
重现出战车奔驰、罗宾汉和嘉宝。

“雷达，”灵视女伯爵说：“全球定位系统，X 光显影……”
两百年前，这些会让你被当女巫烧死。
一百年前，至少会受到嘲笑。说你是笨蛋或骗子。
即使是在今天，如果你预测未来，
或由某些现象解读过去，
也不是每个人都会认同……
最后你只能以监狱或精神病院为家。
这个世界永远会惩罚那些少数有特殊才能的人，
我们其他的人都不认同那是真的。

在她的假释审议会上，一名心理学家说她的罪行是“急性应激障碍”，
一种“单一，非典型性之偶发事件”。
一件冲动性的罪行。
永远，永远，永远不会再发生。
祈求好运。
到这时候，她的二十年有期徒刑中已服刑四年。
她的丈夫已经带着孩子离她而去。

从今天起的两百年后，等她所见、所听、所知的一切，
都变得有道理的时候。
到那时，灵视女伯爵会什么也不是，
只剩一个囚犯编号。
一件个案的档案记录。
女巫的骨灰。

牺牲之必要

灵视女伯爵的故事

克莱尔·艾普顿在一家古董店后面的厕所里打电话。隔间的门锁着，她的声音在墙壁和地板间激起回声。她问她的先生："要拆掉监视录像器会不会很难？把监视录像带偷走呢？"她说着，哭了起来。

这是过去一个星期里，克莱尔到这家店来的第三次或第四次。这是那种你一进门就必须把皮包留在收银员那里的店铺。如果是你的大衣有很深、很大的口袋，那你也必须把大衣放在那里。还有你的伞，因为有人会把一些小东西，像梳子、珠宝首饰，或其他的小玩意儿扔进伞里。在那个年纪很大的收银员旁边，有一块用黑色签字笔写在灰色硬纸板上的告示，上面写着："我们不喜欢你偷我们的东西！"

克莱尔脱下大衣，说道："我不是小偷。"

那老头子收银员上下打量了她一阵，咂着舌头说："你凭什么要例外？"

他给她留下来的每样东西半张扑克牌：皮包是红心 A，大衣是梅花九，伞是黑桃三。

收银员看看她的双手，她胸前口袋和裤袜的线条，看有没有什么藏着偷来的东西而鼓胀的地方。在柜台后面，还有店里所有的地方，都挂着小小的告示牌，告诉你不要偷东西。监视录像器监看着每一条通道和每一个角落。影像投送到一方小荧光幕上，和其他的荧光幕叠在一起，一排小电视监视器，让那个年老的收银员能坐在收款机后面，看得一清二楚。

他可以在黑白画面上看到她的一举一动。他随时会知道克莱尔在什么地方，会知道每一样她摸过的东西。

这家店其实像一个古玩商场，好几个小古玩商集在同一个屋檐下做生意。这个老头子收银员是那天唯一上班的人，而克莱尔是他唯一的客人。这家店大得有如一家超级市场，但分割成好多小间，到处都是钟，发出的声音如同墙纸一般满，到处都是滴答声。到处都有脏得呈暗橘色的铜奖杯，龟裂卷曲的皮鞋，雕花玻璃的糖果碟子，长了灰色霉斑的旧书，柳条编成的摇椅和野餐盒子，草编的帽子。

一块硬纸板的告示用胶带贴在架子边上，上面写着："看起来很可爱，拿起来很愉快，可是如果你打破了的话，就算你已购买！"

另外一块告示上则是："看一下，试一下，打破了，就买下！"

还有一块告示是："在这里打破它……你买了带回家！"

即使有监视器盯着她，克莱尔还是把这家古董店当作是心理上的可爱动物园[①]，一间你可以触摸展览品的博物馆。

照克莱尔的说法，一切映照在镜子里的都还在那里，积存在里面。凡是映照在一件圣诞装饰或银盘里的，她说她现在还一样能看见。所有闪亮的东西都是通灵者的相簿或家庭电影，记录下发生在四周的影像。在古玩店里，克莱尔可以花一整个下午去抚摸那些物品，像一般人看书般地细读其中的一切。找寻仍然映照在里面的过去。

"这是一门科学，"灵视女伯爵说，"叫作灵视记录。"

克莱尔会告诉你不要选那把有银柄的切肉刀，因为她仍然能看到刀子上映照出被谋杀的人尖叫的面孔。她看得到警察手套上当初由死者胸口拔出刀来时所沾到的血，克莱尔看得到黑黑的证物室，然后是一间贴了木头镶板的法庭，穿着黑色袍服的法官，在温热肥皂水里清

---

① 可爱动物园（Petting Zoo），豢养孩子们可以抚摸的小山羊、小猪等家畜或性情温驯的动物之园区。

洗的过程，然后是警方的拍卖会。这一切都仍然反映在刀子上。接下来映照出来的是现在的情形，你站在古玩店里，准备选这把刀买回家去。你只是觉得刀很漂亮。不知道它的过去。

“任何一样漂亮的东西，”克莱尔会告诉你，“只因为没有人要才会拿来卖。”

而一样漂亮、又擦得那么亮的老东西，居然没有人想要，背后一定有很可怕的原因。

在这么多防盗监视器的注视下，克莱尔可以跟你说更多监视的事。

她回去取大衣的时候，把那三张切成一半的扑克牌拿给那老头子收银员，红心A、梅花九和黑桃三。

站在收款机后面的老头子说：“你在找什么想买的东西吗？”他把她的皮包从柜台后面递了出来，朝那一排小电视点了点头，证明他一直在看着她摸了每样东西。

就在这时候，她看到了那个东西，放在老头子背后一个玻璃柜子里，在一个古玩柜中和一些胡椒罐、盐瓶子、磁顶针挤在一起，四周还围满了廉价的首饰。那是一个装满了混浊白色液体的玻璃罐子，在一片模糊之中，有一只小小的拳头，长了四根很齐全的手指，碰在玻璃上。

克莱尔指着老头子的后面，把眼光由他身上转到那个古玩柜上，说道：“那是什么？”

老头子转头看了一眼。他由柜台后面一个钩子上拿下一串钥匙来，走回去将柜门打开，把手伸进去，越过了那些首饰和顶针，他说：“你会说那是什么呢？”

克莱尔说不出来，她只知道那个东西散发出令人难以置信的能量。

那个老头子把那玻璃罐拿过来给她看的时候，里面肮脏的白色液体动荡着。盖子是白色塑料的，转得紧紧盖住罐口，上面封了一条红白条纹的胶带。老头子把一边手肘撑在克莱尔面前的柜台上，把那个罐子送到她眼前。他的手腕一转，把罐子转得让她看到一只黑色的小眼睛由里面望了出来。一只眼睛，还有一只小小鼻子的轮廓。

过了一下，那只眼睛不见了，沉回到混浊之中。

“猜猜看，”老头子说，“你永远也猜不着。”他举起那个玻璃罐子，让她看底下的玻璃，压在玻璃上的是两瓣灰色的小屁股。

老头子说：“你放弃了？”

他把玻璃罐放在柜台上，白色塑料盖子的顶上，有一张脱落了部分的标签，上面用黑色油墨印着：“希德－西奈医院”，在那下面，是以红墨水写的一行东西，都模糊了。也许是一行字，也许是一个日期，模糊得看不出来。

克莱尔看着那东西，摇了摇头。

由玻璃罐的侧面，她可以看到映照在上面的多年前的事，几十年前的事：一间四壁是绿色瓷砖的房间，一个女人两只光脚分别架在两边，身上盖了块蓝布，两腿套在脚蹬上，在氧气面罩上方，克莱尔看到那个女人的白金色头发，长长了，根部已经露出一些棕色来。

“是真的，”老头子说，“我们用确认过的头发比对了 DNA。特征全都相合。”

老头子说，你现在还可以在网络上买到她的头发。那些染成金色的头发和修剪的部分。

“照你们这些烧掉奶罩的女性主义者说起来，”老头子说，“那不是一个婴儿——只是一些组织。还可能是她的阑尾。”

克莱尔细看那个玻璃罐，层层的影像，她能看到：床边小几上的一盏灯、一部电话、医师处方的药瓶。

“谁的头发？”克莱尔问道。

老头子说：“玛丽莲·梦露的。如果你有兴趣的话，这可不便宜。”

这是影坛的遗物，老头子说，一件神圣的遗物。是影坛纪念物里的圣杯，比《绿野仙踪》里的红宝石鞋子或称为“玫瑰花蕾”的雪橇[①]更了不得。这是玛丽莲·梦露在拍《热情似火》的时候小产的孩子，因为导演比利·怀德要她穿着高跟鞋在火车站的月台上狂奔，拍了一遍又一遍。

老头子耸了下肩膀。“是从一个男人那里弄来的——他还跟我讲了她真正的死因。”

克莱尔·艾普顿只瞪大了眼睛，望着在那弧曲的玻璃罐边上所映现的旧日映象。

这是一个纪念品，一件遗物，像圣徒之手似的，在某个意大利的大教堂里用一个岩水晶的盒子盛装起来供奉着。或是一绺头发。或者是另外一个人，死了。这个小男孩或小女孩，原本说不定能救得了玛丽莲·梦露的命。

老头子说：“所有的东西在网络上都有其金钱价值。”

据把这东西卖给他的那个人说，玛丽莲·梦露会遭到谋杀是她自找的。在1962年夏天，她在拍摄《爱是妥协》的时候给开除了。导演乔治·寇克把她说得很难听，而电影公司的大老板也因为她擅离片厂去给肯尼迪总统唱生日歌而大为光火。她刚过三十六岁生日。肯尼迪家的人也把她拒之于门外。她老来无人陪伴，什么也没有。她的演艺生涯也完了，而伊丽莎白·泰勒吸尽了大众的注意。

“于是她想要要小聪明。”老头子说。

梦露把《生活》杂志拉拢到她这边，缠着他们替她弄了篇很大的特稿。她在电影公司以李·蕾蜜克取代她之后，说服狄恩·马丁辞演《爱是妥协》。她还召开了一个小小的会议，在她位于布莱登木的家里举行，一个非常小的会议，只有每个电影公司的顶尖高层，而那些电影公司都有一部她参与演出的电影。

“像她这样聪明的女孩子，”老头子说，“你大概会想到她会在手

① 出于奥森·威尔斯名片《公民凯恩》中极受争论的象征性道具，1982年由大导演斯蒂芬·斯皮尔伯格以六万零五百美元购买收藏。

里有支枪。有什么可以保护她自己的东西。”

等所有电影公司的大老板围坐在她那张墨西哥的桌子四周之后，梦露喝着香槟，告诉他们说她准备自杀，除非他们把她演的片子还给她，再和她签一张百万美元的新合约，否则她就要服药过量而死。就这么简单。

“电影界的人，”他说，“他们可不是这么容易被吓倒的。”

这些吃人不吐骨头的家伙，早已经把她最好的都拿到了。梦露只会越来越老，一般观众对她的长相也看腻了，自杀只会让她每一部在他们片库里的电影镀金。他们告诉她说：“小姐，请便。”

“把这个玻璃罐卖给我的那个人，”老头子说，“他是直接从一个在会议现场的大老板那里听来的。”

梦露用香槟把自己灌得醉醺醺的，那些电影公司的龙头坐在椅子上，说是赞成她的计划，这事想必让她心都碎了。

“然后，”老头子说，“她耍了他们一招。”

她说，她要修改她的遗嘱。不错，她的分红条件很差，可是所有她所拍的旧片，每重新发行一次，她就可以抽成。这些库存影片，将来都会卖给电视台，而且还会二买再卖，尤其是如果她自杀的话。这点她知道，他们也知道。

死了，她会永远是性感女神。一般观众会永远喜爱电影公司所保有的她的形象。那些老电影等于是存在银行里的钞票，除非……

老头子说：“这就和她最后的遗嘱和声明大有关联了。”

她要设立一个基金会，玛丽莲·梦露基金会。她的全部财产都会转到基金会里，而那个基金会则把每一分钱分赠给她所指定的组织：三K党、美国纳粹党、北美少年爱好协会。

“也许有些组织在当时还不存在，”老头子说，“可是你大概知道这个意思。”

要是美国的观众知道每买一张票去看她的电影，就会有几分钱，甚至于可能有五分钱，给了纳粹……那就没票房了。也不会有人买电视广告。那些影片就会变得——一文不值。她的裸照也同样不值一文，玛丽莲·梦露会成为美国的女希特勒。

“她塑造了她的形象，她对那些电影公司大老板说，她也可以他妈的把那形象给毁了。”老头子说。

那个玻璃罐放在他们之间的柜台上。克莱尔把望着罐子的两眼抬了起来，说：“多少钱？”

老头子看着他的手表。他说要不是因为他年纪越来越老，他是根本不想卖的。他想退休，不愿意再整天坐在这里，连眼睛都要揉瞎了。

“多少钱呢？”克莱尔说。她的皮包放在柜台上，打开来，戴着手套的手伸进去掏出了她的钱包。

老头子说：“两万美元……”

那时候是五点半，这家店六点打烊。

“安眠药水。”老头子对她说。那个人就是用安眠药水把她给杀了的。那个八月天的夜晚，他发现她吃了安眠药半睡半醒，就把一瓶子药水倒进她喉咙里。当然，在验尸的时候在她的肝脏里发现有蒙汗药，可是每个人都说那是她在墨西哥弄到的。就连给她开药的医生，也说是墨西哥。连他也说是自杀。

两万美元。

克莱尔说：“让我想想。”她两眼仍然盯着玻璃罐子里的混浊白色液体，两手一撑，退离了柜台，一面说道：“我需要……”

老头子打响手指要她的皮包、大衣和伞。如果她要再到店里去逛的话，这些就由他保管。

克莱尔连扑克牌也没拿，就把东西从柜台上递了过去。

克莱尔·艾普顿，她可以看见一个擦亮的奖杯，看到一个年轻人仍然映照在上面。面带微笑，闪着汗珠，手里握着网球拍或高尔夫球杆。她能看见他长胖、结婚、生子。然后奖杯上面没有了别的，只剩一个棕色硬纸盒的内部。然后奖杯拿了出来，由另外一个年轻人拿着。这个人，就是前一个人的儿子。

但是那个玻璃罐，感觉上就如同一枚等着要爆开的炸弹。一件想要招认的杀人凶器。只要手指碰到，都会感到震颤，像是触电。像是某种警告。

她在店里四处游走，他却在监视荧光幕上看着她。

在待售的旧太阳眼镜黑色的镜片上，她看见一个男人把一个女人摔在地上，用脚将她的两腿踢开。

在一支金色的口红外壳上，她能看到一张套在尼龙丝袜里的脸，两手扼住床上什么人的脖子，然后这两只手捞起五斗柜上这支口红旁边的零钱、皮夹和钥匙。只有口红是证人。

克莱尔·艾普顿和那个老头子收银员，只有他们两个人在这间带有发黄蕾丝花边的枕头、十字绣的擦碗布、犬牙边的锅垫、已经变成暗棕色放在银盘上的发刷组、撑着架板的鹿头标本等等物品的阴暗店面里。

在一把剃刀的钢制刀刃，镀铬的圆柱形沉重把手上，克莱尔看到了她的未来。

就在那里，竖在调刮胡膏的杯子和马毛刷子之间。旁边是高高的彩色玻璃的教堂窗子。停着一些夜里飞来的虫子。

独自和玛丽莲·梦露小产的孩子一起在这家店里。独自在这个堆放没人要的东西的博物馆里。所有的东西都因为映照出一些可怕的事而——污秽不堪。

现在说着这个故事，反锁在厕所马桶间里的克莱尔说她怎么拿起了剃刀，继续往前走，走过每一条走道，不停地看着刀刃，看着是不是始终映照出同一个场景。

现在说着这个故事，坐在古董店后面厕所里的克莱尔说，做一个有天赋的通灵人实在不容易。

事实上，克莱尔很难结婚成家。在餐厅里吃饭的时候，她也许正在静静听着，然后她整个身子会颤抖起来。一只手飞快地捣住眼睛，头向后仰，转开去不看你。她浑身颤抖地由手指缝里看你。过了一下之后，她叹了口气，一手握拳挡在嘴前，咬着指关节，但一言不发地望着你。

你问她怎么了……

克莱尔会说：“你不会想要知道的。那太可怕了。”

但你若硬逼着她说的话……

克莱尔会说：“一定要答应我。答应我在接下去的三年里不要接近任何一种车子……”

事实上，就连克莱尔也知道自己可能会弄错，为了试试自己的能力，她拿起一个擦得很亮的银烟盒，映照在上面的是她的未来……她拿着那把剃刀。

到了打烊时间，她走到店铺前面，正好看见那老头子把门上的牌子由“营业中”翻转成“休息中”，他把遮住前门窗子的百叶窗拉了下来。古董店的橱窗里杂乱地放着蛋杯、绒布的睡袍和床罩，形状如同穿大蓬裙的南方佳丽的香水瓶。压在玻璃框里的蝴蝶标本、生锈的鸟笼、有红绿玻璃灯罩的铁路灯笼、丝绸面的折扇，外面街上的人都看不见店里的情形。

那老头子收银员说：“打定主意了吗？”那个玻璃罐放回了原位，又锁进他收款机旁的玻璃柜子里。在一片白色的混浊中，只看得见一只眼睛和如贝壳般的小耳朵。

在玻璃罐弧曲的侧面，映照着扭曲的影像，在那个老头子说谋杀玛丽莲·梦露的故事时，克莱尔看到了别的景象：一个男人把一个小瓶子倒进两片嘴唇之间。一张脸在枕头上翻来滚去。那个男人用他的衬衫袖子擦那张嘴。他的两眼盯着床边小几。那部电话，那盏灯，还有那个玻璃罐。

在克莱尔所见到的景象中，男人的脸越来越近。他的两手伸向前来，非常巨大，最后把玻璃罐包进黑暗中。

那张映照出来的脸，就是老头子收银员，脸上没有皱纹。一头棕色头发。

那个玻璃罐放在柜台后面，散发出一波波的能量，力量越来越大。一件神圣的遗物，想要把重要的讯息传达给她。这是一个锁在玻璃柜里，把故事和事件全都在这里浪费掉了的时空胶囊。比最好的电视剧集还有张力，比最长的纪录片更真实。是一件原始的历史文件。一个真正的东西，那个孩子坐在那里，等着克莱尔救他，倾听这个故事。

等待正义。报仇。

克莱尔在监视录像器的注视下，举起那把剃刀。她说："我要买这个，可是上面没有标价……"

那个老头子将身子从柜台上伸了过来，好仔细看看。

店铺的橱窗外，街上空荡荡的。监视器的荧光幕上显示着店内的每条走道，每个角落，空无一人。

在监视器里，老头子往后倒下，撞破了他后面的古玩柜，然后在一片杂乱的碎玻璃和鲜血中滑到地上。那个玻璃罐歪倒，然后落下，然后碎裂。

现在由厕所马桶间里打电话的克莱尔·艾普顿告诉她的丈夫："那是一个娃娃。一个塑料的娃娃。"

她的皮包、大衣和伞上溅满了黏黏的红色。

在电话里，她说："你知道这是什么意思吗？"

然后她又问毁掉监视录像器用什么方法最好。

Chapter 20.

冻疮男爵夫人靠过来一些，手里捧着一碗热气腾腾的汤，她说："没有胡萝卜，没有洋芋。来，喝了吧。"

美国小姐蜷卧在床上，在摄影机的灯光照射下，她说："不要。"她看着我们其余的人挤在门口，否定督察也在其中。然后美国小姐把头转开，面对着水泥墙壁，说道："我知道那是什么……"

冻疮男爵夫人说："你还在流血。"

否定督察把头伸进房间来说："你需要赶快吃点儿东西，否则你会死的。"

"那就让我死了吧。"美国小姐说，她的声音闷在枕头里。

我们全都站在走廊里，听着，记着。我们都是证人。

是摄影机后面的摄影机后面的摄影机。

冻疮男爵夫人端着汤，挨得更近了点儿。在蒸腾的热气中，她那残缺的嘴映照在浮在碗里的那层热油上，冻疮男爵夫人说："可是我们不想要你死呀。"

美国小姐仍然面对着墙壁说："什么时候开始有这种想法的？你们其余的人，你们只要少一个人来分版税。"

"我们不希望你死掉，"无神教士站在门口说，"是因为我们没有冰箱。"

美国小姐转过身来看那碗热汤。她瞪着我们的脸，我们全都半个身子挤进了她所住的那间化妆室。我们的牙齿在嘴里，等着。我们的舌头在口水里游动。

美国小姐说："冰箱？"

无神教士握起拳头来在前额上敲了敲，就像在敲门似的，说道：“里面有人吗？”他又说：“我们要你能活到其他的人又饿了的时候。”

她的婴儿是前菜。美国小姐是主菜。至于甜点，就随大家去想了。

诽谤伯爵手里的卡式录音机准备录下她下一次尖叫来盖过她上一次尖叫。八卦侦探的摄影机调准了焦距，准备盖过到目前为止所录下的一切，好抓住我们下一个重点情节。

但是，美国小姐却问道：“事情就是这样吗？”她的声音又尖又抖，像小鸟唱歌。是不是就这样一件可怕的事接着另外一件又另外一件再另外一件——最后我们全都死光？

“不是的。”否定督察说着，把袖子上的猫毛掸掉。她说：“只有我们里面的几个。”

美国小姐说她说的不只是这里，在我们的博物馆里。她的意思是指人生。整个世界就只是人吃人吗？人类彼此攻击摧毁对方吗？

否定督察说：“我知道你的意思。”

诽谤伯爵把这句话写在他的记事本上。我们其余的人都点着头。

我们的神话。

冻疮男爵夫人仍然端着那碗汤，看着自己映照在浮油上的面容，说道：“我以前在一家餐厅里做事，在山里面。”她将一把汤匙伸进碗里，再把冒着热气的汤匙送到美国小姐面前。

“吃吧，”冻疮男爵夫人说，“我跟你说一下我的嘴唇是怎么不见了的……”

赦免

一首关于冻疮男爵夫人的诗

“就算上帝不原谅我们，”冻疮男爵夫人说，“我们还是可以原谅他。”
我们应该让自己显得比上帝还大。

冻疮男爵夫人在舞台上，她对大家说：“是牙周病。”
以回应别人盯着看她残余的脸部。
她的嘴唇只剩皮肤的一点儿皱边，用唇膏涂红。
她的牙齿，在里面：
是每一杯咖啡和每一支香烟在她中年生活中留下的黄色鬼魂。

舞台上，没有聚光灯，只有一段影片：
闪动掉落的雪花。
没有两片小小蓝影是一样形状或大小。
她其余的部分裹在百纳鸭绒被里，
头发藏在一顶毛线帽里，
但还始终觉得不够暖。

冻疮男爵夫人站在舞台中央，说道：“我们应该原谅上帝……”
把我们造得太矮，太胖，太穷。
我们应为我们秃顶而原谅上帝。
还有囊肿性纤维化，青少年血癌。
我们应该原谅上帝的冷漠，原谅他遗弃了我们。
我们，是上帝遗忘了的科展会作品，丢下来任它发霉。
是上帝的金鱼，忘掉了我们，
逼得我们得吃自己拉出来的屎。

她的双手戴着手套，指着自己的脸说：“大家……”
大家都以为她以前美如天仙。
因为她现在看起来好——丑。
一般人，需要有公平感，想要平衡。
他们假设是癌症使然，是她的错。她应得的报应。
是她自己害自己生的病。

所以她告诉他们：“要用牙线清牙。天啦，每晚上床之前要清牙。”
每天晚上，男爵夫人原谅其他的人。
她原谅她自己。
也为那些反正就是发生了的灾祸原谅上帝。

热泉

冻疮男爵夫人的故事

“到了二月天的夜晚，”李珞依小姐常说，“每个喝醉了酒的司机都是财神爷。”

每一对希望以二度蜜月来挽救婚姻的夫妇，在驾驶座上昏然入睡的人，任何一个由高速公路上转下来喝一杯的，他们都是李珞依小姐可能说动他们租下一个房间的顾客。说话，也算她的一半生意。让客人再买一杯酒，然后又来一杯，最后不得不留下来。

当然，有时候你是给困住了。也有的时候，李珞依小姐会告诉你，结果可能一待就是你后半辈子。

“旅栈”的房间，大部分的人都以为会更好一点儿。铁的床架会摇晃，床栏和底板接头的地方磨损了。插销和螺丝钉松了。在楼上，所有的床垫都凹陷得如丘陵起伏，而枕头却是平的。床单倒很干净，可是由当地井里打上来的却是硬水。只要是在那种水里洗过的东西，所有的布料都因为矿物质的影响而感觉像砂纸一样粗，还有硫黄的味道。

最糟糕的是，你得和别人共享走廊尽头的浴室。大部分的人出门不会带着浴袍，这也就是说，即使只是去小便，也得穿好衣服。到了早上，醒来之后，只能在一个白色铸铁制成、有四只兽爪形脚的浴缸里洗个充满硫黄臭味的澡。

把这些二月的陌生来客像赶羊似的逼入绝境，是她的赏心乐事。首先，她关掉音乐。甚至在她开始说话的一个钟点之前，就已经关小了音量，每十分钟调小一点儿，一直到格伦·坎贝尔的歌声消失。等到外面路上的来往车辆都没有了之后，她把暖气调小。她一个又一个地拉着绳索开关，关掉窗子上的一个个霓虹灯啤酒广告。如果壁炉里生了火，李珞伊小姐会让柴火烧完。

而在这段时间里，她都在“赶羊”，问这些人有什么计划。在白河的二月，根本没事可做。也许可以穿雪鞋去看雪。要是你自己带着雪橇，也许可以滑雪。李珞依小姐让一些客人提起那件事来。每个人都会提同样建议的。

要是他们没提起的话，那她就会提起“热泉”的事。

她站在十字路口，让她的听众照她故事的地图去走。首先她让他们看她好久以前的照片。二十岁那年夏天，刚由学校毕业出来，开露营车沿白河而上，找一份暑假打工的工作。在当年那可是大家梦寐以求的工作：在“旅栈”里管酒吧。

很难想象李珞依小姐很瘦的样子。她很苗条，一口白牙，那是在她牙龈往回缩之前的事。那时候不像现在，每颗牙齿的棕色牙根都露了出来，好像播种时植得太密而相互挤出土来的胡萝卜一样。也很难想象她投票给民主党。甚至于还会喜欢别人。当年的李珞依小姐嘴唇上还没有黑黑的毛发。也很难想象有大学生会排上一个钟头的队来和她上床。

这让她看来很诚恳，说这样滑稽又可悲的话来谈她自己。

这样会让大家注意听她说话。

如果你现在抱她的话，李珞依小姐说，你只会感到她胸罩上的尖尖钢丝。

她说，去找“热泉”就是找一群年轻人聚在一起，爬上白河有断崖的这一边。自己带着啤酒和威士忌，找一个热泉水潭。大部分的水潭的温度都在华氏一百五十度到两百度之间，全年如此。在海拔这样高的地方，水在华氏一百九十八度就煮沸了。即使是在冬天，在一个冰谷的底层，这些水潭都还烫得可以把你活活煮熟。

不对，这里危险的不是熊，这里没有。也看不到狼或郊狼或是山猫。在下游就有，不错，只是你汽车里程表上跳一次的距离，如果你车子开在公路上，一面听收音机的话，大约是听一首歌所走的距离，那里的汽车旅馆晚上都得把他们的垃圾桶用链子锁紧了。在那里，雪地上满是爪印。夜晚狼群对着月亮嗥叫的声音吵得死人。可是在这里呢，这里的雪地平整光滑。就连月圆之夜也很安静。

从“旅栈”再往上游走，你唯一要担心的就是给烫死。城里的孩子，由大学休学，会在这里混个两年。他们会有办法传告后来的人哪些热泉水潭是安全的，可以在哪里找得到。什么地方不能走，那里只有薄薄一层石灰石或白垩石泉华[1]——看起来好像岩石，却会让你掉进一个藏在底下的热洞里煮得熟透。

那些吓人的故事，也传了下来。一百年前，有位丽特·班纳克夫人由宾州水晶瀑布到这里来玩。她停下来擦眼镜上的水蒸气。风突然转向，把热气吹进她眼睛里。踩错一步，她走离了小路，再踩错一步，她失去了平衡，往后跌倒，坐进滚烫的水里。她想站起来，猛向前冲，结果脸朝下扑倒在水里。她发出尖叫，一些不认识的人将她拉了出来。

将她紧急送往镇上去的警长把“旅栈”里所有的橄榄油全收走了。那个女人全身涂满了油。裹在干净的床单里，尖叫了三天之后，她死在了医院里。

最近的则是三年前，一个从怀俄明州平松市来的年轻小伙子，把他的小货车才刚停好，他的那只德国牧羊犬就从车里跳了出来。那只狗跳到热泉的正中央，一面惨叫一面用狗爬式游到一半就死了。其他的游客咬着手指关节，跟那个小伙子说“不要”。可是他跳下去了。

他只浮上来一次，烫得两眼翻白，瞪大了却什么也看不见。他盲

① 溶解有矿物质和矿物盐的地热水和蒸汽在岩石裂隙和地表面上的化学沉淀物。自然界最常见的泉华有硫华、硅华、钙华、盐华和金属矿物五大类。

目地翻滚着，没有人能来得及抓住他，然后他就不见了。

在接下去的那一年里，他们用网子把他一点儿一点儿地捞了起来，就像从游泳池里捞树叶和虫子一样。也像你从一锅炖菜里把浮油弄掉。

在“旅栈”的酒吧里，李珞依小姐会停下来，让客人在脑子里想象一下这个情形。他支离破碎地在滚烫的水里翻滚了整个夏天，一些细细碎碎的东西煮成了浅棕色。

这时候，李珞依小姐会吸一根香烟。

然后，好像突然想到了似的，她说：“欧尔森·李德。”然后，她会大声地笑出来。好像这是一件只要她醒着的时候分分秒秒都不会想着的事。李珞依小姐会说：“你们真应该早点认识欧尔森·李德。”

又大又胖、从不犯罪的大好人欧尔森·李德。

欧尔森以前是“旅栈”的一名厨师。很胖，面色苍白，嘴唇太厚，因为充血而发红，衬在他有如糯米饭般白色的脸上，就像一块寿司。他盯着那些热泉。他会整天跪在热泉旁边，盯着看那沸腾起泡的棕色泉水，烫得像硫酸。

只要走错一步，只要在风雪中踩滑了一脚，那些滚烫的水就会把你像欧尔森做菜一样地煮熟了。

水煮鲑鱼。团子炖鸡。水煮蛋。

在“旅栈”的厨房里，欧尔森常把赞美诗唱得声音大到你在餐厅里都听得见。胖大的欧尔森围着白围裙，带子打着结，深陷进他粗胖的腰里。坐在酒吧间，在几近黑暗之中读他那本《圣经》。暗红色的地毯散发着啤酒和香烟的气味。大家在员工休息室里吃饭的时候，他会把头垂在胸口，为他的香肠三明治含糊地祷告。

他最喜欢说的是“交情”。

有天晚上，欧尔森走进储藏室，发现李珞依小姐在亲一个服务员，一个纽约大学艺术系的辍学学生，欧尔森·李德告诉他们说，接吻是魔鬼引诱你奸淫的第一步。欧尔森用他那橡皮似的红嘴唇告诉所有的人说，他要为了婚姻而守身如玉，其实是他没法献身。

对欧尔森来说，白河就是他的伊甸园，是他的上帝完美工作的明证。

欧尔森看着那些热泉，那些会喷水、冒着热气的泥潭，就像每个基督徒深爱地狱的存在一样。每个伊甸园都有自己的撒旦。他望着那滚烫的水冒气喷溅，就像他从下单窗口窥探餐厅里的女侍一样。

在他休假的日子，他会带着《圣经》穿过树林，穿过硫黄的烟雾。他会高唱《奇异恩典》和《亲近我上帝》，但是只有第五段或第六段歌词，让这听来奇怪而陌生，会让你觉得是他编出来的。他走在泉华上，走在像结在河上的冰似的那一层钙结晶上，欧尔森会离开铺了木板的步道，跪在喷着水，散发着硫黄臭味的深潭边上。他跪在那里，大声地为李珞依小姐和那个服务员祷告。他向他的主，我们万能的上帝、天堂和大地的造物者祷告。他大声地细数每个旅馆女侍的罪状。欧尔森的声音随着热气提高，他为诺娜祷告，因为她把裙子下摆折得好高，而且会和任何一个肯付二十美元的客人口交。那些全家大小一起来玩的游客就站在后面，很安全地站在他身后铺了木板的步道上。欧尔森求主赦免餐厅侍者伊文和里奥的罪，因为他们两个每天晚上在男子宿舍里从事下流的鸡奸行为。欧尔森大声地哭着说狄威和巴弟在洗碗盘的时候，用一个棕色纸袋吸食强力胶。

欧尔森在他的地狱门口，对着树林和苍天高声控诉。向上帝报告。欧尔森在值过晚班之后，对着天空中灿烂的星辰高声指控你的罪行，为了你而祈求上帝的慈悲。

不错，没有人喜欢欧尔森 · 李德。不管年纪大小，没有人喜欢听真话。

他们全都听说过那个全身搽满橄榄油的女人。那个跟他的狗煮成一锅汤的小伙子。而欧尔森特别注意听这些旧事，两眼亮得像糖果一样。这是他最感兴趣的证明，再真实不过。证明你不能在上帝面前隐藏你所做过的事。你没别的办法。我们都会清醒地活在地狱里，生不如死。我们会永远受苦，在那个世界上没有人愿意和我们交换的地方。

说到这里，李珞依小姐会停了下来，再点上一根香烟，再给你倒上一杯生啤酒。

她说，有些故事，你说得越多，就越快把故事说尽。这种故事，戏剧性一下就没了，每个版本，听来更加愚蠢而平淡。另外一类的故事，则会把你消耗殆尽。你越说，故事越强化。那一类的故事只会提醒你自己以前、现在和将来有多愚蠢。

李珞依小姐说："说这些故事，就像自杀。"

说到这里，她会尽量让故事变得无聊，说什么热到华氏一百五十八度的水在一秒钟里就会造成三级烫伤。

白河沿岸最典型的热泉是一个出气口，下面是一个水潭，四周边缘都覆盖着一片矿物结晶。沿着白河的这些热泉的平均温度是华氏两百零五度。

在这么烫的水里一秒钟，脱掉你的袜子就会连带脱掉你的脚。你两手煮熟的皮肤会粘在你所碰触的任何东西上不肯下来，完整得有如一副皮手套。

你的身体会以将体内水分转往烫伤部位的方式自救，以此来减低热度。你会冒汗，比严重腹泻更快地脱水。因为水分流失太多，你的血压陡降。你会陷入休克。你的主要器官很快地一个接一个地衰竭。

烧烫伤分为一级、二级、三级和四级。可以是表皮，部分深度，或全深度的烧烫伤。在表皮或是一级烧烫伤的情况，皮肤发红而没有起水泡。好比晒伤，还有接下来会有的脱皮现象——那些死了、可以撕下来的皮肤。全深度的三级烧烫伤，就像把蛋糕从烤箱里取出来的时候，手指关节碰到了烤箱边上或顶上，结果那里出现一块又干又硬的皮。四级烧烫伤，那就不只是皮肤伤了而已。

医事检验人员会用“九九法则”来决定烧烫伤的程度，头部是全身皮肤的百分之九。每一条手臂各是百分之九，每条腿是百分之十八。身体的前面和后面，各是百分之十八。再加上颈部是百分之一，总加起来就是百分之百。

只要喝一口这么烫的水，就会造成喉头水肿和窒息死亡。你的喉咙肿大闭塞，使你因此窒息而死。

李珞依小姐这样娓娓道来真是饶富诗意。化为骷髅，蜕皮，低血钾，这些字眼让酒吧间所有的人自叹弗如，远逊于她。这是她的故事中在面对最坏一刻前的一次小小间歇。

你可以花上一辈子的时间，在你和任何真实的事物之间砌上一堵以各种事实构成的墙壁。

就是在像这样一个二月天的晚上，在她大半辈子之前，李珞依小姐和欧尔森，那个厨子，是那天夜里唯一还留在“旅栈”里的人。前一天下了三英尺深的新雪，铲雪机还没清理过来。

和每天晚上一样，欧尔森·李德用他的一只胖手拿着《圣经》，走进了雪地里。当时，他们那里还要担心郊狼出没的问题。也有美洲豹和山猫。欧尔森高唱《奇异恩典》走了一里路，歌词始终不曾重复。他一路走去，白色身影走在白色的雪地上。

十七号公路的双向车道消失在积雪下。“旅栈”的霓虹灯招牌闪着绿色的字，高挂在一根钢管上，钢管固定在水泥里，还有一个用砖砌成的矮矮底座。外面的世界，像每天夜里一样，在月光下是黑白两色，而森林只是绵延一片的松树形黑影。

年轻而苗条的李珞依小姐从来想都不想欧尔森·李德的事。也根本不知道他离开了多久，等到她听到狼的叫声时才想了起来。她先前一直在看她的牙齿，手里拿着一把擦得雪亮的牛油刀，让她可以看到她的牙齿有多直多白。她已经习惯于欧尔森每晚喊喊叫叫。他的声音喊着她的名字，接下来是一件罪行，也许是真的，也或许是想象的，从树林里传来。她抽烟，欧尔森叫道。她跳慢舞。欧尔森为了她而呼喊上帝。

她现在说起这个故事来，会让你追问其他的部分。她为什么会困在这里。她的灵魂在天国与地狱之间。到“旅栈”来的人不会想后半辈子都在这里的。妈的，李珞依小姐说，就是有些比送了命更惨的事。

有些还比车祸更糟，让你陷入困境。比车轴断了还惨。在你年轻的时候，困在一个鸟不生蛋的地方管酒吧，过后半辈子。

在她大半辈子之前，李珞依小姐听到狼嚎。郊狼嗥叫。她听到欧尔森高声尖叫，不是叫她的名字或什么罪行，而只是高声尖叫。她到了餐厅的侧门那边。她走到外面，在积雪上欠过身子去，把头转过一边，侧耳倾听。

她还没看到欧尔森就先闻到了他的气味。那是早餐的气味，煎咸肉的味道弥漫在冷空气中。咸肉或猪肉，切得厚厚的，在本身煎出来的热油里嗞嗞作响地煎到脆。

每当她故事说到这里，墙上的电热器总会打开。就在那一刻，在房间里冷到冰冷的那一刻。李珞依小姐知道那一刻，可以感受到她嘴唇上的汗毛都竖了起来。她知道什么时候该停一秒钟，留下一瞬间的寂静，然后——轰——一阵暖气响着从电热器里冲了出来。扇叶发出低沉的呻吟，起先在远处，然后在旁边响起。李珞依小姐这时一定会让酒吧间里暗下来。电热器开了，发出低沉呻吟，大家都抬头去看。他们只能看到自己的身影反映在窗子里。认不出是自己的脸。像一张满是黑洞的苍白假面具往里面看着他们。嘴巴是一个张开的黑洞。他们自己的眼睛，两个挨得很近又瞪得很大的黑洞，直望进他们身后的夜色。

就停在外面的车子，看来却像在冷冷的百里之外。即使那个停车场看来也像是在这样的黑暗中远得无法走到。

她找到欧尔森·李德的时候，他的脸仍完好无缺。他的脖子和头，他最后的百分之十仍然完好无缺。和他身体其余那些已经脱皮煮熟的部分比起来，甚至可以说很美。

他仍然不停地尖叫着。好像天上的星辰会在乎似的。欧尔森的残余部分沿着白河边上勉强地走着，脚步踉跄，双膝发软，蹒跚走着，断裂开来。

欧尔森已经有好些部分不见了。他的两条腿，自膝盖以下已经在破裂的冰上碎了一路。一点点地脱落，先是皮肤，然后是骨头，体内的血已经煮到没有东西流出来，在他身后只有一道他自己的油。他的体热在雪里融开深深的痕迹。

由怀俄明州平松市来的那个小伙子，就是跳下去救狗的那个。人家说大家把他往外拉的时候，他的手臂都断开了，一节一节地，可是他还活着。他的头皮在他白色头骨上剥落，可是他还很清醒。

沸腾的水面上，喷出热气，还有因为那小伙子身体里的油所发出的亮丽虹彩，他的油浮在水面上。

那个小伙子的狗给煮得只剩一张完整无缺的狗形毛皮大衣，骨头都已经煮得干干净净地沉到这个世界的中心去了。那个小伙子最后说的是："我搞砸了。我没办法弄好的。对吧？"

李珞依小姐那天夜里找到欧尔森·李德的时候就是这样。只是更惨。

他身后的雪，刚下的新雪围在他四周，上面有一行行口水的痕迹。

在尖叫的他的四周，散在他身后的，李珞依小姐看得到一大堆黄色的眼睛。雪地里有郊狼踩成冰的爪印。有狼爪的四趾脚印。浮在他四周的是野狗瘦如骷髅的长脸，在它们呼出的白烟后面喘着，黑色的嘴唇由鼻子两边翻上去。它们尖利的牙齿咬在一起，咬得很紧，扯着欧尔森破了的白裤子，破烂的裤腿里活活煮烂的肉还发着热气。

下一瞬间，那些黄色的眼睛消失了，只剩下欧尔森的残躯。郊狼后腿踢起的雪片还闪动在空中。

他们两个在一阵温热的咸肉香味中。欧尔森散发着一阵阵的热气，像一块巨大的烤马铃薯深深地沉落在她身边的积雪中。他的皮肤现在龟裂了，蜷缩而粗糙得有如炸鸡，但却松垮而滑溜地包覆在底下的肌肉上，那些肌肉煮熟了，卷曲在里面热热的骨头上。

他的两手紧抓住她，抓紧了李珞依小姐的手指。她想拉脱开来，而他的皮肤剥落了。他煮熟的双手却不肯松开，好像寒冬时你的嘴唇在游乐场的旗杆上给冻住了一样。她想要将手拉脱，他的手指裂到见骨，煮熟的骨头，一点儿血也没有的骨头。而他尖叫着，把李珞依小姐抓得更紧。

他身体重得拖不动。沉在积雪里。

她给抓住而动弹不得，侧门离她不过是雪地里二十个脚印的距离。门仍然开着，里面的桌上都摆好了下一餐所需要使用的餐具。李珞依小姐能看见餐厅里那座像山一般的石头壁炉，里面烧着柴火。她能看得到，却远得无法感受得到。她两脚撑地，想拖动欧尔森，可是积雪太深了。

她无法动弹，就停下来，希望他会死掉。她向上帝祈祷，求他在她冻僵之前杀掉欧尔森·李德。那些狼群守在黑暗的树林边缘，用它们黄色的眼睛盯着，松树的黑影直上黑暗的夜空。在树梢上面的星星，像一起在淌血。

那天晚上，欧尔森·李德跟她说了一个故事。他自己个人的鬼故事。

在我们死的时候，就是这样的故事还在我们嘴上。这些故事我们只会告诉陌生人。在半夜里，在一个隐秘的小房间里。这些重要的故事，我们多年来一直在脑子里反复想过，却从来不曾说出来过的。这些故事就是鬼魂，把人从阴间带了回来。只是一下子。回来看一看。每个故事是一个鬼魂。这个故事是欧尔森的鬼。

李珞依小姐把雪含在嘴里融化，再把水吐进欧尔森肥而红的嘴唇里，他的脸是他全身唯一她可以碰触而不会给粘上的部分。她跪在他旁边。魔鬼引诱你奸淫的第一步。那个吻，欧尔森一直守身如玉所为的那一刻。

她这大半辈子以来，始终没有告诉任何一个人他叫了些什么。把这些留在心里是一个沉重的负担。现在她告诉每一个人，但也不见得让她好过。

那在白河边上给煮熟了的可怜家伙尖叫道："你为什么这样做？"

他尖叫道："我做了什么？"

"狼呀。"李珞依小姐说着，大声笑了起来。我们现在没这些麻烦，这里不会有，她说。后来都没有了。

欧尔森的死因叫作肌蛋白中毒症。在严重的烧烫伤情况下，受伤的肌肉会释放肌红蛋白，这种蛋白质流进血液里，会使肾脏无法负荷，因而衰竭，使身体里充满毒素。肾衰竭、肌蛋白中毒。李珞依小姐说这些字眼时，简直像魔术师在变魔术，那些字听起来有如咒语。有如祷词。

这样的死法会耗上一整夜。

第二天早上，铲雪机终于清除到这里。司机发现了他们：欧尔森·李德死了，而李珞依小姐睡着了。因为她整夜嘴里都有融雪，使她的牙床发白。冻伤了。李德那双死人的手仍然紧抓住她的手，像一双暖和的手套护住了她的手指。之后有好几个星期，她每颗牙齿根部四周冻坏了的皮肤逐渐脱落，变软，变灰，由棕色牙根剥落，最后她的牙齿成了现在这副模样。最后她没了嘴唇。

坏死组织剥离。又是一个魔法似的咒语。

李珞依小姐会告诉大家说，现在外面树林子里没有什么了。没有什么坏东西。只有些很悲哀而孤寂的感觉。就是欧尔森 · 李德仍然不知道他做错了什么。不知道他在哪里。那样可怕而孤寂，连狼、郊狼都离开了白河上游这头。

一个骇人的故事就有这个作用。会响应好久以前的恐惧。重现一些早已忘怀的恐怖。一些我们自以为已经抛在脑后的事物。但是那仍会把我们吓哭。那是你希望能愈合的伤口。

每天晚上都有他们散在各处。这些既救不活却又不肯死的孤魂野鬼。你整夜都会听到他们在外面尖叫，就在白河断崖的这边。

二月里的夜晚，有时还会有热油的气味。煎得脆脆的咸肉。欧尔森·李德两腿已没知觉，但还被往后拖着。他尖叫着。手指弯曲如爪子抠进雪地里，被那些咬紧的小小牙齿往后拖回到黑暗中。

Chapter 21.

按照克拉克太太的说法，人在睡觉的时候平均每小时会消耗六十五卡的热量。醒着的时候，每小时消耗七十七卡。慢步行走，你会消耗两百卡。单是让自己活着,你每天需要吃一千六百五十卡的热量。

你的身体只能贮存大约一千二百卡的碳水化合物——大部分是在你的肝里。单是要活着，你不到一天的时间里，就会把你贮存的热量全部用光。在那之后，你燃烧脂肪，然后是肌肉。

到这时候，你的血液里就充满了酮。你的血液浓度飙升，呼吸开始急促。流出的汗水有股飞机胶的臭味。

你的肝脏、脾脏和肾脏变小萎缩。你的小肠因为没有使用而胀大：充满了黏液。溃疡在你的结肠壁上开洞。

你在挨饿的时候，你的肝把肌肉化为葡萄糖来让你的脑子存活。饿过头之后，饥饿引起的疼痛会消失。在那之后，你只会觉得疲倦。你会越来越迷糊，不再注意周遭的世界，也不再注意自己的清洁。

一旦你把身体里的脂肪燃烧掉百分之七十到百分之九十四，肌肉燃烧掉百分之二十，你就死了。

对大部分的人来说，大约是六十一天。

“我的女儿，卡桑卓拉，”克拉克太太说，“她始终没有告诉我到底出了什么事。”

我们对挨饿所知道的那些事情，克拉克太太说：都来自于对北爱尔兰囚犯绝食抗议所做的观察研究。

饥饿的时候，你的皮肤有时会变成青白色。有时会转为深棕色。挨饿的人有三分之一会浮肿——但只有那些皮肤发青的人才会。

在哥特式吸烟室的墙上，圣无肠一共画下了四十天的记号。以他的铅笔画了四十条线。

我们的故事，我们面对无比残忍折磨而勇敢求生的真实人生史诗，呃，版税现在只要分成十三份，因为美国小姐已因流血过多而死了。

在炉子由鬼再次修好之后，我们大部分的人已经不去想再把它弄坏了。不过，我们还是没有洗衣服。有些时候，从开灯到关灯，我们只是躺在所住的后台化妆室里的床上。每个人跟自己说我们的故事。

如果我们还有力气的话，就可能会向杀手大厨借把刀来把头发挨着头皮给割掉。这是魏提尔先生加诸我们的又一次羞辱。也是另外一个让我们事后的照片比事前的照片更可怕的方法，而现在我们的照片大概都已经钉在电线杆上或是印在牛奶盒上了吧。

无神教士折断了一根椅子腿，把那根木头硬插进他屁股里，让警方可以在那里发现一些碎木屑。这个好主意，是由克拉克太太的女儿卡桑卓拉那里来的。

入夜之后，我们听到脚步声。门扇开启的吱呀声。这里的鬼的脚步声。魏提尔先生、游民夫人、凶悍同志和美国小姐。

自从那个鬼那样对付野蛮公爵之后，我们都在熄灯后锁上房门。如果不是两三个人一起，彼此当人证以确保安全的话，没人到外面乱走。每个人都随身带着一把杀手大厨的刀子。

克拉克太太说，她女儿在回家之后，体重始终没有增加多少。卡桑卓拉的指甲长回来了，但是她再也没涂上指甲油。她的头发也长回来了，可是卡桑卓拉只洗过梳好，再也没有上卷子，做头发或染发。她掉了的牙齿当然没有再长回来。

她穿零号的衣服，没屁股，没胸部。只看得到膝盖、肩膀和像死亡集中营里的人那样的颧骨。卡桑卓拉有好多衣服可穿，可是她每天只穿那同样的两三件长裙。不戴首饰，不化妆。她几乎就像没这个人似的，只要一片坏了的肉就能送了她的命，或者只要将一把安眠药混进麦片粥里，如果她会吃的话。

克拉克太太当然带她去看牙医。付钱做了一套很好的假牙。还愿意付钱让她植牙去补好缺了的牙齿。还有替萎缩的胸部做隆乳手术。她也研究了神经性厌食症。

克拉克太太骗她说她看起来很漂亮而苗条。卡桑卓拉从来不到室外久到可以让她的皮肤不那样苍白发青。

没错，卡桑卓拉只去上学，学校里没有人和她说话。每个人都在谈她的事，一个个学期过下来，她受折磨的故事越来越恐怖。就连那些老师也让他们可怕的想象力如天马行空。附近的街坊邻居，每个人都拦住克拉克太太，轻拍她的手，说他们有多难过。好像警方发现的是卡桑卓拉的尸体。

所有那些加入行动，和警察一起搜查过的人，他们不再追问细节。他们已经听腻了克拉克太太对他们说："我不知道。我不知道。我不知道……"

卡桑卓拉回到学校去的第一年，成绩升高了。她没有去参加拉拉队的甄试。她不打篮球，不踢足球。她什么都不做，就只上课读书，然后回家。她看天上的飞鸟。她看着她那条金鱼游来游去。

可是，即使是克拉克太太又是哀求又是威吓——威胁说要自残——卡桑卓拉还是不肯戴上假牙。克拉克太太可以拿烟头烫自己的手臂，她的女儿却只坐在一边看着。闻着那股气味。

卡桑卓拉只静静地听着。克拉克太太求她，对她叫骂，拜托卡桑卓拉想办法弄漂亮点儿，交点儿朋友，和心理医师谈谈，回归正常生活，随便怎么都好。卡桑卓拉只是静静地听着。

"我的亲生女儿，"克拉克太太说，"她对我就像是家里的一盆盆景。"

一个在高三那年成绩全得A等却不肯参加舞会的机器人。不约会。没有女性朋友。像一个高高放在架子上滴答作响的"噩梦之匣"。

"她整天坐在那里，"克拉克太太说，"就像坐在教堂里一样。"

沉默，挺直了背，睁大了眼睛。但是视而不见，从来不肯透露她脑袋里在想些什么。卡桑卓拉只看只听。她不是她母亲以前认得的那个女孩子，她成了另外一个人。一尊在龛上俯视一切的雕像。一千年前在欧洲一所大教堂里刻成的雕像。一尊自己知道是由达·芬奇刻成的雕像。这就是别人眼中的卡桑卓拉。

克拉克太太现在说："这事把我逼疯了。"

有时候，就像是和一具机器人，或是一枚炸弹生活在一起。有时候，克拉克太太等着某个邪教宗派或是疯子打电话来找卡桑卓拉讲话。有些晚上，克拉克太太睡觉时会把刀子放在枕头底下，把卧室的房门锁上。

没有人知道这个沉默的女孩子会怎么样。她生活中经历过其他人永远无法想象的事情。有那么多她不需要告诉别人的折磨和恐怖，她从此再也不需要什么戏剧性，或是快乐和痛苦了。

你可以走进房间，打开电视，吃着一袋爆米花，然后才注意到她就坐在你身边的沙发上。

真的，她就是那样吓人。卡桑卓拉就是那样。

有次吃晚饭的时候，只有她们母女俩坐在厨房里，克拉克太太问卡桑卓拉是不是还记得那个"噩梦之匣"。在画廊的那天晚上和她失踪的事有任何关联吗？

卡桑卓拉说："那让我想当一个作家。"

从那以后，克拉克太太再也睡不着觉。她希望女儿快去，去上大学，去当兵，去进修道院，随便去哪里。走了就好。

然后，有一天，克拉克太太打电话报警说卡桑卓拉失踪了。

她当然找过了整个房子。克拉克太太知道卡桑卓拉能消失在壁纸里或沙发的纤维里。可是她真的不见了。

每个人车子上还绑着褪色的黄丝带，那些投降的白旗。卡桑卓拉·克拉克再度消失了。

卡桑卓拉

克拉克太太的另外一个故事

如果说要做一件你讨厌的工作有什么诀窍的话……克拉克太太说，那就是去找一份你更讨厌的工作。

在你找到一个更令你害怕的大考验之后，那些小小的纷扰就变得有如微风拂过一般。这也正是手上要有个恶魔的另外一个原因。那真的能使所有的小鬼更……容易忍受。这又是克拉克太太对魏提尔先生理论的另一种延伸。

我们喜欢戏剧性。我们喜欢冲突。我们需要一个魔鬼，否则就由我们创造一个出来。

这些事都不坏。只是人类的做法。鱼一定得游水，鸟一定得飞。

在她的女儿第二次失踪之后，克拉克太太将棉布拖把蘸上一桶矿物油，把浴室里每块瓷砖之间的缝隙填满。这花掉了大半个周末。

她用一块抹布擦了百叶窗的每条叶片。

所有这些琐碎的工作，都因为和那可能打来的电话比较之下而变得可以忍受了。警方可能会打电话来说他们找到了尸体，或者，更糟的是，他们找到了还活着的卡桑卓拉。

那个整天坐着的机器人女孩，画着在她窗外尖叫的鸟，或是看着那条该死的金鱼在鱼缸里游来游去。

那个少了脚趾和手指的……陌生人。

克拉克太太不知道的是，警方的确找到了卡桑卓拉。一个从树林里出来的幼童军，什么也不说。守着一个秘密，就是他所发现的事。他走到树林里，沿着一条溪流上到一个溪谷里。爬过了岩石，后面就是积水的池塘，满出来的水流下来，再积成一个水潭，这个幼童军是在找一个大得足够容得下鳟鱼的洞。绿色的苔藓覆盖着岩石的周围，树木矗立，枝丫交错，在树荫下，卡桑卓拉·克拉克侧躺着，两手交合垫在她苍白细瘦的脸下，好像睡着了。卡桑卓拉，全身赤裸地躺在那一床又厚又软的苔藓上，一株山楂树的枝叶有如帘幕般垂落在四周。

这个幼童军把这事告诉了一个大人，那个人打电话给警长。天还没黑，那一队刑警就沿着溪水走到了那处溪谷。到天黑的时候，他们都回家了，一群人全不谈论他们那天上班时所看到的事情。

他们之中没有一个人打电话给克拉克太太。她在家里等着，翻转了家里的每一块床垫。她洗刷了二楼的窗子。她擦干净了护壁踢脚板上缘的灰尘。每件工作在大部分的时间来说都很无趣，但还不能与空等相比。她清理了壁炉，电话永远放在手边，以便一响就接起来。

这回第二次失踪，没有人再在什么东西上绑黄丝带，也没有人挨家挨户去搜寻，或是点蜡烛祈祷。也没有通灵人士打电话来。

甚至在克拉克太太不断做着各种清扫工作的时候，连电视台的人也没来过。

卡桑卓拉在溪谷里又待了一夜，在溪流的对岸，一道岩石很多的山坡上，从任何一条林地里给伐木工人走的路搬到这里来都相当远。小径上没有任何脚印，她赤裸的双脚看来也很干净，似乎应该是让人抱来的。

到这时候，再以她死后僵直的程度来推断死亡时间已经来不及了。她的手臂可以弯曲，所以她已经死了有两天以上。死后僵直的情况已经发生过，也已经消除了。

第一批刑警把一个麦克风挂在如帘幕般的山楂树上。就像他们会监听刚下葬的受害死者的坟墓一样。因为凶手一定会回来。凶手一定会说话，直到把这个故事说清楚为止。

别的故事，会耗尽你的心力。

说给凶手唯一敢冒险得到的听众听，也就是被他杀害的人。

卡桑卓拉躺在她苔藓的床上。麦克风挂在她上方，连接到一架卡式录音机以及一个传输器，送到躲在溪谷对面岩石上的一名刑警耳机里。他离得远到可以打蚊子而不致泄露行踪。耳机戴在耳朵上，人坐在地上，旁边有蚂蚁在爬。他所有的时间都在仔细倾听。

在他的耳机里，小鸟鸣唱。风吹过。

你再也想不到有多少凶手会回来道再见。他和死者之间曾分享过一些事，凶手会来坐在坟前谈以前的事。

每个人都需要一个听众。

在刑警的耳机里，黑苍蝇嗡嗡飞着，到这里来把卵产在卡桑卓拉湿润的眼皮边上，她那微张的青色嘴唇里。苍蝇在她鼻孔和肛门产卵。

克拉克太太在家里费了好大的力气，把靠着厨房墙边的冰箱移开，好用真空吸尘器把后面清理干净。

在那张苔藓的床上，卡桑卓拉的血都沉积在她身体最低的一侧，使得你看得见的部分：她的胸部、双手和脸，看来有如抹成了白色。她的两眼睁着，已经被虫子吸干。她那头金发，她的头发又黄又粗地由她脑后散开来，但暗无光泽，和剪下来丢在理发店地上已死的头发一样。

她的细胞在自我消化，仍然还在试着继续工作。拼命觅食的结果是里面的酵素咬穿了细胞壁，每个细胞里的黄开始漏了出来。卡桑卓拉的皮肤开始松垮在底下的肌肉上，皱了起来，使她手上的皮肤看来有如松垮的棉布手套。

她的皮肤上布满数不清的突起，一片细小的刀疤，每个突起都在蠕动，在皮肤与肌肉之间摩擦。每个突起都是一只黑苍蝇的幼虫，吃着那一层薄薄的脂肪，在她皮肤下来去。她整个身体表面，不管是手还是腿，都成了一团团蠕动的硬块。

在刑警的耳机里，苍蝇的嗡嗡声变成了那些幼虫在皮肤下一口一口咬食的声音。

在家里，克拉克太太坐在离电话只有一步之遥的地方，在有呛鼻灰尘味的阁楼里整理圣诞装饰品，丢掉一些，重新收拾好。在每个盒子贴上标签。

细菌在卡桑卓拉的肺里呼吸，细菌在她的肚子里、嘴里和鼻子里，它们不停地分裂繁殖，没有白血球来阻挡它们。它们吞噬了皮下脂肪和由她损伤的细胞里漏出来的黄色蛋白质。它们的数目暴增，使她苍白的肚子胀大到她的两肩都向后弓起，两腿分开。卡桑卓拉的肚子鼓得紧紧的，里面的胀气使她有如怀了身孕，无数的细菌在进食和繁殖。

她的舌头肿胀，使得上下颚分开，又从肿得像脚踏车轮胎似的两唇之间伸了出来。细菌钻穿了她嘴里的上颚，进入头盖骨里，那里正有她柔软而好吃的脑子在等着。

克拉克太太在家里把电话从一个房间拿到另一个房间，洗刷墙壁，也洗净了每盏天花板上电灯泡上粘满的死苍蝇。

又过了一天之后，卡桑卓拉的脑子变成一些红色和棕色的泡沫，从她的耳朵和鼻孔流出来。那些泡沫也会从她坍陷的眼眶中冒出。

麦克风捕捉到这些声音。想象爆米花闷在微波炉里爆开的时候。想象身子滑进洗泡泡澡的热水里的情形。所有的泡泡一个个破裂的声音，有如大雨落在水泥地上。冰雹打在汽车车顶上。那是蛆虫的声音，现在已经长得粗如米粒了。麦克风传来一阵又一阵撕裂的声音，那是皮肤裂开，而卡桑卓拉的肚子扁下去的声音。

肉食性的甲虫来了。还有老鼠和鹊鸟。小鸟在林中高唱，各有明亮如彩光的一串音符。一只啄木鸟歪着头倾听藏在一棵树里的虫子。然后啄出个洞来。

皮肤沉落下去，包覆在骨头上，卡桑卓拉的内脏流了出来，渗进地下，只剩下那层如影子般的皮，她的骨架浸在由她本身所形成的一个烂泥潭里。

在刑警的耳机里，听到老鼠在吃甲虫。有蛇来吞食扭动的老鼠，所有的一切都希望自己是食物链的最高消费者。

克拉克太太在家里整理她女儿房间里、抽屉里的纸张。那些写在粉红信笺上的信。以前的旧生日卡。还有，用铅笔写的，卡桑卓拉的笔迹抄在一张有格子的活页笔记本内页上，一边还有扯破的那一行孔。上面写着：

作家研习营：将生活抛开三个月……

她把她女儿养的那条金鱼活生生地从马桶冲掉。然后克拉克太太穿上她冬天的大衣。

那天夜里，刑警的耳机中响起一个女人的声音说："你去的就是那个地方吗？这个作家研习营，就是他们折磨你的地方吗？"

那是克拉克太太的声音，说道："我很难过，可是你不该回来的。你回来之后，完全变了一个人。你不在的时候，我还更爱你得多……"

今天晚上，克拉克太太在蓝丝绒的大厅里，把她的故事说给我们其余的人听，她说："我给她吃的是安眠药。"她坐在那道宽大蓝色楼梯中间，说道，"我一看到挂在那里的麦克风，我就逃了。"

那天晚上在溪谷里，她已经听到刑警在树丛里走动，要赶来逮捕她的声音。

她从此没有再回到那间打扫干净的房子，所有那些她讨厌的工作，全做完了。

克拉克太太除了她的冬大衣和皮包之外，一无所有。她打了卡桑卓拉亲笔记下来的那个电话号码。她见到魏提尔先生，见到了我们其余的人。

她的眼光从我们绑了绷带的手和脚，转到我们剪得又短又乱的头发，再转到我们凹陷的两颊。克拉克太太说：“我根本不是他的……什么人。我从来没有爱过魏提尔。”

克拉克太太说：“我只想知道我女儿到底出了什么事。”

其实，是魏提尔先生杀了她所生下来的那个女孩子。

她说：“我只想知道为什么。”

Chapter 22.

我们找到媒人的时候，他一个人在意大利文艺复兴式的休息厅里。大部分的日子里，开了灯之后，他就站在那张黑色的木头长桌前，拉开拉链，手里拿着那把切肉刀。眼中露出犹豫：切还是不切。

“呃——咳。”他们家传的声音。

证明你最害怕的事有一天就那样消失不见了。不管某些事看起来多可怕，也许明天就没有了。

媒人现在已经不再请我们其他的人去挥刀了。我们为什么要帮他成为未来的焦点人物？不行，要是他真那样想切那一刀的话——让他自己动手。

那张桌子，每根桌脚都刻成各种不同大小的球，全顶在一起或串成一条直线。那些挨着地面或桌面的球大小像苹果。每条桌脚中间的那个球则大得像西瓜。四根桌子脚都是一样油腻腻的黑色。既长又窄得像棺材的桌子像是由一整块黑蜡刻出来的。既长又平，而且非常脏，因此不会反映出什么来。

媒人像平常一样站在那里，拿好了刀子。头低垂得下巴抵住了胸口。他两眼盯着自己那根由打开的裤子拉链里伸出来的老二，就像猫在盯着老鼠洞。

自从那辆巴士把我们送进小弄堂里以来，这间意大利文艺复兴式的休息厅里一直是糊着同样的旧绿色绸子的壁纸。这已经是不知多久以前的事了。绿色绸子看来很湿，滑滑的。每张雕花椅背和底下的踢脚板以及每面绿色墙上装着烛形电灯泡的支架边上，都漆着金漆。

墙上有不少缩进去的洞，小小的敞架柜子或是绿色绸缎的壁龛，里面立着裸体雕像，肌肉和胸部都大得看起来很胖的样子。这些雕像比大部分真人都更高大，站在漆成暗绿色让你以为是孔雀石的台座上。有些拿着长矛和盾牌。有些翘着白色石膏的大屁股，两脚并拢，背的下半部弓曲地站着。不管是肌肉或是屁股，反正在膝盖以上的部分都满是脏手印，或是用指甲刮白所留下的痕迹，但都只到一般人伸手能及的地方，只到雕像的腰部。

我们由中国宫廷式的散步场走楼梯上来，由大红冲到了大绿，而今天媒人又把他的老二掏了出来。

无神教士又喘又咳，一手按在胸口，说道："他们来了，有人……听得到他们到了巷子里，就在外面。"

八卦侦探在他的摄影机后面说："如果你打算把老二切了的话，现在赶快切。"

媒人一手拿着刀，说道："什么？"

可怜的媒人，和他的突眼、大鼻子跟凹陷的两颊比起来，他的老二看起来大得像座雕像。他是我们之中最后一个全身完整无缺的人。脏得身体都粘在衬衫里层，他的皮肤绷得紧到他瘦削的手上那些青筋看来就像是裂纹。前额皮肤下也有像虫似的青筋，脖子上的青筋抽搐跳动不止。

"有人在外面。"失落环节说。他的嘴巴藏在肥大的鼻头后面，在他那毛茸茸如阴囊的下巴上方。他说："他们在用电钻撬锁。我们就快成名了。"

哎，我们所有的人——只有媒人没有疤痕可以展示，除了没吃东西之外，什么也没干。

在他灰色龟头四周的桌面，木头上满是纵横交错的刀痕，练习时每一刀都有个新的角度。被斫过的木头上溅满了我们的血。斫碎的木屑和木片弹跳到地上。

我们的耳朵、脚趾和手指喂了猫。柯拉·雷诺兹喂了美国小姐。

美国小姐和她的胎儿喂了我们。一条完整的食物链。

每个人都抢着当食物链的最高消费者。

做摄影机后面的摄影机后面的摄影机。

诽谤伯爵，他举起一只手，摆动着还剩下的那三根血淋淋的手指，指甲已经拔掉，不见了，他说："赶快把刀给我，我还有时间再多受点苦。"

杀手大厨跌坐进一张金色的宫廷椅子里，踢掉了鞋子，抓住袜子的前端，往外拉长，越拉越长，最后由脚上扯脱下来。他看着自己的脚趾，说道："我先。我剩下的脚趾太多了。"

可怜的媒人站在那里，把小腹贴紧了黑木桌子的边上，老二伸着，他说："别催我。"汗从他额头的毛孔中冒了出来，"你们这些人都有过受苦的机会。现在轮到我了。"

"那就赶快吧，"杀手大厨说。他打响了剩下的手指，说道："否则就把刀还我。这可是我的刀呢……"他站在那里，伸出手来。

诽谤伯爵走到桌子旁边，把手里拿着的录音机伸了出去。那个网眼的小麦克风准备以那一刀砍下去的声音盖过之前所录的东西。诽谤伯爵说："有点儿男子气概。"

他说："这是你的最后机会。当个男子汉，把那根老二剁了。"

失落环节的衬衫敞开着，他的胸口只有黑毛和楼梯似的肋骨。他说："等那扇门一打开，我们谁都来不及了。所以，赶快。"

媒人看着自己映照在巨大刀锋里的影像，把刀往前送给无神教士，说："帮我？"

无神教士接过刀来。两手握住刀柄，在空中挥舞了两下。

媒人叹了口气，深呼吸了两次，把小腹挺贴在桌边。"不要告诉我什么时候动手，动手就是了。"媒人说。

无神教士说："记住了。我这样做只是为了帮你的忙。"

媒人闭上了眼睛，将两手抱在头后，十指交叉。

然后……接着……就是："呃——咳"。刀子砍进那张桌子的黑色木头。桌子跳动一下，发出嘤嘤的声音，有什么东西向外飞出，由另外一边掉了下去。那个东西是粉红色的，被一股热腾腾地喷出来的血直推向前。拉开拉链的裤裆里冒出热气直冒的鲜血，媒人把手向那不见了的东西伸过去。想要抓住。然后两膝一软。

他的两手抓紧了桌子边缘，可是手指滑脱了。他的下巴撞在桌面上，两排牙齿用力地碰在一起。之后，媒人和他的老二都到了桌子底下。两者都成了，灰色的肉块。

我们可怜的媒人，现在只成了一个我们可以编进故事里的小角色。我们的新傀儡。他那有关死亡集中营和口交的家族故事，现在是我们的故事了。

失落环节闪身到桌子底下。他站了起来，在他打开的手心里是那根灰色的切断的老二，大部分是勃起时会改变大小和形状的皱缩皮肤。只有在刀切的那头是一般粉红色的肉……

"肉！"失落环节说。他嗅了嗅，一次，两次。他的鼻子抬了起来，鼻孔张开，几乎贴在肉上。他耸了下肩膀，说道："我们用那个微波炉弄出来的所有东西都会有爆米花的味道……"

就连失落环节也知道吃一个死人身上切下来的老二，会让他在每个电视的夜间谈话节目中得到额外的曝光机会。只要形容那是什么滋味就好了。然后他会成为烤肉酱和西红柿酱等产品广告的代言人。然后他可以出自己编写的"非常食谱"。上电台的骇人谈话节目。然后，他后半辈子都有上不完的日间竞赛游戏节目。

一个受害者，那些少了脚趾或手指来证明他们受苦的人，会得到认同说他很惨。

喷嚏小姐伸出双手，竖起手掌，拦阻道："你不可以。"

我们的观众就是所有站在绿绸壁龛里的赤裸雕像。

"看着吧。"失落环节说，然后昂起头来，嘴巴对着绿色天花板张开着。他把手臂往上伸得直直的，让那一坨肉落下到他的舌头上，通过了牙齿，整整一块地吞了下去。

他又吞咽了一次，两眼突了出来。他再吞咽一次，整张毛茸茸的脸胀了起来，满面通红。他两眼紧闭，在他那一字眉下抖颤，两手握住喉咙，泪水由他烧烫的面颊滚落。失落环节抓住自己的喉咙，无法呼吸，像科学怪人似的往前冲了一步，然后再一步，接着又一步地在房间里走着。

他惊惶的红脸像在打呵欠似的张着嘴，他如狼人般的牙齿和嘴唇在说话，但没有声音。他跪落在血迹斑斑的绿色地毯上，两手紧握成拳头。他跪在那里，两手重击在自己的胃部。他所有的努力——喊叫、击打、求救——都默无声息。

在失落环节说了“看着吧”之后，诽谤伯爵的卡式录音机没有录到新东西。

跪在地上的失落环节倒向一侧。他倒在地上，躺在那里，毫无声息，两眼仍然紧闭，两只拳头仍然深埋在下腹。

杀手大厨看看诽谤伯爵，诽谤伯爵看看喷嚏小姐，她吸了下鼻子说：“那些来救我们的人，他们可能可以救他的命……”

无神教士摇了摇头。

现在在楼下，根本没有人在巷子里钻开门锁。没有搜救的人。根本没有人来救我们。我们谎称这事是因为大家对媒人老举着那把刀觉得烦了。

现在，我们又少了两个人分钱。我们只剩下十一个人了。

冻疮男爵夫人走上楼梯，她的裙子束在一起，用两手提得高高的蹒跚走来。她粉红色满是疤痕的嘴张开笑着，然后她看到媒人躺在地上，大部分的衣服都浸满了血而变黑了。躺在他旁边的是失落环节，他那张毛茸茸的灰脸上双眼紧闭，是死后僵直式的紧闭。

冻疮男爵夫人那张油亮的嘴大张开来，喘着气说：“你们这群王八蛋里哪一个杀了媒人？”

我们没人杀他，我们对她说。是他自己。在过了这么久之后，他剁掉了自己的老二。

而可怜的失落环节，是因为想一口吞下那根砍下来的老二而噎死了。

失落环节——食物链的最后一个环节。呃，那是说如果你不把克拉克太太说过吃掉她女儿的蛆和细菌算在内的话。

我们已经在盘算这一场戏在广播里会是什么样子。我们已经在考虑是不是能在电视节目里说“老二”这两个字。单是这一场就远胜过大部分所谓的“真实故事”，而只有我们看到。为将来一个电影明星吃另外一个明星切下来的老二而噎死的戏，做现实生活中的彩排。

你，因为老二塞在喉咙里而噎死。这一场才是会得奥斯卡金像奖的好戏。

只有我们，也许还有冻疮男爵夫人看到。

只不过我们的版本里会说，是克拉克太太剁掉了那根老二，强迫失落环节整个吞下去。只要大家一致同意该怪在谁身上，真相实在是太容易得到了。

“别高兴得太早，”冻疮男爵夫人说，“我们需要一个新的恶人。”

恶魔死了——我们需要一个新的恶魔。

冻疮男爵夫人窸窸窣窣地走到黑木桌前，两手把深砍进去的刀子拔了出来。她说有人杀了克拉克太太。

“不管那个人是谁，”冻疮男爵夫人说，“现在都不可能很饿了。”

凶手吃掉了她大半条左腿。她其他的部分还在后台她所住的化妆室里，是肚子上中刀刺死的。

杀手大厨向诽谤伯爵挥舞着拳头，说道：“你这个愚蠢、贪心的混蛋。”

诽谤伯爵说：“等一下，你们听……”

我们静了下来，而你听得见他肚子里的声音。诽谤伯爵的肚子里正有美国小姐那给煮熟的胎儿的鬼魂在又踢又叫。不可能是他。

可是，克拉克太太——我们那个挥着鞭子、恶毒的女魔王死了。她还剩下的，也不过就是剩菜而已。

我们接下来要做的事是选出新的恶魔。

等我们吃过晚饭之后。

就是在吃晚饭的时候，喷嚏小姐擤了鼻子，又吸又咳地说她真的、真的要跟我们说一个故事……

代言人

一首关于喷嚏小姐的诗

“我外婆赚钱，”喷嚏小姐说，“靠的是说：‘我爱你’。”
用无数种方法。帮不会说的人说。

喷嚏小姐在舞台上，她毛衣的袖口露出塞在那里的用过而肮脏的卫生纸。
那些卫生纸，黄黄的沾满了鼻涕。
她的鼻子流着鼻水，因为鼻水和血而发亮。两眼
布满血丝，泪水流下两颊。

舞台上，没有聚光灯，只有一段影片：
医院里的场景，有医生和护理人员穿着白袍，拿着试管。
忙着想找出特效药。

一边吸鼻子一边咳嗽的喷嚏小姐说：
“在她生前，外婆一直靠替人家说‘生日快乐’来赚钱。”
说“无限同情”，说“恭喜”和“我们深以你为荣！”
还有“圣诞快乐”。
用尽各种方式，她的外婆说：
“结婚纪念日快乐”。
“父亲节快乐”。
和“母亲节快乐”。
替一家贺卡公司做事。

在擤鼻子和把卫生纸塞回袖子之间，喷嚏小姐说：
“我外婆的工作是替那些没话说的人说话。”
但是每句“生日快乐”，

其实，每张卡片，她都想着喷嚏小姐而写。

她外婆理想中的祝贺对象。

贺卡架就是她的银行账户，她遗留下的信托基金给她的外孙女。

所以，在她死后，喷嚏小姐能来并且找到那正确的“我爱你”

或“情人节快乐”，来庆祝遥远未来中的那一刻。

在她外婆死了好久，好久之后。

“可是，”喷嚏小姐说，“还有一张卡，一个特别的情况是她没想到的。”

需要有一张卡片说：我很难过。

求求你，外婆。

求求你，原谅我。

我不是有意要杀了你。

恶灵

喷嚏小姐的故事

对讲机响了起来。先是一阵静电的杂音，然后是一个女人用很大的声音说：“好消息，女朋友。”从那个网面的小扩音器里传来。是雪莉，夜班警卫，她的声音说道：“看来你这辈子还很有跟男人上床的机会……”

雪莉说这个星期刚进来一个也是一号基根病毒的携带者。这个新来的“居民”,他目前还没有出现症状。更好的是,他有根好大的老二。

雪莉，她算是在这里最接近于一个密友的人。

你们知道那个因为完全没有任何免疫力而必须生活在一个大塑料泡泡里的男孩子吧？呃，这个地方正好相反。住在这里，在哥伦比亚岛上的人，这些永久居民，身上都带有能杀死整个世界的病菌。病菌，细菌，寄生虫。

包括我在内。

这是政府机构，属于海军经管，他们称这里叫“孤儿院”。这是听雪莉说的。这里之所以叫作“孤儿院”是因为——如果你在这里的话——你的家人全都死了。很可能你所有的老师都死了。你所有的老朋友都死了。只要是认识你的人全都死了。是你杀了他们。

你知道政府做事会有点儿缚手缚脚的。当然，他们可以把这些人杀了——来保护大众利益——可是这些人是无辜的。所以政府假装说可以找出治疗的方法，把这些人关在这里，每个星期抽他们的血去做试验。每个星期换一次干净的床单，每天有三顿中规中矩的饭菜。

他们所尿的每一滴尿，政府都会用臭氧和放射物消毒。他们所呼出的气也经过过滤，以紫外线消毒之后，才能再回到外面的世界。住在哥伦比亚岛上的居民，不会感冒，从来不会和可能把感冒传给你的人接触。除了他们每个人都带有他们自己独有的那种具潜在性毁灭世界的病菌之外，他们可算是你所能见到最健康的一群人。

而海军的任务就是确保你碰不到他们。

大部分我所知道的事都是从雪莉那里听来的，她是我的夜班警卫。雪莉说关在这里也没什么好抱怨的。她说外面世界里的人得整天工作，每天工作，还得不到他们想要的一半。

最近几天，雪莉要我去订一套电热卷发棒。让我自己变漂亮点儿。为了我未来的夫婿，那个新来的人，那个一号基根病毒携带者。

在这里，你可以到计算机上列出一张你想要的东西的清单。只要预算许可，就可以给你。最大的问题是你要来的东西太多：书籍、唱片、电影 DVD。他们都可以送来给你，可是在你碰过之后，那些东西都有了毒。最大的难题是怎么把那些东西烧成无毒的灰烬。

为解决这个问题，雪莉会让你要一些雪莉想要的东西。雪莉喜欢以前的猫王、巴迪·霍利[①]之类的狗屎东西。我会列在清单上，而当东西送到的时候，雪莉就把那些唱片拿走了。不啰唆，不麻烦，也不会在我房间里堆积起有毒的废物。

海军方面的人呢，他们说他们不准有诗集。要是有哪个看门狗看到在什么新闻自由的文件上有《草叶集》，那就问题大了。所以雪莉用她自己的钱替我买书，而我则以我订了却不想要的猫王唱片回馈她。大多数夜里，雪莉都会用目前的大事来教育我，比方说谁炸了哪个国家，谁又是每个女孩子都想和他上床的新男歌星。

而我却只想知道雪莉不能说的那些事情。那些我已经开始忘记的事——比方说雨落在你皮肤上的感觉如何？或是我从来不知道的

① 巴迪·霍利（Buddy Holly），美国摇滚歌星。

事——比方说怎么来个法式长吻？

我们经由对讲机交谈。这就是说，你说话的时候要按着一个按钮，然后放开来听另外一个人说话。即使是现在，我每次想象雪莉的长相时，只想到床边墙上那个小小的网面扩音器。

雪莉一直问我，是怎么到这里来的？

而我告诉她，那是我爹的好主意。

雪莉一直要我刮腿毛，订一张日晒床，在固定式的脚踏车上踩个哪里也到不了的一千英里。雪莉告诉我，她的声音由网面的扩音器里说："你只有一次初夜。"

我，二十二岁了，还是处女。到今天为止，看起来很确定我永远会是一个处女。

可是，我倒也不见得是一个生活白痴。这里的居民可以看电视，可以上网。当然，你不可以寄发任何信息。你可以进聊天室，看所有的来往对话，可是你不能参与。你可以看留言板上的意见，可是不能响应。没错，政府需要让你保持是一个国防安全秘密的身份。

雪莉的声音透过网面的扩音器，她说："你老爹怎么会把你弄得给关进这里来？"

那是我高中毕业那年，我周围的人开始一个个死掉。他们都和我父母十年前死的情形一模一样。

我高中的英文老师，弗蕾修小姐。有一天手里拿着我写的一篇作文，跟全班同学说那写得有多好，第二天她在室内也戴着太阳眼镜，说光太刺眼。她咬着学校护士给那些痛经的女生吃的橘子口味阿司匹林药片。她没有讲课，而是关了灯，让全班看一部叫《野战游戏》的电影。那部电影甚至不是彩色的。那是视听教室里架子上唯一的影片。

那就是大家最后一天看到弗蕾修小姐。

第二天，我认识的学生里有一半去要那种橘子口味的阿司匹林药片。我们没上英文课，而是到图书馆去自习了一个钟头。班上有一半的同学说他们眼睛没法看清楚书上的字。我在一个书架后面让一个叫雷蒙的男生亲了我的嘴。只要他一直不停地说我漂亮，我就让他把一只手伸进我的裙子里。

第二天，雷蒙没有来上学。

到了第三天，我外婆进了急诊室，说她头痛得厉害，以致眼前所见的一切东西边上都是黑的。她眼睛快瞎了。我没去学校，坐在医院的候诊室里，看着一本《国家地理杂志》，书页都又皱又软。我坐在一张塑料椅子上，周围全是哭叫的婴儿和老年人。这时有个男人推着一张轮床进来。他穿着一身白的全罩衫，戴着外科医生用的纱布口罩。

那个男人的头发剪得很短，他隔着口罩叫整个房间里的人出去。他说，他需要疏散医院的这一部分。我过去问他我外婆的情形，而那个男人一把抓住了我瘦削的手臂。他戴着乳胶手套。在那些老人和哭哭叫叫的小孩子匆忙地由走廊里那张轮床旁边挤出去时，那个男人把我抓着留在候诊室里，问我是不是莉萨·鲁兰，十七岁，目前住在西羽木路 3428 号。

那个男人由轮床上拿来一个装了蓝色衣物的透明塑料袋，把袋子撕开，里面是一件蓝色的防护衣，全部是塑料和尼龙制成的，上下前后都有拉链。

我又问了一次我外婆的情形。

那个推轮床的男人把那件蓝色防护衣抖开，他说把防护衣穿上，我们去加护病房看我外婆。他还说，穿上这件防护衣是为了保护我外婆，他拉着衣服的肩部，让我好钻进去。防护衣有好几层塑料，每一层都用拉链拉上，还有连在衣服上的手套和脚套，上面有一个尖尖的帽兜，前面有一块透明的塑料小窗，可以看到外面。大部分外面的拉链都拉到背后锁住，所以你就困在那里面了。

我一脱掉球鞋，那个男人就用戴了乳胶手套的手把鞋子捡起来，封进一个塑料袋里。

在学校里，谣传弗蕾修小姐做了脑部断层扫描，发现长了脑瘤。那个肿瘤有柠檬大小，充满了像尿一样的黄色液体。根据谣传，那个瘤还在继续长大。

就在我把帽兜拉上之前，推轮床的男人给了我一粒蓝色的药片，说放在舌头下化掉。

那粒药片甜甜的。甜到我嘴里满是口水而让我不得不吞下去。

那个男人要我躺在轮床上。他说躺下来，头枕在那个白纸做的小枕头上，然后我们就去看我的外婆。

我问道，她不要紧吧？我的外婆，从我八岁开始抚养我长大。她是我母亲的母亲，在我爹妈去世之后，千里迢迢地来接我。这时候，我已经在轮床上躺好了，那个人推着床由医院的走廊往前走。透过很多扇打开的门，你看得见所有的床都空了，床单掀开，还看得到病人躺过的痕迹。听到有些房间里的电视还在播放音乐或谈话节目的声音。有些床边还放着午餐托盘，上面的西红柿汤还在冒着热气。

那个男人把轮床推得快到天花板上的一切都变得模糊，快到让我躺在那里也不得不闭起眼睛来，否则我会想吐。

医院里的广播不停地说着，“橘色警报，东侧，二楼……橘色警报，东侧，二楼……”

我还在吞咽着那药片甜腻的味道。

那粒小蓝色药片，雪莉说只要两粒就会过量致死。

等我醒过来的时候，已经到了这里。在这个可以看见普吉特海湾，有宽银幕电视的房间里，有干净的、贴了灰色瓷砖的浴室。这个装在床边墙上的对讲机。一些由我家里我自己房间里拿来的衣服和唱片，都放在外面包了塑料膜的纸盒里。想必有摄影机在监视我，因为我一在床上坐起身子，对讲机就说：“早安。”

我外婆死了。雷蒙死了。弗蕾修小姐，我的英文老师死了。从那以后，已经过了四个圣诞节，可是那就像我一百年前看过的黑白电视节目回放。

在“孤儿院”里，你根本不知道时间。根据记录，我现在是二十二岁。已经够年龄可以喝啤酒了，而我只吻过一个已经死了的男孩子。

一天，两天，三天，我这辈子就过去了。我甚至没有从高中毕业。

你身体里的滤过性病毒会累积到可以将一号基根病毒传染出去的程度，别以为你可以请个律师打官司，或是有个项目社工，或是处理人民对政府陈情的官员。你最后就会住在哥伦比亚岛上，你可以过得像是在一间连锁旅馆，像拉玛达客栈或喜来登之类的饭店里相当不错的房间里，但下半辈子都住在里面。同样的房间，同样的景观，同样的浴室。吃送来的餐点，看有线电视播的电影。一床咖啡色的床罩。两个枕头。一张咖啡色的躺椅。

这里关着很多人，这些人只做了一件错事。他们不该在飞机上坐在某一个陌生人身边。或是跟一个甚至不曾交谈的人一起搭了一长段电梯上楼——然后他们没有死掉。有太多方式让你关在这里过后半辈子。这里是一个在普吉特海湾中间的小岛，属于华盛顿州，叫哥伦比亚岛海军医院。

这里大部分人都是刚满十七岁或十八岁的时候来的。主治医师舒玛契大夫说我们是在小时候受到感染的，某种病毒或寄生体，在我们身体里潜伏了很多年，一旦到了某一个数量或是某个血清浓度，我们周遭的人就会开始死亡。

就是这时候，疾病控制中心会注意到这样大量的死亡情形，工作小组就来让你穿上防护衣，把你送到这里来安度你的余生。

哥伦比亚岛上的居民各自带了不同的病毒。雪莉说，独特的致命病毒株，或是致命的寄生体或细菌。所以才会把每个人都隔离开来。这样才不会彼此杀死了对方。

可是，雪莉说，他们冬天有暖气，夏天有冷气。有人替他们烧饭，鱼啦，蔬菜啦，或是冰淇淋、总汇三明治，只要是预算以内的，什么都有。

到了最热的八月天，雪莉说单是有冷气，就让她很庆幸自己在这里工作了。

雪莉称这些居民叫“血牛”。每个居民所住的套房里，会有两只长长的橡皮手臂在镜子下方穿墙而入。那两条手臂是防弹的长橡皮手套。每过几天，镜子后面的灯就会亮起来，照见一个实验室的技师坐在那里，那个男的或女的会戴着那副橡皮手套，把手伸进墙里来抽取血样，把血样放进一个小小的密封舱里，然后由另外一边安全地取出去。

就是在灯亮起来，你房间里的镜子变成一面窗子的时候，你看到那架一直在那里的摄影机。始终在盯着。在记录你的一举一动。

雪莉有一部分工作是放牧那些血牛到外面做做运动。

每隔几天，工作人员就让这些血牛穿上防护衣。在衣服里面，你能闻到的只有扑了粉的乳胶气味。摘朵花或是躺在草地上，你能感受到的只有乳胶。在封住的帽兜里，你能听到的只有自己呼吸的声音。其他医院的“居民”，他们轮流丢着一个飞盘。永远都很准确地知道还有多少分钟之后，雪莉就会来让他们回到里面去。那里总有拿着长枪的狙击手，以防万一有人走进水里去奔向自由。穿着一件自身有供氧系统的防护衣，你可以在普吉特海湾的底部一路走到西雅图市中心去。那暗蓝色的船底在你头上很高的水里来来去去。

你们是不是在想我怎么逃出来的……

“在水底走了那么长的路之后，”喷嚏小姐说，“我的鼻窦就再也没法跟以前一样了。”她用一边衣袖往一边擦了下鼻子。

在哥伦比亚岛上，他们所有的人都在医院的草坪上，把一个飞盘丢来丢去，穿着他们胖大的蓝色防护衣，看来有如一群填充动物。从头到脚，全是蓝色。在一层又一层如橡皮似的尼龙和乳胶里流着汗。

跑着接飞盘，所有的时间中，全被框在某个海军长枪的瞄准器里。这听起来一点儿也不好玩，可是等到了要回到里面去，再回到你房间里独自生活的时候，你却会想要哭。

其他的“居民”，有个女孩子有对绿色的眼睛，有个男的眼睛是棕色的。穿着防护衣的时候，你只能看到别人的眼睛。那个有棕色眼睛的男孩子，雪莉说他就是另外那个一号基根病毒的携带者。

那个新来的人有根大老二。她在那双面镜里看到过。

雪莉说，下次我和舒玛契大夫说话的时候，我要和他谈谈育种计划的事。看看我们是不是能生育出对一号基根病毒免疫的下一代。另外一个很可怕的可能状况是，这个男孩和我有的是不同的病毒株，我们可能只会杀死对方。

或者我们会生一个健康的孩子……而我们的病菌会要了他的命。

“慢慢来，”雪莉说，“别管孩子的事。别管死不死的问题。”她说重要的是能让我破瓜。

这个男孩和我，我们两人关在一个房间里，关在一起。两个都是未经人事的处子之身。摄影机在镜子后面，看着，医院的人希望我们能产出一种政府可以有专利的疗法。这些跟制药公司挂钩的人。不过，能有特效药也不是件坏事。

而性爱，也不是件坏事。

雪莉说有时“孤儿院”应该给这些“居民”办场舞会，可是单是想到那些臃肿的蓝色防护衣，彼此抱在一起，随着热门音乐在舞池里摇摆……没有人想看这种场面。

大部分和舒玛契大夫见面的时候，我都没跟这个医生谈什么。照我看起来，我只有那么点儿记忆，而我不想随便用光。我大部分最好的回忆是如何从邪恶的太空怪物手里拯救世界，或是驾着快艇逃离性感的俄国间谍之手，但是这些并不是真正的回忆。那些都是电影，我忘了做那些事的女孩子是一个电影明星。

在我房间里有一张装了框的牌子，上面写着“忙碌等于快乐”。

雪莉说每个“居民”的房间里，都有同样的这个牌子。每个房间里的灯泡都是全光谱的灯泡，能发出类似自然的阳光，能使人的皮肤生产维生素 D，保持他们的高昂情绪。雪莉说每个房间的正式称呼是“居民套房”。比方说，我的这间就是“居民套房 6B”。在我所有的病历和记录上，我的正式身份就是：“居民 6B”。

同时还另外进行的一项研究，雪莉说由这里居民所采集到的资料，也会用来预测人在外层空间殖民地上自身具足的独居环境中如何可以过得更好。

没错，有时候，雪莉真有好多有用的信息。

“把你自己想象成，”雪莉说，“一个航天员，住在离西雅图西南六英里外一个星球上的拉玛达客栈里。”

雪莉，她的声音在夜晚由对讲机里传来。她会问我爹的事，问他是怎么把我弄到这里的。然后雪莉会放掉她那边的按钮，等我说话。

我的老头，他没有念大学，可是他知道怎么赚钱。他认识一些家伙，会等到某一天你出门去度一个星期的假时，他们就带着工人到你家去砍掉一棵两百年树龄的黑胡桃木。他们就在你家前院里砍下树来，截成一段段的。他们告诉邻居说是你雇他们来做这件事。等到你回到家里，你的树已经砍掉，送到十几个州以外的某个木材厂里去了。说不定到那时候已经做成了黑胡桃木家具。

就是这种小聪明会吓死那些大学毕业生。

我的老头，他有几张地图，他称之为他的藏宝图。

那些藏宝图，是二十世纪三十年代的东西，当时正值经济大萧条时期。所谓的纾困计划，政府雇人到处去清点每个郡里废弃的墓园。当时很多这类小墓园都遭到铲除，或是湮没而无人记得。那些古老拓荒者的墓地，都是百年前由地图上消失的城镇所留下唯一的遗迹。当年繁荣的小镇瓦解消失。有的是因为森林大火而化为灰烬。有的是因为金矿已经挖空。铁路支线停驶，所有这些变化所留下来的只有那些小小墓地，长满杂草和歪倒的旧墓碑。我老头的藏宝图就是公共事业振兴署[1]所印的地图，上面有那些基地的位置，每处有多少坟墓，墓碑的状况如何。

每年暑假不上学的时候，我和我老头就按图索骥地去怀俄明州或蒙大拿州，到沙漠或山里，那些整个小镇都消失了的地方。像蒙大拿州的新基根镇之类的小镇，剩下的就只有那些墓碑而已。那种东西可是大城市里的花园造景业会出大价钱来买的。不管是西雅图或是丹佛，旧金山还是洛杉矶。好多手工雕刻的花岗岩天使，或是睡着的狗，或是小小的白色大理石羔羊。有很多人要一些老旧而长了青苔的东西来放在他们崭新的花园里，让那个地方看来很古老。看起来好像他们一直就很有钱。

在新基根镇，没有一块墓碑上还有你看得清楚的字迹。

"刮胡膏，"我爹对我说，"用刮胡膏或是粉笔。那些该死的操他妈的墓地怪人。"

他告诉我说那些喜欢研究墓碑的人，为了要看清楚因为年代久远和酸雨而损坏得模糊不清的碑文，会在墓碑面上涂满刮胡膏。他们用一块硬纸板刮掉多余的部分，留下碑文中白色的刮胡膏。这样就让上面的字迹和日期容易看清和拍照。问题是，刮胡膏里含有硬脂酸。那些人留下来的会侵蚀石头。另外一些搞墓碑的家伙用粉笔去磨墓碑，把整面都涂满，使得那些模糊的碑文因为颜色较深而凸显出来。这种粉笔灰是熟石膏或石膏，一磨之下，会让粉笔灰进到墓碑上那些看不见的裂缝和罅隙之中。到下一次下雨的时候……石膏粉会吸饱水分，膨胀到原先的两倍大。就像古埃及人用木楔去剖开石头建造金字塔一样，膨胀的粉笔灰会慢慢地让墓碑的面完全剥落。

---

① 公共事业振兴署（Works Progress Administration），1935 至 1943 年年间，罗斯福总统为改善美国经济所设立。

所有这些关于硬脂酸和石膏还有埃及人的金字塔的事，证明我爹不是个白痴。

他告诉我说，这些本意不坏的墓地研究者，结果是毁了他们自称热爱的东西。

不过，那还是很棒的事，那些和我爹在蒙大拿州山里那个以前是新基根镇的地方的最后，也是最好的日子。灼热的阳光烤着那些枯死的草，还有那种要是被你抓住就会自断尾巴的棕色蜥蜴。

要是我们能看到那些碑文的话，我们就会发现那个镇上的人几乎全在那一个月里死亡。是产生医生称为基根病毒的第一个群聚所在。迅速致命的脑瘤。

我爹把那一大批天使和羔羊卖给丹佛的一家花园造景店。开车回家的路上，他已经在吃阿司匹林，而货车也在公路上开得歪来扭去。他和我妈在外婆还没赶到之前就都死在医院里。

在那之后，生活平静地过了十年。然后是弗蕾修小姐长了柠檬大的脑瘤。我体内的病毒增加到让我有了传染力。

现在，政府不能杀了我，也治不好我。他们能做的只有损害控制和善后。

那个新来的男孩子，有根大老二的那个，他会有和我初来时同样的感觉：他的家人死了。如果他很受欢迎的话，说不定同学死了一半。每天独自坐在他的房间里，他会害怕，但是会对海军答应他的特效药满怀希望。

我可以给他忠告，让他镇定下来，帮助他适应在“孤儿院”的生活。

在我这一生里最后最快乐的那天，我爹开着他的货车一路从蒙大拿州开到科罗拉多州的丹佛。他在那里认识一个卖古董花园摆设之类狗屎东西的店。不管是铸铁的鹿，或是长着青苔的水泥制小鸟的澡盆。大部分的东西都是偷来的赃物。那个店里的老板付的是现金，而且帮忙把那些天使从货车里卸下来。老板有一个孩子，一个小男孩，从店铺的后门出来，站在巷子里看他们卸货。

我在和雪莉透过对讲机说话的时候，按下了按钮，问她那个新来的“居民”……他是不是有一头卷曲的红头发和一对棕色的眼睛？

他是不是和我差不多年纪？我要问他是不是从丹佛来的，他已故的父母以前是不是开一家卖花园造景古玩的店？

Chapter 23.

鬼火是我们唯一剩下的营火了，我们最后的机会。那个在舞台正中高高台座上刺眼的灯泡。那个当年让使用煤气灯的老戏院不致爆炸的安全阀，或是在新戏院里赶走那些以剧院为家的鬼魂的、永不熄灭的灯火。

我们围着那盏灯坐着，还在这里的那一圈人，坐在舞台上，从那里看下去，只能见到演艺厅里每张坐椅的金边，每个楼座包厢前面弯曲的黄铜栏杆，以及横在死寂的电灯夜空中如云的蜘蛛网。

在房间后面黑暗的房间中，媒人和失落环节死在意大利文艺复兴式的休息厅里。在地下室下面的地下室里，魏提尔先生和凶悍同志以及游民夫人还有野蛮公爵在那里烂死。后台的化妆室里，则是美国小姐和克拉克太太。她们所有的细胞都在彼此消化成流出来的黄色蛋白质。她们肠子里和肺里的细菌疯狂地长大繁殖。

现在只剩下我们十一个人，围坐在光圈里。

我们这个只有人的世界。一个没有人性的世界。

八卦侦探一直偷偷地踮着脚走来走去，把灯泡打烂。灵视女伯爵和否定督察也一样。

我们每个人都自以为自己是唯一在干这些事的人。我们每个人都希望能把我们的世界弄得再暗一点儿。没有一个人知道我们全都有同样的计划。我们是自己在烦闷无趣上门槛过低的受害者。是我们自己的受害者。也许是我们太饥饿，是某种形式的妄想，但这也就是我们所剩下的一切了。

这个灯泡。这盏鬼火。

这里有光无热，所以我们全都围着双排扣的厚呢上装和毛皮大衣和浴袍，我们的头被堆起来的假发和大得和门一样宽的帽子重重地压着。我们所有的人，都准备好了。

等到通往巷子的门一打开，我们就成名了。等到我们听到开锁的声音，然后是铁卷门拉起来，接着是噼啪噼啪——有人扳动开关的声音，然后我们就准备好卖我们的故事了。我们那死亡集中营里才有的颧骨准备拍最好的特写。

我们会说魏提尔先生和克拉克太太怎么把我们骗到这里来。他们把我们关在这里当人质。他们强迫我们写书、写诗、写电影剧本。要是我们不肯，他们就折磨我们。让我们挨饿。

我们盘腿围坐在舞台的木头地板上，我们没法动那一层层的丝绒和拼花的地毯来保暖。我们用尽气力对彼此说着我们的故事：克拉克太太怎么把那还没生下来的胎儿从美国小姐身体里硬拉出来，在那个垂死的母亲面前烹煮。魏提尔先生怎么把媒人摔倒在地，剁掉了他的老二。然后魏提尔先生又怎么用刀刺死了克拉克太太，狼吞虎咽地吃了她大半条腿，把肚子胀裂了。我们呢，我们练习着说腹膜炎。我们屏气凝神，练习着鼠蹊部疝气。我们说切得细如发丝的洋芋丝。

两个坏人死了之后，留下我们挨饿。

圣无肠的铅笔在墙上画下了好多记号。那些记号是他唯一的杰作。房东或是房屋中介或是什么人应该会来查看。也许会是电力公司的人因为电费未付而来断电。

在寂静中，拨动开关的声音会响得如枪声一般。

一声轻响让我们都转过头去。金属和金属的碰击声使我们的头全都转动着朝同一个方向望去。

朝向侧翼，朝向再过去的通往巷子的门。

一阵连响，然后黑暗爆裂开来。

在这样亮的光里，在黑暗中待了那么长久的时间之后，我们眼前能看见的只有黑白两色，一些刺眼的轮廓让我们不住眨眼。

光线亮到刺眼，强过任何一种灯泡。

不是通往巷子里的那扇门。整个舞台笼罩在如阳光般明亮的光线里。一方结结实实的阳光由头上某个地方升起，光线强到我们得眯起眼睛来，将手掌曲起来加以遮挡。这新的一天，阳光明亮得把我们的影子长长地投射到身后。我们的影子和我们身后电影银幕上棕色的水渍印挤靠在一起。

映在银幕上的，是我们歪斜的假发。我们的身子看来如蜘蛛脚般瘦削。凶悍同志大概会说我们什么都能穿。

那是没有影片的放映机的灯光，放映机的灯泡把强光投射在我们身上，一盏巨大的聚光灯。亮得像一座灯塔。这道阳光从近乎子夜时分的剧院后墙射了过来。

我们之中还没有一个人能站得起来。我们只能把头闪避着望向别处。

放映机的光亮得让鬼火看来有如熄灭了一般。暗得如同夏日的一支生日蜡烛。

“又是我们的鬼在作怪。”冻疮男爵夫人说。

圣无肠的双头连体婴。

灵视女伯爵的古董店店员。

八卦侦探的那个吸了毒气又遭锤击的私家侦探。

喷嚏小姐打了个呵欠，说道：“又是我们故事里的一场好戏。”

就像那包爆米花，还有修好的炉子。我们的衣服洗净折好。所有超乎寻常的事，所有的奇迹都只是——一些特效。

圣无肠转身对着自然嬷嬷说：“既然我们是浪漫支线情节的主角……给我来个足部按摩如何？”

八卦侦探说：“等我们到了外面之后，我要嗑药嗑上整整一个月……”

无神教士说：“我要放火烧掉每一间我见到的教堂……”

我们每一个人，只是一堆衣服、毛皮和头发。

否定督察说："我要给柯拉·雷诺兹买一块墓碑……"

在那强光后面，亮得无法正视的遥远的墙上，有回声传来："……墓碑……墓碑……"

我们所有的人，还在想记下最后的话语。诽谤伯爵把卡式录音机倒转，重放出那几个字"墓碑……墓碑……"然后是录下的回声，又引发了回声，是回声的回声的回声。

不断传来的回声，最后有一个声音从远处传来，由太阳背后传来。说道："你们是在一个空剧场里演出。"

这是由坟墓里来的声音，和我们故事中凶悍同志死里复活，蹒跚地走下楼来，讨一口她自己的玫瑰文身来吃的情节一样。在强光照射之下，没有人看到我们的鬼魂由演艺厅中央走道一路走向前来。没有人听到他由黑色地毯上一路走向舞台来的声音。没有人知道在强光中越走越近的到底是什么。最后那个声音又说道："你们是在一个空剧场里演出……"

是那个老得发抖、才十几岁的魏提尔先生。我们那个垂死的小流氓。我们满脸老年斑的小魔鬼。

他走着。一具穿着球鞋的尸体。一副立体声的耳机挂在他满是皱纹的脖子上。

"听听你们自己说的话。"他说着，摇了摇头，稀疏的头发随之摆动。他说："你们忙着把你们的故事讲给彼此听。你们永远把过去变成故事来强调你们自己是对的。"

保安会修女会称之为我们的谢罪文化。

这种事永远不会改变，他说。他带到这里来的另外那群人，也是同样的结果。大家好爱他们所受的痛苦，没办法置之脑后。就和他们说的故事一样。我们把自己困住了。

有些故事，你说出来，就把那些故事用尽了，另外有些故事……

魏提尔指了下我们的皮肤和骨头。

“说故事是我们消化自身经历的方法，”魏提尔先生说，“我们就这样消化我们的生活，我们的经验。”

魏提尔先生会说。这个小男孩衰老而死。

以一个鬼魂来说，他看起来还不错。他那有老年斑的头皮上，稀疏的头发梳得很整齐。他的领结系在下巴底下。手指甲很干净，像一弯白色新月。非常像个大人。

“你消化吸收你的生命，化为故事，”他说，“就像这个戏院好像把人消化了一样。”他用一只手指着地毯上的渍印。那些黑色的渍印黏黏的长了霉菌，还像长出了手脚似的分叉。

其他的事情——你不能消化的那些——会让你中毒。你生命中最坏的部分，那些你不能说的部分，会由你身体里面烂出来。最后让你成为卡桑卓拉在地上的那块湿湿的影子。沉进你自身黄色蛋白质的烂泥中。

但是那些你能消化的故事，你能说的故事——你可以控制那些过往的时刻。你可以加以修改，加以润饰，加以控制。为了你自己的好处去加以使用。

这些是和食物一样重要的故事。

这些是你可以让别人或笑，或哭，或难过，或害怕的故事。能让别人和你有同样的感觉，来帮他们和你自己用尽过往的时刻，一直到那一刻死了。消耗掉了，消化了，吸收了。

这就是我们之所以能承受所有发生的狗屎事情的原因。

魏提尔先生会这样说。

灵视女伯爵望着魏提尔先生说：“撒旦。”她的话语像蛇在嘶叫。

保安会修女抓紧了《圣经》说：“魔鬼……”

听了这话，魏提尔先生只叹了口气，说道：“我们真爱有邪恶的敌人……”

“给你。”杀手大厨说，他丢出一把厨刀，刀子一路响着滑过舞台，停在魏提尔先生那双黑色的鞋子前。

杀手大厨说：“在那上面印上点儿你的指纹。等到他们撬开那扇门的时候，你会成为全美最恨的男人。”“错了，”魏提尔先生说，“是最恨的少年犯啦，老兄……”“你大概认得这把刀。”八卦侦探说。他的摄影机在他身边，重得让他扛不起来。

灵视女伯爵的电子手铐不见了。她的手因为挨饿而又瘦又小，那个手镯似的东西都滑脱了。她说：“你就是用这把刀砍了我。”

“还割了我的鼻子。”自然嬷嬷说着把头向后仰起，让大家看那道伤疤。游民夫人的钻戒在她手指上松动得使她只好握着拳头才不会掉落。

魏提尔先生从她割开的鼻子，看到诽谤伯爵扎着染血绷带的双手，再看到无神教士原先是耳朵的地方所剩的疤痕。他把两手拍在一起，只拍了一下，很响，放在胸前，说道：“呃，好消息是……你们三个月的时间到了。”他由裤子前面的口袋里掏出一把钥匙，说道：“你们都可以走了。”

那个锁孔里还卡着塑料叉子的薄薄碎片。不可能把钥匙插进去。

“昨天晚上，”魏提尔先生把钥匙在空中晃动着说，“你们那个友善的鬼魂已经把锁孔清干净了。我可以向你们保证，锁打得开。”

我们所有的人，仍然围坐成一圈，有些人给自己干了的血粘在舞台地板上。我们的衣服，那些袍子和斗篷和马裤的料子把我们粘在原地。

魏提尔先生微俯下身来，把手伸向喷嚏小姐，他说：“而红死病对所有的都一视同仁……”[①]他摇着手指要她握住他的手，说道，“我们现在走吧？”

---

① 此语引自爱伦·坡《红死病的面具》一文。

她没有握住他的手，喷嚏小姐说："我们看到你死了……"魏提尔先生说："你们看到很多人死掉。"

那干的脆皮火鸡让他的肚子由里面裂开来。他尖叫着死去。我们用红丝绒裹住他的尸体，把他抬到了地下室里。

"并不尽然。"魏提尔先生说。在克拉克太太的协助下，他们玩了诈死的把戏，让他能看着事态的发展。他只是在一边看着——那最后的摄影机——即使在克拉克太太用刀刺自己以博取同情，却不幸做过了头而死的时候。甚至在否定督察发现尸体而吃掉半条腿的时候。魏提尔先生都只在一边看着。

否定督察把低垂在胸前的头抬了起来。她打了个饱嗝，说道："他说的是真的。"

魏提尔先生又弯下腰来把他长了老年斑的手伸给喷嚏小姐。他说："我可以给你所有你要的爱。只要你不在意我们之间年龄的差距。"

她今年二十二岁。他十三岁——下个月满十四岁。

诽谤伯爵说："你不能救我们。我们要守在这里等别人来找到我们。"

我们总是做这种事，魏提尔先生说。就因为这同样的理由，我们的孩子的孩子的孩子的孩子还是会一直有战争、饥荒和瘟疫。因为我们太爱自己的痛苦。我们喜爱戏剧化。可是我们永远、永远也不会承认这一点。

喷嚏小姐伸出手去握他的手。

自然嬷嬷说："别傻了。"她在那一堆破衣服和假发中说，"他知道你感染了那个……脑病毒。"她大笑起来，小铜铃丁零零地作响，碎肉四处喷溅。她说："你怎么可能相信他真的爱你？"

喷嚏小姐的眼光由自然嬷嬷转到圣无肠再转到魏提尔先生的手上。

"如果你需要有人爱你的话，"魏提尔先生告诉她说，"你就没有选择的余地。"圣无肠说："他并不爱你。"圣无肠的脸上只看见牙齿和眼睛，他说："魏提尔只是想毁掉这个世界。"

魏提尔先生一手伸向啧嚏小姐，另一只手里摇着那支钥匙，说道："我们走吧？"

如果我们能原谅那些对我们所做的事……

如果我们能原谅我们对彼此所做的事……

如果我们可以把我们所有的故事置诸脑后。不管我们是坏人或是受害者。

只有那样，我们才可能拯救这个世界。

可是我们依旧坐在这里，等待救援。我们依然还是受害者，希望在受苦时被人发现。

魏提尔先生摇头咂舌地说道："那样真那么糟吗？做世界上最后的两个人？"他的手转过来，包过来，紧紧地握住了啧嚏小姐软弱无力的手指。魏提尔先生说："为什么这个世界不能像刚开始时一样地结束呢？"然后他把啧嚏小姐拉得站了起来。

证明

另外一首关于魏提尔先生的诗

“你要怎么活着？”魏提尔先生问道。
如果你可以不死的话。

魏提尔先生在舞台上，他站得笔直，
两腿挺立，没有弯腰驼背。没有颤抖。
立体声的耳机挂在他脖子上，
流泻出响亮的鼓与贝斯的音乐。
两只脚都穿着球鞋，鞋带散开，一脚在打着拍子。

舞台上，没有一段影片，而是一盏聚光灯，
没有老故事的片段映出将他遮挡。
聚光灯强得消除了他的皱纹。
洗净了他的老年斑。

看着他，我们都是他掳为人质的上帝子民，要逼上帝现身。
要逼上帝出手。
如果我们受的苦够多，如果我们死亡……如果魏提尔能折磨我们，
让我们挨饿，
也许我们到下辈子还会恨他。
对他恨到我们会回来报仇。

如果我们死得痛苦不堪，诅咒老魏提尔先生，
那他会求我们回来，回来缠祟他。
让他证明死后仍有生命。
我们的鬼魂，我们的恨意，能证明死中之死。

我们的角色，他最后告诉我们：我们只是到这里来受苦再受苦，
受苦再受苦，受苦然后死掉。
来制造出一个鬼魂——而且很快。
以安慰老而垂死的魏提尔先生——在他死前。
这就是他真正的计划。

他站在我们上面，俯身说道："如果死亡只是暂时离开舞台，
去换件戏服再回来，
演一个新的角色……"
那你会慢慢来呢，还是加快速度？
如果每个人生只是一场篮球赛或是一场有开始与结尾的戏，
而那些人继续新的赛程，
演出新的戏……
在这样的情况下，你要怎么过活呢？

魏提尔先生用两指捏着那支钥匙说："你们可以留在这里。"
可是等你们死了之后，再回来，
只要一下下。
来告诉我。来救我。带来永恒生命的证明。
来救我们所有的人，
拜托，请告诉什么人。
来给地球上创造出真正的和平。
让我们全都——着魔。

报废

魏提尔先生的故事

这是他们最后一次全家度假，夏娃的爹把他们全赶进车里，叫大家舒舒服服地坐好。这趟路要走两个钟头，说不定还不止。

他们带了点心，加奶酪的爆米花，还有一罐罐的汽水和烤肉口味的洋芋片。夏娃的哥哥拉瑞和她坐在后座，还有他们养的波士顿犬雷世奇。她爹在前座扳动钥匙发动引擎，打开了所有的电动车窗。坐在他旁边的是夏娃未来的前继母崔西，她说："嗨，孩子们，你们听……"

崔西挥舞着一张政府印发的宣传小册子。上面印着："移民真好"。她将小册子打开，把书脊往后扳开，开始大声念道："你的血液用血红素，把氧分子由你的肺部带给你心脏和脑部的细胞。"

大约六个月以前，每个人都拿到一份由卫生署寄来的这种宣传小册子。崔西把脚上的凉鞋脱下来，把脚架在仪表板上，仍然大声地念着："血红素其实很喜欢和一氧化碳结合在一起。"她说起话来好像舌头太大似的，是想听起来像小女生。崔西又念道："你在呼吸汽车排出的废气时，你的血红素就越来越和一氧化碳结合，而成为一种叫作羧基血红素的东西。"

拉瑞正把奶酪爆米花喂给雷世奇吃，弄得在他和夏娃中间的坐椅上全是鲜橘色的奶酪粉。

她爹打开收音机，说道："谁要听音乐？"他由后照镜里看着拉瑞，"你会让那只狗不舒服的。"

"好极了。"拉瑞说着，又喂雷世奇吃了一粒鲜橘色的爆米花。"我最后看见的东西就是车库的门，而我最后听到的歌是卡朋特兄妹唱的。"

可是没有东西可听。收音机的广播已经停了一个星期。

可怜的拉瑞，可怜的诡异摇滚乐手拉瑞，一张扑满白粉的脸上涂抹着黑色的化妆品。手指甲涂成黑色，绺绺长发染成黑色，和那些眼珠子被鸟啄掉的真人，嘴唇后翻露出大牙齿的真正死人比起来，拉瑞简直就是个沮丧的小丑。

可怜的拉瑞，在《新闻周刊》最后那期封面故事刊出之后，在他自己的房间里待了好几天。封面的头条标题用很大的字印着："死亡正流行！"

这么多年来，拉瑞和他的乐团穿得像僵尸或吸血鬼，一身黑丝绒，拖着肮脏的尸衣，整夜在墓地里走来走去，颈上戴着念珠项链，披着斗篷，所有这些力气都白费了。现在就连一般的家庭主妇也要"移民"了，上教堂的老太太在移民，穿西装的律师也在移民。

最后一期的《时代》杂志，封面故事是"死亡是新生"。

现在可怜的拉瑞，和夏娃还有他爹跟崔西守在一起，全家人在一辆停在一处市郊两层楼房的车库里的四门别克车里一起"移民"。他们全在吸着一氧化碳，和他们的狗一起吃奶酪爆米花。

崔西还在念着："送氧气的血红素越来越少之后，你的细胞就开始窒息而死。"

还有几个频道在播放电视节目，但是所播出的只有由探测金星的航天员送回来的录像。

就是那个愚蠢的太空计划开始了这一切。那个派遣航天员去探测金星的任务。那组人传回他们拍摄到的那个星球表面的录像。金星的表面看来就是天堂乐园。在那之后，意外的起因不在机件故障或人工疏失。那根本不是意外。那个小组的人决定不打开他们的降落伞。他们宇宙飞船的外壳快如彗星地起火燃烧。一阵静电，然后——结束。

就像两次世界大战给了我们原子笔，这个太空计划证明了人类的灵魂是不死的。人们所谓的地球，只是所有灵魂必须经过的一个处理站。是到某种精粹处理之前的一个步骤。就像炼油厂把原油化为汽油或柴油一样。一旦人的灵魂在地球上提炼完成之后，我们会转世到金星上去。

在这个让人的灵魂完美的大工厂里，地球就像是种转磨机。就跟人用来打磨石头的那种一样。所有的灵魂来到这里，彼此把尖边锐角打磨掉。我们所有的人，都要由各种各样的冲突和痛苦打磨光滑，抛光。这件事一点儿也不坏。这不是受苦，而是侵蚀作用。只是精炼过程中另外一个基本而重要的步骤。

没错，这话听来荒谬，可是有那份由自己故意坠毁的宇宙飞船送回来的录像数据。

在电视上，他们只播这段录像。宇宙飞船的登陆小艇在轨道上越飞越低，进入覆盖那个星球的云层之下时，航天员送回这段影像，人和动物像朋友般生活在一起，每个人都笑得开心到容光焕发。在航天员传回来的录像里，每个人都很年轻。那个星球是伊甸园，整个景观是森林和海洋，开满花朵的草原，还有高山。政府当局说，那里永远是春天。

传送之后，航天员拒绝打开降落伞，他们直冲而下，砰，冲进了金星上的花丛和湖水中。留下的只有传回来的这几分钟粒子很粗、画面模糊的影像，看起来很像科幻电影中服装模特儿穿着闪亮的袍子。有着长腿和长发的男人和女人，躺靠着，在大理石的庙宇台阶上吃着葡萄。

那是天堂，而且那里有性爱和醇酒，还有上帝全然的许可。

在那个世界上，十诫就是：狂欢、狂欢、狂欢。

“开始会感到头痛和恶心，”崔西念着她手里那本政府印发的宣传小册子，“其他的症状包括心跳加速，因为你的心脏想把氧气送进你垂死的脑部。”

夏娃的哥哥拉瑞，他始终没有真正接受这个永生的概念。

拉瑞以前有个乐团，叫作“死亡批发工厂”。还有一个追星的女孩子叫杰西卡。他们两个常用缝衣针蘸着黑墨水彼此为对方刺青。他们两个，拉瑞和杰西卡，都另类得是边缘的边缘人。想不到死亡成了主流。只不过不再是自杀了。现在称之为“移民”。人死了，腐烂的肉体也不叫尸体。不再这样称呼了。那一堆堆发臭的肉体，堆积在每栋大楼的底下，或是毒死而趴在公交车候车亭的长椅上的，现在都叫作“行李”。只是丢下来没带走的行李。

以前大家一向把除夕夜看作一条画在沙上的线。是一种其实并没有真正发生的所谓新的开始。现在大家也是这样看“移民”，但是那得每一个人都移民了才行。

现在有了身后还有生命的铁证。根据政府的统计，已经有多达一百七十六万零四十二个人类的灵魂获得自由，狂欢地生活在金星上。其他的人类必须再经历一长串的生生世世，受尽痛苦，才能精炼到能移民的地步。

一路行过，最后进入大石抛光机。

然后政府方面想到一个绝妙的好点子：

如果所有的人类同时死亡，那就再没有子宫存在，也就不会有灵魂到地球来投胎转世。

如果人类灭绝了，那不管我们优劣程度如何，我们都能移民到金星上去。

可是……万一有一对有生殖力的夫妇留下来了的话，生一个孩子就会召回一个灵魂。因为这小小的一撮人，整个事情又要从头来过。

直到两三天前，你在电视上还能看到移民运动如何对付那些不肯顺从的人。你可以看到那些不肯加入运动的落后人士，看到他们由移民协助小队强迫移民。那个小队穿着一身白衣服，带着干净的白色机关枪。在所有尖叫声不断的村落里，以地毯式轰炸来将他们送往淬炼过程中的下一步。没有人会让一群手持《圣经》的乡巴佬把我们困在这里，在这个肮脏的老地球上，这个已经褪色落伍的星球，尤其是在我们可以全体尽速前往性灵进化的下一大步的时候。所以把那些乡巴佬给毒死了来拯救他们。

我们以前能把氟化物和其他知识教给他们，我们现在也能让他们接受“移民”的观念。

哪怕只有一对乡巴佬夫妇留了下来，你就可能成为他们肮脏又无知的婴儿。哪怕只有第三世界里一个种稻米的小部落没有移民，你珍贵的灵魂也可能给召回来活着——赶着苍蝇，在热得使人汗流浃背的亚洲大太阳底下，吃着混了咖啡色老鼠屎的腐烂食物。

对，没错，这是一场赌博。把所有的人一起送往金星。可是现在既然死亡已经死了，人类其实也不会再有什么损失。

那正是最后一期的《纽约时报》的头条标题：“死亡已死！”

《今日美国》则称之为“死亡之死”。

死神已经被揭穿了，就像圣诞老人，或是牙仙。

现在生命是唯一选择……可是现在感觉像一个无边无际……永恒的……终身的……陷阱。

拉瑞和他那个女朋友本来计划要逃走，躲起来。现在既然死亡已经成为主流，拉瑞和杰西卡就想要以活下去来表示叛逆。他们还要生几个小孩。他们要干掉全人类在性灵上的进化。可是杰西卡的父母在她早餐吃的牛奶麦片里掺进了杀蚂蚁的药。结束。

从那以后，拉瑞每天进城去，在没人管的药房里翻找止痛剂。嗑了药之后把橱窗打烂，拉瑞说，对他来说这种启发就足够了。他整天都在偷车，开着冲进没有人的瓷器店，回家来的时候，嗑药弄得神志不清，浑身都是驾驶座安全气囊爆开时沾上的白色滑石粉。

拉瑞说在他搬到另一个世界去之前，要先确定这个世界不错，而且已经玩完了。

他的妹妹夏娃对他说，别孩子气了。她告诉他说杰西卡又不是世界上最后一个追求诡异摇滚歌手的女孩。

而拉瑞只是瞪着她，神志不清地以慢动作眨着眼睛，说道：“错，夏娃。她就是……”

可怜的拉瑞。

所以，当他们的爹叫他们坐进汽车里的时候，拉瑞只耸了下肩膀就上了车。他坐进后座里，带着他们家那只波士顿犬雷世奇。他也没系上安全带。反正他们又不去哪里，不是真正要开车到哪里去。

这是新世纪在精神上可以解决一切的新观念，相当于以前的十进制公制，欧洲共同市场，还有小儿麻痹症疫苗……基督教……反射疗法……世界语……

而在历史上来得正是时候。污染、人口过剩、疾病、战争、政客贪腐、性变态、谋杀、毒品泛滥……也许那些事也不比以前更为严重，可是现在我们有电视来推波助澜。随时会提醒你。一种抱怨的文化。挑剔、抱怨、辱骂……大部分的人都绝不会承认这件事，可是他们从一生下来就抱怨不止。从他们把头伸进产房里明亮的灯光中之后，什么都不对。什么都不像原先那样舒服，或是感觉那么好。

单是为了让你那个愚蠢的身体能活下去所花的力气，单是要找吃的，加以烹煮，还有洗碗、保暖、洗澡、睡觉、走路、排泄和倒长的睫毛，都要花尽心力去应付。

崔西坐在车子里，换气孔把烟直吹到她脸上。她继续念道：“心跳越来越快，两眼闭上。失去意识，昏迷过去……”

夏娃的爹和崔西，他们在健身房认识之后就开始练双人健美。他们一起比赛，赢得冠军，两人结成连理以资庆祝。他们之所以没有在几个月前移民，唯一的原因就是他们仍处于比赛的巅峰状态。他们从来没有看起来这么棒，感觉自己这么强壮过。让他们伤心的是发现拥有一具躯体——即使是一具线条优美、肌肉结实、体脂肪只有百分之二的身体——只像骑着一匹驴子，其他的人类都已经乘着喷气式飞机飞过去了，也像是以烽烟传讯和手机传讯相比。

大部分的日子里，崔西还是会去踩固定式的脚踏车，一个人在健身房大而空旷的有氧运动教室里，随着迪斯科的音乐踩着踏板，朝已经不在的学员喊话。在重量训练室里，夏娃的爹在练举重，但只限于重量训练机或比较轻的哑铃，因为附近没有人在看他。更惨的是，现在没有人和她爹与崔西比赛了，没有人看他们摆姿势，没有人和他们一较高下。

夏娃的爹常说一个笑话：要多少个练健美的人才能换一个灯泡？

答案是四个，一个练健美的人装灯泡，另外三个在一边看着说："真的，小子，你看起来好壮啊！"

对她爹和崔西来说，要有好几百人鼓掌喝彩，看他们在台上，摆姿势炫耀肌肉。可是，你不能否认的是，不管用维生素和胶原蛋白质和硅胶让身体再怎么完美，人类肉体已经报废了。

滑稽的是，夏娃的爹常说的另外一句话是："要是大家都跳河，你也跳吗？"

专家们忠告说这是历史上我们能大量移民的唯一时机。我们需要那个太空计划来证明还有来生。我们需要大众传播媒体把这个证明发送到全世界。我们需要全面毁灭性的武器来确保完全的参与。

如果未来还有新的一代，他们不会知道我们所知道的事。他们没有我们所有的工具来完成这件事。他们只能过着他们可怕而悲惨的生活，吃老鼠屎，完全不知道我们可以全都快乐地活在金星上。

当然，有很多人主张用核爆的方法去料理那些不肯顺从的人，可是单是以飞弹攻击南太平洋的每个小岛，就会使我们的飞弹用完。辐射线也不能像你希望的那样完成移民行动。冬天辐射尘笼罩澳洲，但只为期两个月。大雨下来了，大量的鱼群死亡，但是气候和潮水就是有他妈的方法清除了我们下毒的烂摊子。所有这些移民的努力全部白费，因为澳洲在前六个月已经全面参与。

我们所有的神经毒气和致命病毒，我们所有的核子武器和传统炸弹，全都令人失望。我们甚至离所谓消灭人类还差上十万八千里。有人藏身洞穴之中。有人骑着骆驼走在广大而空旷的沙漠里。任何一个这些愚蠢落后的家伙都会和人交合。一个精子碰上一个卵子，你的灵魂就给吸了回来，再过无聊的一生，吃饭，睡觉，被太阳晒伤。在地球上，这个伤人的星球，处处冲突的星球，充满痛苦的星球。

在带着干净白色机关枪的移民协助小队眼中，第一级优先处理的目标，是年龄在十四岁到三十五岁之间不肯顺从参与的女性。其他的女性属于第二级刺杀目标。所有不肯顺从参与的男性则是第三级。如果子弹用完了，那个穿白衣的小组也许会让那个村子里的男人和老女人活着，让他们变老而实现自然移民。

崔西一直担心她自己是一级优先处理的目标，担心会在前往健身房的路上遭到机关枪扫射。可是大部分的小队都在乡下或山区里，也就是那些落后而可能有小孩的人会藏身的所在。

那些最愚蠢的人可能完全毁了你在性灵上的进化。这实在太不公平了。

其他的人，好几百万的灵魂，已经在狂欢会里。在那段金星来的录像中，你可以看到一些有名的人，他们在地球上已经受够了苦，不必再回来过一生了。你会看到嫁入王室的影星格蕾丝·凯莉，热门歌手吉姆·莫里森，前美国第一夫人杰奎琳·肯尼迪和歌手约翰·列侬。还有摇滚歌手科特·柯本，这些都是夏娃认得出来的。他们都在那里，看来永远年轻而快乐。

在这些已故的名人之间，还有些在地球上已绝种的动物走来走去：旅鸽、鸭嘴兽和巨大的渡渡鸟。

在电视新闻里，赫赫有名的名人在移民的那一刻欢呼庆祝。如果这些人，电影明星和热门乐团，可以为了全人类更大的好处而移民，这些有钱、有才华、有名气的人，有那么好的条件留在这里的人。如果他们能移民，那每个人都可以。

在最后一期的《时代》杂志里，头题特稿就是《名人前往不归乡》。好几千名穿着光鲜、最漂亮的人，时装设计家和超级名模，信息新贵和职业运动员，全部登上玛丽皇后二号邮轮，向北航行，一路上饮酒跳舞，经过大西洋全速前进，要找一座冰山来撞。

喷气式包机直撞向山峰。

游览车开下高高的临海悬崖。

在美国境内，大部分的人都到沃尔玛超市或自助连锁药店去买“远行包”。第一代的远行包是把安眠药放在一个人头大小的塑料袋里，袋口还有一条可以绕在脖子上的拉绳。第二代的是一种樱桃口味、可以咀嚼的氰化物药片。有太多人当场就在店中通道上移民——还没付款就移民了——因此沃尔玛超市把这种远行包放在收银柜台后面的货架上，和香烟放在一起。你得先付了钱，他们才会把货拿给你。每隔两分钟，店里的广播系统就会“请顾客们自重，不要在店内移民……谢谢”。

起先，有些人推广他们所谓的“法式方法”。他们的想法是让所有的人绝育。先是使用外科手术结扎，但那太花时间了。然后是让人的生殖器受辐射线照射。不过，到这时候所有的医生都已经移民了。医生是第一批走的。医生，没错，正是，死神是他们的敌人，但是没有了敌人，他们就不知所措了。也心碎了。没有了医生，只好由工友来用辐射线照人，而好多人因而灼伤。核能方式失败。结束。

到这时候，所有又美又酷的人都在豪华的“欢送酒会”中，以掺进氰化物的香槟进行移民。他们手牵手由摩天大楼顶层的酒会现场跃下。那些已经有些厌世的人，所有的电影明星，超级体育健将和摇滚乐团，超级名模和科技亿万富翁，在第一个星期过后全都走了。

每一天，夏娃的爹回家来都说他办公室里有谁走掉了，附近的街坊邻居有谁移民了。那很容易看得出来。他们家前面草坪的草会长得太长。他们的邮件和报纸会堆积在门口台阶上。窗帘始终没有拉开，灯从来不亮，而你走过的时候会闻到一阵带点儿甜味的气味，好像有水果或肉类在屋子里腐烂了。空中满是嗡嗡叫的黑苍蝇。

隔壁的房子，傅临客一家，就是这样。对街一栋房子也是。

前几个星期，很好玩：拉瑞到城里去，一个人在国民大戏院的舞台上弹他的电吉他。夏娃则把整个购物商场当她的个人更衣室。学校停了课，永远不会再开课了。

可是他们的爹，你看得出他已经对崔西没了兴趣。他们的爹向来是有了个浪漫的开端之后就冷掉的那种人。平常，这就是他开始偷吃的时候了。他会在他办公室里找个新对象。可是现在他却只盯着电视上那段金星的影片看，非常仔细而专注，鼻子几乎贴在你可以分辨出那些人的部分。一群群漂亮的超级名模似的男女，赤裸裸地堆在一起，或是串成一串在相互口交。舔人家身上的红酒，或是在不会生育，不会得病，也不会遭到天谴之下交媾。

崔西列出了一张等全家到了那里之后她想交为莫逆的名人清单，清单最顶上的一个是特蕾莎修女。

到现在，就连一天到晚无事忙的妈妈们也都在把孩子们找来，叫着要每个人赶快把下了毒的牛奶喝掉，赶快他妈的到性灵进化的下一步去。现在连生死都成了要匆匆经过的层面，像老师催着孩子们一个年级一个年级读到毕业——不管他们学到多少或没学到多少。只是一场求知的赛跑而已。

现在在车子里，崔西的声音因为吸了废气而变得低沉粗哑，她念道："你心脏瓣膜的细胞开始死亡，那两半，称之为心室的，就慢下来，送出去给你身体的血液也越来越少……"

她咳嗽一声，念道："没有了血液，你的脑部停止运作，不到几分钟，你就移民了。"崔西把宣传小册子合上。结束。

夏娃的爹说："别了，地球。"

那条波士顿犬雷世奇把奶酪爆米花吐得整个后座上都是。

狗的呕吐物的味道，还有雷世奇又吃回去的声音，比一氧化碳还糟糕。

拉瑞看看他妹妹。黑色化妆品抹在他两眼四周，他以慢动作眨着眼睛，说道："夏娃，带你的狗到外面去吐。"

她爹怕万一她回来的时候全家人已经走了，就告诉她说在厨房台子上还有一个"远行包"。他告诉夏娃说不要耽误太久，他们会在那场大派对中等着她。

夏娃未来的前继母说："别把门开着，烟会漏出去。"崔西说："我想要移民，而不是只脑残而已。"

"来不及了。"夏娃说着把狗拉出去，带到后院里。那里太阳依然照着。小鸟在筑巢，笨得不知道这个星球已经不流行了。蜜蜂在盛开的玫瑰花里爬着，不知道现实已经报废了。

厨房里，水槽旁边的台子上，放着"远行包"，是一板塑料封起的氰化药片。这是一种新的口味，柠檬的，家庭装。印在纸板背后的是一张小小的卡通画，画上是一个空空的胃，一个钟面数着三分钟。然后你的卡通灵魂会在一个快乐而舒服的世界醒来。在下一个星球。进化了。

夏娃压了一粒出来，一粒鲜黄色的药片，上面还印着红色的笑脸图案。就算用的是哪一种有毒的红色染料也没关系。夏娃把所有的药片全都取了出来。一共八粒，她拿到厕所里，丢进马桶冲了下去。

车子仍在车库里发动。夏娃站在一张凉椅上，从窗子里可以看到里面的人都垂着头：她爹、她未来的前继母、她哥哥。

在后院里，雷世奇正把鼻子凑到车库门下方的门缝里，闻着由里面传出来的气味。夏娃告诉它说，不可以。她叫它回来，离开房子，回到阳光中来。四周静悄悄的，只有小鸟的叫声，蜜蜂的嗡嗡声，后院看来已经很乱，需要剪草了。没有剪草机、飞机和摩托车的轰然声响，小鸟的叫声听来和以前的车声一样响亮。

夏娃躺在草地上之后，撩起了衬衫的下摆，让阳光照暖了肚子。她闭上眼睛，用一只手的指尖在肚脐四周画着圈。

雷世奇叫了起来，一声，两声。

然后有个声音说："——嗨。"

有一张脸从隔壁后院的篱笆上伸了出来。金色的头发，粉红色的粉刺，是一个叫亚当的同学。是所有学校关闭之前的同学。亚当抓住木头篱笆的顶端，把身子抬起来，让两肘撑在篱笆上，两手托着下巴。亚当说："你有没有听说你哥哥女朋友的事？"

夏娃闭上了眼睛，说道："这话听起来很怪异，可是我真的很怀念死亡……"

亚当朝旁边踢起一条腿，把脚钩在篱笆上，他说："你爸妈移民了吗？"

车库里，汽车的引擎发出像咳嗽的声音，有一个汽缸停了一拍，其中一个心室慢下来了。玻璃窗里面，车库的空气中弥漫着流动的灰色烟云。引擎又停了一拍，再静止下来。里面没有一点儿动静。夏娃的家人，现在他们只是他们自己留下来的行李了。

夏娃四仰八叉地躺在阳光里，感到自己的皮肤又紧又红，她说："可怜的拉瑞。"一面仍在肚脐四周画着圈圈。

雷世奇走过去站在篱笆旁边，抬头看着亚当先抬起一只脚，再抬起另一只脚来跨过顶端，接着跳进院子里来。亚当弯下腰来拍那只狗，又搔着那只狗的下巴底下。亚当说："你有没有告诉他们说我们怀了孩子的事？"

夏娃什么话也没说，她没有睁开眼睛。

亚当说："要是我们能让整个人类重新开始的话，我们的爹妈一定气死了……"

太阳几乎已经升到了头顶上，听来像车声的声音只是吹过附近空地的风声。

财产已经没有意义。钱已经没有用处。地位更是毫无道理。

再过三个月就是夏天了，有一整个世界的罐头食物可吃。那是说如果移民协助小队没有因为她不顺从参与而用机关枪扫射她的话，她可是第一级处理目标啊。结束。

夏娃睁开眼睛，看着蓝色地平线近处的白点。那是晨星，金星。“如果我生下这个孩子，”夏娃说，“我希望她会是……崔西。”

Chapter 24.

魏提尔先生带着喷嚏小姐走向门口，走向外面的世界。他们两个人，手牵着手。这里是我们的世界，但没有了恶魔，我们的狄奥塔蒂山庄里就没有了可以怪罪的怪物。他将通往巷弄的门抬起了一点点，刚够让一线真正的阳光由巷子里斜射进来。那明亮的一线，和我们初来乍到时所见到的那一线黑暗正好相反。

喷嚏小姐和卡桑卓拉一样，是魏提尔先生的新娘。是他想救的那个人。

放映机的灯泡烧坏了，或是因为烧得太久太热——总会有些戏剧化的事情发生，总会有些恐怖的事情发生，总会有些令人兴奋的事情发生——而发生开关跳脱的情形。

冻疮男爵夫人在她那堆破布和蕾丝之中睡着了，油亮粉红色的嘴在说着梦话。诽谤伯爵也一样，像梦游似的，在脑子里将场景倒转回来。

我们所有的人看起来都在睡觉，或是昏迷不醒，或是半睡半醒，喃喃地说着这不是我们的错，我们是受害者。这里的一切都是加害于我们身上的。

只有圣无肠和自然嬷嬷在来回地窃窃私语。他一直斜眼看着那扇微开的门和那一线照进来的光。魏提尔先生和喷嚏小姐，他们暗黑的身影隐约地消失在强烈刺眼的阳光中。

我们其他的人，消失在我们的戏服里，消失在地毯里，消失在地板里。

自然嬷嬷像一张坏了而跳针的唱片似的反复说道："拦住他们……拦住他们……"

这可以是一个够好的圆满结局，圣无肠说。这两个年轻的爱人往外走进新的一天明亮的阳光中。他们可以找到人来救这一群人。他们两个可以既是受害者，又是英雄。

但自然嬷嬷只低声地说：“还太早。”他们要再等久一点儿。他们还年轻，可以等再多死掉几个人。

自然嬷嬷和圣无肠，他们会比老魏提尔和生病的喷嚏小姐活得更久。

四下看看我们其余的人，你可以打赌八卦侦探和杀手大厨撑不过一天。灵视女伯爵穿着织锦缎的胸口已经不再起伏，嘴唇也发青了。就连无神教士，拔掉的眉毛也没再长回来。

没错，他们等得越久，分钱的人就越少。

自然嬷嬷的铜铃轻响，画了红色花纹的两手脱掉了圣无肠的一只鞋子。她的手指按在他脚底最爽的中心点，按住不放，她的手使他两眼翻白。

不错，自然嬷嬷和圣无肠能全部拿下，所有的钱，她说，一面还在按着他那里。所有的荣耀，所有的怜悯。

他的两眼翻了上去，像瞎了一样，白得像两颗水煮蛋，他的眼睫毛抖动着，最后他把脚抽了回来。圣无肠说：

“Mnge etoh nadoh kahk Zoobee V zadnetze。”

他的裤腿和衬衫下摆，给血粘在舞台地板上的部分都撕裂了。圣无肠勉强站了起来，说他要出去。

“还不是时候。”自然嬷嬷说。她说话的声音是咬紧了牙关说出来的。

圣无肠走了一步，一个踉跄。他两腿发软，跌得两手撑地跪在那里。他朝那扇打开的门爬了过去。他说：“我怎么拦得住他们？”

自然嬷嬷伸出手去，将手指紧抓住他的脚踝，说道：“等一下。”

那一道阳光引着他们到那扇门前，那里的水泥地感觉很暖和。他们两个爬着，他们闭起了眼睛，被亮光照得眼花，只摸索着显得温暖的地面。他们用手和膝盖爬着，一直到找到还有他们指纹留着的门框。他们以嘴唇和眼睑的皮肤找到了阳光。

在巷弄里那道窄窄的蓝天上，小鸟来回飞舞。小鸟和不是蜘蛛网的云。在那片不是丝绒也不是油漆的蓝色之中。

圣无肠把头伸出门外，说道："我知道我们现在在什么地方。"他眯起眼睛来看了看，说："他们还在这里。"他伸出一只手指着，一面说道："喷嚏小姐，等一下……"

自然嬷嬷的手指紧抓着他的衬衫和裤腰，他继续爬着，像在游泳一样，说道："拜托，停下来。"

他半个身子到了门外，两手撑着让自己经过巷弄里的碎玻璃和垃圾，那些漂亮的垃圾全在午后的阳光里晒得暖暖的。圣无肠说："停下来。"

两个身影蹒跚地走向巷口：那个女孩子比较近，那个老头子差不多走了一条街那么远，他伸起手臂，拦住一辆出租车。

看到这情形，圣无肠叫道："喷嚏小姐！"

他大叫道："等一下！"

喷嚏小姐转过身来看。

然后……然后……然后……"呃——咳！"

那把地上的刀，那把杀手大厨丢向魏提尔先生的刀，自然嬷嬷把它带了来。

那把刀从喷嚏小姐的胸口伸了出来，仍然随着她的心跳在抖动，抖得越来越慢，自然嬷嬷和圣无肠把她拉回到门里。回到黑暗中。

那把刀抖得更慢了，他们爬着站了起来，用力将门关上，金属的滑轮轧轧作响。天空越来越窄，最后小鸟和白云以及蓝天都不见了。

在巷弄里，魏提尔先生的叫声越来越近，叫他们住手。

刀子抖得更慢了，自然嬷嬷说："我跟你说过了，还不到时候。"

然后那把刀子不动了。那个不停地咳嗽、擤鼻涕、打喷嚏的小个子，我们从到这里的第一天就等着看她死掉的人——终于，死了。

除了保护我们的观众，我们没有其他方式来拯救世界。让大家能活着看我们上电视，读我们的书，看我们将来会拍成的电影。我们的基本消费群。

圣无肠把门关紧，门锁由外面打了开来。有人在转着门把。圣无肠把门锁锁上，又从外面打了开来。

圣无肠把锁锁上，说："不行。"而锁又从外面用钥匙打了开来。

在黑暗中，在寒冷中，自然嬷嬷把血黏黏的刀从喷嚏小姐身上抽了出来。自然嬷嬷把刀刃插进锁孔里，扳断了刀子。

锁弄坏了。刀子也毁了。可怜的喷嚏小姐，连同她的红眼睛和流鼻水的鼻子，都只成了我们故事中的小道具。一个人成了物品。好像你割开一个有着蠢名字的破布娃娃，发现里面是：真的内脏，真的肺，一颗跳动的心，鲜血。好多又热又黏的鲜血。

现在那个故事的版税又少一个人分了。这个我们受苦的故事。

现在，我们还在这里。围在鬼火四周黯淡的光圈里。

魏提尔先生的声音，他在铁门外号叫。他的拳头在敲打，想要进到里面来，不想一个人孤独地死去。

现在我们在等着，在我们的博物馆里重复我们的故事。这是我们永久的彩排。

魏提尔先生如何把我们困在这里。他让我们挨饿，折磨我们。他杀了我们。

我们复诵这些：我们的神话。

很快地会有一天，随时会到那一天，外面的世界会来打开那扇门救我们出去。全世界会注意倾听。从那个艳阳天开始，全世界都会爱我们。

小白鼠

这原该是个作家的研习营。原该是很安全的。
一个作家的租界，我们工作的地方。
由一个叫魏提尔的垂死老人主持，
结果却不然。
我们原该写诗。美好的诗篇。
我们这一群，他有才华的学生，
远离普通的世界，闭关三个月。

我们彼此称呼“媒人”和“失落环节”。
或“自然嬷嬷”。愚蠢的代号。无谓的名字。
就如同——你小时候——给你见到的植物和
　动物取名字。你叫牡丹——有黏黏花蜜而爬满
　蚂蚁的——“蚂蚁花”。你叫牧羊犬：莱西狗狗。
但即使现在，你也还会叫某人是“那一条腿的男人”。
或是“你知道，那个黑人女孩……”

我们彼此称呼：
　“诽谤伯爵”
　或是“保安会修女”
我们的名字根据我们的故事取来。给彼此取的名字，
根据我们的生活而非家世：
　“游民夫人”
　“八卦侦探”
根据我们所犯的罪而非所做的职业：
　“圣无肠”

以及“野蛮公爵”。
根据我们的错误和罪行。和超级英雄的名字相反。

给真实的人取的傻名字。就如拆开破布娃娃发现里面是：
真的肠子，真的肺，跳动的心脏，血。好多又热又黏的血液。
我们原该写短篇小说。好玩的短篇故事。
我们太多人，与世界隔离，关上一整个
春，夏，冬，秋——那一年的一整个季节。

不管我们是什么人，老魏提尔先生根本不理。
但他起初并没这样说。
在魏提尔先生看来，我们是实验室的动物。一场实验。

可是我们原先不知道。
真的，那只是个作家研习营，结果我们想做别的已经来不及，
只能成为他的受害者。

“肠”效应

——也算后记（或警告）

我第一次朗读那篇名为《肠子》的短篇小说时，没有人昏倒。

那是一个星期二晚上，在我几个朋友和我从1991年起大家分享我们作品的作家工作坊里。每个星期，我会朗读一篇我准备收入一部长篇小说里的短篇故事。我的目的是利用很普通的事物——胡萝卜、蜡烛、游泳池、微波炉爆米花、保龄球等等来制造恐怖。

没有人昏倒。事实上，我的朋友们都笑了。有时候，整个房间因为震惊和专注而寂静无声。没有人在他们那份复印稿的边上记些有用的笔记，也没有人伸手去拿酒杯。

这比前一个星期二好多了，那天我那篇叫《出亡》的故事害我一个朋友进了浴室。她锁上门在里面哭了一个晚上。后来，她的心理医生还来问我要了份稿子，帮她做心理治疗。

没错，这个星期，我那些作家朋友只大笑，而我告诉他们说《肠子》这个三幕式的故事是根据三件真实逸事所改编的。其中两件发生在我朋友身上，最后一件则是我为第四本小说做研究工作时，参加一个性爱成瘾的勒戒支援团体认识的一个人所出的事。那是三个很滑稽，也渐渐让人感到不对劲的真实故事，主题全是自慰方面的实验出了差错，错得可怕，简直像噩梦一样。

但是这些故事既滑稽又悲惨，以致多年来，我每次上飞机，都会默默祷告：“主啊，拜托，别让这架飞机摔下去，因为我是你的子民中唯一知道全部三个了不起故事的人……只要让我做点儿什么，能留下所有三个……”

后来我写了《肠子》，是二十几篇故事之一，和一些诗以及小说的各章交错穿插在一起，里面有几十个真实故事。全都多多少少……让人心里发毛。

在我为长篇小说《孤岛日记》巡回宣传的时候，我第一次公开朗读《肠子》，那是在俄勒冈州的波特兰市一家店名叫作“鲍威尔书城”的人很多的书店里。有一组荷兰来的电影工作人员在拍纪录片。店里大约挤有八百人，是消防安全规定下的最大容量。朗读《肠子》得一气呵成，你没有多少时间抬起头来。不过我每次抬头，就看到前排听众的脸色有点儿发灰。然后有问答时间，签名售书。结束。

一直到我签完最后一本书时，一位店员才告诉我说，有两个客人昏倒了，是两个年轻男子，都是在听朗读《肠子》时倒在水泥地上，不过现在都没事了，只是记不得在站着听朗读到醒来发现周围全是人脚之间，究竟怎么回事。

时间是九月，书店里又热又闷，应该没什么好担心的。

第二天晚上，在波德尔一家有冷气的书店里，另外一大群听《肠子》的人里，又有两个人昏倒，一男一女。

再过一天在西雅图，午餐时间到一家高科技公司朗读给公司职员听，又有两个男人昏倒。两个大男人。在听那个故事的同一时刻，两个人都猛地倒下，使得铝制折椅也倒下来，在大厅中打磨光亮的硬木地板上发出巨响。听到这个响声，全公司的人都站了起来，每个人都踮起脚来看是谁倒了下去，想知道他们是不是有事。朗读暂停了一下，有人用纸杯装了水过来，昏倒的人也弄醒了。在他们同意之下，我念完了那个故事，可是现在我们好像有了固定模式。

第二天晚上，在旧金山——即使是先有“不和谐协会”[①]成员来

① “不和谐协会”（Cacophony Society），一个由达达主义变化而来，并无严密组织的团体，常以活动干扰文化活动，有人视之为文化恐怖分子。

骚扰朗读活动，喷了我一身奶油，所有的会员都打扮成圣诞老人的模样，有一名公关照着一个圣诞老人的脸上打了一拳，而我以五十美元贿赂他们再去喝一杯，在所有这些事情之后，又有三个人昏倒。

再过一晚，在伯克莱，在一名《出版人周刊》来的记者的注视下，又有三个人昏倒。接下去的第二晚在圣塔克鲁斯，有两个人昏倒。

那个三次都在现场的公关人员说，那些人总在我念到“玉米和花生”的时候倒下。是这样的细节让坐着的人瘫软下去。首先，他们的手由怀里滑落，肩膀松垮，头歪向一边，然后他们身体的重量让他们跌落在地上或相邻那个人的怀里。

根据我在意大利的翻译说，那些站着的人就这样往下一矮，消失在人群中。在波隆那，一名演员以意大利文朗读《肠子》，大群听众中出现好多空洞，都是有人昏倒躺在石板地上。“你可知道，”我的翻译说，“这个可怕的故事是在一间大教堂里朗读的吗？”

在洛杉矶比弗利山图书馆的大会堂里，一个坐在后面的女子不断尖叫着要找医护人员和救护车，哭得厉害到她的红色罩衫看起来像被血浸透。那只是她的眼泪。而她的丈夫则躺在地上抽搐。在男厕所里，另外一个听了一半逃出去的男人，在用冷水泼在自己脸上时昏了过去，在水槽边上撞破了头。

在堪萨斯城，也有个男人中途离席，逃到外面去吸点儿新鲜空气，结果昏倒，在人行道上摔破了嘴唇。在拉斯维加斯，县立图书馆里的两个大厅挤满了想听的人，有个男的在我朗读途中抽筋。另外一个看闭路电视的房间里，则有两个人昏倒。在芝加哥，市立图书馆有两个厅里坐满了听众，也有两个人在看电视转播的那个厅里昏倒。在长达三小时的签名会结束后，等着和我打招呼的人里，有一个人脸上还留着干了的血迹，因为他把自己的下唇咬成了两半。在那场他永生难忘的朗读中，他发作了一次自己都不记得的癫痫。

在那次巡回活动之前，我只听到谣传说有人因为听故事而昏倒。

大部分发生在狄更斯朗读《雾都孤儿》里的谋杀场景时。那段扼杀的场面使得穿了紧身马甲的维多利亚时代女子昏倒在地。最近的例子，则是约翰·欧文[1]在朗读他的长篇小说《苹果酒屋的规则》中在厨房桌子上堕胎那一段时，有女性听众昏倒。

等我巡回到纽约市时，昏倒的人里男女数目几近相等，全都很年轻，约在十八岁到三十岁之间。通常在昏倒的听众不支倒地的前一页时，有人就会大冒冷汗。有几次，在念到第七页时，我抬头看一看，会看到一群群半裸的听众脱掉汗湿的毛衣，再脱掉湿透的衬衫。

《花花公子》原先拒绝刊用《肠子》那篇小说，有些编辑认为那太极端了。可是他们负责小说的主编克里斯·纳波里塔诺到了纽约邦诺书店联合广场店举行的朗读会上，看到好几个半裸的人昏倒——当天晚上，他和我的经纪人过街到大饭店的酒吧里签下了合约。

《出版家周刊》的记者写了一篇特稿，标题是："《搏击俱乐部》作者不必出拳就将他们击倒"。

第二天，在哥伦比亚大学，两名学生昏倒。第二个正坐在我的编辑和他太太的后面，那个年轻人倒在地上，发出野兽般的叫声，而现场的急救医护人员忙着不让他被自己呕吐出来的秽物呛到。

救护车以花五百美元的路程将他送往医院的时候，我的编辑走到舞台边上，招手叫我过去，然后说道："我想你这篇故事造成的损害已经够大了。不用念完，直接跳到问答部分吧……"

这种情况越来越多，在匹斯堡和兰辛，麦迪逊和安娜堡，波士顿和迈阿密以及斯波坎，我常在救护车鸣笛来到门外时完成朗读那则故

---

① 约翰·欧文（John Irving），美国小说家和编剧，著名作品有《新罕布什尔旅馆》《盖普眼中的世界》等，而《苹果酒屋的规则》一书经自行改编为电影剧本，于 1999 年获奥斯卡金像奖最佳改编剧本奖。

事。如果那家书店有大型橱窗的话，那时就会有救护车的红灯扫过我的脸上。若是那家书店里有尖角锐边的硬木书架——即使我警告过听众这个故事可能有的影响——有些夜晚最后还是会由店员清洗有人撞破头而留下的那一摊血迹。

在英国，到雷丁朗读时有人昏倒。在伦敦，洗手间里挤满了衣着光鲜的人，他们中途逃离现场，躺在冰凉的瓷砖地上，以求从他们听到的那点儿东西里恢复过来。

在剑桥，有个男子发出那样的呻吟，由椅子上滚落，一位医生解释说这种卡在喉咙里的声音总是在昏倒前一瞬间发生。那位医生说，在你昏倒的时候，你的脖子会软下来，头向下落，气管就憋住而无法呼吸。为了救你的命，你的身体自动地使你的头部向前伸，来打开你的喉咙。他用了很多很花哨的名词，比如“软腭”。这种抽动使你头部向前而恢复呼吸的动作，会使你沉重得如一大块肉似的身体跌落到地上。

他说：“如果你一直坐着的话，就会窒息。”

在意大利，一位名叫马西莫的演员，以他训练有素的洪亮嗓音朗读译成意大利文的那则故事，听众如同遭到枪击般倒下。数量多到好像是在游乐场里的气枪射击摊位的标靶。

在米兰，有个男人醒来，发现周遭全是别人的脚。他站了起来，挥舞着拳头大声叫道：“你为什么要念这个故事？”

他仍然面色灰白，全身汗湿，想要知道：我的目的只是要当众羞辱他吗？让他在那么多人面前昏倒……

总共加起来，有七十三个人在我朗读《肠子》的时候昏倒。我从因特网上听说还有别人大声读这篇故事，也让他们的同侪昏倒，所以人数还在增加中。

以一个长达九页的故事来说，有些晚上要花上三十分钟朗读。前半段，常会因为听众哄堂大笑而不得不暂时停下来。到了后半段，你会停下来则是因为听众昏倒了。

很多演员都喜欢在试演时用这个故事来演独角戏。

可是我第一次朗读《肠子》的时候，并没有人昏倒。我的目的只是要写一些新形式的恐怖小说，一些发生在普通生活中的事，没有超自然的怪物或魔法。这是一本你不会想放在床头的书，是一本好像一扇暗门的书，让你向下通往某个黑暗的地方。一个当你打开这本书之后，只有你一个人能去的地方。

因为只有书本才有那样的力量。

电影，或是音乐，或是电视，都必须有某种节制才能播放给广大的观众和听众。其余的大众传播形式制作成本又高得不能冒险只提供给有限的对象，只有一个人。但是书本……一本书印刷和装订都很便宜，一本书就像性爱一样私密而你情我愿，书本需要花时间和力气去吸收——也给读者各种中途罢手的机会。事实上，因为肯花心力去看书的读者，少到很难把书本称为“大众传播媒体”的地步。没有人真正在乎书本里说什么。几十年来，也没人会想到禁掉哪本书。

可是在忽视中带来的是只有书本才有的自由。如果一个说故事的人决定写一本小说而不是电影剧本的话，那你就要好好开发利用那种自由。否则，不如去写电影剧本，去写电视剧本，那些才能赚大钱。

可是，如果你希望能有去到任何地方，谈论任何事情的自由，那就写书吧。所以我才会写《肠子》，只不过是一篇根据真实生活逸事写成的三段式短篇小说。

有人发表文章，说这篇小说是他们所听过的最好笑的一篇。

有人写文章说那是他们所听过的最悲惨的小说。

而《肠子》绝不是这本长篇小说中最阴暗或最滑稽或最让人心里发毛的一篇。还有些我根本不敢当众朗读呢。

有些地方是只有书本才能到的。

这是书本还有的优势，所以我才写作。

谢谢你看我的作品。

C. Palahniuk

图书在版编目（CIP）数据

肠子 /（美）帕拉尼克著；景翔译．—北京：北京联合出版公司，2014.11（2025.6重印）

（恰克·帕拉尼克作品系列）

ISBN 978-7-5502-3512-0

Ⅰ.①肠…　Ⅱ.①帕…　②景…　Ⅲ.①长篇小说－美国－现代　Ⅳ.①I712.45

中国版本图书馆CIP数据核字（2014）第194479号

肠子

作　　者：〔美国〕恰克·帕拉尼克

译　　者：景　翔

选题策划：凤凰壹力文化发展有限公司

责任编辑：张　萌

特约编辑：王秀莉　汤　胜

封面设计：周延辉

版式设计：张立波

北京联合出版公司出版

（北京市西城区德外大街83号楼9层　100088）

北京天恒嘉业印刷有限公司印刷　新华书店经销

字数333千字　960毫米×640毫米　1/16　印张26.25

2014年11月第1版　2025年6月第17次印刷

ISBN 978-7-5502-3512-0

定价：39.80元

著作权合同登记号 图字：01-2014-5368 号